图书在版编目（ＣＩＰ）数据

张恒春 / 小河东流著 . -- 北京：中国广播影视出
版社 , 2022.8

ISBN 978-7-5043-8880-3

Ⅰ . ①张… Ⅱ . ①小… Ⅲ . ①长篇小说—中国—当代
Ⅳ . ① I247.5

中国版本图书馆 CIP 数据核字（2022）第 122942 号

张恒春

小河东流　著

责任编辑	任逸超	
装帧设计	杨良美	

出版发行	中国广播影视出版社	
电　话	010-86093580　010-86093583	
社　址	北京市西城区真武庙二条 9 号	
邮　编	100045	
网　址	www.crtp.com.cn	
电子信箱	crtp8@sina.com	

经　销	全国各地新华书店	
印　刷	三河市龙大印装有限公司	

开　本	710 毫米 ×1000 毫米　1/16	
字　数	291（千）字	
印　张	28	
版　次	2022 年 8 月第 1 版　　2022 年 8 月第 1 次印刷	

书　号	ISBN 978-7-5043-8880-3	
定　价	98.00 元	

长篇小说

嘉庆老字号　百年忆沧桑

张恒春

小河东流◎著

中国广播影视出版社

谨以此书献给
安徽张恒春药业股份有限公司董事长，
"张恒春中医药文化"代表性传承人王伟杰先生
及所有勤劳睿智、敬业守信的张恒春人。

千磨万砺出精品

——小河东流新著《张恒春》序

许　辉*

　　小河东流的长篇小说《张恒春》久经磨砺，终于杀青，准备付梓。他请我为之写序，这让我既高兴，又作难。

　　因公务杂事缠身，加上自己手头正在进行的创作，我是很少给人写序的，一旦应承下来，不仅要看原著，还得动脑筋，耗时间，实在应接不暇。所以，对于求序之邀，我多半是能推就推，能躲就躲，欠下许多文债，深感对不住朋友。但小河东流的这篇序文我不好意思推辞，毕竟相识相交已有二十多年，知根知底，况且我一直对他印象很好，认为他是

＊许辉先生系安徽省文联副主席，安徽省作家协会原主席，中国作家协会全国委员会委员，中国作家协会散文委员会委员，茅盾文学奖评委。著有《飘荡的人儿》《夏天的公事》《尘世》《焚烧的春天》《人人都爱在水边》《每一个日子都温暖如春》《泗水边的〈论语〉》等文学著作，并屡获全国性大奖。

纯朴正直的一介书生，这么多年在繁忙的编务之余，一直默默耕耘于文学这方净土，很不容易，书也接二连三地出版。现在他退休了，又将有新著问世，我为他写点文字，也算是对他长期以来投身文学，努力进取，洁身自好的一种认同和点赞吧。

《张恒春》讲述的是芜湖本埠张恒春国药号的悠远往事。在芜湖、在安徽，乃至在全国，这是一块硬邦邦、响当当、亮闪闪的老字号招牌。其渊源深邃，底蕴厚重，行善积德，经久不衰，闻名遐迩。以此为素材，创作长篇小说，当然可挖掘、可寻觅、可演绎的东西有很多。其博大精深的徽商精神值得写，值得弘扬，为后人留下一份宝贵的文化遗产。

小河东流的这部书稿最初只是一个短篇，后来改写成数万字的中篇。过了几年，他重起炉灶，千磨万砺，又将其打造成三十八个章回，二十五万字的长篇小说。这是好事，亦是善事，可喜可贺。这是小河东流勤奋劳作的结果，也是他眼光独到，匠心别运，锲而不舍，不达目的决不罢休坚韧个性的鲜明体现。

之所以说小河东流是在做一件很有意义的好事、善事，因为他这是在抢救埋没于民间的文化瑰宝，是在为渐行渐远的徽商精神招魂，是在弘扬中华民族最可自珍的传统美德、高尚情操和文明遗产。

《张恒春》描述了芜湖本地一家百年老字号张恒春国药号的兴衰荣辱、沉浮涅槃、顽强拼搏、绝地挣扎，历经朝代更迭，风风雨雨，跌宕颠簸，崎岖峥嵘而不倒，在时代浪潮和多种因素的冲击下黯然式微，又枯木逢春焕发生机的坎坷传奇，从一个侧面生动揭示了清朝、民国不同历史时期真实的风云变幻，世态百象，商界博弈以及底层百姓的生存况味。给人以创业之艰辛、守业之多蹇、毁业之瞬间的深层次思考与感慨咏叹。同时，把先祖前辈的开拓精神、经商理念、民族大义和优良品质用血泪铸成文字，存之书山，汇之墨海，教化当今，滋养后世。

书中精心塑造，依次推出的主要典型人物多达数十位，除了张氏家族几代传承人，如张宏泰、张明禄、张文金、张文玉、张文彬、张敬之、张伯炎、张裕卿、张健卿、张筱泉、张子余等，血肉丰满，个性迥异，耐嚼耐品，过目难忘外，作为陪衬烘托的次要人物，如玉儿、孙大春、严老抠、七姑娘、滕茂公、徐文田、裘正卿、汪步云、王小眼、倪盛全、石金山、司徒云鹤、章维藩、谢树德、祖耀庭等各类角色，无论高低贵贱，三教九流无不描绘得活灵活现，栩栩如生，惟妙惟肖。即便是十足的反面人物，如清泽一郎、清泽加木、黄信仁、高立勋、汪子东、郭来荫、楠木村之类也都刻画得张弛有度，相当到位。一人一副面孔，一人一种腔调。令读者会意信服，拍案叫绝。甚至连那些微不足道，一闪即逝，但又少不了的跑龙套的小角色，如巧舌媒婆小金牙、市井无赖莫乃山夫妇、跋扈县丞韩连升、巡长冯大鼻子、败家子张伯荣、挑水夫牛喊、家贼张德才……作者也是颇费琢磨，下笔有神，娴熟勾勒，三言两语就将其写得很另类、很有戏、很入味。

人活了，根基也就立住了。文学创作不仅仅要有文字的功夫、构思的功夫、美学的功夫、设局布阵的功夫，还要有阅历的功夫、见识的功夫、剖析的功夫、驾驭人生波澜的功夫。

通览全书，主线清晰，脉络分明，布局设计相当缜密，插花趣笔恰到好处，前后呼应收放自如。在写张恒春国药号的同时，也把一些重大的历史事件和地方掌故、风土人情、市井百态、特色景物巧妙而又不动声色地穿辍其间，古韵悠扬，虚实互映，波澜迭起，惊奇诡谲，相辅相成，展示了时空浩渺苍茫，跌宕变幻，神秘莫测，非人力所能掌控、扭转也。

小说最重要的内核就是故事。有了曲折动人的故事，就等于构建好了大厦的基础与框架，然后再砌墙、再盖瓦、再粉刷装潢，一切就顺理成章，也容易多了。小河东流恰恰是一个很会讲故事的人。他的《张恒春》总共写了三十八个章回，而每一个章回至少讲了一个生动有趣的故事。这些故事既是环环相扣、珠联璧合的一个整体，又似乎可以化整为零，独立成篇。这就把读者的眼球给牢牢吸引住了，一口气看下去，如沐春风，如饮佳酿，似醉似梦，身心俱爽。这种故事精彩，情节细腻，境况逼真，一波三折，肢体语言丰富，市井百态纷呈，内涵厚重，雅俗共赏的小说，仿佛就是一本具有历史参考价值，图文并茂，老少咸宜的民风民俗教科书。如果改编成电视连续剧上映，我估计亦会有很高的收视率。

从张恒春国药号管中窥豹，我们会看到华夏大地千万家老字号和雨后春笋般的新商家、新企业、新传人，看到我国民族工商业的昨天、今天和明天。

整部作品，一气呵成，酣畅淋漓。读后使人掩卷长思，回味无穷，受益匪浅。

小河东流文笔洗练，语言精准，构思巧妙，积累丰厚，自成风格，本色清纯，是越来越成熟，越来越润泽，越来越游刃有余了。这就叫厚积薄发，这就叫千磨万砺出精品。我认为，这部长篇小说是成功的，是值得一读的，也是大有裨益的。

当然，瑕疵也有，遗憾难免，不足之处当自知自悟，继续努力操练方可更上一层楼。另外，在我看来，此书篇幅还是略嫌纤瘦，深度仍可挖掘，似乎看得意犹未尽。如能扩充容量，再增添一些章回，就会更加丰腴妖娆。

文学之旅是没有穷尽的。任何艺术作品只有更好，没有最好。对于一部文学作品，不能由某个人或少数人来臧否定调下结论，而应该交给广大读者来评判，交给时间来淘洗。这是最公正无私的法则。

尽管小河东流已年逾花甲，桑榆黄昏夕阳红，但我相信他会清醒地认识自我、更新自我、超越自我，并在创作的路上一直风雨无阻地走下去。

我期待着他的这部作品早日问世，并继续有新的佳作奉献。

己亥年清秋写于合肥

目录
/
contents

一剪梅·卷首词

血泪风霜铸商魂，艰辛起家，快意仇恩。跌宕沉浮善为根，义感三江，德誉九城。

悬壶济世心地纯，百草通神，祛病救人。富贵荣华似烟尘，恒信立身，贾道儒成。

第一章
家 道 变 故

挟"康乾盛世"之余威，承皇天后土之眷顾，清代中叶嘉庆年间，朝廷耗费九牛二虎之力，好不容易才平定了白莲教起义，烽火硝烟暂息，天下总算大体安定下来。

岂料，黎民百姓刚刚喘了口气，一场来势汹汹的大旱裹挟着瘟疫突袭鲁豫皖三省交界地区，霎时哀鸿遍野，千村寥落，田地荒芜，庄稼绝收，大批灾民背井离乡……

皖北凤阳府古城老街，靠近关帝庙一家狭小破旧的张恒春药号内，人满为患，混乱嘈杂，过道、门口、屋檐下以及周边主街岔巷都挤满了躺着病人的担架、竹床、躺椅等，还不断有病人从四面八方涌来。体瘦发长，神情疲惫，两眼布满血丝，已有好多天没吃过一顿舒坦饭，没睡过一夜安稳觉的郎中张宏泰身穿粗布长袍，口鼻处扎着防疫布巾，在应接不暇的呼唤声中为病人把脉诊断，发放丸药，忙得连喝口水的工夫都没有。

"郎中，请你快来给我妈看看，她好像不行了……"

"张郎中，活菩萨，求求你先给我儿子看看吧，他才十二岁，是家中的独苗啊！"

"爹，爹，爹……你要挺住啊，张郎中的药丸子是仙丹神药，只要吃了药就有救了！"

"让开让开，让我们进屋去……我们已等了一天一夜了……"屋里屋外的患者及家眷们挤挤攘攘，吵吵闹闹，推推搡搡，差点没把小小的张恒春药号给挤爆了棚，掀翻了顶。

忽然，鸣锣开道声中，一顶绿呢八抬大轿从远处悠悠而来，只见仪仗威严，手执棍棒的衙役皂吏生硬地呵斥着路人，连左邻右舍的看家犬都吓得停止了狂吠……屋外的众人扭头定睛一看，原来是知府老爷曹鸿贵大驾光临。

官轿离药号数十步远就稳稳落了地，那曹知府面扎防疫布巾，只是伸手把轿帘掀开一条缝，探头探脑地朝药号这边张望察看。手下的衙役立马跑到药号门前呼唤："谁是郎中？府台大人来察看疫情了，快快出来拜见！"正忙得不可开交的张宏泰一愣，只好放下手头的事，离开病人，出门跑到官轿前，先摘下脸上的布巾，然后跪地拜谒："郎中张宏泰，拜见府台大人！"

曹知府这才掀帘下轿，顺手摘下脸上蒙着的布巾，摆出一副悲天悯人的样子，慢条斯理地说："免礼免礼。张郎中，瘟疫来势汹汹，灾情日重啊！闻说你倾其所有，免费救人，其情其义可嘉可勉。本府台颇为感佩，今特亲来察看抚慰……还望你继续竭力救治，有什么困难自有衙门为你做主……"

"府台大人，张恒春药号小本买卖，资金微薄，独木难支。我现在用于救人的丹药丸散已枯竭见底，急需银两采购货源，万请大人慈悲为怀，及时接济，否则敝号实难撑持下去呀！……"张宏泰跪地不起，喉咙嘶哑，声泪俱下地再三恳求。

一听说要钱，曹知府随即就委顿下来，两手一摊说："……唉，现在就是缺钱啊！……再想想法子吧……眼下村村起火，处处冒烟，杯水车薪，实在无可奈何……好好，你忙着，我还要到别处去察看疫情。"他一边敷衍着，一边就要钻进官轿里。

路旁一位乡绅儒者模样的白髯老叟赶紧趋前跪拜道："府台大人，请容老朽禀报。张恒春药号掌柜张宏泰，虽为外乡人氏，但落地凤阳后，遵规守法，诚实行医，济贫扶弱，多有善举。尤其是此次突遭瘟疫，张宏泰更是广散丹药，分文不取，宵衣旰食，治病救人，可谓华佗再世，扁鹊还魂啊！现在他财物散尽，铺面摇摇欲坠，实难抵抗疫情。恳请府台大人伸手扶他一把，帮他就是帮我们凤阳百姓啊！"

众人闻言，无不感动，纷纷壮着胆子围上前来，黑压压跪倒一片，齐声求告道："知府大人开恩啊，知府大人开恩啊！……帮帮张恒春，帮帮受灾百姓吧……"

曹鸿贵一时颇为尴尬，摇头晃脑，张口结舌地在轿前转了两圈，终于回过神来，白眼珠一翻，脖子一梗说："你们怎么冲我来劲了？笑话！如果有钱，难道我不会做人吗？这场瘟疫，来势凶猛，三省七府一百二十多个州县受灾，朝廷哪有那么多的银子、铜板来普降甘霖？我也想帮张恒春，也想帮本土受灾百姓呀，可是钱从何来，物由谁供啊？！"

这个曹知府并非科举出身，肚子里墨水不多，是倚仗着朝廷里有过硬的靠山才混迹官场，鱼肉一方的。但此人正道不行，邪门颇多，满腹花花肠子鬼主意，玩权整人手腕毒辣，处事办案不按常理出牌，却往往能歪打正着，获得意想不到的效果，弄得手下人哭笑不得，都对他很是忌惮。他刚才这番夹棒带刺的官话、痞话加甩锅的话，把众人说得目瞪口呆，一愣一愣的。曹鸿贵趁机钻进轿厢，闭着眼睛喝令道："起轿起轿，莫耽误我的公事！"衙役挥棒开道，轿夫赶紧起轿，一溜烟而去。

仍然跪在地上的张宏泰和众百姓，愣愣地望着府台老爷的轿子渐渐远去，心里犹如三九天被兜头浇了一盆冰水……

嘉庆十一年（1806）秋去冬临，皖北。

这是一个西风漫卷，霜染层林，落叶飘零，残蛩凄切，田野里未饱半瘪的苞谷、瓜豆已收割完毕，苍茫大地尽显山寒水瘦的萧瑟季节。

凤阳府古城楼。高大幽暗的拱形门洞里，行人寥落，商贩稀疏。一辆满载死尸的驴拉木轮车，吱吱呀呀碾过凹凸不平的石板甬道，慢悠悠地向郊外驶去。路人惊悚，立马捂鼻掩嘴，唯恐避之不及。赶车的老头满脸病态，形销骨立，神情呆滞，耷拉着脑袋，似乎随时都会颓然倒地，一命呜呼。

肤色黧黑泛灰，脸庞皱纹纵横，面容憔悴，年过半百的郎中张宏泰身穿斜襟土布大褂，腰扎绳带，身后背着沉甸甸行囊从古城楼门洞里经过，认识他或曾得之救助的人都恭敬地礼让，朝他作揖鞠躬。有位身穿破布袍，手拄竹杖，脚蹬芒鞋的白髯老翁上前问道："张郎中，看你这样子，是要回老家吧？"张宏泰欠身作揖答："是啊，老人家。药铺撑不下去了，只好回乡另谋生计……"白髯老翁叹了口气，眼噙泪花说："你这都是仗义疏财，赈灾救人给拖垮的哟……凤阳百姓记着你的大恩大德，菩萨保佑好人……"老翁与众人连连作揖。"承蒙抬举，后会有期……"张宏泰频频还礼，然后转身离去……

张宏泰高高卷着裤脚，双腿沾满泥尘，手持郎中用的拨浪鼓，头发蓬乱，胡子拉碴，远远地将凤阳古城甩在身后，风尘仆仆走在归乡的旷野小路上。

从凤阳府到江苏溧水县，路途遥迢，山重水复。遇河摆渡，逢山攀登，昼行夜宿，途中逢村过集还得寻诊治病，挣些吃喝投宿的盘缠，漫长的旅程几乎全靠双腿丈量。

又是一个黄昏。西天彤云似火，霞光绚烂，归鸟投林，渔舟唱晚，缕缕炊烟在家家户户的屋顶上缭绕、弥漫开来，消失得无影无踪……自打步入江南鱼米之乡，离家越来越近，丰饶富庶，滋润秀丽，一片葱茏青翠的环境氛围，令归心似箭的张宏泰脑醒目明，神情提振，内心逐渐变得恬静、熨帖而又踏实。

江苏溧水县柘塘镇泗庄。

一户普通农家小院前，看门的大黄犬先是汪汪直叫，接着便表现出亲热状，摇头晃脑，尾巴直摇，往来人身上直扑。张宏泰伸手拍拍它的脑袋，刚刚推开虚掩的门扉，就被从屋里冲出来的儿子们团团围住了。"大（爸），真没想到是你回来了……""大，我还以为要等到过年，我们一家才能团圆哩！""大，这趟回来，可要多住些日子……"几个儿子七嘴八舌地嚷个不停。紧跟着出来的妻子从丈夫的脸色和神情里好像窥见了一丝难言的恓惶和落魄，似乎估猜到了点什么，但她并不挑明，只是一个劲地催着丈夫："快快快，快进屋歇息，饭快好了……我再炒几个鸡蛋给你下酒……"

长年孤身在外打拼的张宏泰进屋，卸下背着的行囊，顿感松了口气，一屁股坐在八仙桌旁的长板凳上，稍稍缓了一会儿，身上渐渐有了劲，随口招呼妻子说："饭等会儿吃，我要先洗澡换衣服。好多天没洗澡，身上难受……"妻子答应着，赶紧去烧热水。

洗完澡，换过衣裳，张宏泰重新在桌旁坐下。大儿子端来饭菜，二儿子拿来酒罐和杯子，刚刚十来岁的三儿子鸣鹿（张明禄）则机灵地将筷子递给父亲。张宏泰心里暖融融的，大半年治病救人抗瘟疫和返乡途中跋山涉水，风餐露宿的辛苦劳累，瞬间烟消云散。他捧起酒罐往杯子里斟满酒，定下神来，不无愧疚地说："唉——，天时不利呀！凤阳府闹旱灾，流行瘟疫，我开的药铺倒板子了，真是铩羽而归啊……"

"莫急莫急，天无绝人之路！"正在厨房里忙碌的妻子果然猜中了，心情沉重而又纠结，但还是装作轻松的样子温言劝慰。

张宏泰吃了口菜，忽然想起了什么，扭头朝厨房里喊："噢，对了，我换下来的衣服，要用开水煮烫，杀毒！"妻子回应道："是的哦，这些事你不用操心……"

几个儿子端着饭碗皆发愣，望着父亲愕然无语。

张宏泰一边喝酒，一边谈论着皖北的灾情："……这次凤阳府的瘟疫来势凶猛，你们是没看见哦，那真叫惨不忍睹啊！

人一瘟一大片，有的全家死绝，街市上不仅棺材卖光，到后来连卷尸体的篾垫芦席都紧缺。有的人倒在荒郊野外，尸首被狼和野狗啃得只剩下骨头架子……我这个悬壶济世、治病救人的郎中，能不出手相助吗？……"

铅云低垂，风摇树晃，不时有黄叶雨点般飘下，落在空旷杂乱的小院内，仿佛无处不弥漫着忧郁、压抑、萧瑟的气息。

张宏泰并非一介农夫，少时即涉猎岐黄之术，成年后作为游方郎中，足迹踏遍溧水、苏南和皖东南、徽州一带，深受徽文化、徽商遗风的浸染熏陶。稍有积累，他于嘉庆五年（1800）单枪匹马独闯凤阳府，始创"张恒春"药号。所谓"恒春"，乃寄"恒昌久远，妙手回春"之志也。

六年后，就在张恒春药号度过艰难期，步入平稳状态时，凤阳府一带遭遇持久苦旱，瘟疫盛行，尸横遍野。张宏泰多方救济"贫不能求医药者"，制作了大量救急丸散，"广为赠送，以是活人无数"。因散尽薄财，亏损不支，翌年秋末不得不歇业回归老家。他育有三子，当时长子张明歧年已二十二岁，次子张明嶷年方十九，三儿子张明禄才十一岁。明歧、明嶷为人憨厚，因家中略有薄田，一直辛勤耕种，是家里的顶梁柱。秉性机灵聪慧的三子明禄幼入私塾，品学兼优，很受塾师偏爱，老秀才葛润章早就夸下海口："孺子可教也！日后定能蟾宫折桂，皇榜题名，前程不可限量矣！"可张宏泰时运不济，遭遇大旱瘟疫，为救灾民，家底子被掏空，药号倒闭，捉襟见肘，看来难以供养明禄继续求学，以科考出仕，光宗耀祖了。

粗通文墨、颇有心机和远见的张宏泰在回乡的路上就苦思冥想，怎样寻一条出路，以图东山再起，复兴家业。

妻子忙完手头事，这才端着饭碗上桌来搛菜，张宏泰搛起一块五花腊肉放在妻子碗里："吃吃吃，你光搛素菜怎么行……"随后，用筷头挠了挠头发花白的后脑勺，默默地呷了一口酒，这才心情抑郁地说："我年过半百，力不从心了……明歧、明巍在家种田，是缺不了的人手。三儿今年十一岁，还未成年，读书求功名当然最好，可我们家突遭变故……明歧老大不小的人了，至今尚未婚娶，愁得我夜里都睡不着觉啊……"张宏泰喉头哽噎，说不下去。

懂事的明禄赶紧说："大，莫难过，念书的事……我听你的话……"

父亲微微点头，咳嗽了几声，稳了稳情绪，两眼定定地望着三儿，道出了心里的盘算："你毕竟读了几年书，是个断文识字的人。让你种田，我实在心不甘情不愿。思来想去，无路可奔。你还是跟我当游方郎中吧，先学点本事，能自食其力，等长大一点儿，翅膀硬扎些了，再往高处飞……就是不知你肯不肯……"张宏泰忧郁而疚愧地瞥了一眼明禄，满含期待，又似乎于心不忍。

明禄走到父亲跟前，眼里噙着泪花说："大，我……我愿跟你当郎中。家里的日子不好过……我也应该尽尽力。你在凤阳开药铺，我以后……就跟你学医弄药，争取让家里重新翻身……"

"三儿懂事……"张宏泰疼爱地抚摸着明禄的头，"这真是没有办法的办法哦！"

母亲端着饭碗，含泪叮嘱儿子道："出门当游方郎中，就不像在家里快活了。要跑路，要吃苦，饱一餐饿一顿，风里来雨里走……可怜三儿才十一岁，要受罪喽！有什么办法哩，咬口生姜喝口醋……"

"妈，我不怕吃苦。我要跟大学本事，将来挣钱养你们……"明禄竭力掩饰内心的忐忑不安，笑着安慰父母。他越是这样，上人心里就越是不好过。

"快吃饭，快吃饭！这是好事嘛，有人想当郎中，还当不上哩……"张明禄佯装欢笑地说着，其实泪水在眼眶里打转，心里还是丢不下想读书的念头……

事情确定以后，一大早，张明禄经家人同意，用布袋背了三十斤米到邻村的老塾师葛润章家里，向老先生辞别。

走近衰颓的村祠堂，一阵朗朗的读书声从高大空旷而又阴森陈旧的屋里传来："天地玄黄，宇宙洪荒。日月盈昃，辰宿列张。寒来暑往，秋收冬藏。闰余成岁，律吕调阳。云腾致雨，露结为霜……"张明禄一听就晓得，这是南北朝人周兴嗣编撰的《千字文》。前两天，葛先生还给自己和同窗讲解了这篇课文呢，可今天自己却要退学，无缘上完这堂课了。他多么希望自己仍然是学堂中的一员，坐在这安静整洁，能遮风避雨的私塾里，把书继续读下去呀！可是因为家遇变故，自己不得不中途辍学。今后想坐在课堂里念书的愿望，恐怕再也难以实现了。想到此，张明禄难过得流下泪来，低声抽泣着。

葛润章见窗外有人影晃动，还传来轻微的哭泣声，便拄着拐棍，捧着书，走近窗前一看，不禁愣住了，"咦，这不是张明禄吗，你怎么不进来读书呀？"明禄只好抹抹眼泪，背着米袋子进了屋。

葛老先生见他背着米袋子来了，一开始不知其意，笑吟吟地说："明禄，你上个月的束脩不是已给过了吗，怎么又……"张明禄将米袋往地上一放，就忍不住伤心地痛哭起来："……先生，我、我……我今后不能来上学了……"葛先生大惊，忙问："这是为何？这是为何呀？""我家……我家遭灾了，没钱供我念书……我要跟大学做游方郎中……"待张明禄流泪说明原因，葛老先生又急又气，将手中的拐棍往地上直捣："糊涂，真是糊涂啊！你是我教过的最好的学生，将来金榜题名、光宗耀祖不在话下，怎能为了挣几个银子就断送无量前程呢？……不行，我要找你父母讲理去……"葛老先生说着就掼下书，要冲出屋去。张明禄赶紧一把抱住先生的腰，哭求道："先生莫去，先生莫去……我家遭了难，父母也没办法……你老不要气坏了身子……"

葛老先生低头看看明禄，不禁老泪纵横，一只手颤抖地抚摸着他的头，哽咽着说："你这伢子懂事……既聪明又好学，又能吃苦，又有心数，今后你不管干什么事都会成功的……只可惜，无缘蟾宫折桂喽！"师生俩抱在一起痛哭不止，同窗们也都围上来安慰劝说，问这问那……

天空晦暗，阴云密布，枯黄的树叶在秋风中凋零。晌午，心事重重的张宏泰赤脚牵着一头牯牛，与肩扛铧犁的大儿子明歧一同出村去耕田。

路过财主唐寅发家门口，忽然被唐财主叫住了，这个外号叫"糖葫芦"见人就笑的矮胖子颠颠地迎上前来，殷勤地套着近乎："大老表，好久没见到你了，哪天回来的呀？进屋喝口茶再下地吧。"张宏泰晓得他一肚子花花肠子，八成又是想提买田的事，便不冷不热地回道："莲塘口那几亩地还没耕完，等着下种哩。"

"糖葫芦"只好屈尊凑近前去，笑眯眯地小声说："听说你把明禄的学停了？哎呀，这多可惜哦，那伢子真是块读书的好料子，你们家光宗耀祖的希望全在他身上哩！我晓得，你不就是手头紧了点嘛，只要你脑筋活络一点，把莲塘口那几亩田卖给我，不就周转开了嘛！"他惦记张家莲塘口那四五亩肥田已不是一年两年了，明里暗里，当面或托人提起过多次，出的价钱也不低，但张宏泰始终没松口。那可是祖宗留下的宝地，要风得风，要水得水，肥得流油，旱涝保收，种什么兴什么，是一家人的命根子，怎么能随随便便卖哩？！

张宏泰坚决地摇摇头说："我宁愿停伢子的学，也不会卖地。"说罢，牵起牛就走。"糖葫芦"则紧跟着他撺，"你真是一根筋。卖田先救急，等以后伢子金榜题名，荣华富贵了，你再赎回来也行嘛……""不中不中，那是祖上传下来的活命田，决不能卖。"张宏泰斩钉截铁，头也不回地牵牛朝村外走去。

"糖葫芦"只好停住脚步，沉下脸来，望着远去的背影懊恼地摇头叹气。

秋蝉嘶鸣，碧荷摇曳。村外莲塘口，张宏泰高挽裤脚，身穿粗布背褡，满身泥浆，挥鞭赶着老牛犁田。忽然，一阵叮当叮当清脆悦耳的铜铃声从远处传来，张宏泰不用看就知道，那是挑货郎担走村串户的小贩子大老李来了。

说来寒碜，前些日子在他那里买了两斤盐，拿了些针头线脑的杂货还没给钱哩。果然，眼睛比锥子还尖的大老李，看见张宏泰在莲塘口犁田，就特意绕道走过来，老远就热情招呼道："张大哥，正忙着啦，怎么没出诊去呀……""是哦，这两个月腰腿病犯了……吁吁，吁——"张宏泰喝停牯牛，转身答道："老李来啦……看见你，我就不好意思。欠你的钱，有些日子了，你不提，我心里也急。这样吧，你进村到我家去，家里攒了些鸡蛋，你让伢子他妈拿出来称称，看够不够还钱的。""哎呀，张大哥真厚道，这点小账还记在心里。"大老李吃到了定心丸，踏实多了，他在田埂上缓缓放下担子，摘下头上的蒲帽当扇子扇，望着已犁了一半的田说："你家这几块田好啊，泥土黑油油、肥噜噜的，地势高却又靠着莲塘，旱涝保收，撺眼一瞧就让人喜欢。"

"四海无闲田，农夫犹饿死。"读过几年私塾的张宏泰回了句古诗，然后伤感地说："要是没有这几亩祖田，一家人早就没活路喽……""日子难过就慢慢捱，只要人勤快，总会时来运转的。再说，你是个呱呱叫的郎中，怕什么？……"闲聊了几句，大老李挑起货郎担颠颠地朝村里走去，张宏泰继续赶牛耕田，不禁自言自语地感叹道："一文钱，难倒七尺汉哦！明禄儿，但愿你能好好学做郎中，来日发迹，让我们张家彻底翻个身……"

第二章

游 方 郎 中

从十一岁开始，少年张明禄就跟着父亲当游方郎中，走村串户，进山下湖，采药辨材，诊治常见病症，可谓全身心投入。

一年四季，春夏秋冬，栉风沐雨，披霜踏雪，张宏泰父子俩结伴同行，各自背着包袱，携带油布伞，奔波在乡村集市间，寻医出诊，挣些铜板碎银，养家糊口。

蜿蜒寂静的乡间小路上。张明禄手摇拨浪鼓走在前，却闷头闷脑不吭声。父亲笑着说："明禄，光摇鼓不行。进村过户，遇到路人，你要喊。不然的话，别人怎晓得我们是干什么的呢？"张明禄低头，腼腆地说："大，我不好意思喊……""孬伢子，这有什么不好意思的！你听我喊。"张宏泰亮开嗓子，有板有眼，节奏铿锵地喊起来："祖传郎中，游走四方。祛病除患，积德行善。自制草药，膏丹丸散。花钱不多，保你平安——"张明禄只好硬着头皮跟父亲练习，反复背诵。词是记住了，在没人的地方，也喊得像模像样。可是进村遇到人后，他依然脸红耳热，心跳如鼓，难以启齿。张宏泰摇头苦笑，想想自己初入杏林当学徒，不也是这样吗？所以并不勉强，照样自己吆喝。

随着时间的推移，耳濡目染，张明禄终于突破心理障碍，逐渐褪去青涩，将那一连串的顺口溜儿喊得字正腔圆，韵味悠扬。一进村庄集镇，他连摇拨浪鼓，大声吆喝，总会引来众人的注目和一群小把戏们的围观跟随，鹦鹉学舌……

几度出远门，下太湖，进徽州，医治了一个又一个不同病症的患者，经受诸多历练，张明禄对医药既粗浅入门，又开了眼界，身体也长高，硬扎挺拔起来。他给父亲打下手，配合默契，心灵手巧，还会烧锅煮饭，料理生活，很令上人宽慰。

皖南徽州，重峦叠嶂，钟灵毓秀，植被丰茂，百草丛生，是一个天然的药材库。

一天午后，途经齐云山脚下，父子俩坐在羊肠小道旁的树荫下歇脚，张宏泰习惯性地四下打量，忽然，眼睛一亮，发现前面向阳山坡上的岩石缝里有一株翠绿蓬松、低矮呈垫状的多叶植物，他"噌"地一下站起身，三步并作两步扑过去，双膝跪地，仔细辨认，然后惊喜地大喊："还魂草、还魂草……明禄，快拿药锄来！"

张明禄赶紧从包袱里拿出药锄跑过去，张宏泰接过药锄，小心翼翼刨开还魂草周边的土石，轻轻地将它拨了出来，捧在手里欣喜地说："还魂草稀罕，不容易碰见哦！"张明禄以前也听说过还魂草，但鲜活的实物还是第一次见，忙问道："大，还魂草很珍贵吗？""珍贵，珍贵，当然珍贵……"张宏泰笑逐颜开，"这九死还魂草，又叫卷柏、万年青，它极耐旱，即便枯萎，缩成一团，遇水就活，返青展叶，蓬蓬勃勃……"

"那它究竟有什么作用哩？"张明禄眨巴着眼睛，好奇地追问。"作用可大哩！"张宏泰如数家珍地说："还魂草的主要作用是活血通经。主治经闭、症瘕、跌打损伤、腹痛、哮喘、吐血、便血等病症，是难得的中草药哦！"他抖去还魂草根须上的泥沙，正准备将它放进包袱里，张明禄忙说："大，你让我再看看。"他从父亲手里接过还魂草仔细观察辨认，欢喜地说道："我又认识了一种草药，我又认识了一种草药……""你只要勤学苦记，我包你两三年下来就可以辨识百草，知其药性，从而治病救人……"张宏泰疼爱地伸手在儿子的头顶摸了摸。"嗯，我一定勤学苦记。回家后，我要把它记在本子上，这样就不怕忘记了……"张明禄神情坚毅地说。张宏泰含笑点头赞许。

少歇片刻，喝过水，恢复了体力，父子俩收拾好东西，继续赶路。

一边走，张宏泰一边给儿子讲百草经。遇见路旁稀有的草药，他就停下来挖采，然后照着实物绘声绘色地给儿子讲解，在这样的传授、熏陶下，张明禄启蒙开窍，进步很快。

芜申运河，是一条古老的水路。起始于安徽芜湖，经当涂、郎溪、高淳、溧阳，穿太湖，抵太浦河口，在苏州吴江入上海，全程270余公里，是一条沟通长江与太湖水系的跨流域省际内河航道。作为游方郎中，张宏泰对这条路早就跑熟了，但初见世面的张明禄却是第一次乘船到皖江芜湖，对一切都感到新鲜、奇特、刺激和温馨。此地自古乃水旱码头，是当时江南地区重要的中草药材集散地。闻名遐迩的十里长街，店铺林立，买卖兴隆，招牌旗幌令人眼花缭乱，中药铺子多得数不胜数，把年少的张明禄看得目瞪口呆。

在城隍庙旁边的中草药露天市场，张宏泰一边看，一边给儿子讲授中草药知识。

来到一位银发白髯、面目慈善的老药农摊前，面对品种繁多的药材，张宏泰一一报出药名，对儿子详细讲解其功效及主治病症。老药农钦佩地笑着说："你如此精通百草，想必是个郎中吧？""老人家夸奖，不敢说精通。"张宏泰拱手作揖，谦虚地说："虽说摸索此行已有些年头，但仅是知些皮毛。我想把儿子带入杏林，借您老的摊子让他长长见识，不知可否？"老药农慷慨地一挥手："那有何妨，请便。"

于是，张宏泰便拿起摊上的草药，如数家珍地讲解起来："用材，首先要知材辨材，而辨材关键要把握四个字：观、闻、摸、尝。观，是最起码的基本功，观其形状、色泽、特征、质地。但对老药农、老郎中来说，不用看，仅凭闻、摸、尝，也能辨个八九不离十……"说得起兴，他干脆让儿子用洗脸布巾蒙住自己的眼睛，然后让老药农随便拿起一种草药，自己经过闻、摸、尝，果然准确地一一报出了柴胡、天葵、当归、黄芪等。

张明禄觉得又开眼又有趣，连忙对父亲说："大，我也想试试，你也用布巾把我的眼睛蒙起来。"张宏泰照办，然后故意拿起一株易辨的薄荷给他辨别。张明禄一闻那股辛香沁凉的特殊味道，立马辨出是薄荷。张宏泰又拿起一种药草递给他，张明禄凑近鼻前细闻，感觉好像有点微微的狐臭，他忽然想起父亲以前曾教他认过，于是便答道："好像是……天名精……""嗯，不错，猜对了……这个呢……"父亲又从麻袋里取出一块切片的药材递给他，这一次，张明禄左闻右闻，闻不出味道，摸也摸不出门道。张宏泰提示他："用舌头尝尝看。"张明禄忙伸出舌尖，在药片上舔了好几下，感觉有点辛辛的、涩涩的，于是便猜道："这是桔梗吧……""不，这是半夏。"张宏泰再拿一种草药给他，张明禄又闻又摸又尝，估猜着报出药名——车前草。张宏泰告诉他："不对，这是白术。"张明禄将信将疑，赶紧解开布巾一看，果真如此，只好羞红着脸说："错了错了，是我辨错了……"

老药农哈哈一笑："伢子哎，你还嫩生着呢，跟你父亲好好学吧……"张宏泰父子谢过他，再向别处逛去。

暮投鹤儿山吉祥寺东退庵残破廉价的禅房住宿。晚饭后，张宏泰父子在江边观景闲逛。

落日沉西，天色渐暗，汹涌奔腾的大江闪烁着细碎的波光，片片帆影在浩渺朦胧的江面上穿梭来往，鸥鸟翻跹，浪拍沙滩，岸上城里城外万家灯火渐次亮起，依山环水，层层叠叠，若星光璀璨。空气里弥漫着江南小城浓郁而又温软的烟火气息，令人心旌摇荡，浮想联翩……

父子俩正逛着，突然听见远处江边有人喊救命，人们纷纷往出事点跑去。等张宏泰父子匆匆赶到，那个落水的少年已被人救上岸，正仰躺在沙滩上奄奄一息，被灌足了水的肚子像皮球一样鼓着。"不能这样仰躺着！"张宏泰大喝一声，连忙挤进人群，然后单腿蹲下，另一条腿呈直角弓起，请旁人把溺水少年抬起，面朝下，将其鼓鼓的肚子架在他弓起的大腿上。过了片刻，水从这个少年的嘴里缓缓流出，接着，少年大口大口往外吐水，滚圆的肚皮慢慢瘪了下去。待溺水少年吐尽腹内积水，张宏泰轻轻把他仰面放在地上，只见其呼吸微弱，气若游丝。张宏泰急唤儿子：“明禄、明禄，你赶快回客栈取几粒通窍还魂丸来，快！”张明禄应声而去，撒开两腿狂奔，一口气跑回东退庵禅房，从包裹里取出几粒通窍还魂丸，紧紧攥在手心里，随即又拔腿往回跑。

掰开溺水少年嘴巴灌下药丸后，少年终于缓过气来，眼睛也慢慢睁开了。他的父母也闻讯赶到，听说是船工和外乡郎中父子救了自己的儿子，夫妻俩纳头便拜：“多谢恩人，多谢恩人……”张宏泰赶紧将夫妻俩拉起来：“是这位船工大哥施救在先，我们补救在后。碰巧遇到，义不容辞……免礼免礼……”溺水少年的父亲不解地问儿子：“你水性不是很好吗，怎么会差点被淹死？”躺在地上的少年虚弱地说：“我的腿……突然抽筋，身子就……就往下沉……”“儿啊，你真是命大福大造化大，多亏遇到了这几位活菩萨……”惊魂未定的母亲搂着儿子泣不成声，众人皆交口称誉那位船工和张宏泰父子。

这个溺水少年的父母是生意人，家境富裕，三代单传。到了晚上，夫妻俩特意来到吉祥寺东退庵禅房，找到张宏泰父子俩，千恩万谢，硬是给了五两银子才稍感释怀地离去。

夜已深了，可躺在东退庵禅房通铺上的张明禄却怎么也睡不着。一天来，在古城芜湖的所见所闻，令这个异乡少年亢奋不已，回味无穷。特别是因为自己参与了救人，受到众人的赞誉，他倍感荣幸。他忽然问身旁半睡半醒的父亲："大，你以后还带我来芜湖吗？我喜欢这里……"张宏泰睡眼惺忪，含糊不清地答："只要你好好跟我学医……我就多带你来……以后你长了本事，可以单独行医了，芜湖肯定是你常来之地……睡吧睡吧，明天还要去徽州……""唉！"张明禄轻轻答应着，在一种甜甜蜜蜜、舒舒服服、朦朦胧胧的幻境中入眠。

暴雨骤降，铺天盖地，狂风吹得树木摇头晃脑。尽管张宏泰父子俩都打着油布伞，可因为风狂雨猛，两人浑身都被淋得透湿。然而，身处皖南的深山野谷里，到哪儿去避雨呢？只好冒雨赶路。

走到一个山坳口，终于看见一户人家，父子俩赶紧去躲雨。户主是个身躯高大、浓眉炯目的中年汉子，他热情地将张宏泰父子请进屋里，还招呼他俩脱下湿衣裳交给自己的妻子烘烤。张宏泰见午饭时辰已到，便从怀里掏出几枚铜板，恭敬地放在桌子上："有劳给点饭菜吃吧，这点小钱请收下……""欸——"那汉子很是大方地说："吃顿便饭要什么钱哟！深山老林，难得有客人进门，我老马虽穷，一顿饭还是供得起的。"他妻子一边在厨房里忙着，一边在火笼旁翻烤着张宏泰父子的湿衣裳。

等饭间隙，张宏泰在屋里随便走走看看，忽然发现里屋床上躺着一个十四五岁的姑娘，便招呼她说："姑娘，下床吃饭吧。"姑娘见是陌生人，羞涩地往被子里缩了缩，老马连忙说："她的腿被野猪咬伤了，不能下床。""哦！"张宏泰一惊，"我是郎中，能让我看看吗？""哎呀，你是郎中啊？那太好了……"汉子大喜过望，"请请请，请给小女看看！"

张宏泰走进里屋，刚刚掀开棉被一角，一股腥臭的气味扑鼻而来，再轻轻掀起孩子的裤腿，只见其右腿已半浮肿，脚踝上部伤口化脓，甚至隐约可见烂肉里的骨头。"孩子伤得这么重，怎么不及时送医？"张宏泰不禁眉头紧蹙。老马苦着脸说："这深山老林里，哪有郎中？离最近的竹溪镇也有二三十里山路，还要翻山越岭的……我用草药给她敷过，可、可总不见好……"张宏泰吩咐道："赶快打一盆热水来，放盐两勺搅匀，我要先清洗伤口。明禄，你快去采几把桔梗、天葵、车前草，捣烂成糊状备用。""哎！"张明禄领命而去。

张宏泰为女孩清洗完伤口，张明禄已将草药捣好，他从包里取出丹药碾碎，撒在草药里，然后小心敷在女孩的伤口上，再用干净的土布包扎好，这才舒了一口气。

老马感激万分，拿出家里最好的酒，殷勤招待他们。老马妻子还从箱子底取出十几枚铜板，悉数交给郎中。张宏泰见他家不富裕，便笑着说："我们在你家躲雨，烘衣裳，还吃了饭，喝了酒，怎么好意思收钱。算了吧，就当交个朋友。"老马急了，脸涨得通红："不行不行，钱你一定要收下！"他拿起桌上的铜板，强行往张宏泰的衣袋里塞。张宏泰只好让步说："那我就收三枚铜板吧……既然交上了朋友，就不要见外……""这怎么行，这怎么行……"老马两手直搓，满脸愧疚。他女儿躺在里屋床上，流着眼泪哽咽道："谢谢大伯伯、小弟弟救命之恩……

我、我来世当牛做马，报答你们……"老马妻子更是频频作揖，千恩万谢。

雨过天晴，山更青，水更碧。这么一折腾，太阳已偏西。张宏泰父子穿上烘干的衣裳，要起程了，老马夫妇一再挽留。老马拽着张宏泰的衣袖恳切地说："哪怕你们住上一夜也好，眼看日头偏西了，山中野兽很多，我怎能放心得下……"但张宏泰父子执意要走。

临别时，张宏泰留下一些消炎祛肿的丹丸，告诉老马将其掺在桔梗、天葵、车前草捣成的药糊里，三天一次，给女孩换药，直到脓肿炎症消退，长出新肉，封口结疤为止。老马连连点头称谢，夫妻俩一直把他们远远送出山口，还站在高坡上眺望。

山高谷深，坡陡路窄，加上刚刚下过暴雨，林中曲径湿滑，张宏泰父子行走得艰辛而缓慢。张明禄毕竟年少，累得筋疲力尽，靠着一棵大树喘息。张宏泰知道深山不可久留，但他惜顾儿子，还是违心地说："累了就歇会吧，喝口水再走。"一听此言，张明禄立马往树下一瘫，长长地吐了口气。少顷，张宏泰突然大叫一声："不好，有狼！"张明禄吓得急忙爬起，背靠大树，顺手从背包里抽出砍刀。他仔细观望，前面山坡上有一条大尾巴狼若隐若现。可张宏泰却提醒他说："注意，左边右边都有狼！"张明禄惊骇，忙扭头打量，见几只狼正呈弧形包围逼近过来。"别慌，握紧刀，狼上来就砍。"张宏泰挥舞着手里的棍棒，威慑着狼群。

对峙了许久。终于，头狼发起了进攻，它吼叫着扑上前来，与此同时，只听得"嗖——"的一声响，一支箭从父子俩的身后射出，正中头狼颈部，它哀号着倒地抽搐而亡。群狼稍有后退，但阵势未溃，左侧一只公狼突然闷声不响地发起冲击，谁知未等它蹿至人跟前，又一支箭从林中射来，穿透公狼后胯，公狼惨叫着带箭逃离。群狼大骇，掉头便逃，眨眼间消失得无影无踪。

张宏泰父子如堕五里雾中，正在发愣，却见侧后林中走出笑呵呵手拿弯弓，身背箭囊的老马来："郎中受惊了，有我老马在哩……""哎呀，老马，你怎么来了？"张宏泰迎上前去，感激地握住他的手，热泪盈眶地说："你真是救命菩萨哦！"张明禄也赶紧上前跪谢。老马一边拉起张明禄，一边解释说："你们出发后，我不放心，望着西斜的日头更增添了担忧，所以就拿上家伙，追上来了……""哎呀，你真是大仁大义的汉子……"交谈片刻，心情甫定，张宏泰望望天不早了，忙劝道："天已擦黑，恩公快快回家吧。大恩不言报，后会有期。""我现在怎么能回去，等把你们送到前面的黑潭村再说吧。"老马拔下死狼身上的箭，插回箭囊中，头一摆："走！"说着，就带头径直朝前走去，张宏泰父子只好紧紧跟上……

老桥古镇，粉墙黛瓦，店铺林立，蜿蜒的青石板小街犹如镶嵌着一面面青铜镜，光可鉴人。

张宏泰父子走在街上，明禄摇着拨浪鼓，清脆地吆喝着："祖传郎中，游走四方。祛病除患，积德行善……"忽然，有个小伙子从后面追来，急切地呼喊着："郎中、郎中，我家有人跌伤了，请你们快去给看看……"张宏泰父子赶紧转身跟他走，同时问道："是怎么回事呀？"小伙子回答说："我父亲上房顶检漏，不小心从梯子上摔下来，把腿跌伤了……"张宏泰又问："多长时间了？"对方答："刚跌的，正要找郎中，碰巧遇到你们……"

张宏泰父子跟着小伙子来到一处陋巷小院，进屋一看，只见床上躺着一位年近半百的男人，正疼得呻吟不止。张宏泰上前掀开棉被，撸起裤筒，仔细察看伤情，又伸手在红肿的伤腿上反复摸捏，病人疼得嗷嗷直叫。张宏泰略加思索，很有把握地说："伤者右腿内侧的胫骨折断了。"伤者吃惊地说："真的呀？那可怎么办哩！"伤者的亲属也在一旁着急地说："郎中，你快给治治吧，该给多少钱，我们就给多少钱……""别急别急，我能治好。"张宏泰转身吩咐儿子："你拿一贴跌打损伤膏，用文火烤软了给我。"张明禄赶紧打开包袱，取出膏药，伤者家人则点燃油灯，供他烘烤膏药。

张宏泰对伤者说："我马上要将你折断的胫骨复位，这很疼，你要坚持住，配合好啊！"伤者连连点头说："我不怕疼，保证配合，郎中只管动手。"张宏泰双手稳住其伤腿，暗中运力，然后将那只伤腿老练地一拽一扭一推，隐约只听轻微的"咯嗒"一声，犹如神助，胫骨复位。伤者疼得大叫，脑门上虚汗直冒，但伤腿一动不动，随后便感觉疼痛缓和下来，长长地舒了一口气。此时药膏已烤至温软，张明禄将其递给父亲。张宏泰接过膏药敷在断骨处，张明禄则从包袱里拿出夹板和绷带，将伤者的伤腿固定，紧紧捆上。张宏泰对伤者说："你躺着安心养伤，断腿至少半个月内不能吃劲走路，一个月后走路无妨，夹板方可解除……"伤者连连点头称谢。

伤者的儿子恭敬地问："请问郎中，酬劳多少？""你给三十枚铜板吧，这是伤筋动骨的大伤……""不多不多，应该的、应该的……"当家婆闻声开箱拿钱，将三十枚铜板双手奉上。可张宏泰只取了十五枚铜板，笑着说："我先取一半，下个月，我还要途经此地回家，到那时病人伤好能下地走路了，我再取走剩余的钱。如若病人伤腿没有治愈，我如数退钱，甘受责罚。"伤者及家人都说，哪能这样哩，钱都拿走吧，我们相信郎中。张宏泰则执意留下十五枚铜板待回程时再取。

大约一个多月后，张宏泰父子从屯溪返回，途经老桥古镇时，回访那户人家。只见那位伤者已经基本痊愈，早就拆下夹板，行走自如。看到善良的郎中父子，一家人非常高兴，不仅千恩万谢，将剩下的铜板如数奉上，还热情地杀鸡买肉打酒，非要款待他们，表示谢意。

在酒桌上，张宏泰恳切叮嘱伤者："伤筋动骨一百天。你虽能下床走路了，但还要注意静养两三个月，伤腿千万不能吃劲，也不要走远路。""是是是，多承郎中吩咐……"对方连连点头应允，殷勤布菜劝酒……

第三章

投 师 学 徒

又是一个鸟鸣翠柳，桃杏缤纷，金灿灿的油菜花、红彤彤的紫云英轰轰烈烈开得绚烂耀眼的明媚春天。

晌午，在泗庄的张家小院里，繁花满枝的红杏树下，刚刚从外乡游方归来，身穿土纺黑布大褂，腰扎绳带，脚蹬圆口布鞋，年近花甲的张宏泰趁着饭前空隙，与几个儿子围坐在桌旁拉家常。

天蓝水碧，云淡风轻，不时有鲜嫩的杏花瓣悠然落下，撒在桌上、人的身上、小院洁净的泥土地上，无处不弥漫着芬芳醉人的气息。

饭菜上桌，一家人边吃边聊。张宏泰饭前照例要呷二两老酒，他自斟自饮，说起心中酝酿已久的事情："这几年，明禄跟着我跑江湖，很有长进，算是摸到了一些门道……可是今后即便离了我，独自当游方郎中，也仅能糊口，没多大出息。所以，不早做谋划不行啊……早年，我在凤阳初创张恒春药号的时候，结识了一位杏林中的朋友，他叫孙大春，为人很仗义。后来，他在邻省太平府当涂县护驾墩（今当涂县护河镇）开了一家药店，生意还不错。前不久，我特地去探望他，恳求他收下三儿当学徒，他抹不开面子，一口答应了，就是不知三儿肯不肯……"他忧郁而愧疚地瞥了一眼张明禄，满含期待，又似乎于心不忍。

张明禄忙放下碗筷，离座在父亲面前跪下，眼里噙着泪花说："大，我……我去。家里的日子不好过，两个哥哥种田也很辛苦……就我还在吃闲饭……我晓得你当年在凤阳开药号倒板子后，心有不甘，还想东山再起。我以后……要继承你的老本行，争取重开药号，让家里大翻身……"

"三儿懂事……"张宏泰赶紧起身，疼爱地把明禄挽起，"不吃苦中苦，难做人上人哦！"

体弱多病的母亲佝偻着腰，直往三儿子的饭碗里搛菜，抹着泪眼说："在家千般好，出门万事难。当学徒不容易，要吃三年萝卜干饭，我儿要受罪喽！实在没法子想哦，咬口生姜喝口醋……"

"妈，我不怕吃苦。将来出师后，挣钱养你、养大……"少年明禄竭力掩饰内心对渺茫前程和陌生世界的忐忑不安，笑着安慰父母。

"这一走，将来回家就少了……你才十七岁，一个人在外当学徒，我真不放心……"母亲难过得直淌泪水。

"妈，不要紧的。大当游方郎中，一年四季都在外面跑。他在凤阳开药号时，每年顶多回来两三趟，不也熬过来了吗……"

明禄越是这样，上人心里就越是不好过，他们喉头哽噎，嘴里的饭菜都难以下咽，两个哥哥也在一旁抹泪擤鼻涕……

　　清嘉庆十七年（1812）早春，因家境所迫，十七岁少年张明禄被迫出外投师。临出门前，母亲将家里仅有的二两银子塞在他的手心里，流着眼泪说："儿啊，家里穷，你莫怪怨……端人家饭碗，就要下劲干。咬口生姜喝口醋……"张明禄不肯接银子，推来让去，见母亲生了气，他只好惶惶然地将银子揣进贴身的衣袋里，然后"扑通"一声跪下，向母亲连磕了三个响头。

　　张明禄肩挑行李，在父亲的护送下，第一次单独出远门，跋山涉水，前往邻省当涂县护驾墩孙大春的药店里当学徒。

　　行李很简单：一床打补丁的棉被、又薄又板的垫褥。一口破旧的杉木箱子，用一根磨得光滑发亮的毛竹扁担挑着，虽不怎么重，但二十几里路走下来后，竟累得年少体弱的张明禄肩疼腰酸，汗流浃背。张宏泰要从儿子肩上接过担子，他咬牙坚持着说："我能挑得动。"张宏泰还是把担子硬抢了过去，稳稳地挑在肩头，"路还长着哩，你先歇会儿"。

　　张宏泰挑担在前面大步流星地走，张明禄在后面紧紧地跟着。

　　来到一口水塘边的老槐树下，父子俩坐石头上歇息。张宏泰也出汗了，坐在那儿直喘气。懂事的张明禄忙从布袋里取出一只粗瓷蓝边碗，到塘边舀来一碗水，双手恭敬地递给父亲。张宏泰说："你先喝，你先喝……"张明禄孝敬："不，大先喝！"张宏泰慈爱地望了儿子一眼，接过碗，一口气将水喝光。

待儿子也喝过水，平静下来，寡言少语的父亲忽然说："三儿，我们全家把宝都押在你身上了！""我晓得，我会争气的。"张明禄的眼里闪着聪慧而坚毅的光。

一只老鸹从远处匆匆飞来，盘旋两圈，落在池塘边父子俩休息的老槐树上，呱呱地叫着，声音单调中带着几分凄凉。张明禄手捧瓷碗，抬头愣愣地望着树上的老鸹，虽然面无表情，可心里却翻腾着波浪。他想，自己多像这只孤单的老鸹啊，如今告别家乡，远离父母，就要在陌生的异乡寄人篱下了，该怎样讨活口，怎样度过漫长而又孤独的学徒时光呢？扭头回望来时走过的小路，从未独自出过远门的少年想家了，尤其想念慈祥而又勤劳的母亲。此时此刻，母亲在干什么呢？她应该是已经喂好了猪，正在挑水浇菜园吧……

张宏泰扭头看见儿子望着老鸹和来时的小路愣神，知道他心里不好受，就安慰道："儿啊，不要怕……孙老板为人仗义、善良，他不会难为你的……但他要是发了毛，脾气不大好，你一定要听他的话，要学会忍……"

"我晓得，我能忍。"张明禄收回目光，低下头来，起身将手里的碗塞进布口袋里。

"到了孙家不能懒，手脚要勤快。"

"我保证不懒。懒就学不到手艺。"

"干活要细心，经手钱物不能有贪念，特别是抓药不能出错，那可是人命关天……"

"嗯，我晓得，儿子不给大丢脸。"

"出门在外不要恋家，我和你妈有空就来看你……"

"嗯，我不恋家……"张明禄嘴上这么说，声音却变了调，泪珠扑簌簌往下直流。

"唉——"父亲一声长叹，心里酸酸的，忙扭头看别处，掩饰地说："走，我们赶路吧。"

张明禄抢先挑起担子，走在前面。张宏泰跟跄地跟在后面，悄悄地抹泪。

姑溪河南岸，安徽太平府当涂县护驾墩。

姑溪河，古称姑孰河，亦称姑浦，乃当涂县境内仅次于长江的一条大河，而护驾墩则是沿河两岸方圆几十里有名的大集镇。

这是古镇上一座极普通的老旧徽派建筑，有点残破衰颓，堂口却好，正处在小街闹市中心，门面不算大，进进出出的人络绎不绝。门楣上高悬着一块老旧褪色的牌匾，上面镶嵌着"孙大春药铺"几个隶体镏金大字。迎门一排高高大大的药橱几乎占据了整整一堵墙，药橱上有密密麻麻许多小抽屉，每个小抽屉上都贴有一味中草药的名牌，乍一看，令人眼花缭乱，仔细读之则犹如漫步在花繁叶茂的百草园，五彩缤纷，芬芳扑鼻，令人思绪翻腾，浮想联翩。一溜半人多高漆皮剥落的木制柜台横在药橱前，上面放着些坛坛罐罐和许多中成药的样品及笔墨纸张算盘戥秤等用具，浓浓的各种各样中草药的混杂气味直钻鼻孔，乍一闻，令人五脏刺激，不大适应。

风尘仆仆、满头是汗的张宏泰站在门外，伸头朝里面望了望，恭敬地喊道："孙老板，孙老板，我把儿子送来了……"

　　正站在柜台后面低头敲打着算盘的孙大春抬头一看，忙丢下手里的活跑出来迎接，"哎呀，这么快就送来了？""师父好！"挑着担子的张明禄礼貌而胆怯地喊了一声。"哦——好好，里面坐，请里面坐……"孙大春将张宏泰父子引进内院客堂坐下。刚才躲在门后偷窥，孙大春约莫十来岁的女儿翠莲含羞上茶，迅即退出。

　　寒暄一番，言归正传。孙大春忽然挠挠头皮，直来直去地说："兄弟，学徒要吃三年萝卜干饭，这可是老规矩呀。看这伢子细皮嫩肉，白白净净的，能吃得下苦吗？"张宏泰忙说："能吃苦，能吃苦！孙老板只管调教，该打就打，该骂就骂，不然成不了人哦……不瞒老哥说，这伢子虽小，但已跟我跑了几年的游方郎中，底子还是有一点的……""哦——那好那好，有你亲自调教，坯子不会差。我们哥俩是谁跟谁呀，放心放心……"孙大春一边客气地应酬着，一边用威严、凝重、挑剔的眼光朝张明禄上上下下打量着，感觉好像不大对劲，心想，我这里不是开学堂，只会吃闲饭那可不中……

　　从孙大春异样的眼神里，机灵敏感的张明禄仿佛体悟到了点什么，不禁用上牙咬了咬下嘴唇，脑海里突然跳出母亲时常念叨的那句口头禅："咬口生姜喝口醋。"趁着父亲与孙大春说话的空档，站在一旁拘束别扭、颇为尴尬又不愿被人小瞧的张明禄，瞅见窗外院子里有一堆劈了一半的干柴，旁边还放着一把斧头，便灵机一动，闷声不响地退出去，来到院子里，捡起斧头，乒哩乓啷地劈起柴来。孙老板隔着窗户看在眼里，嘴角露出一丝不易觉察的笑意。张宏泰瞅瞅儿子，又瞅瞅孙大春，心里酸甜苦辣涩，五味杂陈……

晚上，孙大春请张宏泰喝酒，他老伴与女儿小翠莲在厨房里忙得不亦乐乎，将红烧五花肉、清蒸鳜鱼、螺蛳肉炒韭菜、高邮双黄咸鸭蛋、油炸花生米，还有几样素菜做得色香味俱佳，满满摆了一桌。孙大春一再招呼，张明禄却说什么也不肯上桌子，只是在灶间盛了碗饭，上桌掭了点素菜便赶紧躲开，匆匆吃完，丢下饭碗便找活儿干。孙大春那只有六岁的幼子却稳坐在桌旁，独霸一方，横叉竖舞地挑好的吃。父母都宠着他，只有年龄大了他好几岁的姐姐翠莲不时地告诫他要懂礼貌。

孙大春好像满不在意，只顾与张宏泰推杯换盏，但心里却对张明禄有了新的看法：嗯，这伢子看来还不错，既勤快，又机灵，也许是块可雕琢的好料子。他摇摇头，不无惋惜地对老友说："你呀，侠气太重，怎么为了救灾，竟把自家搞破产了哩？！害得伢子跟着遭罪。"

张宏泰苦涩一笑："读过几年私塾，受孔老夫子影响呗……虽然破产，但我并不后悔，心里安泰……我是家财散尽，又上了年纪，难以翻身喽，希望全寄托在这伢子身上……"他朝窗外的张明禄努努嘴。孙大春乜眼瞧着，面色诚恳地说："师傅领进门，修行在个人。反正我会把他当儿子待的，这个你放一百个心……""有你这样的师父，是我儿的造化……师兄，我再敬你。"张宏泰恭敬地双手捧起酒杯，仰头一干而尽。

孙大春回礼，干尽杯中酒，摇头晃脑地说："你呀，精是精，但还是大意失荆州哦！当年我们在凤阳府相识，喝酒的时候我多次劝过你，凤阳地瘠物稀不养人，正如那边的花鼓戏所唱：'三年恶水三年旱，三年蝗虫灾不断'，不如回江南来，我们一起干。可你鬼迷心窍，不听劝啦……"

"是的是的……当年若听了师兄的话，恐怕就是另外一个样子了……当初我取店名为'张恒春'，意在'恒久'之心，'回春'之愿，哪晓得到头来，既不恒久，也难回春哩！"张宏泰叹了口气，敞开心扉，把多年的苦水全都倾吐出来……老哥俩喝酒谈心一拉呱起来就没个完，张明禄上床躺下都睡着了，他俩还在那里喝着，聊着。昏暗的油灯在风中扑闪摇曳，把两人变形的影子投在斑驳的灰砖墙壁上……

翌日一大早，张宏泰辞别老友孙大春启程回家。张明禄将父亲送到镇外路口，忽然，父亲把他拉到僻静处，然后从怀里掏出一把包浆笃厚、光滑锃亮的紫砂壶递了过来："儿啊，此壶乃祖传之物，我珍藏了几十年，现在交给你。你要收藏好，如遇不测灾祸，紧急关头，可将此壶打碎，或能助你一臂之力。"张明禄赶紧双手接过，满腹凄怆和疑窦，眼含热泪送走了父亲……

尽管张明禄跟父亲跑过几年游方郎中，并非完全不懂行，但新来的学徒是没资格站柜台的，那是要等吃完三年萝卜干饭，学徒期满以后才能得到的信任和体面。张明禄的学徒生涯从每天大清早扫地、抹灰、劈柴、挑水、舂米、推磨……做各种各样的杂活开始，这是他原先没想到，而又不得不咬牙忍受的。活儿累倒还在其次，最主要的是师父的瞪眼训斥，师母的唠叨埋怨，师兄的欺生、摆老资格、颐指气使让人受不了。

少年学徒，颇有一番含辛茹苦的历练。

孙大春用人比较苛刻，眼里揉不得沙子，端他的饭碗，不仅人要机灵能干，既吃得了苦，又受得了气，品行还不能有瑕疵。

先前，孙大春已收了一个徒弟，那就是他的堂侄孙万隆。孙大春膝下儿幼，所以，起先他是很看重这个堂侄的，有意要栽培他，好让他今后接手药铺。孙万隆也是个精码子，不仅能说会道，而且算盘打得行云流水，待人接物也相当圆滑。但这小子私心太重，鬼点子直翻，不怎么诚实。孙大春对他既有心栽培，又暗中提防，恨铁不成钢。

张明禄进店后，平时扫地抹灰，给师父一家倒尿壶、端洗脚水，卸货、推磨、挑水、劈柴等苦差重活都抢着干，包着干，而孙万隆则一副二掌柜的派头，袖手旁观，指手画脚。这倒也罢，毕竟身份不同，可恼的是，孙万隆还老是欺负张明禄，好事就是花大姐，坏事就是秃丫头，常在大伯大娘面前上张明禄的杠子，讨了便宜还卖乖。时间久了，谁滑谁善，孙大春心里一清二楚，只是佯装不知罢了。

每到吃饭时，张明禄的筷子从不往荤菜碗里伸，总是撅些素菜，匆匆吃完了就离桌去干活。虽然他也很想吃鱼吃肉，但他听父亲说过，当学徒工，不吃完三年萝卜干饭，是没资格吃荤的。所以，他始终忍着，熬着，克制着自己的欲望。年方十一岁的翠莲看在眼里，记在心上，时常悄悄在张明禄的饭碗底下埋几片腊肉或一个油煎荷包蛋，让张明禄感激不已。而孙万隆就不同了，他荤菜照吃，有时还挑肥拣瘦，就像在自家一样。这一方面因为他是孙大春的堂侄，另一方面也是因为他任性和不懂事。仅从这一点不起眼的细节上，孙大春就看出了两个徒弟的优劣聪愚。但他心里有数，并不捅破。

人不勤奋钻研是学不到手艺的。师父不教，师兄更不说。但张明禄却暗暗留了心眼，每逢抓药、配方、过秤、算账等关键处，他都要趁机瞅上几眼，默默记在心里，琢磨着个中的理儿和窍门。每天晨扫，面对药橱抽屉上贴着的名目繁多、令人眼花缭乱的中药标牌，张明禄都要反复背诵，记住各种药材所在的位置，以便能快速找到。孙万隆看在眼里，气在心上，总是毫不客气地奚落他，支使他去干杂活、重活。

由于以前从未接触过中草药书籍，对这方面的理论知识知之甚少，张明禄总想有本医药书参考参考，补补课，却一直未能如愿。孙万隆倒是有两卷唐代药王孙思邈的奇书《千金要方》，虽破烂不堪，字迹漫漶，可他收得像宝贝似的，碰都不让张明禄碰一下。

这天，孙大春让张明禄送一服中药到姑溪河对岸一户人家去，回来的路上，在渡口的一处地摊上，张明禄发现了一本残缺不全的医书——《金匮要略》，蹲下身大致翻了翻，觉得非常实用珍贵，就问卖书的老翁："老爹，这本书卖几个钱？"老翁淡淡地答："我这可是汉代神医张仲景的名著……你若真想要，给一枚铜板吧。"可张明禄没有零钱，愣了半天，他只好请求对方说："老爹，这本书你先不要卖给别人，等过两天我借到钱，就来买书。"斯文善良的白胡子老翁微微一笑，点头答应了他。

可到哪去弄这一枚铜板呢？当学徒是没有工钱的，母亲给的那二两白银，是全家的老底子，不遇上大事、难事非花不可，他是绝不会动一厘一毫的。思来想去，他只好硬着头皮悄悄去找师兄借。孙万隆白眼一翻问道："你借钱干什么？"张明禄不敢说真话，只好含糊其词地答："想买……想买点东西……只借一枚铜板，下次我大来看我，保证还你……"孙万隆嘴一撇，傲慢地说："找我借钱，可得付利息哟。借一枚还两枚，不然就拉倒。"这个条件简直太苛刻了，令张明禄心疼不已，但他太需要那本书了，思忖再三，只好咬牙勉强答应。孙万隆这才打开自己的箱子，从里面取出一块铜板，板着脸交给张明禄："你答应了，借一枚还两枚啊，不许反悔！"张明禄忍痛点头。

第二天下晚快打烊的时候，张明禄向孙大春打了声招呼，便急匆匆地向河边码头奔去。那卖书的老翁正在收拾地摊，准备回家，张明禄气喘吁吁地跑到他跟前，从怀里掏出一枚铜板递过去："老爹，把那本书卖给我。"老翁扭头看了他一眼，绷着脸冷冷地说："你来迟了，那本书已被人买走喽！""啊——！你、你、你不是已经答应我了吗？……"张明禄急得哭了起来，"你讲话不算数……你骗人……"老翁见他哭得泪珠子直滚，忽然哈哈笑了起来，"有意思，有意思……哎呀，今天真碰到个爱书的伢子……"说着便从书堆里翻找出那本《金匮要略》递过去，"是这本书吧？我给你留着哩……"张明禄赶紧拿过来一瞧，立刻破涕为笑，爱不释手。"拿去吧，我不要你的一枚铜板了，我喜欢你这个爱读书的伢子！"老翁显得非常豪爽和慈祥。可张明禄却说："老爹，我不能白要你的书！"他恭敬地将一枚铜板放在地摊上，然后拿着书欢喜地跑了。只听那位老翁在背后赞道："嗯——，这伢子不错，既爱书又懂事，将来肯定有出息……"

当天晚上，一切忙妥，脱衣上床休息，张明禄从枕头底下抽出那本宝贝似的《金匮要略》，就着案头昏暗的油灯，认真地看起来。

不知去哪儿玩得很晚才归的孙万隆一进门就发现张明禄正聚精会神地在看着什么书，便上前一把将书夺了过去，"吆嗬，就你这个穷酸相，还想当药师、当郎中呐？"他将书胡乱翻了翻，然后顺手扔向自己的床铺，"这本书我先看看。""哎哎，我才刚刚看哩……"张明禄忙坐起身抗争道。"你刚刚看，我就不能看啦？操，这书还是借我的钱买的吧？！"孙万隆理直气壮地提高声音说，"你看书看这么晚，这灯里的油不要我大伯花钱买啊？"张明禄一时语塞，只好生气地面朝墙壁躺下了。孙万隆上床后则拿起那本《金匮要略》大模大样地翻看起来。张明禄委屈地想：你看书，怎么就不惜灯油哩？……心里有气，却又不敢发泄，只能强忍着，迷迷糊糊地睡去。

第二天一大早，刚刚起床洗漱完毕的张明禄就向孙万隆讨要自己的那本书，他眉头一皱，很不耐烦地说："急什么，我还没看好哩，小气鬼……"张明禄抓耳挠腮没办法，生怕孙万隆有借无还，就趁孙万隆出去解溲时，从他床上枕头下将那卷《千金要方》拿到手。心想，你不还我的书，我就扣着你的书。孙万隆回到屋里，见张明禄坐在床沿上翻看自己的那本书，气得大叫："哎哎，你竟胆敢偷拿我的书？"冲上前就要抢夺，张明禄赶紧将书藏在身后，据理力争道："你又不能同时看两本书。等你把我的那本书看完了，还给我，我就还你的书……"孙万隆理亏，一时语塞，只好狠狠地骂道："真是个小气的乡巴佬，跟你在一起，倒了八辈子霉……"张明禄赢了一回，心里快活，笑嘻嘻地敷衍道："师兄大度量，师兄大度量……"

　　端午节快到了，街上到处有人在卖菖蒲、艾蒿、粽叶、糯米、绿豆糕等，忙着备战赛龙舟的汉子们把清澈幽深的姑溪河搅得浪花翻腾，鱼跳鸟惊，引得岸上的女人们三五成群，驻足观看，指指点点，大呼小叫。

　　药铺生意转旺，尤其是来买香囊、雄黄药酒的人特别多。一个老主顾来抓药，是孙万隆接待的，他看过药方，一一抓药过秤，然后开始打包。忽然，他的肚子一阵绞疼，欲泻难禁，于是赶紧喊正在一旁碾药的张明禄来接替捆扎，自己则急忙在柜上抓了两张包药的黄表纸，捂着肚子跑向后院茅棚。张明禄麻利地将药捆扎好，礼送客人出门。

　　这本是件很寻常的事，谁也没把它放在心上。哪晓得过了两天，那个老主顾怒气冲冲地提着几包草药闯进药房，指名道姓地喊孙大春，厉声斥责孙家配错了药，差点要了病人的性命。孙大春将信将疑打开药包，对照那张处方一一核查，果然发现误将黄芪配成了黄芩，他当即拉下脸来，火冒三丈地问两个徒弟："这是你们哪个干的好事？"孙万隆眼珠子一转，矢口否认道："这不是我干的。肯定是张明禄看走眼了。""你……你不要诬赖好人……"张明禄急哭了，流着泪说："那天药是你抓的，打包时，你忽然肚子疼，要上茅厕，喊我接的手……"

老主顾也想起来了，频频颔首说："对对对，这伢子讲的是实话。"孙大春狠狠地剜了侄儿一眼，赶紧向老主顾赔礼道歉，免费重新为他配了一副药，并奉送两枚铜板作为补偿，求他就此了结，在外面不要声张。老主顾有了面子又得了实惠，这才消了气，拎着药包扬长而去。

心疼而又恼火的孙大春正要训斥徒弟几句，却看见又有人来抓药，只好将要说的话咽下肚去。孙万隆照常抓药，张明禄在一旁蹭药碾子，只见大大咧咧的孙万隆在抓药时，将一片桔梗漏掉在地上，可他不仅不弯腰去捡，反而一脚把这片桔梗踢到柜台底下，遮掩过去。张明禄看见了，忙停下自己的活，弯腰撅屁股从柜台下掏出那片桔梗，还用嘴吹了吹上面的灰尘，将其递给师兄。谁知孙万隆不仅不领情，反而朝他白眼一翻，但碍于大伯在旁边，只好忍住气没有作声。这一切都被旁边的孙大春看在眼里，他不禁暗自叹了口气，懊恼地想："有心栽花花不开，无心插柳柳成荫。人成器不成器，真是天性注定的。即使是自家的侄儿，他不开窍，你硬拎也拎不起来哦！"

打这以后，孙大春对侄儿渐渐就冷淡得多了，反之，却对勤快聪颖的张明禄重视起来，开始让他尝试站柜台抓药，甚至手把手地点拨指教。孙万隆自感失宠，仗着亲戚关系，有恃无恐，索性破罐子破摔，还多次私带店里的贵重补品回家，说他还回嘴抵赖，实在气人。孙大春左思右想，终于狠下心来，准备将他打发回家。

就在这个节骨眼上，孙万隆找张明禄索要两枚铜钱，可张明禄的父母已经好几个月没来看他了，他哪有钱还债呢？早就妒忌窝火，有气无处撒的孙万隆便劈头盖脸把张明禄一顿狠揍，打得他鼻青脸肿，鼻血直喷。张明禄只是躲让，没有还手。孙大春得知情况，越发觉得这个奸刁蛮横的堂侄不可久留，便掏出三枚铜板递给堂侄："明禄欠你一枚铜板，我替他还你三枚，总可以了吧？"孙万隆不好意思伸手接钱，僵着脖子尴尬地咕哝道："大伯，不管怎讲，我、我是家里人……可、可他是外人啊……""他虽是个外人，但比你这个家里人诚实、善良、能干！"孙大春一把拽过堂侄的右胳膊，将三枚铜板重重地拍在他的掌心里，背过身去，生气地说："你回家去吧，以后不要再来了！"侄儿孬眼直翻，愣愣地望了大伯许久，嘴一扁，痛哭流涕地转身跑回屋去收拾行李……

孙大春的堂弟、堂弟媳妇见儿子被辞退回家，惊讶又恼火，三番五次地跑到店里来求情，最后竟撕破脸皮，大吵大闹起来，说哥哥嫂子不通人情，怎么能赶走家里人，反而重用外人。孙大春被吵得头疼，不禁发了脾气，用旱烟袋敲着桌子对他们说："你家要是缺钱用，就从我的柜上拿几个走……侄儿非那块料子，不能勉强。我是一忍再忍，忍无可忍啊！你们真要是把我的药铺搞垮了，今后想沾光门都没有……"一番大实话，说得对方张口结舌，只好灰溜溜地走人。

为了进一步考察张明禄，以便用得放心，有一天打烊后，孙老板暗自将几枚铜板用破布包缠起来，趁没人在场，悄悄丢在柜台旁边，想试试这个学徒贪不贪。翌日晨扫，张明禄扫帚一伸，在柜台脚下扫出一个布包，好奇地打开一看，原来是几枚铜板，这对只干活不拿钱的学徒工来说，可是一笔价值不菲的外快呀！当时店堂里没有其他人，但张明禄毫不犹豫，立马就跑到后院，将其交给刚刚起床的孙大春。孙大春佯装不知，但内心暗悦，从此更加赏识器重这个秀外慧中的小伙计。

第四章

雏鹰亮翅

转眼间三年过去，张明禄学徒期满，成了药铺里的顶梁柱，里里外外一把抓。孙大春索性半管半放，与一帮老友喝酒打牌，东游西逛，落个轻闲自在。但药铺里的杂活也得有人干呀，于是，又招了个族内的小学徒，名叫孙能旺，绰号"小猫子"，平时以扫抹除尘、担水劈柴、伺候东家为主，有空也帮着照看柜台，碾药装货，顺带学点手艺。总之，就是顶了张明禄过去所干的那些事。"小猫子"年方十四，念过几年私塾，人挺机灵的，德性还可以，干活也不懒，与张明禄很投缘。张明禄从不摆师兄的架子，杂活累活常帮着干，在业务上也不保守，该传授的他都主动、耐心地循循善诱。

这天逢集，街上人如潮水，市声鼎沸，前来孙大春药店买药进货的顾客商贩特别多，师兄弟两人忙得不亦乐乎。

晌午时分，有个腰佝背驼挑着一担稻箩的中年汉子走进店里来，要购几种药品，无非是乡下常用的什么"灭蛔丸""咳喘丹""活血止痛膏"之类的大路货。此人姓田，自称是姑溪河北岸林家圩人，在当地开了一家小铺面，常来一河之隔的护驾墩转悠，淘点便宜货回去贩卖。

老田在店里瞅了半天，终于张口要了几样货，张明禄都一一给他拿好，捆扎妥当，然后算盘一敲结了账。可付款后，老田犹豫了半晌，又说他拿的五打"咳喘丹"多了，只要两打足够，就从稻箩里拿出三打"咳喘丹"放回柜台上。张明禄和蔼地重新算账，找回他的钱，还在账本上改了这笔账，然后又忙着接待别的顾客了。这老田滑头滑脑，向来爱占小便宜，见药店里人来人往，混乱嘈杂，师兄弟俩手忙脚乱，自顾不暇，趁机从柜台上拿走一打"咳喘丹"塞进稻箩里，挑起担子就溜出了门。

忙完一阵子，顾客陆续散去，张明禄拿起柜台上的"咳喘丹"正要放回原处，却发现原来三打变成了两打。他一思索，估计八成是被老田趁乱顺手牵羊偷走了，掐指一算时辰，此人离店只有半袋烟工夫，赶紧追，也许还追得上。

"小猫子，有人偷拿了店里的药，我这就去追，柜台就交给你照应了！"张明禄一声喊，待"小猫子"绷脆地答应，他便一撩长袍下摆，塞进腰带间，急忙跑出店去。可一头冲上街，他又愣住了，这么大的集市，到哪去找老田呢？他灵机一动，老田拿了人家的东西，做贼心虚，一定急着回家，只有往渡口赶才对头。于是，张明禄沿着蜿蜒的青石小街朝姑溪河渡口飞奔而去。

街上离河边码头有很长一段路，张明禄一路边跑边寻，可哪见老田的影子。等他气喘吁吁，汗流浃背，一直跑到码头，渡河的大木船已起锚解缆就要离岸而去了。早已上船的老田忽然看见了气喘吁吁追踪而来的张明禄，不禁吓得头一缩，藏在人缝里装糊涂。

张明禄估算着时间，渡船约莫半个钟头一趟，如果老田真要回家的话，他就一定上了这艘船。所以，他不顾船家呵斥拦阻，一个纵身弹跳，从岸上猛然蹦起落在船头甲板上，脚底一趔，差点摔下江去，引得满船的人一阵惊呼。张明禄跌得屁股生疼，龇牙咧嘴站起身，一边揉着疼痛的屁股，一边朝舱中乘客搜寻着，大声喊道："田老板，田老板……"

老田知道藏不住了，只得故作惊诧地站起身答应着，"呦，小伙计，你怎么来了？"张明禄一看人被找到了，紧绷的心顿时放松下来。因为船上人多，为了照顾对方的面子，他忍住气，一瘸一拐，笑脸相迎地走上前去，连连作揖说："田老板，你刚才在我店里拿错货了吧？"老田却故意装孬，矢口否认道："没有啊……没拿错什么呀……"张明禄诚恳地说："田老板，你也是做生意的人，应该知道我们当伙计的苦处。你多拿了一打货，我就要赔一打货的钱。你让我看看你的稻箩，真相就大白了……"老田还不肯认账，他急赤白脸地说："你到底想干什么嘛？哪个多拿你东西啦？真是疑神疑鬼……"张明禄不得不推开他，在那担稻箩里翻找着，果然，在里面搜出三打"咳喘丹"。他拎起那三打"咳喘丹"有理有据地说："田老板，你在我店里进货时，一开始要了五打'咳喘丹'，过了一会儿，又说五打'咳喘丹'多了，要求退回三打。我二话没讲，当即就答应，并马上退了你的钱。你把三打'咳喘丹'放回柜台后，我就去接待别的顾客了，可你却趁乱拿了一打'咳喘丹'塞进稻箩里走了，这么做恐怕不大厚道吧！我店里还记着账，要不然我们一起回去查账本……"老田面红耳赤，嘴里吭吭哧哧半天，觉得在大庭广众之下被揭短挺丢脸，不禁恼羞成怒地说："你这个伢子干事太毛糙，你自己拿错了货，怎么还赖我？算我倒霉，你拿走一打'咳喘丹'吧！少见少有，还跳船跨河来追人……"张明禄拿起一打"咳喘丹"夹在腋下，任老田怎么奚落他都不回嘴。

此时，载满客货的大木船已顺流驶入河心，在风浪里颠簸，不可能掉头了。张明禄只好等船过了河，靠上岸，再等乘客下船上船起锚返航，直到太阳偏西才返回护驾墩码头。

临下船时，张明禄从怀里掏出铜板要交过河费，早已将此事的来龙去脉看得清清楚楚的船主却慷慨大度地说："算了算了，我看你这伢子人还诚实，办事机灵，为了帮店主追货还差点落水，过河费就免了吧。""谢谢船老大！"张明禄喜出望外，赶紧鞠躬致礼。"你不要谢我，往后发达了，镇上的龙王庙、大戏台、白渡桥，还指望你出钱修缮哩……"一句玩笑话，将张明禄闹了个大红脸，他虽然没搭理，却在心里记下了这番话。

回到店里，早已听"小猫子"讲明原因的孙大春一点也没怪张明禄，而是和颜悦色地说："偶出小错，也是难免的。即使追不回来，我也不会怪你。快去厨房吃饭吧，晚饭有你爱吃的红烧鱼……"张明禄看得出来，虽然师父对他追回的这打药看得并不重，但他对自己的把家敬业精神是赞赏的、满意的，所以这顿晚饭也就吃得格外舒心。尤其令他感动的是，吃到碗底，他竟然发现了一只自己最爱吃的油煎荷包蛋。毫无疑问，这是一直对自己情意绵绵的翠莲妹妹打的"埋伏"。但当时翠莲还小，只有十四岁，再说，她早已订了娃娃亲，所以，张明禄只是感恩她的善良，根本没有往别处多想。

　　暮春时节，莺飞草长，艳阳高照，商旅繁忙。远处的一脉青山层次分明，浓淡相宜，逶迤在广袤的地平线上。

　　桅杆林立、帆影如云的泾川榔桥渡口，一身朴素布衣，肩背包袱、腋下夹着把油纸伞的张明禄跳下帆船，一路打听着向镇中的程记药材货栈寻去。近来，孙大春身体有恙，就让他单独出门去进货，顺便历练历练，蹚蹚路子。

　　孙家的老货主，泾川药材商程祖慈原本为人还算不错，但因连日打麻将赌博，输得很惨，显得精神萎靡不振，感觉眉毛胡子都挡事，心情很是不爽，脾气特别大。

　　账房先生进屋禀报："老爷，当涂护驾墩孙大春店铺来人进货了。""哦，孙大春是老主顾，我要见见他。"躺在榻上抽烟想事情的程祖慈正要起身，账房先生赶紧凑近身边，小声说道："不是孙老板亲自光临，而是他的一个小伙计……"程祖慈闻声不动了，连抽两口烟，不耐烦地挥挥手说："那我就不见了，你去应付应付吧。"账房先生点头哈腰转身而去，刚走到门口又被叫了回来，程祖慈连输几场麻将，吃亏不小，满腹怨气，此时忽然心眼一动，想从生意上捞些回来。他听说来者是个年轻的嫩手，更是低看了一眼，就贴近账房先生的耳朵，如此如此吩咐了一番。

账房先生唯唯诺诺，领命而去，一边好酒好菜款待张明禄，一边暗中指使伙计将一批掺杂使假，虫蛀霉变，以次充好的杜仲、当归、黄芪、何首乌等放在麻袋底层，而浮头则以好货遮人眼目，打包过秤，想蒙混过关。不料，张明禄谢绝饮酒，匆匆吃完饭后就开始验货。他查得仔细，验得内行，一一识破伎俩，不肯照单收货。

账房先生见此招不灵，又使出一招，他将张明禄单独请至内房，拿出两串铜板塞给他，"现在生意不好做，虫蛀鼠咬也在所难免。小老板请高抬贵手，今后常来常往，我绝不会亏待你的！"面对沉甸甸的铜板，张明禄毫不动心，他当即正色推却道："使不得，使不得。我端孙家的饭碗，岂能吃里爬外，欺瞒恩主？如果货真价实，一切好说；若是作奸玩假，恕小字辈万难从命。如果贵号没有诚意，那我只好上别的人家去看看。"说罢，拎起自己的包袱就要走。

软硬不吃却又和颜悦色、有理有节的张明禄弄得账房先生十分尴尬，束手无策，最后只好请出程老板来转弯子。

程祖慈不得不放下架子，满脸堆笑地走过来，打着哈哈说："哈哈，我与孙大春是多年的老朋友了，他每次来进货，查验得也不是太苛刻。你让我，我让你，有亏有赚嘛……"张明禄作揖道："越是老朋友，越是要真诚。再说，孙老板是当家人，打折让利装糊涂都是他的权力。而我只是个小伙计，端人的碗，受人的管。还望程老板多多体谅……"

几番绵里藏针的较量，见小伙计果然不瓤，黔驴技穷的程祖慈只好将库里的上等药材拿出来打包发货。

临别时，程祖慈亲自将张明禄送至码头，一再赔礼求情说："……我手下人不会办事，一时糊涂，做下难为情的事，连我的脸都丢尽了。请小老板多多担待，切切不要对外张扬。""人人皆有糊涂时，金佛脸上有瑕疵。程老板请放心，过去的事一风吹，我绝不会搬弄是非。"张明禄给他吃下定心丸，麻利地跳上船，挥手作别而去。

待人以宽，免伤和气。做人留一线，今后好见面。张明禄回到护驾墩后并没有以此炫耀，邀功请赏，而是缄默不语，像什么事也没发生过一般。程祖慈晓得后非常感动，也真诚悔悟，从此以后再也没有弄过假，所供药材都货真价实。后来，孙大春去皖南拜访，与客户闲聊，偶尔从知情者口中得知此事，既惊叹又欣慰，心想，这个张明禄心胸大得很，非同庸常角色，将来定会出人头地。

嘉庆二十年（1815），爆竹声中年关到了。张明禄头戴毡帽，身穿粗布长袍，脚蹬破棉鞋，冒着严寒外出讨账。当他顶风踏雪，浑身冻得像个冰陀螺，一趔一滑，来到当涂乡下一户姓詹的小地主家院落前时，不料这家子突遭横祸，儿子与人械斗惨死，母亲一急之下也犯病暴亡，一日之内，两条人命归天，院内灵堂里停放着一老一少两口棺材，当家人詹继业身穿丧服，形销骨立，在亲属的帮衬下，强打着精神料理丧事。

张明禄在院外向人打探情况，村上有好心的长辈得知小伙计是来讨债的，就点拨他说："自古讨债不逼丧。再说，詹老伯手头正紧，哪有银子还债？你还是等到明年春上再来看看吧。人不死，债不烂。此时进门去催账，于情于理都不适合。"张明禄听罢连连点头认可，他寻思片刻，正要转身离去，忽然灵光一闪，觉得自己来一趟不容易，索性面见詹继业，表表同情和慰问，礼多人不怪，也算是顺便给个提醒吧。

　　一眼看见行色匆匆、冻得鼻青脸肿的张明禄走进灵堂，身穿丧服，面目憔悴的詹继业就明白了是怎么回事，但还没等他开口，张明禄就在棺材前"扑通"一声跪下，恭恭敬敬地磕头行礼，然后起身从身背的布袋里掏出一小锭银子，双手呈上去说："惊闻噩耗，孙老板特意派我来哀悼。这区区五两银子虽然绵薄，却是我家主子一片心意，万请詹老伯赏脸收下！"

　　詹继业本来满心的不痛快，早已想好了回绝的话，闻听此言，深感意外和惊讶。刚刚遭人欺凌，儿死妻亡，既愤且悲，仿佛天塌地陷，坠入绝境的他，忽然受人如此抬举和礼遇，不禁感动得涕泪交流，赶紧上前连连作揖，哽咽着说："孙老板仗义，孙老板仗义……等开了春，过了丧期，我就去拜谢他……"詹继业吩咐家人领张明禄去屋里烤火吃饭，敬如上宾。临别时，詹继业还亲自将张明禄送出村口很远。

　　回到护驾墩店里，张明禄向孙大春说明了情况，孙大春见他不仅没有要回詹家的债，反而把好不容易收回的另一笔债款也搭了进去，心里难免有些懊恼，脸色当即就不大好看，但他毕竟也是明事理识大体的人，只好淡淡一笑，没说什么责备的话。但这个年他过得不顺心，眉头总是微蹙着，张明禄也就格外提心吊胆，谨言慎行，心里不禁连连打鼓：这件事我到底做错了还是做对了呢？詹老伯，我的声誉前程全押在你身上了！

春节过后，天气转暖，地上的冰雪渐渐融化干净，不知不觉间，万物复苏，菜花黄、柳芽绿、桃杏红、梨树白，燕子双双飞回来……乡下人们开始耕田育秧了。左等右盼不见詹继业来还债，张明禄的心里冰冷发寒。虽然孙大春忍着不提此事，但张明禄却暗自急得像热锅上的蚂蚁。就在他准备下乡去催讨时，一天早上，詹继业领着一帮乡亲，抬着一头猎获的野狍子，挑着鸡鸭鲜鱼，敲锣打鼓放鞭炮来到孙大春家拜谢。

过路行人、街坊邻里、看热闹者把孙家店铺门口挤得水泄不通，詹继业当着众人的面，眼含热泪感慨地说："孙老板重情重义，行善积德。过年前，我儿子和我老伴被恶人所害，不幸过世。我含冤忍痛为他们母子二人办丧事，一间灵堂，两口棺材，哪个见了不伤心落泪啊！……当时大雪飘飘，寒风呼号，家中空空荡荡，冷如冰窟，我万念俱灰，真是死的心都有了。没想到就在这时，孙老板派他的徒弟来吊唁，非但老债不提，还给了我五两银子，这真是雪中送炭，暖人心窝啊！……"他对孙大春的仁义之举大加赞扬，博得了众人的一片赞叹。

詹继业这趟来，不仅还清了旧债，还送了一份厚礼。孙大春面子、里子都赚足了，心里简直乐开了花。此时，他才不得不佩服徒弟办事机灵、高明、有远见，也暗暗惭愧地承认自己脑筋笨拙，胸怀欠宽，目光短浅，不足与后起之秀比肩。心里料定：这个张家小子胸宽志远，日后必成大器！

第五章

苦 涩 初 恋

春眠不觉晓。鸡叫头遍，天刚麻麻亮，师父一家人还在有滋有味地睡着回笼觉，习惯早起的张明禄已起床洗漱完毕，正与师弟"小猫子"一起在店堂里收拾药材，扫地掸尘，准备着开门营业。

突然，听见屋外一个脆生生带着哭音的女人一边敲门，一边急切地喊道："开门，快开门，我要请郎中……"张明禄一听就知道有人犯了急病，忙放下鸡毛掸子跑去开门，门闩刚刚拉开，一个身材苗条，梳着两条乌黑油亮的长辫子，大约十六七岁的姑娘就闯了进来，张明禄不禁眼睛一亮，暗自惊叹：嗬，好漂亮的一个妹子啊！那姑娘看见面前二十多岁高挑俊朗的小伙子，粉脸也唰地一下红了，焦急地问着："郎中呢？我大犯病了，我要请郎中……""姑娘，我们这里是药材店，没有郎中。"张明禄如实相告。"哎呀，那怎么办啊？我大的病很急呀……哪里能请到郎中呢……"姑娘急得泪水直流。"街西头侧巷里有一个老郎中……走，我带你去！"张明禄与她正要走出店铺，见"小猫子"拎桶要到后院打水去，便与他打了声招呼，转身反掩上门，领着姑娘匆匆朝街西跑去。小镇民风古朴淳厚，店家摊主有急事，快去快回，是不用关门上锁，防范偷窃的。

熟门熟路地在街西侧巷里找到了那个姓裴的老郎中，他与张明禄比较熟，为了看病买药的事，彼此常有往来。

听完姑娘的诉说，睡眼惺忪的老郎中却并不着急，他一边穿衣起床，一边慢悠悠地对姑娘说："你大我认得，他不就是柳汉河对过肖家村的地保肖正友嘛。你大有眩晕病，不能受刺激，可他恰恰好赌，近来打麻将输惨了才犯病的吧？"姑娘羞怯地垂下头，轻声应道："嗯，他总不听劝，我妈都快给他气死了……""我给你大瞧过多次病了，有一次就是在赌场上把他救过来的。我不用到你家出诊就能给你大开方子……"裴郎中嘴角挂着自信的微笑，走到桌旁坐下，提起狼毫笔蘸蘸砚台里的墨水，在毛边纸上流利地开出药方，然后递给姑娘："嘟，方子你拿去抓药。诊费嘛，我晓得现在拿不到，等哪天你大赢钱了再讲吧。"两手空空的姑娘愧疚地频频鞠躬致谢："谢谢老伯，谢谢老伯……""我好讲话哦，可你没有钱，怎么能抓到药哩？"裴郎中好像跟肖正友的关系还不错，故意乜斜了张明禄一眼。机灵的姑娘会意，忙向张明禄鞠躬求情："请大哥帮帮忙，等我家有钱了，一定还你……"张明禄本来就心软，加上这个肖姑娘既漂亮又伶俐，顿生爱惜怜悯之情，于是就鼓足勇气答应道："好，我越俎代庖替老板做回主，把药赊给你。走，我们回店里抓药去。"

　　出了裴家，两人一前一后走在蜿蜒幽静的小巷里。肖姑娘望着眼前小伙子的背影，心里充满感激，张明禄正好回头看她，四目相碰，立刻撞击出感应的火花。姑娘羞红着脸，心里怦怦乱跳，立马埋下头去，双手下意识地玩弄着辫梢，喃喃地说："我记着账哩，保证会还钱的……"张明禄忙说："没关系没关系，店里的老主顾也常赊账……我现在满师了，大不了扣我的工钱……"接着，他鼓足勇气问："你……你叫什么名字？"肖姑娘更不好意思了，脸庞红得艳若桃花，腰肢像杨柳般摆了摆，低声呢喃道："我叫玉儿……""哦，鱼儿？就是河里的小鱼儿吗？"张明禄像是没听清，一本正经地问。机灵的玉儿估猜他是在装佯，开玩笑，便羞涩地看了他一眼，轻轻将脚一跺，"不跟你嚼白话……"

　　回到店里，张明禄赶紧按方子抓药，打包以后礼送肖玉儿出门。玉儿跨出门槛，随即转身意味深长地瞥了张明禄一眼，这眼神里有感谢、有敬重、有信赖、有羞涩，还有一种说不清道不明、朦朦胧胧、隐隐秘秘的情愫，使得青春烈火熊熊燃烧、情窦初开的张明禄心慌意乱，想入非非。直到肖姑娘已远远离去，消失在小街的转弯处，他还在引颈张望，愣神发呆。"小猫子"见状暗自窃笑。

　　不知为什么，自从与肖姑娘见过面，张明禄心里就放不下她，一有空闲他就想起这个善良、懂事、漂亮的小妹子，甚至夜里还梦见她与自己打闹嬉戏，拜堂成亲。此时的张明禄已有二十岁出头了，早就到了结婚成家的年龄，可他家境贫寒，两个哥哥尚未婚娶，自己学徒刚满师不久，手头积蓄很少，哪谈得上婚姻大事啊！思来想去，饱受相思之苦的张明禄还是忍不住将自己的心思告诉了师母，请她替自己去肖家打探打探，看看能否提亲说媒。师母一口答应，说："肖正友是个不务正业的混世虫，老赌棍，经常饱一餐饿一顿，欠了一屁股带两胯子债，有你这样能挣钱的俊小伙子给他当女婿，那还不是高抬了他？！不过他那个丫头倒还真不错，要模样有模样，要人品有人品。你若娶了她，确实有福享。"

翌日早上，师母兴致勃勃地提着礼物，过柳汉河老桥，直奔肖家村去了。望着师母的背影匆匆远去，张明禄兴奋不已，满怀希望。他觉得这事应该有个七八成把握，所以情绪极好，干起事来格外带劲。

晌午时分，师母终于回来了，张明禄赶紧迎上去，却见垂头丧气的师母叹了口气，懊恼而又惋惜地对张明禄说："你没那个福分……肖家的玉儿早已许配给别人了，你就死了这个心吧！"张明禄如遭电击雷劈，仿佛一下从热炕上掉进了冰窟窿里，好多天都打不起精神来。

过了些日子，玉儿来店里还钱。这是个很自尊、很值价的姑娘，与她那个死乞白赖的赌徒父亲完全两样。张明禄不肯收钱，一再推让。孙大春也轧出了苗头，在一旁连说免了免了，明禄已经替你付过账了。但诚实倔强的肖玉儿，还是坚决把钱留下了。

张明禄送她出门的时候，忽听她小声道："晚饭后，你能到老桥上来一下吗？我有话想跟你讲。"张明禄一怔，连忙点头说："好好好，我一定去！"

送走肖玉儿，张明禄满心欢喜，猜着：是不是事情有了转机，玉儿能嫁给自己了？想到得意处，他愉快地现编现诌哼起了小曲儿："月亮挂上了柳梢头，我的人儿你……你别发愁……""小猫子"察觉出了苗头，故意调侃道："师兄，你唱的这是什么曲呀，我怎么从来没听过？"张明禄暗自一乐，可表面上仍一本正经地呵斥道："去去去，一边凉快去。你没听过的戏文多着哩！""小猫子"捂嘴偷笑……

太阳刚刚偏西，张明禄就盼着快点天黑，好关门打烊，去柳汊河老桥上会心上人儿。原来每天打烊时，勤快敬业的张明禄总是能拖就拖的，想着多做几笔生意。可今天怪了，太阳还明晃晃地挂在西边，亮堂着，后院厨房正在烧锅，烟雾腾腾，鸡鸭尚未进笼归窝，离开饭时间还早得很，他却急着要上门板打烊。孙大春心里有数，和颜悦色地说："你有什么事就先去办吧，店里有我呢……"顺手从怀里掏出枚铜板递给徒弟，"晚饭还没烧好，你先在街上买两个烧饼垫垫肚子，回来后再吃饭吧。"张明禄心里一热，泪珠子差点滚落下来，赶紧连声道谢。孙大春人很抠，平时手指攥得特别紧，但他对张明禄却另眼相看，晓得这个徒弟不瓤劲，将来必然要出人头地。因此，就格外地疼着护着。

年久失修，越发残缺的老桥是一座双孔石拱桥，横跨在碧波荡漾的姑溪河支流——柳汊河上，一头连着小镇老街的南关，一头通向对岸的乡下，河滩有大片的柳树林，是个很静谧的地方。张明禄一边啃着烧饼，一边来到桥头，可除了三三两两的行人，他把桥南桥北都寻遍了，也不见肖玉儿的影子。再望望西天，哦，太阳并未完全落下山去，还露着点红帽顶子呢，还早。他大腿一跨，斜坐在桥顶石栏杆上往北眺望，肖玉儿家就在不远处的渡口村。

吃完了烧饼，还到桥墩下面喝了几捧水，后来又撒了一泡尿，等了好久，也不见人来。

天终于黑下来，百步之外已视线模糊，河边柳林更是笼罩在暮霭雾气之中，显得虚无缥缈，分外冷寂。这时，只见一个人影从桥北田间小路上朝这边移动过来。望眼欲穿的张明禄兴奋地从栏杆上跳下来，跑过去迎接。果然，是肖玉儿。她穿了身干净又合体的土布衣裳，初步发育使得她的胸前撑起两朵鼓鼓的花蕾，头发梳得一丝不乱，额前还卷着蓬蓬的刘海儿，身上散发着一股好闻的女体香味儿。

"我们……还是到河边的树林里去吧，免得让人看见嚼白话……"玉儿羞涩地垂着头。"好好好，听你的。"张明禄赶紧在前引路。到了树林边，只见蒿草丛生，垂柳浓密，无数归鸟在枝头叽叽喳喳，还有不知什么小动物在草丛里直窜，人往树下一站，就像消失在了柳浪烟波里。张明禄还要往深处钻，肖玉儿却止步道："行了，就在这里吧。"

两人面对面，默默注视了许久，借着昏暗的暮光，张明禄看见肖玉儿的眼睛里有泪光闪烁，知道她受着委屈，可又不知怎么安慰才好，只得语无伦次地说："玉儿，我……我请师母去提亲，可……可……你父母回拒了，我干着急却没办法……"

"我不怪你，你是个好人……"玉儿哀怨地抽泣着说："我不愿跟那个父母订的人，他是个吃喝嫖赌的败家子……"

"他到底是什么人？做父母的怎么能将亲生闺女往火坑里推呢！"

"他……他叫许天保，外号许大呆子，家里是开油坊的，钱是有两个。可许大呆子从小就娇生惯养，尽搞邪门歪道，长大了更是吃喝玩乐，赌起钱来整夜不下桌子，他家的那点老底子快给他败光了……"

"既然这样，你父母当初怎么能允下这门亲事呢？"

"都怪我大……他也好赌，输惨了没日子过，许家就借给他钱……这么多年下来，也不知欠了多少债，只好拿我去顶……我妈是惜顾我的，可她在家做不了主，还老是生病……"肖玉儿伤心地失声痛哭，鼓凸的胸脯急剧起伏，她仰起泪脸，抱着最后一丝渺茫的希望哀求道："张大哥，你能救我吗？听说你是外乡人，你带我回老家吧，我什么苦都能吃，什么活都能做……"

张明禄头皮发麻，六神无主，脑袋瓜一片空白。他是个外乡人，寄人篱下，势单力薄，勉强混碗饭吃，苟延残喘，哪敢跟地头蛇、发物头子叫板？回老家去又能干什么？那点薄田能养几个人？出来学手艺，却半途而废，怎么向家里交代？那不还是死路一条嘛！犹豫了半天，他一点办法都没有，只好沮丧地问："许家什么时候娶你？"

"他家早就想办大事了，那个许大呆子经常来纠缠，我妈就以我年龄还小为借口拖延着……但许家放出话了，说最迟明年秋后就要接我过门，否则就要来抢亲，大闹一场……"

"现在也没有别的好办法，能拖还是要拖……等我翅膀硬些了，能挣钱养家糊口了，或许会有转机……"

"我就怕夜长梦多，那个许大呆子是个地痞无赖，他不会放过我的……我还是想跟你回老家，躲得他远远的！"肖玉儿只想摆脱纠缠，远走高飞，把眼前这个正派、顶龙的小伙子当作是最后一根救命稻草了。

可张明禄哪敢轻许诺言，他仰天叹了口气，嗫嚅着："我，我……我何尝不想带你远走高飞，但贪图一时之快，只能是自寻绝路啊……"

肖玉儿大失所望，心里那团微弱的火苗摇曳挣扎了几下，彻底熄灭了。愣了半晌，她用手背擦了擦泪眼，哀哀地说："不难为你了……我就是这个苦命……"说罢，泪珠子直滚，哭着转身跑出柳树林。"玉儿，你能拖就拖，我再想想办法吧……"张明禄边喊边追，一直跑到桥头，眼睁睁望着心上人远去，消失在黑沉沉的夜幕里……

天色渐亮，露湿小街，或浓或淡的炊烟在家家户户的屋顶飘散开来。药店刚开门不久，一笔生意还没做，忽见一个满脸痞气，身穿绸缎马褂，头戴瓜皮帽，阔少爷模样的人气势汹汹地闯进店堂来，身后还跟着几个歪瓜裂枣，不三不四的小混混。

正在晨扫的张明禄一看来者不善，忙放下手中的笤帚，格外小心地赔着笑脸说："这位客官，你是想买点补品，还是要抓药……""老子要抓人！"阔少爷的拳头在柜台上重重一擂，"你大概就是张名录（明禄）吧，老子该个（今天）要好好地教训你一顿！"说着，猛然掀开隔板，冲进柜台，一把揪住张明禄的衣领将其拖了出来，挥拳就打。张明禄一边避让抵挡，一边大声呼喊："你是什么人？我没惹你呀……"师弟"小猫子"想去搬救兵，却被那伙人堵住，呵斥道："别动，放老实点！"

"你们还愣着干什么，给我揍，狠狠地揍呀！"阔少爷怒吼，几个小混混立马围上来大打出手，拳打脚踢，张明禄边挡边躲，只招架不还手，顿时桌倒椅翻，药罐瓷坛摔成一地碎片。正在堂前玩耍的孙大春幼子，刚刚才十岁的小顺子赶紧跑到后院叫喊："妈，妈妈……有坏人来打哥哥喽……"

"哎哎哎，干什么干什么？光天化日砸店打人，没有王法啦？"孙大春领着老伴、女儿翠莲等家人急匆匆地跑来，奋力推开打人者，仔细一瞧带头的，"噢——，原来是许少爷，我家没人惹你嘛，为什么要打上门来？"门外也涌进来不少邻居、熟人、看热闹的，纷纷劝阻着。许天保咬牙切齿地说："为什么——，哼哼，你问问这个土鳖佬，他勾引没勾引我的老婆肖玉儿？"躺在地上鼻血直淌的张明禄听到此话完全明白过来了，他忍痛爬起来，一手捂着鼻子，一边义正词严地说理道："许天保，你不要仗势欺人……你跟玉儿并没有成婚，完全是以债相逼，厚颜无耻，她根本不愿嫁给你……""可老子跟她家有婚约，老子在她身上花了多少钱你晓得吗？"许天保暴跳如雷，伸手又要来打，众人忙将他拉住，"息怒息怒，有话好好讲……"

孙大春的老婆挤上前来，双手直拍，脚直跺地数落道："唉呦，我们哪晓得你跟肖家有婚约哟，我当时好心去说媒，没有得到半文钱好处不讲，还倒贴了一袋茶叶，两包糕点，该个

（今天）又惹来这么大的麻烦，你们讲讲看，我倒霉不倒霉？！"
孙大春白了老婆一眼，"你们女人家，尽扯些鸡毛蒜皮不上台面
的话。"他捺住性子，转身对许天保连连作揖道："对不住，对
不住，我们不晓得你家跟肖家有婚约，现在讲明白了不就行了
嘛！多有得罪，多有得罪……"说着，他从怀里掏出一摞铜板
塞到他的手里："这点小钱你带朋友们去喝杯水酒，我还要做生
意，也不想跟熟人故旧撕破脸……"

许大呆子并不呆，他既打了人，出了气，震慑了情敌，又
捞到外快，里子面子都有了，正好借坡下驴，但嘴上还是强硬
地吓唬道："今天看孙老板的面子，就饶你小子一回。如果你
这个外乡佬胆敢再勾引肖玉儿，老子下次就带人敲断你的狗
腿……"说罢，领着一帮狐朋狗友扬长而去。

围观的人散尽，店内恢复平静。"小猫子"扶起倒地的桌椅
板凳，师母用扫帚扫着地砖上摔碎的瓷片，嘴里心疼地嘀咕着：
"挨千刀的东西，打了人还拿铜板，这是什么世道呦……"小顺
子也噘着小嘴，口齿不清地骂道："妈噗，妈噗……"翠莲则绷
着脸不说话，一边默默地收拾着东西，一边不时用哀怨、忧郁
和心疼的目光瞥着这个自己心里敬重依恋，总也放不下的人。

孙大春叹了口气，冷脸正色道："明禄，肖家的丫头你今
后是不能再碰了，那许大呆子蛮横无理，心狠手辣，你搞不
过他。"

"师父、师母，徒儿给你们添麻烦了，真对不起！"鼻
青脸肿的张明禄虽愤懑满腔，心有不甘，但还是识大体，顾
大局，真诚地连连鞠躬赔罪，"我跟玉儿有情无缘，我认命，我

认命……。"

来年秋后，肖玉儿被迫出嫁了。夫家毕竟是个油坊主，瘦死的骆驼比马大，婚礼办得还算体面。那天，迎亲的花轿前呼后拥，敲锣打鼓，唢呐高奏，一路不时燃放爆竹，还不断撒发喜糖，气气派派，热热闹闹地从小镇街道上经过。

张明禄一开始并不知道是哪家办婚事，就像往常一样跟随众人站在药店门口嘻嘻哈哈看热闹。待迎亲的队伍走近，抬眼瞧见骑大马、戴红花的新郎官许大呆子，他不禁心头猛然一揪，热血往脑门冲涌，浑身战栗，气愤地张口结舌，呆若泥塑。

肖玉儿心里挂念着张明禄，花轿来到药铺门前，她突然掀开盖头，撩起窗帘，一眼就看见了自己中意的男人正满脸恓惶地站在那儿发愣，顿时，肖玉儿再也控制不住自己感情的潮水，双手将脸一捂，痛彻肝肠地哭泣起来。她真想对轿外大声呼喊："张大哥，我对不起你……我要是能跟你远走高飞该有多好啊！"可她不敢喊，只能泪洒如雨。

这一幕，张明禄看得真真切切。虽说他早已对肖玉儿死了心，但突然发现自己喜欢的女人坐在花轿里抹泪，一朵鲜花即将毁在那个王八蛋手里，他异常愤怒，心如刀绞，可又万般无奈，只能眼睁睁地瞅着那个一身新装，披红戴花，得意扬扬，吊儿郎当，故意显摆抖威风的新郎许天保骑在马上，领着花轿队伍招摇过市……

肖玉儿出嫁后，张明禄的心反而彻底放下了、轻松了、无牵无挂了，一门心思扑在学医弄药、钻研业务上。

第六章
时 来 运 转

  学徒师满，张明禄在孙大春药店站柜台兼做郎中已有几个寒暑，一般的头疼脑热，跌打损伤，痈疽瘩背，五淋白浊等常见病症都能大体应对，其人品与医药技艺日渐受到认可，乡亲们都说这个小伙子不瓤劲，将来肯定有发达的一天。

  这年盛夏，久旱无雨，暑热难耐，稻禾枯焦，逃荒要饭者络绎不绝。一个身背包袱匆匆赶路，逃荒者模样的中年农妇，路过护驾墩镇三岔口一棵大榆树下，又渴又饥，正巧旁边树荫下有个卖李子的老汉，于是她就买了些廉价的李子，坐在树荫下大吃起来。谁知吃着吃着，突然身子一歪，倒在地上，口吐白沫，四肢抽搐，接着就无声无息。那个卖李子的老汉吓得魂飞魄散，怕衙役来了自己受牵连，赶紧挑起担子溜之大吉。

  附近的人围上来，都认为妇人已暴毙，怕尸体经高温曝晒后腐烂发臭招来瘟疫，齐声嚷嚷着要赶快埋葬。于是，地保匆匆请来一个件作（官衙里检验命案死尸的人），草草查验之后，便给死者蒙上芦席，打发几个人准备将其抬到镇外乱坟岗给埋了。

张明禄有事路过此处，恰巧看见两个人将那女人抬起时，盖在她身上的芦席滑落在地，仔细一瞅，立马大喊："住手，人好像还没死！"地保、仵作及围观者俱惊，简直不敢相信自己的耳朵。张明禄一边观察一边问："夏天死亡的人，怎么会面带赤红？"仵作等人一愣。他接着又问："人死后嘴巴怎么还是张开的？"仵作及众人又是一愣，哑口无言。张明禄上前，翻翻妇人眼皮，摸摸其脑门，再一搭脉，然后很自信地说："人确实还没死。天气太热，她可能又渴又饿，吃多了李子而中毒……要是这样被活埋了，那就太惨喽……""什么呀，吃李子还会中毒？真是头一回听见！"地保把头摇得像拨浪鼓。张明禄肯定地说："古书上早就有记载：'桃杏微毒易伤人，李树底下埋新坟。'尤其是李子，有的品种毒性颇大，贪食极易中毒。"这番话出口，众人皆服。但也有人不解地问："那你也刚来，怎晓得她多吃了李子呢？"张明禄用手臂分开人群，指着近旁那妇人曾坐过的一块大石头边的一摊李子皮核说："你们看，这是什么？……刚才我一来就看见了。"大家仔细一瞧李子皮核，不得不佩服他眼明心细。张明禄请地保派人将妇人抬到孙大春的店里，一边让翠莲和小顺子给她扇风，用凉水擦脸；一边亲自配方煎药，待温热时再给妇人灌服。

到了傍晚，排毒泻药起效，妇人忽然泄出大摊秽物，恶臭难闻，然而却有了明显呼吸，慢慢地睁开了眼，还轻声地呢喃："这，这是哪里……"竟然真的起死回生了。

这一来非同小可，消息迅速在镇里镇外、近村远乡传扬开来，说是孙大春药店有个神医，本事比师傅还大，死人都能治活，比衙门仵作都厉害……添油加醋，吹得天花乱坠。

事后得知，这个死里逃生的妇人名叫李家芝，她并非逃荒者，而是从夫家丹阳赶回娘家上板桥奔父丧的，因天气太热，又饿又渴，加之悲伤抑郁，心力交瘁，路过护驾墩时贪食过多李子而中毒，突然昏厥，状若暴毙。若不是幸遇张明禄搭救，真要一命呜呼。

来年丰收，李家芝领着丈夫，用独轮车推着两麻包新米，一桶香油，到孙大春药店谢恩。此是后话。

好誉如潮，自此药店的生意越发好做，孙大春当然笑得合不拢嘴。但他心里也隐隐地有了压力，觉得张明禄青出于蓝而胜于蓝，自己道行浅很难罩得住高徒，不服老看来是不行了。

孙大春年逾五十才喜得一子，乳名小顺子。然而幼子先天不足，体质羸弱，口齿不清，十来岁尚不能入私塾就读，显然无法独立继承家业。大女儿翠莲已有十六岁了，出落得越发亭亭玉立，如花似玉。让孙大春烦恼的是，她从小就与门当户对的镇上一家酒馆老板的儿子定了娃娃亲，而那个小少爷却偏偏不争气，除了吃喝玩乐，其他一窍不通，还是个蔫蔫歪歪的病秧子。翠莲年龄渐长，逐渐懂事后，不同意这门婚事，常在家赌气吵闹，不肯嫁过去。父母一时也没办法，只好这么尴尬地拖着。

眼看儿女都不是经商开店的料子，那个病恹恹的未来女婿更指望不上，思来想去，心灰意冷的孙大春遂打算将药铺盘让给张明禄，以便将来儿子有所依靠，自己和老伴也能享享清福。

拿定主意后，孙大春还想再考考徒弟，看看经过这么多年的磨练，他是否真有当老板的资格。否则，一旦看走眼，药铺就倒板子了，自己将后悔莫及。

早上刚开门，店堂里还没有人来抓药，趁空闲，孙大春趿着布鞋，敞着衣襟，似乎很不经意地拿着一只羊角走过来，往柜台上一扔，拍拍手，不苟言笑地对徒弟说："明禄啊，我老眼昏花，辨认不清了，你来给我看看，这只羊角是山羊角还是羚羊角？""哎！"不明就里的张明禄答应着，赶紧抄起一把斧头，用斧背对着那只羊角用力敲下去，结果羊角完好无损。山羊角脆弱，重击之后必损无疑。但作假者历来不乏歪门邪道的技巧，若将山羊角放在醋水中浸泡过后，就能瞒过斧击的鉴别，骗过一般人眼睛，从而冒充羚羊角赚大钱。故而，心里不踏实的张明禄又拿来一把药锯，对着羊角的底部很仔细地锯起来。切面出来后，没有发现丝毫的纹路。张明禄这才很有把握地说："师父，这是一只成年的山羊角，被人用醋水泡过的。如果是羚羊角的话，切面上的纹理应该非常清晰细腻，而且一圈圈透着亮光，但山羊角没有这样独特的品相。""哦——哦哦……是这么个理，是这么个理……"孙大春暗喜，但面无表情，什么话也没说，拿起羊角，趿着鞋转身回后院去了。

过了些日子，这天晚上，一切打点停当，孙大春特意将张明禄单独唤到自己的卧室，师徒二人在桌旁坐下，师娘亲自沏来两盏茶，把油灯拨亮，然后坐在床边埋头做针线活儿。

　　孙大春先是什么话也不说，只拿两眼紧紧地盯着徒弟看，直看得张明禄心里发毛、发慌，接着便赶紧起身，扑通一声跪在孙大春的脚下，惶恐不安地说："师父，徒儿没有做错什么事吧？"孙大春频频颔首，自言自语地感叹道："真是一块开店经商的好料子哦！"他起身拉起徒弟，拍拍他的肩膀，又在他的胸前擂了一拳，眼里闪着泪花说："明禄，我老了，身子骨也不中……我那儿子你晓得，很难自立。女儿和毛脚女婿也不是干这种事的人，所以，所以……我打算把药铺盘给你……"张明禄大惊，一把抓住师父的胳膊说："恩师在上，徒儿是来学本事谋生的，从来没有非分之想，如有放肆狂妄之举，天打雷劈……""唉——，这是什么话。你虽无此心，但我有此意呀！哈哈哈……"孙大春笑着把徒弟按坐在椅子上，然后重新坐定，推心置腹地将自己的盘算仔仔细细地说了出来，师娘也在一旁插话认可。

　　张明禄这才认定师傅不是在开玩笑，也不是在考验自己。可他心里还是直打鼓，忐忑不安地说："我，我……学识浅薄，初入杏林，学徒满师年头也不长，恐怕、恐怕当不了老板……我毛手毛脚，嫩生的很，人在他乡，各方面都欠火候，还是离不开师父……再、再说，我也没那么多钱来盘店呀……"

　　"我说你行，你就行。我是不会看走眼，随随便便就把铺子盘出去的……"孙大春连吸几口旱烟，心里翻腾着无法排遣的惆怅、失落、不甘的复杂情绪，但他还是强打起精神，故作轻松地说："这三间门面，加上药铺里的东西和库房堆积的一些药材，拢共你给五百五十两银子吧。钱不够，慢慢凑。我又不急着要钱，慌什么……"

"就是，你师父是把你当亲儿子看待的，不然他怎么会宁肯得罪亲戚也非要把店盘给你呀！讲实话，我们也不想在你身上发财，只巴望店铺能撑持下去，发旺起来，我们也沾沾喜气，图个顺心。再说，我家小顺子体弱多病，今后还指望你照顾照顾，让他有个依靠……要是旁人来盘店，没个至少七百两银子我们是断不肯答应的。你是精明人，会算账的……"一向不多话的师娘温和而又坦诚地插话道。

"那是那是，这就等于是半让半送了……师父师母请放心，即使你们不把店盘给我，我也会照顾好小顺子的。无论何时何地，只要有我一口饭吃，就绝不会饿着小顺子……"张明禄敬重地望望师父，又扭头望望师娘，眼里噙满感激的泪花，频频颔首答谢，心里却依然犹如十五个吊桶打水——七上八下。

吃了多年苦，终于要熬出头了！但兹事体大，他不敢贸然一口答应，思来想去，只好压抑住内心的慌乱和兴奋，含糊其词地说："谢谢师父师娘如此看重徒儿。但这件事非同小可，请容我再考虑考虑。另外，我也要与家里人商议商议……""好好好，这事不急，这事不急。"孙大春满腹的酸甜苦辣，表情纠结地让孙明禄回去休息。

从师傅屋里出来，张明禄碰到了守在廊柱后面的翠莲，点头致意后，她一直跟到屋山拐角处，轻声而又话里有话地说："明禄哥，你盘了店，可不能不管我噢！""哪能哩，哪能哩……"张明禄似懂非懂，含含糊糊地应承着。

这一夜，张明禄躺在小屋里的木板床上，翻来覆去睡不着，望着窗外夜空中的一轮明月和床前如水的光华，默默地想了很多很多。对面床上，师弟"小猫子"早已入睡，鼾声如雷。

开药店当老板，这是张明禄梦寐以求的，他不可能错过这千载难逢的大好机会。

年青又精通业务的张明禄虽说出师已多年，平时省吃俭用也攒下了几个钱，但要盘下铺子还差得很远很远。五百五十两银子对于穷人来说，那就是一座高不可攀的大山啊！这事只能与家人商量，求得他们的鼎力支持。机不可失，时不再来。一宿未眠的张明禄，越想越觉得此事不能耽搁，免得夜长梦多、节外生枝。

万籁俱寂，天刚蒙蒙亮，张明禄一跳爬起来，匆匆穿好衣裳。"小猫子"醒来，睁开惺忪的睡眼问他起这么早干什么。他说："我有急事，要回老家。店里的事你要多操心费力……"然后从箱子底拿出平时攒下的几枚铜板揣进怀里作盘缠，拿了几件换洗衣裳，简单地收拾了个小包袱挎在肩头，走出小屋。

张明禄来到孙大春夫妇卧室的窗下，先是小声地喊了两嗓子，见没动静，只得又大声地喊，屋里有了回应，便向师父请假说："师父，我想回一趟溧水老家，跟父母商议商议事儿，过两天就回来。店里的事全靠您老打理了……""哦哦，你去，你去吧。路上要小心啊……"睡意未消的孙大春隔窗听完徒弟的话，当即就答应了，然后倒头又睡。

张明禄打开后院门走了出去，转身把门轻轻带上。"等会儿……"突然，翠莲在身后喊，她快步追上来，拉开半扇门，将三块用干荷叶包着的油饼递给他，羞涩地说："空着肚子，怎么赶路……"张明禄心头一热，差点落下泪来，连声道谢地接过油饼，掉头就跑。

曙色熹微，公鸡打鸣，彼伏此起报晓，声声狗吠夹杂其间，露水湿漉漉的青石板小巷内空无一人，迷蒙的晨雾里弥漫着江南水乡特有的湿润清新气息。张明禄做了一个长长的深呼吸，感到脑清目爽，精力充沛，迈开大步，穿过小镇，踏上乡土小路。

途中，肚子咕咕叫，他掏出油饼，津津有味地吃着，脑海里不时闪现着翠莲妹妹善良温婉的娇容，想着她多年来对自己的好，暗暗发誓，盘店以后，一定要报答孙家，善待翠莲妹妹和小顺子……心里情切切，腿脚更有劲，恨不能插翅飞回溧水老家去。

一路翻山越岭，遇河摆渡，归心似箭。

江苏溧水县泗庄。

清贫的张家老屋里，一家人围坐在桌旁商议着家事。

年逾花甲的张宏泰并不糊涂，眼光看得远，也有魄力。听完三儿的陈述，征求了大儿明歧、二儿明巇和老伴的意见，经过反复考虑，他忽然将烟袋锅在鞋底上使劲敲了几敲，果断地说："钱不够，大家凑。孙家的药铺，是一定要盘过来的。家里还有祖田七八亩，尤其是莲塘口的那四五亩肥田本村的唐财主早就想买，卖几亩田能充个大头。剩下的再向亲戚们借，加上明禄存下的，盘店的钱大概也差不多了。"但老人也满脸正色地用烟袋锅敲击着桌面，当着三个儿子和老伴的面把话讲清楚了：

"我把家底子全押上了，这笔钱算是全家人的投资，以后药店如果赚钱了，一切所得归全家分享；万一亏本倒闭，也是由全家承担。赞成的，就算入伙；不赞成的，也不勉强……"大儿子明歧、二儿子明巍心甘情愿，均表赞成。

于是，张宏泰父子便去找财主"糖葫芦"唐寅发，商量卖田的事。

唐家大宅气气派派，前后三进，窗明几净，大黄狗在院门口冲着外人汪汪直叫，一派殷实富裕气象。

张宏泰主动登门，实出"糖葫芦"意料之外，自然是笑脸相迎，敬烟沏茶，百般客气。可听完张宏泰说明来意，"糖葫芦"的眼睛珠子骨碌碌一转，神色跟着冷淡下来，愁眉苦脸地说："哎呀，我早就劝你卖田，可你硬扛着不卖；我这刚刚把银子贷出去，你又找上门来了。这不是将我的军，难为我吗？！"张宏泰不得不顺着他的毛抹："是是是，以前是我舍不得，毕竟是卖祖田嘛，轻易狠不下心……""糖葫芦"瞅了瞅对方，认准了他急着想卖田办大事，所以越发端起架子，语调傲慢地说："真不好意思，眼下银子派了其他用场，我暂时不想买田了。"张宏泰晓得他在玩欲擒故纵的把戏，但自家急着要用钱，也只能放下身段，哄着他说好话。

"糖葫芦"玩足了噱头，趁机压低价钱："我现在是真不想买田，可你急着要用钱，这本乡本土，沾亲带故的，怎么能不搭手拉一把哩……这样吧，你家莲塘口那四五亩田我给一百五十两银子……""什么，莲塘口那旱涝保收的四亩八分田只值一百五十两银子啊？以前你出二百两银子我都没答应哩……"张宏泰目瞪口呆，大失所望。"糖葫芦"哼哼冷笑："以前是以前，现在是现在。哪个叫你当时拿翘不卖哩？！"张宏泰思考再三，十分懊丧，只得叹息着起身告辞。虽说急等着用钱，但这样的趁火打劫，刻薄压价，他是不能接受的。刚走到门口，"糖葫芦"忽然又嬉皮笑脸地招呼道："留步留步，有话好商量嘛——"态度明显软了下来，并起身上前挽留，装作忍痛割肉的样子说："好好好，那就便宜你……我出一百六十两银子，这可是最高价，再也不能加码了……"明知被剥皮，张宏泰也只能亏本打倒算盘了。但他仍然据理力争，又经过一番讨价还价后，张宏泰最终还是痛心不已，以一百六十五两银子，把莲塘口那四五亩祖田给低价贱卖了。

写契据、找保人、按手印、好一番手续，等拿到银子的时候，张宏泰不仅不见喜色，反而失声痛哭，捶胸顿足地骂自己是"败家子""窝囊废"。年轻的张明禄在父亲痛苦的哭声中，深深感到了自己肩上沉甸甸的责任和全家人的殷殷托付，暗暗发誓，一定要干出点名堂来，让全家人扬眉吐气。

回到家里，待父亲心情平静些了，张明禄不解地问他："大，为什么当初你宁可让我停学也不肯卖田，现在明知吃亏却又卖了呢？"父亲坐在桌旁闷头抽烟不答话，过了半晌才瓮声瓮气地说："读书科考，是很难挣到大钱的，除非你中举后当黑良心的贪官；而开药店做生意赚钱的多，赔钱的少。你能写会算，脑袋瓜机灵，是块料子，我也熟络此行，有几分把握，碰巧又遇上这么个千载难逢的好机会，所以我敢卖祖田，冒险赌一把……"此言一出，张明禄既震惊又佩服，心想：父亲肚里虽然没多少墨水，却装有满腹的智慧、远见和胆魄哩！

　　将近五亩旱涝保收的肥田，若按以前的价格，或许能多卖些银子，可现在自家急卖，对方拿翘，只得到了一百六十五两银子，眼睁睁就吃了大亏，张家人无不锥心疼痛。可市价行情、人心世态就这么冷酷，谁叫你急等着用钱呢。光靠这些还不够，张家又找亲戚朋友借，东拼西凑，有了三百多两银子，盘店费用的大头是拿下了。

　　可江苏溧水县泗庄离安徽当涂护驾墩镇相距近二百里之遥，路上常有匪盗强人出没，要想把这三百多两银子安全送到目的地也不是件容易事。好在张家人多，三个儿子，一个堂侄，加上还不算太老的父亲，五条汉子结伴出行，人人携带铁棍刀具防身，三四个歹徒也可对付。为防止意外，张宏泰将银子分成五份，每人各背一袋，故意穿上破烂衣裳，弄得蓬头垢面，化装成逃荒要饭的灾民，手持打狗棍，结伴踏上行程。

　　衣衫褴褛，破帽草鞋，背着鼓鼓囊囊、脏兮兮土布包袱的张家五条汉子，起早出门，跋山涉水，马不停蹄，朝邻省当涂护驾墩奔去。

　　中午时分，到达苏皖两省交界处的界口镇，又累又饥的几个人来到一家小酒店，准备歇歇脚，吃顿饭再继续赶路。

　　张明禄陪父亲先去柜台点菜买饭，明歧、明巇和堂弟东瞅瞅，西望望，见几张桌子都坐满了客人，便选了张只有两个人在喝酒的八仙桌想落座，谁知那正在喝酒聊天，敞襟露怀，长得尖嘴猴腮，一脸痞相的男人不耐烦地挥了挥手中的筷子说：

"去去去，一边凉快去，少在这里碍手碍脚……"明歧性子耿直，凭理争辩道："都是来花钱吃饭的，凭什么你能坐，不许我们坐？"那瘦猴一愣，大脑有点发蒙。坐在旁边的那个大个子则眼睛一瞪，将手里的酒杯往桌上重重一磕："不许你坐就是不许你坐，你他妈的还敢跟老子们较劲不成？！"

明巇一看哥哥受欺负，忙上前说理道："位子空着，谁都能坐。你如此霸道，还开口骂人，太过分了吧。""霸道？骂人？老子还要揍你呢！"大个子呼啦一下站起身，伸手就一拳打过来，明巇机灵地将身子一闪，躲过拳头。那个瘦猴儿则顺手摸起桌上的茶壶，劈头盖脸地猛砸过去，堂弟眼疾手快将明巇一推，茶壶擦耳飞过，正好砸中了邻桌一个客人的脑袋，顿时头破血流，惹起众怒，场面大乱。跑堂的小伙计急得直喊："不好了，不好了……打架了打架了……老板你快来呀！"

正在柜台旁张罗饭菜的张宏泰转身一看情况不妙，急忙跑上前去挡住大个子劝阻道："这位客官请息怒，有话好好讲……"他的几个儿子和堂侄随即不动声色，呈扇形围拢过来，怀里包袱里似乎都藏着家伙。那瘦猴子嗅觉灵敏，他看出来对方是一伙人，好像有五六个，且个个都带着家伙，像是跑江湖的，真要大打，自己一方肯定吃亏，便拉住同伴耳语道："他们人多，我们好汉不吃眼前亏……"大个子一下清醒过来，但还是咬牙切齿地说："哼，好汉从来不淌孬！在老子的地盘上，哪能叫外乡人占便宜！有种你们等着……"说完，两个小痞子撒腿就跑出去搬救兵。

张宏泰怕事情闹大脱不了身，要招灾破财，耽误正事，立马呵斥道："还愣着干什么，快走！"然后带着儿子堂侄走出酒店，一路快奔而去。"哎哎哎，你们点的菜已经下锅了……别跑呀——"店小二追出来大声喊到，但那五个人谁也不搭腔，眨眼就溜上了蜿蜒崎岖的山道。

片刻工夫，那两个小痞子领着七八个狐朋狗友手持棍棒、刀具气势汹汹地来到小酒店，一看对方早已跑得无影无踪，高个子不禁恨恨地骂道："他妈的，便宜了这几个乡巴佬。不然的话，老子要好好地拔他几根毛……""他们肯定没有跑远，我们快追，也许还能追得上……"有个一遇打架闹事就像乌眼鸡似的同伴插嘴说。颇有心机的瘦猴子则摇头否定道："不，他们是跑江湖的，到了荒郊野外，我们恐怕不好对付……算了吧，这几个乡巴佬也淌尜认尿溜掉了……"

张家一行五人慌里慌张、气喘吁吁跑出界口镇，忍着饥渴在山间的小道上赶路。走在中间的张宏泰生气地训斥着明歧和明巍："出门在外一定要忍让、省事，何况我们还带着许多银子，一旦闹将起来，很可能会鸡飞蛋打，那我们全家就彻底栽了……"明歧懊悔不已，诚恳地向父亲认错："大，是我错了，我不该惹他们……"明巍也说："大，我也不冷静，帮腔助势，差点闹出大麻烦！"张明禄跟着自责道："两位哥哥很少出远门，是我没有照应好……"父亲眉头稍微舒展，却还是沉着脸说："好了好了，吃一堑，长一智。以后可要长记性喽！"

路上有惊无险，昼行夜宿。第二天晌午，张家五人风尘仆仆地抵达护驾墩。

孙大春夫妇满面春风来到大堂门口迎接，进入药铺后宅内屋，张宏泰一行人各自解下随身携带的包袱，当即将银两全部交给孙大春。张宏泰连连拱手作揖，抱歉地说："孙老板，我们总共凑了三百一十四两银子，加上明禄存在你这里的工钱，已有将近三百五十两了，剩下的银子，待开业以后，逐月偿还，估计两年左右即可付清余款，还望你多多宽限……"孙大春知道张家是砸锅卖铁，倾其所有了，逼得太急也不好，便爽快地答应道："好说好说，你我是谁跟谁呀，呵呵呵……"转身嘱咐老伴："老婆子，你跟翠莲快去弄菜备酒，今晚我们哥俩要痛痛快快地喝几盅……"

张家孤注一掷，卖田盘店，将"孙大春药铺"易名为"张恒春药号"继续营业。张明禄全权掌管打理，张宏泰竭力辅佐，并将自己掌握的独门绝技——专治"瘩背"（痈疽）的秘术进一步传授给儿子，父子俩在这方面推陈出新，潜心钻研，渐渐在方圆几十里赢得了名气，凡是患有"瘩背"者无不来此求医抓药。

张明禄幼时庭训甚严，苦读诗书，本想金榜题名，光宗耀祖，不料家境式微，生存艰难，这才不得不弃学经商，兼攻本草，立志悬壶济世。今天，吃够黄连苦，媳妇熬成婆，终于实现了自己当初开店创业的梦想，他能不殚精竭虑吗？

第七章
天 赐 良 缘

    从十一岁跟随父亲当游方郎中，到十七岁离家投师学徒，再到二十四岁盘店当老板，经过十几年的艰辛打拼，张明禄终于完成了人生的原始积累，初步实现梦寐以求的华丽转身，在当涂护驾墩方圆几十里内算是个有头有脸的人物了。

    某日，江苏溧水老家沾亲带故的小同乡王远之风尘仆仆前来投靠，这伢子才十五岁，身体单薄，白生生的像个读书郎，肩上挑着破旧寒酸的行李，与当年自己刚来护驾墩投师学徒时几乎是一个模样。张明禄虽颇有几分同情，但还是实话相告："当学徒可不比读书轻松，要吃大苦哎！""不吃苦中苦，哪有甜上甜。大舅，我爹妈死得早，一直是哥嫂拉扯我，我能吃苦。不信你就试用几个月看看，如果真不中，我自己走人……""为何不读书，跑来当学徒呢？"张明禄故意沉着脸，刨根问底。"哥嫂负担重，他们要养活几个伢子，嫂嫂又有病，家里时常揭不开锅……"王远之说着说着，喉头哽噎，泪水在眼眶里直打转。

张明禄暗动恻隐之心，将他上下仔细打量一番，觉得看着顺眼，伢子答话也通情达理，心一软，就含糊地说："真不怕吃苦的话，那你就留下试试看吧。"

王远之不负所望，任劳任怨地干活，老实本分，对药材十分迷恋，整日在药材堆里摸索，晚上还钻研药书。有天晚上看书至深夜，瞌睡时不小心打翻油灯，差点闹出火灾来。王远之惶恐地向张明禄认错，可张明禄不仅没有责怪他，反而疼惜地说："学问要钻研，可身体也要爱惜呀。冰冻三尺，非一日之寒。制药全凭识材。可'试玉要烧三日满，辨材须待七年期'。悠着点，慢慢来……""是，师父，徒儿记住了！"王远之流泪伏地磕头。接下来，他仍然孜孜不倦，勤奋好学，敬职敬业，很快就成为辨材的行家里手。（因为钻研业务，一门心思用在百草身上。王远之直到三十七岁才娶妻结婚，成为张恒春药号自己培养的顶梁柱药师，名声很响。此乃后话。）

生意走上正轨，一顺百顺，年已二十六岁的张明禄的婚姻大事再也不能耽误。好在人一旦转运，有钱有地位，想成亲并不是什么难事，上门前来提亲说媒的人络绎不绝。倒是张明禄左挑不顺眼，右选不中意，一时耽搁下来。

在护驾墩镇外姑溪河北岸严家塘村，有个财主叫严得水，外号"严老抠"，他除了老婆，还娶了房小妾，偏偏生下的全是姑娘，两房共有七个姑娘。其中与大老婆所生的五个姑娘已先后出嫁，家中还剩下与小妾所生的六姑娘和七姑娘。最小的七姑娘正值二八朱丽，花容月貌，温婉可人，聪明伶俐，乃父亲的掌上明珠。迫于当时的封建礼教和传统风俗，严家的六个姑娘都缠了足，无论是嫁到婆家去的，还是仍在家当姑娘的，都大门不出，二门不迈，恪守妇道。唯独七姑娘仗着父母的娇宠溺爱，一直不肯缠足，时常东家串到西家，还像男孩一样上私塾，识文断字，能写会算。每逢赶集，场场不落，必定要逛一趟护驾墩。而六姑娘就要老实得多，不仅早早缠了足，而且没福气也没兴趣上学，长相也比妹妹略逊一筹，虽说年已十九，可因高不成低不就，至今仍待字闺中。

财主家的闺女，关心的人自然多。镇上那能说会道、见人三分熟的媒婆"小金牙"，有意将严家的六姑娘说给张明禄，一再信誓旦旦地拍胸脯表示："这个六姑娘，要德有德，要貌有貌，家里富得流油，方圆几十里，打着灯笼都难找……多少人家求我去提这门亲，可无缘无福，哪能随随便便吃到天鹅肉吵？只有你张老板，憨有憨福，既能干又帅气，我看人绝对不会走眼，你俩是金玉良缘，龙凤相配的一对……"血气方刚，老大不小的张明禄听媒婆把六姑娘夸成了一枝花，就答应先见见面再说。

"小金牙"高高兴兴地来到严家，往八仙桌旁一坐，一盏红糖茶下肚，又把张明禄吹捧到了天上："这个张老板，可不是一般的凡角儿。开店经商一把好手，看病问诊样样精通。他在江苏溧水老家还有庄园，他爹爹就是有名的老员外。再说，他人长得又俊朗，德性那就更没得挑，大姑娘小媳妇见了没有不动心的，多少女方家在求我说媒哟……""严老抠"喜出望外，六姑娘更是满心欢喜，双方正要约定相亲的日子，七姑娘则拦腰打坝说："不慌不慌，等哪天有空，我先到那药店见见那个张明禄，顺便考考他的学问人品，如果没什么问题，再见面不迟。"父母及姐姐都认为这样比较稳妥，"小金牙"虽想趁热打铁，一锤定音，尽快"吃喜"，但也只好忍着满心不快依了这个鬼丫头。但她也留了一手，回到镇上后，她特意去了趟张恒春药号，悄悄告知内情，要张明禄注意一点，以免摸不清底细坏了好事。

张明禄呵呵一笑，权当是小丫头恶作剧，心里自然有数。可一连许多天过去，并没见哪个小姐登门，加上店务繁杂，就把此事给忘得一干二净。

又逢赶集日，护驾墩镇格外热闹，狭长弯曲的小街人潮汹涌，吆喝连天，买卖兴隆。

张恒春药号大门敞开，顾客进进出出，张明禄、小顺子、伙计等都忙得不可开交。忽然，一个穿戴朴素、打扮随意的俊俏姑娘在一个女伴的陪同下跨进大堂，来到柜台边东张西望。王远之忙笑着问道："请问，你想要点什么？"姑娘脸一红，羞涩地壮着胆子问："你们这儿，哪个叫张明禄啊？""噢，找我们老板啊，那边正在打算盘的就是。"王远之往长长柜台的另一头指了指。姑娘并没有马上过去，而是站在原地将他仔细打量一番，自我感觉蛮好，这才轻移莲步，走近跟前。

正专心打着算盘的张明禄，忽闻一阵淡淡的馨香和特殊的女体气息扑鼻而来，诧异地抬头，立马眼睛一亮，只见眼前的姑娘虽然衣着简朴，头发蓬乱，虽不是大户人家的千金小姐，却也天生丽质，眉宇间蕴藏着一股雍容富贵之灵气，仿佛仙女从天而降。他不禁面红耳热，心儿怦怦直跳，但还是露出和气的笑脸问道："姑娘有何吩咐？"

那位姑娘莞尔一笑，干咳两声，然后从怀里掏出一张纸拍在柜台上，"我是来抓药的。"张明禄放下算盘，拿起纸片一看，微微一怔，咂着嘴说："姑娘，你……这是从哪儿抄来的呀？"那姑娘略显不快，噘着樱桃小嘴说："怎么是抄来的？这是郎中开的药方嘛！"张明禄抿唇一笑，"除了江湖游医，凡是护驾墩方圆几十里内的郎中我个个都认识。你能告诉我，这是哪个郎中开的处方吗？"那姑娘的脸上飞起两朵红云，但还是故作镇定地说："你管是哪个开的处方，你照单抓药就是了。""不是我多管闲事，而是这药方开得蹊跷，我们店家不能不对病人负责。姑娘，你能告诉我这是治什么病的方子吗？""这是……这是……噢，对了，这是治头晕的……"那姑娘眼里隐约闪烁着狡黠的目光。"哦，那就有点像了……但这方子前几味是治晕眩的，譬如，天麻、黄芪、夏枯草、菊花，但后几味鹿茸、山茅、淫羊藿、沙莞子却是治肾补亏的呀！"张明禄大惑不解。谁知那姑娘却忍不住"扑哧"一笑，像是埋怨又像是赞许地说："你这人真啰唆，把关把得也太认真了吧！"说着，伸手一把夺过那张药方，风摆杨柳似地转身跑出门外。随她而来的那个皮黑肉糙的同伴，也意味深长地低头一笑，跟着跑了。

张明禄丈二和尚摸不着头脑，王远之正与"小猫子"鬼头鬼脑嘀咕着什么，忽然，媒婆"小金牙"脸色诡异，扭腰摆臀地走进店来，隔着柜台，伸手就在俯身相迎的张明禄肩头拍了一巴掌："考试过关，你要走桃花运喽！"张明禄诧异地问："刚才那个丫头是谁呀？""丫头？嗬嗬嗬……她可是远近闻名的一枝花——严大财主家的七姑娘，七小姐！今天她特意化装成丫鬟，代表她姐姐专程来考你的！"听她这么一说，张明禄不但不生气反而暗自一喜，心想，既然七姑娘这么漂亮伶俐，那六姑娘也一定不会差到哪里去。他赶紧把媒婆迎进后屋，好烟好茶好点心地殷勤招待。

过了一程子，双方择定黄道吉日，在媒婆"小金牙"的带领下，张明禄高高兴兴地挑着担沉甸甸的彩礼，过河去严家塘村会见六姑娘。

严家早就准备好了，窗明几净，酒菜具备，未来的女婿刚一进门就受到热情欢迎。见张明禄挑来的一担见面礼有鱼有肉有好酒，还有绸缎、布匹等，相当丰厚，严家人更是觉得体面、高兴。七姑娘先露面，对上次的冒昧打扰表示歉意，张明禄连连表示理解，心里更加感到热乎。

宾主按规矩坐定，上茶上点心。寒暄过后，言归正传。穿戴一新，梳妆打扮的六姑娘听父母的招呼从闺房来到堂前。一打照面，张明禄却颇感意外，暗自有些失落。眼前的六姑娘不仅没有七姑娘清秀水嫩，而且反应迟钝，举止呆板，比较老气。尤其是脸色蜡黄，忧郁晦涩，看不见年青女子的健康红润和蓬勃朝气。谈话时，张明禄还发现她的牙齿又黄又黑，似乎暗藏病灶，当即就心头一沉，头脑发蒙，但他还是竭力控制住自己，照样谈笑应酬，但心中原本炽热的情火已暗自冷了几分。

喝茶聊天，严家人倍显殷勤，媒婆更是谈笑风生，自鸣得意。

快到午饭时，颇有几分失意的张明禄露出告辞之意，但主人哪肯答应，执意要留餐。媒婆也稳居上席，不肯挪动半步。若是强行离去，有失礼数，他只好悉听尊便。

宾主双方围桌而坐，大鱼大肉、荤素花样、七碗八碟一道道上来，满满堆了一桌。厨房里有专门请来的厨子在掌勺，几个佣人打下手。大老婆和小妾在里里外外地张罗。"来来来，喝酒，吃菜吃菜……"严得水殷勤相劝，正说着，筷头上搛的菜掉落一点在桌子上，他连忙心疼地用筷子搛，连搛几次没搛起，干脆伸出手去，直接将那油腻腻的菜抓起，送进自己嘴里，然后将油手胡乱在衣袖上一擦，旁若无人。他的小妾看看丈夫，又瞥了客人一眼，想说什么，但话到嘴边又咽了回去。

六姑娘为了显示贤惠勤快，帮着从厨房往堂屋传送菜肴，当她端着一只里面装着糖醋鳜鱼的腰形瓷盆正要摆上桌子时，也许是在厨房里呛了油烟，也许是糖醋鳜鱼的味道刺激了肠胃，她猛打一个喷嚏，手中的瓷盆哗啦一声摔落在地，跟着就呕吐出一摊秽物，里面居然还有一条缓缓蠕动着的白色蛔虫。

当着相亲男人的面打喷嚏、呕吐，摔碎餐具，对一个谈婚论嫁的姑娘来说已是大失体面的事，何况还随之吐出了一条长长的活虫，孤陋寡闻的六姑娘既羞且惧，急火攻心，当即昏厥瘫倒在地。懂医的张明禄立刻离座，掐其人中，吩咐其家人喂温开水，待六姑娘苏醒后，让人将她抬到闺房床上躺下休息。

堂屋里，主人早已颜面全失，六神无主。张明禄则处变不惊，温和地问其生母："六姑娘平时可有什么异常症状？""她……她平时老是肚子疼，厉害的时候浑身冒汗，勾背屈膝，甚至满床打滚……"说到这里，小妾又立马打住，觉得暴露了女儿的隐秘，让女儿坏了名声，不好嫁出去。"哦——，那她喜欢吃些什么呢？饭量怎样？"张明禄继续发问。见小妾神色暧昧，欲言又止，旁边的严得水接话道："小六子平时喜欢吃糖，吃甜食。"大老婆忍不住补充道："饭量也还好，可光能吃，就是不长肉。还浑身发寒，腰酸腿冷……"小妾则面露愠色，有意无意将筷子在碗沿上敲了两敲，提醒她少多嘴。大老婆会意，立马沉下脸来，琢磨着要回击。"小金牙"忙笑嘻嘻地打岔道："都是一家人，未来的女婿也不外……嗯，这盘腰花炒得好，嫩，我喜欢吃……"

张明禄微微一笑，联想到患者的神态气色以及舌淡苔白、牙齿虫蛀的症状，他很有把握地诊断说："患者肚里有虫，而且很可能是肠道蛔虫，必须尽快医治。"严得水忙请求说："张先生，你救人救到底，顺便给开个方子吧。我们相信你……"这种民间常见病，对于张明禄来说根本不算问题，所以，他要来笔墨纸张，略一思索，便写下了处方："苦楝皮五钱、鹤草芽三钱、炒吴萸二钱。"然后交给严得水说："快去镇上抓药。""严老抠"看也没看就转手交给小妾说："长工大栓子腿快，叫他跑一趟。别家不去，就找张恒春。"小妾赶紧答应着放下饭碗，颠颠地跑出门去。

张明禄也不隐瞒，顺口解释道："我开的方子固涩驱虫，温肾健脾。适用于脐腹作痛、肠鸣即泻、完谷不化、形寒肢冷、舌淡苔白、脉沉细等症状。每日一副，连服五副即可见效……"严得水恭敬地作揖道："全凭医官做主，我信你，我信你……"

晌午后，药抓回来了，立刻煎之让六姑娘口服，可六姑娘只勉强喝了两小口就说药太苦，坚决不肯再服。见太阳偏西了，张明禄告辞。临出门时，他怕患者不肯服药，耽误治病，故意提高声音施压道："六姑娘不服药也行，我有个土方子，你们到茅缸去舀一瓢带蛆大粪，撬开她的嘴，强行灌下。如此三番，蛔虫自下。"

话传到六姑娘耳里，她吓得浑身颤抖，忙哭喊道："我吃药，我吃药！你们千万不要灌我大粪……"说着，挣扎起身，捧起床头的药碗，牙一咬，眼一闭，"咕咚咕咚"将一大碗药汤喝了下去。

当天晚上，六姑娘腹部难受，接着就屙出了一团长虫子，有的还活着，能蠕动。六姑娘大骇，心想，喝一服药就屙出这么多虫子，张嘴一吐就是虫子，那我肚里不全都是虫子吗？我的肠子会绞断的，五脏六腑会被虫子拱穿的，我吃下的东西全喂了虫子，我活不长喽……六姑娘精神高度紧张，饮食骤减，整天胡思乱想，哭哭啼啼。尤其是当着相亲者的面呕吐出虫子这件事，使她感到万分羞耻，无地自容。

张明禄倒还冷静旷达，该干什么还干什么。他觉得六姑娘虽没有七姑娘好看，但也还说得过去，或许治好了病，貌相水色就会有所改观，她的情况是久病拖延造成的。再说，即便婚事不谈，也切忌在人家发病的节骨眼上回拒。媒婆问他相亲的事，他既没有答应，也没有一口回绝，而是坦诚地说："好事不在忙中取。先让对方治病吧，等病情好转了再说。"面对此情此景，巧舌如簧的"小金牙"也无话可说。是啊，你严家姑娘有毛病，可不能怪男方多心眼呀！张明禄还半真半假地开玩笑说："老嫂子，你当初怎么不把七姑娘讲给我呀？……"谁知话还未落音，"小金牙"就白眼一翻，粗声恶气地说："呸，你想得倒美。吃了碗里的，盯着锅里的。你以为你开了个小小的药材铺子，就美女任选，仙姑任挑啊？实话告诉你，能把六姑娘娶回家，就是你的造化喽！人吃五谷杂粮，哪有不生病的！只要治好了病，那六姑娘还不照样是鲜花一朵？！""呃……是是是，开玩笑，开玩笑，老嫂子别生气嘛……"张明禄忙赔罪不迭。

"小金牙"再到严家串门打探，听说六姑娘讳疾忌医，不肯服药，怕这门婚事泡汤，便用激将法吓唬道："你的病已很严重了，再恶化下去，搞不好还要开膛剖肚取虫子哩……"本来就神志昏乱、忧郁恐惧的六姑娘闻言，更是吓得魂飞魄散。心想，拿刀剖开肚子，人还有命吗？如此活受罪，早晚是个死，还不如自我了断，留个全尸。再说，自己当众出丑，暴露了病根，张明禄虽不好意思马上回拒，但明摆着这婚事肯定黄了。没皮没脸地活着，又有什么意思？

几天后，六姑娘腹痛剧烈，疼得大汗淋漓，在床上打滚。趁闺房里没别人，这个胆小糊涂、被病魔摧残得心力交瘁的弱女子绝望地紧闭房门，悬梁自尽了。

严得水老来丧女，亲事没结成，却办了丧事，悲痛欲绝，哀伤难驱，原本说下的婚约也就一风吹。

严家要退回张家送去的彩礼，但被张明禄婉拒了。他说："哪有送出去的礼再要回来的？那点小意思，就算交个朋友吧！严家不幸丧女，本已伤心劳神，就不要为这点鸡毛蒜皮再折腾了。"媒婆"小金牙"将此话带给严家，严得水沉默半晌，轻轻赞叹道："这个张明禄，心胸不一般，是个能做大事的人啊！"

又是一度春去夏来，蛙聒蝉鸣，河塘里莲花盛开，青葱的芦苇在微风中招摇，小镇房前屋后的瓜藤爬满了棚架和篱笆墙。

长久不照面的媒婆"小金牙"忽然衣裳鲜亮，满面春风，大摇大摆地来到张恒春药号，她先是咋咋呼呼地闲侃一通，然后把张明禄拉到僻静处，莫名其妙地问："严家那门婚事泡汤，你就没别的想法了？"张明禄直发愣怔，没好气地朝她两眼一瞪："人都走了，还有什么想法呀？喊！""小金牙"扭头犟颈地在他肩膀上拍了一巴掌："你这个精明人也有糊涂时啊？小六子走了，不是还有小翠莲嘛！我早就看出来喽，只有小翠莲才最配得上你……"

一听此话，张明禄猛然一怔，神情恍惚地说："哦——，你是说我师傅家的小翠莲吧？她、她她……她不是早已有婆家了吗？""那是娃娃亲，翠莲一直不肯认……""小金牙"扭头四下望望，放低声音说："那个破酒馆快倒板子喽，一屁股带两胯子债。他家不得不让步，只要孙大春赔他一笔钱，帮他家渡过难关，就答应退回订婚帖子……"

张明禄脑筋急转弯，想起翠莲平时对自己的好，顿时心有所悟，两眼放光，满心欢喜，连连朝她作揖说："老嫂子如能成全这件好事，明禄一定重重酬谢！""哈哈哈哈……""小金牙"仰天大笑，嘴里的那颗小金牙在阳光的照射下闪闪发光，却又故意拉下脸来，一本正经地说："我可不是看中了你们两家的钱财，而是你与翠莲命里有缘，我这个月下红娘岂能袖手旁观啦？！""那是那是，老嫂子请上后屋大堂品茶！"张明禄像伺候上大人一般将她高抬着。

不是媒婆"小金牙"一张喜鹊嘴好生了得，而是翠莲早就有这个心事。孙大春夫妇也看准了当口，下决心要了断那门半死不活、窝窝囊囊的娃娃亲。"小金牙"多精明，这等事在她手里还不是小菜一碟？经她花言巧语一游说，三方果然皆大欢喜。

那孙大春的小算盘打得比鬼还精：酒馆少爷怪不得别人，那是他自己有病，还那般败家。张明禄一表人才，德性又好，靠得住，药材铺子开得稳稳当当，比上不足，比下有余，女儿嫁给他不吃亏。何况他早就看出来了，女儿翠莲一直对张明禄含情脉脉，喜欢得很。

孙翠莲冰雪聪明，通过六姑娘的事，她更加看出了张明禄的人品，觉得这是个可以信赖依靠的男人，何况心里早就喜欢他。甚至六姑娘在世时，她还很嫉妒，为什么媒婆给张明禄提亲的是六姑娘，而不是自己呢？六姑娘自尽，给了翠莲一个机会，她暗中给"小金牙"一些小恩小惠，似是无意中含蓄地说出了自己的委屈和心思。不出所料，媒婆"小金牙"脑筋活，心领神会，鬼点子也多，凭着三寸不烂之舌，真把自己的父母说动了心，也把酒馆老板一家说得口服心服。翠莲对父母之命，媒妁之言顺水推舟，点头应允。但她通过媒婆向张家提出了三个条件：第一，张明禄要再等一年，待到自己年满十八岁，酒馆老板家慢慢消了气，缓过劲来以后再办婚事；第二，到时候婚礼分两个场子办，护驾墩办一场，溧水泗庄办一场，两场婚礼规格礼制相同；第三，过门到张家后，自己不缠足，不限制自由。对于这三条合情合理，并不过分的要求，张家岂能不遂其愿？

一年时光，转瞬即逝。张、孙两家把这桩婚事办得风风光光、热热闹闹、气气派派、体体面面。无论当涂护驾墩还是溧水泗庄，凡是亲身经历的人都终生难忘，赞不绝口。

新婚之夜，张明禄揭开新娘子头上的红盖头，兴奋地凝视着，情不自禁地问道："翠莲，你是怎么看上我的？"娇羞的翠莲"扑哧"一笑，用手指一戳他的脑门说："傻瓜，自从那年你一踏进我家的门，我……我就喜欢上你了……"张明禄大为感动，热血沸腾，一下就将新娘子扑倒在床上……

在媒婆"小金牙"的一手操弄下，品貌双全的孙翠莲成了张恒春药号的老板娘。夫妻俩恩恩爱爱，琴瑟和谐，把店铺打理得井井有条。

翌年夏天，大儿子张文金降临人世，张家添丁进口，生意红火，可谓芝麻开花节节高。

第八章

土 匪 绑 票

日月轮回，祸福交替。

清道光十二年（1832），南方又闹水灾，江湖匪盗趁机打家劫舍，杀人绑票，搞得人心惶惶。

江苏溧水县泗庄村田地几乎全部被淹，庄稼绝收。村里除了少数几家住宅地势较高，没有进水，其余人家的房屋都被淹在水里，墙倒屋塌。张家也未能幸免，只好先到邻近的亲戚家栖身。但日子长了，总是寄人篱下也不是办法，张宏泰便想去安徽当涂护驾墩投奔小儿子。收拾起包袱和几床棉被卷，大儿子明歧、二儿子明嶷各挑一副担子，照顾着年迈的父母出发了。

张宏泰已七十有三，加之哮喘厉害，又带着女眷，一路走走歇歇，歇歇走走，费了好几天工夫，一家人才精疲力竭、狼狈不堪地到了当涂护驾墩镇。

当张宏泰拄着拐杖，踉踉跄跄，衣衫不整，满脸憔悴地一脚跨进张恒春药号时，不禁两眼发黑，身子一软，突然瘫倒在地。正在柜台后面忙碌的张明禄看见这幕情景，大惊失色，急忙哭喊着跑上前，将父亲扶起来，背到后院房内，让他躺在床上休息。贤惠的翠莲赶紧吩咐佣人下厨，炒菜烧饭。自己则赶快打了三个溏心荷包蛋，加上红糖，端到床前用汤匙一口一口地喂公公。"唉——，不中用了，不中用了……只是空身走了一二百里路，就弄成这样……"张宏泰一边吃，一边摇头感叹。"大身子骨硬朗着哩，只要调养几天，就会好的。"儿媳温言相慰。"二十年前，大送我来护驾墩，肩上挑着担子，那可是两腿生风，连我这个小牛犊子都撵不上哩……"张明禄在一旁插话道。"那可不是，减去二十年，石磙子我都扛得动……"张宏泰的眼里闪现出自豪、得意、眷恋而又若有所思的复杂目光……

这年，张家乡下的田亩因水灾而颗粒无收，多亏张恒春药号的生意还不错，调剂补贴，日子勉强还能过。洪水退下去以后，张明禄与大哥特意回了趟老家，花钱请人修缮倒塌的祖屋，让家人在护驾墩安心过年。张宏泰吩咐家人过年尽量节俭，以备开春后把钱用在刀刃上。

连续几天的鹅毛大雪，一直下到除夕晚上也未停歇，棉花绒般蓬松的积雪把裸露的大地包裹得严严实实，宽阔的姑溪河结了一层尺把厚坚硬的冰壳，马踏牛踩不碎。寒风呼啸，路上人迹罕见，鸟雀无踪。然而，那"噼里啪啦"的鞭炮声，家家户户贴春联的欢笑声，还有厨房里传出来的锅勺碗盏的叮当声，仍把过年的气氛给浓浓地烘托了出来。

吃年饭前，张明禄先让翠莲在堂前放了两口火旺旺的木炭盆，又起了两个火桶，把屋里烘得暖融融的，这才将年迈的父母扶到桌旁的火桶边坐定，开席饮酒。

酒兴正酣，张明禄忽然要翠莲取点零碎银子和铜钱来，翠莲以为他要给伢子压岁钱，便兴冲冲地回房拿了些来。张明禄看了看说："不够不够，再添些，顺便拿个香火袋子来。"翠莲纳闷，但还是顺从地取来。只见张明禄把碎银铜板装入袋中，将布袋绕了个结，然后登上长条香案，把它挂在堂屋正中屋梁上，并与二哥明嶷悄悄耳语了一番。

老母疑惑地问："你这是唱的哪出戏呀？"

张明禄笑笑，忙把话头岔开。哮喘不休的老爷子则微微颔首，心里透亮。

年饭过后，一家人围炉守岁，男人们打起了麻将，女人们则烤火聊天嗑瓜子。

几圈麻将下来，老爷子乐呵呵地正要和牌，突然，"咣当"一声响，两扇门板被踢开，刺骨寒风夹着如絮雪花把一伙蒙面土匪卷了进来。领头的大胡子土匪挥着手里的飞镖，恶狠狠地叫嚷道："识相点，快把钱统统交出来！"女人们吓得浑身筛糠，才两岁的伢子哇哇大哭，张宏泰咳喘不止，脸憋得发紫。张明禄则坦然自若，镇定地说："我们已恭候多时，大年三十，难得各位侠客光临寒舍，先请坐下，饮杯酒水如何？"

"少他妈废话，快给老子拿钱！"一个身材魁梧的土匪扬了扬手中的鬼头刀。

"钱是准备了点，喏——"张明禄朝屋梁上努努嘴。那土匪抬头一看，飞身跳起，一刀将香火袋割下，伸手抓出一把碎银铜板看了看，立马气得把布袋一摔，"哼哼，张老板，你这是给小伢子留的压岁钱吧？！"

"各位袍哥，请恕小店礼薄。今年水患成灾，乡下田亩绝收，镇上的小本买卖只够勉强糊口，实在是对不住了……"张明禄镇定地从太师椅上起身，弯腰拱手作揖。

"哼，瘦死的骆驼比马大，你有钱开店，无钱进贡？少跟老子们哭穷，再不拿钱，就灭你全家！"那高个子土匪一刀砍在八仙桌上，震得满桌麻将"哗啦"一下撒满地面。两岁的伢子缩在祖母怀里吓得哇哇大哭，奶奶忙小声地哄着，大气不敢出。坐在火桶边喘息稍定的张宏泰忽然正色道："大过年的，不要动刀动枪吓了伢子……明禄，你再添些钱……礼送、礼送他们出门……江湖上的人也不容易……"

翠莲赶紧进屋去，不一会儿，用茶盘托了三锭银子送至堂前。那满脸横肉的大胡子匪首斜眼一瞧，抬手将茶盘打翻，几个银锭遍地乱滚。"他妈的，这点小钱就想打发老子啊？"匪首冷笑，一双贼眼转而在翠莲的脸上、胸脯上扫来扫去，色眯眯地说："早就耳闻孙翠莲是姑溪河一带的大美人，今日一见，果然姿色非凡！"

"不识抬举的东西！"张明禄气得拍案而起，"张家也不是好欺负的！"土匪们一愣，正要发作，忽听一声雷鸣炸响："不准动！"与此同时，隔壁墙洞里猛然伸出来一门又粗又长的抬杆炮对准了土匪。这玩意儿是水乡渔民在湖上打野鸭子用的，膛内装满了火药和铁珠弹丸，一炮能杀死数百米开外成群的野禽，威力相当厉害，水乡有钱人家都备有此炮防匪护院。

土匪头子一看情况不妙，连忙转换了口气："张老板，山不转水转，水不转人转。何必这样哩……兄弟们闯荡江湖什么阵势没见过，一杆破抬炮吓唬哪个吵！今晚是大年三十，我不想开杀戒，改日再登门拜访。"说罢，头一歪，率众土匪退出屋，其中有个土匪顺势弯腰拾起落在地上的几锭银子，揣进兜里，跟着同伙打开院门，像泥鳅般溜去，消失在昏暗的雪夜里。

土匪走后，一家人都松了口气，明嶷扛着抬杆炮从隔壁出来，兴冲冲地说："今晚幸亏早有防备，不然真要倒大霉。"

众人全都感叹不已。

张宏泰一阵咳嗽后，含混不清地说："……这帮王八蛋……真是造孽，他、他们该个（今天）没得手，怕是不甘心哩……"张明禄默默点头，神色凝重地说："今后要多加防备，女人带伢子不要随便出门，晚上早早关门上锁。看家护院的事我们兄弟几个多出力，等过了年，'小猫子'和伙计们回来后就好了……"

这一闹，夜已将尽。

雪下得小些了，凛冽的寒风依旧呜呜地吹着尖厉的哨子，门窗发出阵阵轻微的颤抖，院中光秃秃的老槐树在扭曲挣扎着。早有人家点响了大年初一的开门彩炮，"噼噼啪啪"格外脆响，一潮高过一潮。

这个年，张家过得不怎么顺心。

翠莲为人贤惠，虽说也是富户人家姑娘，但并不娇气，烧烧洗洗，缝缝补补，样样能行，把家里料理得清清爽爽。她孝敬公婆，谦让大伯子，和睦邻里，从不搬嘴弄舌，很受张家人敬重。

　　张恒春药号宅院后面，便是清幽幽的柳汉河。河沿有青石板砌就的光光滑滑的台阶式水跳伸入水中，岸旁两棵高大的水柳枝繁叶浓，挡阳遮阴，淘米洗菜，挑水浣衣很是方便。有时佣人忙不过来，翠莲也下河沿浣衣，明禄有空就去陪她，一个在跳头浣洗，一个在岸旁看书，两人还时常窃窃私语，泼水嬉戏，别的女人见了既羡慕又嫉妒。

　　转眼又是清明。田野里金灿灿的油菜花开得正旺，芳香醉人，蝴蝶、蜜蜂、昆虫在花丛中翩翩起舞，嗡嗡鸣唱。遍地的芦苇蒿荻撑起一顶顶巨大的青纱帐，清风掠过，绿浪翻滚。种田人开始播种育秧了，老牛在桃花树下耕耘，镇上大大小小的作坊店铺也送走冬闲，迎来了生意旺季。

　　然而，张恒春药号近来却冷冰冰的。

　　有孕在身的少奶奶孙翠莲失踪已有多日，张家老小寝食不安，急得像热锅上的蚂蚁。那天傍晚，有人明明看见她在河沿水跳上浣洗，怎么忽然就没了影子呢？街坊里闹得沸沸扬扬，有的说，翠莲搞不好是滑落河里淹死了；有的说，她恐怕被土匪绑票了；还有的说，八成是被人贩子拐跑了……张明禄急得七窍生烟，亲自率人用滚钩在水跳旁和附近打捞，然后乘船顺水而下，一路细细打探，结果却一无所获，空手而归。

　　失魂落魄的张明禄整天坐卧不宁，唉声叹气。

　　这天早上，张恒春药号刚开门，忽然来了个补锅修伞的瘸腿老头，说是要见少东家。"小猫子"朝他白眼一翻，没好气地说："你要饭讨赏也不看准时候、摸清门槛。走走走，有多远走多远，家里已经够乱的了！"小顺子也没好脸色地说："快走快走，大清早就来烦人……"可连轰几次都没把他撵走，"小猫子"只好去后院向张明禄作了禀报。张明禄听罢，略微一愣，眉头皱了皱，无精打采地叫他把瘸老头带到上房来。

瘸老头进屋，礼貌地拱手作揖，不卑不亢地落座，话一出口，令人刮目相看。

"少东家受惊了。老朽常在江湖上走动，认识几位绿林好汉，听说少奶奶被黑龙帮大瓢把子接去做客，不曾伤及一根毫毛。只是近来水寨缺钱少粮，如若少东家肯破财消灾，送上二百两银子，百把担米面，大瓢把子保证礼送观音，双方修好，结为金兰之交。如果张家惜财轻命，非争个高下，出口闷气，那就……"瘸老头故意戛然而止。

张明禄冷冷一笑："你不是补锅修伞的，而是土匪的花舌子。"瘸老头面不改色，嘿嘿笑道："张老板好眼力。你去报官吧，我不会跑，也跑不了。不过……我若翻船，大瓢把子肯定撕票。"张明禄故意装作怒不可遏的样子，猛然把桌子一拍："我女人既然已落到你们手里，肯定不能干干净净地回来，我还要花冤枉钱赎她干什么？！"瘸老头呵呵一乐："张老板多虑了。我们江湖上的人，最讲规矩。要人，就不要钱；要钱，就不要人。这些天，少奶奶被单独安排在压寨夫人屋里，男人一律不准靠近。你只要交了赎金，我们保证还你一个清清白白的观音菩萨！看得出来，少奶奶又有喜了，那可是你们张家的香火啊……"

张明禄愣愣地盯着瘸老头思忖了半晌方回答说："今年闹

水灾，几百两银子，我砸锅卖铁也拿不出来，最多我只能凑一百两银子，五十担米。如果大瓢把子不想私了，真要撕票，那我就立刻报告官府，倾家荡产，跟他作对到底！"

"好说好说，江湖上义气为重。我这就回去禀报，再帮你通融通融，两天后再给回话。"瘸老头起身告辞，一颠一跛扬长而去。

两天后，"小猫子"早晨开门，发现门槛边有封信，赶紧拿去交给东家，张明禄拆开信一看，是土匪写来的：

张明禄先生台鉴：

　　人在江湖，身不由己。此次屈驾少夫人光临水寨，实属无奈，多有冒犯，万望海涵！本月二十八日黄昏，请携带一百两银子，一百担米粮，在三汊湾鳄鱼滩碰码，不得勾引跳子拆桥，否则船翻票毁。

江湖侠客：黑龙
道光十三年谷雨

张明禄看罢来信，虽气不打一处来，但也不禁暗暗叫绝。心想，这土匪窝里也有文墨高手哩，不仅一手柳体书法颇见功底，而且言简意赅，有礼有节，暗藏杀机，让人不得不三思而行。他将土匪的通牒内容告诉父亲，张宏泰拈须沉吟许久，挥了挥手道："破财消灾，救人要紧。就当失火烧掉了吧，否则那帮王八蛋不会罢休……"

到了约定的这天，张明禄雇了一艘大帆船，将一百包米粮装进舱，自己亲携一百两银子，由大哥明歧、二哥明巍及"小猫子""小顺子"以及几名扛着两门抬杆炮的青壮年雇工护着，直驶二十里开外的黑龙湖三汊湾鳄鱼滩碰码。

鳄鱼滩俗称鬼门关，是清洋江、姑溪河、黑龙湖口的交汇点，扼水陆要冲，水流湍急，漩涡险恶，滩涂广阔，芦苇茂密，一望无际，水道出口纵横交错，百八十人藏匿其中，如鱼潜大海，鸟遁深山，根本不易搜寻。

船抵鳄鱼滩还是午后，太阳明晃晃地悬在头顶略为偏西的位置，四周静寂无声，只听见波浪"哗啦——哗啦——"有节奏地拍打着滩涂。张明禄让船老大在一处比较空旷显眼的地点下锚拴缆，要"小猫子"等几名青壮年雇工藏在船舱内守着装满弹药的抬杆炮不许暴露，自己则和两个哥哥坐在船头，一边吃着面饼，一边等待土匪。

一等等到天擦黑也不见一艘船靠近，好不容易发现远处飘来了一叶帆影，可飘着飘着，它又飘出了视线之外。张明禄心中犯惑，怕中了土匪的圈套，让船老大赶紧起锚回镇。正在这时，猛听得一声尖厉的呼哨响起，三面茂密的芦苇荡中冲出七八只小巧的乌篷船，箭一般驶近前来，顷刻包围了大帆船。"小猫子"等人赶紧将抬杆炮瞄准冲上来的小船，张明禄发现左边的那条船上，站着一个壮墩墩腰插飞镖的大胡子和一个瘦弱儒雅、长袍阔袖、手摇折扇师爷模样的人。

"来者可是黑龙帮大瓢把子？"张明禄高声喊道。

"哈哈，张老板，让你久等了。"壮墩墩的大瓢把子抱拳作揖："大年三十晚上，张老板如果爽气的话，何至如此呢！君子报仇，十年不晚。哈哈哈哈……"说话间，两船靠拢，相距只有几步之遥。

"钱粮我带来了，人呢？"张明禄提心吊胆地问。

"人当然也带来了，而且毫发无损。"师爷模样的人嬉皮笑脸，朝船舱里把折扇一招，"请少夫人上来。"

两个土匪夹着翠莲钻出舱口。

夫妻隔水相见，一时激动得喉头哽噎，热泪盈眶。脸色憔悴、头发蓬乱的翠莲忍不住"哇"的一声哭了起来。张明禄颤颤地问："小莲子，他、他们……污辱你了吗？"

"没有，他们要钱不要人。"翠莲抹着泪，照实说。

"那好，我给钱。"张明禄拎起一袋沉甸甸的银子，在手里悠了悠，忍住气喊道："你们上来看看吧。"

大瓢把子带人登上大船，打开布袋子查验，见银锭无假，数量正好，他得意地点点头，然后提起袋子下船，将手一挥说："大船靠岸下锚，卸完米，礼送观音。"

大船靠岸停稳，放下跳板。土匪的小船聚拢过来，眨眼工夫，一百包米全部被搬运到了各条小船上。土匪没有食言，果然放了人质。

翠莲登上大船站立未稳，害怕节外生枝的张明禄当即一声令下："回家！"大船起锚、解缆、撑篙、升帆，迅速驶离鳄鱼滩，披星戴月，划破雾霭氤氲的水面，向护驾墩匆匆驶去。

晚风习习，流水哗哗，芦苇滩上蛩声啁啾，帆船犹如在荧光镜上快速滑行。

"小莲子，他们真没有糟蹋你吗？"张明禄在舱内悄然而又狐疑地问。

"真没有！"翠莲见丈夫怀疑自己的贞洁，急忙解释说："有几个土匪头子曾想下手，但师爷和大瓢把子不允，说要钱就不能要人，哪个敢坏江湖上的规矩，他就、他就、就……就割哪个的……下、下身……"

张明禄微微点点头，但心里总觉得窝囊，像吞了一只苍蝇，一路上愁眉不展。

回到家里，公公婆婆的脸色也不大好看，翠莲知道，二老是心疼钱哩。那一百两银子，一百包米是容易挣来的吗？所以，一见公婆，她就跪倒在二老面前痛哭，拜谢赎命之恩。

公公还好，宽容地说："起来吧，这也不能怪你，只是今后多留点神罢了。"婆婆则沉着脸，冷冷地问："你那天下了趟河沿怎么就被土匪绑了去？你是个死人啦！不会喊，不能跑啊？"媳妇哭道："那天真是天晓得哩，我正埋头在跳上洗东西，忽然有人在我肩头拍了一巴掌，刚一回头，他就朝我脸上撒了一包花粉，干粉呛鼻，我头晕目眩，觉得天旋地转，想喊却喊不出声，那恶人把我拖上船，塞进舱里，我已昏迷过去……"

"他们把你带到哪里去了？"婆婆睁大眼睛追问。

"不晓得，我在舱里什么也看不见。下船前被黑布蒙上眼，上岸之后就被关进一间黑屋子，整天有女土匪看管，不许出门，只从小窗子里看见四周全是白茫茫的水，好像是在岛上……"翠莲眉头微蹙，喃喃地说。

"叼到嘴里的大肥肉，他们肯不吃啊？"婆婆闭着眼，扭着脖子说。

"没有没有……真没有！"媳妇把头直摇，"土匪也有土匪的规矩，他们若是弄不到钱，那我肯定就要遭殃了。再说，真要是失了身，我也没脸来见你们，不如寻个死算了。皇天在上，我要是有半句假话，天打雷劈！"

"赌这个毒咒干什么，我只是随便问问……"婆婆的脸色有所好转，但心里还是隐隐作痛。

翠莲晓得，婆婆不仅仅是心疼那些银子和白米，更是惜顾张家的名声。所以，从此说话和做事都加倍小心，生怕惹得公公婆婆不高兴。

就在当年初冬，怀胎十月的翠莲生下了二儿子张文玉，给家中添了喜气。大儿子张文金已经三岁，咿呀学语，满地跑了。时间一长，遭土匪绑架的事也就被渐渐淡忘了，加上翠莲贤惠孝顺，不仅对丈夫体贴入微，而且把公公婆婆服侍得眉开眼笑，一家人和和美美、快快乐乐。

来年春上，大哥明歧、二哥明嶷返回江苏溧水县泗庄村老家种田，两位老人则留在护驾墩跟明禄一家过。张明禄让两个哥哥带足了银子，生活不成问题。

第九章

博弈秘笈

在张明禄的苦心经营下，张恒春药号生意日渐红火，逐步壮大，颇有积累，名气渐渐传扬开来。张明禄决意扩展基业。他将药号由孙大春家老宅迁至东关口外，又在挡子街关口建楼房，设分号——张涵春药铺。在摩鹰顶建家舍，构连成一条像模像样的张家巷，由此成为镇上首屈一指的大户。

接下来的二十多年间，大儿子张文金、二儿子张文玉、三儿子张文彬相继长大成人，张家人丁兴旺，闷声发财，真是运气来了挡都挡不住。可银子多了，却无处投资，小地方难以施展拳脚，雄心勃勃、目光远大的张家人便有了向外拓展的念头。

清道光三十年（1850），老父亲张宏泰和老母亲皆已相继作古，大哥明歧、二哥明巍因沾张恒春药号的光，都早已成家立业，衣食无忧。资金颇丰，底气十足，已达知天命之年的张明禄决定向外拓展。

一天晚上，他将三个儿子叫到身边，语重心长地说："护驾墩乃祖业发祥之地，不可丢弃。只可惜池小滩浅，难容三条龙腾挪回旋。为父认为，你们均已成家，羽毛丰满，当独自立业，练练翅膀……观周边城镇，唯对江芜湖乃千古商埠，繁华富庶，交通便利，又兼皖赣药材集散地，前景无可限量。文金为兄长，理应带头前往探路……文玉、文彬须多加帮衬……"三个儿子齐声赞成，长子文金更是摩拳擦掌，跃跃欲试。

于是，张明禄让张文金携白银五百两（后来又陆续划拨药材、物资等多批次，折合白银约一千两），先行来到水陆码头，皖江巨埠——芜湖城闯荡开拓。次子张文玉、三子张文彬襄助。自己则与老伴孙翠莲带着小顺子坐镇护驾墩守业，待儿子们在芜湖站住脚后，再跟进扩展。

临别前，张明禄将一把包浆笃厚、古色古香的紫砂壶交给大儿子，低声嘱咐道："此壶乃祖传之物，如今你肩负家族重任远去芜湖，人生地疏，未来难以预料。这个宝贝就交给你了，不到万不得已，不要打碎取用。切记，切记！"张文金恭敬地接过紫砂壶，神色凝重地承诺："儿一定遵命，请父亲放心！"

芜湖，古称鸠兹，因鸠鸟聚集，多生芜藻而得名，乃有两千四百余年历史文化古城。据我国最早的一部编年史《左氏春秋》记载："鲁襄公三年（公元前570），楚子重伐吴，克鸠兹。"此乃鸠兹最早被载入史书，扬名天下之处。

这方风水宝地，西汉元封二年（公元前109）设县，南唐时即"楼台森列，烟火万家"，已是相当繁华的城池。此地三江（长江、青弋江、水阳江）汇聚，交通便利，商贾辐辏，人文荟萃，是个物华天宝的鱼米之乡、商贸重镇。尤其重要的是，周边州县，包括皖南山区、大别山区及邻省江西境内所产的中草药，如丹皮、党参、桔梗、杜仲、木瓜、茯苓、厚朴、黄芪、半夏、何首乌等大多经芜湖转运，远销全国各地及南洋海外，使芜湖成为当时江南地区重要的中药材集散地之一。张恒春当家人选在这里拓展发家，可谓是慧眼独具，老谋深算。

张明禄的三个儿子最先是在芜湖城南闹市区金马门附近租下门面房，开了一家药材铺子，店号仍为"张恒春"。开业当年即盈利颇丰，算是一炮打响。

开局顺利，张明禄信心倍增，他将护驾墩老店托交族人经营，然后举家迁至芜湖，准备大干一番。张明禄主内，全盘打理，出谋划策；其长子张文金主外，负责接洽采购；次子张文玉管理账目、药材；三子张文彬襄助店务。

张氏开店以诚信为本，"采办认真，不惜重资，必求货之道地，信誉之诚，有口皆碑"。所销之药材，无论是丹皮、桔梗、当归、川芎、田七、杜仲、柴胡、天麻等天然草药或丸散膏丹，还是龟板、鳖甲、人参、燕窝、鹿茸、灵芝、虎骨、熊掌等珍贵补品，均货真价实，童叟无欺。由于经营有方，两度寒暑过去，张恒春药号在芜湖已是声名鹊起，独占鳌头。

咸丰元年（1851）。一个春天的早晨，太阳冉冉升起，淡淡的薄雾悄然散去，蜿蜒的长街上行人渐密，贩夫走卒卖浆者的吆喝声此起彼伏。张恒春药号刚开门，忽然来了个衣衫褴褛、蓬头垢面、神色萎靡的中年男人，说是要找大老板张文金。一个年轻伙计见他那副落魄相，没好气地说："我们大老板忙得很，哪有闲工夫见你。""见我他就有喜，不见我他要后悔。"
那男人轻飘飘一句大话出口，竟让在场的人都哑口无言，刮目
相看。有个机敏的老伙计忙迎上前去，客气地问道："请问先生
尊姓大名，有何贵干？"对方神色冷漠，傲然答道："我叫汪乾，
正田老祖汪一龙的后裔……"老伙计一听，心里有数，请他
稍等，自己去后宅禀报。不一会儿，张文金随老伙计出来，请
客人去后堂叙话。

宾主坐定，上茶。

沉默片刻，汪乾干咳两声，面露愧色，试探性地问道：
"听说张老板在搜购百草秘方？"张文金暗自一怔，知道对方有
些来头，便坦诚地说："是啊，前不久，我收购了一本秘笈《太
平惠民和剂局方》，是南宋绍兴十八年（1148）秘版，花了我
不少银子。可惜这个本子有些残损，关键处的页码不知何因被
人撕去，尤其是欠缺逍遥丸和鸡药秘方的内容……"张文金尚
未说完，汪乾便不以为然地笑道："哦，南宋的《太平惠民和剂
局方》是北宋《和剂局方》的修补本，两者并不完全一样。你
有后者而无前者，等于是找到了儿子却没见到爹娘啊！何况你
得到的只是残缺本……"这个落魄公子毕竟出身于医药世家，
说出来的话还是比较内行靠谱的。张文金默然一笑，挠了挠头
皮说："我也想儿子、父母都找到呀，可这大海捞针，简直比登
天还难啦！"

"嗨——！"汪乾突然将大腿一拍，扭着脖子说："那你找
我就不难了呀！别看我这副潦倒相，我汪家老祖还是传了些东
西下来的……"他得意地拍了拍揣有秘笈的胸口，"就看你舍

不舍得出银子哦！""只要货真价实，银子嘛……好说，好说。"张文金问："秘笈何在，可否出示过目？"汪乾眉梢一挑，扭头睪颈地说："我这可是罕见正宗珍本《和剂局方》，北宋徽宗大观年间秘印……"说着，他从衣襟里掏出破烂发黄的五卷小册子，双手递过去。

张文金恭敬接过，见此书虽表皮破烂，但内页基本完好。大略一翻，薄薄的几册书，却收录了279种秘方，有图有文，关于鸡药的原料、成分、配比等也有所阐述、披露，正是自己苦苦寻觅的资料。仔细查看，书后印有"北宋徽宗大观年印制""北宋皇家太医局编撰""医官陈承、裴宗元、陈师文校正"等字样。再观纸质、格式、字体，北宋原版应该不假。他这边正翻看着，汪乾那边已伸出双手，要把书拿回去，生怕泄密。

张文金把书还给他，不动声色地说："如果真想转手，那你就开个价吧。""这，这这……这是祖传秘方，不到万不得已，我，我哪会……"汪乾一副苦相，犹豫了半天，这才磨磨蹭蹭地说："至少，至少你也得给个三百两银子吧……""你嘴大心也不小。如此天价，我可承受不起。看来还是缘分未到哦……"张文金无奈地站起身，抖抖衣袖，意思是要送客了。

"别别，价钱好商量嘛……"汪乾沉不住气了，赶紧从怀里掏出《和剂局方》放在桌子上，手掌往上一拍："你给二百六十两银子如何？""呃……二百两吧，足够你起座宅院了……"张文金两手一摊："张恒春大半年的利润都砸进去了……不想出手，那就好见好散。"汪乾一愣，白眼珠转了几转，只好忍痛说："最低价，二百二十两，少一两都不行！"

"哎呀……啧啧啧……"张文金在八仙桌前连转了几圈，终于痛下决心，猛地将桌子一拍："好吧，那就依你，二百二十两成交！""我要现银！"汪乾额头青筋暴跳，他的鸦片瘾要犯了，恨不得马上拿到银子，一步跨到烟馆里腾云驾雾去。张文金见状，心里慨叹："有你这样的败家子，再大的祖业也要垮哟！"但表面上还是彬彬有礼地说："这就付讫。请跟我到账房去。"

破落户弟子汪乾在张恒春掘到第一桶金以后，大喜过望，过足了鸦片瘾。他突然想起已故的父亲说过，家里还藏有一本秘笈《古今医方集成》，自己小时候好像还见过。于是，赶快紧闭门窗，翻箱倒柜撬地板，从东屋窜到西厢，从阁楼找到地下室，弄得满头满身灰尘蜘蛛网，终于把秘笈从密室夹墙里给抠了出来。

怀揣秘笈，汪乾得意扬扬地来到下长街的老字号余记典当铺，拿出秘笈摇晃着炫耀，说是要当白银三百两，把伙计们吓了一跳。当铺老板余世宝闻讯从后堂出来，接过伙计递来的秘笈左翻右看，拿不定主意，哑着嘴巴勉强说道："书是老书，但我不懂医药，无法认定价值……这样吧，我给你五十两银子，书存在我这里，当当看吧……"汪乾大喊大叫："余世宝，你不识货，你老余家白开了三代当铺……千里马常有而伯乐不常有啊……"

正嚷嚷着，恰巧打此路过，向来对古董秘笈颇感兴趣的日本游商清泽一郎伸头探看，一见此景，他马上挤上前去，要过那本宋代名医吴克潜所著的《古今医方集成》，细心翻阅、鉴定起来。过了半晌，他掩卷问道："你的，开价多少？"汪乾毕竟是个有那么半瓶子醋的破落户弟子，见多识广，一看对方是个衣衫光鲜、模样富态的日本商人，立马翘起大象鼻子，神情倨傲地说："我这可是祖传秘本，没个五百两银子，那就免谈。"他心想，我先把价码抬得高高的，等对方还价，再作让步不迟。谁知那日本商人眼光犀利，财大气粗，接口就答："吆西，五百两银子敲定。不过，我单身出门，包里所带银子不多……"清泽一郎从包里取出两锭银子递给汪乾："这五十两银子先作订金，明天早晨……"他朝门外望了望，指着街对面的"一壶春"茶楼说："你我在那里碰头，剩下的四百五十两白银，一定如数奉上。"汪乾又惊又喜，一脸谄笑，连忙把头点得像鸡啄米。

清泽一郎临别还补了一句："《古今医方集成》，小心地看管，不要节外生枝哟！""煮熟的鸭子飞不了，你放一百二十四个心！"汪乾眉飞色舞，把胸脯拍得咚咚响。

日本人离去，众人慢慢散开，犹如大戏落幕，意犹未尽。当铺老板余世宝低头思忖片刻，顿感不妙，立马抽身直奔张恒春药号，把刚才在自家当铺里发生的事告诉了好友张文金。

素怀民族大义，珍惜古籍秘本的张文金觉得，《古今医方集成》乃我中华瑰宝，不能落入外人之手，他忙问："那个汪乾的家，你认得吗？"余世宝用手一摸脑袋，有点把握地说："以前去过一次，就在南门湾附近，应该能找到。""走，你赶紧带我去找他。"张文金立马穿上外套，跟随余世宝，马不停蹄找到南门湾打铜巷汪乾的住宅，与其交涉。

　　那汪乾只认银子不认理，任凭来客百般劝阻，一口咬定说："……我已与外商谈妥了，不能言而无信啊……如果你真想要，拿六百两银子来！""你、你你……你只认银子，不认祖宗……你这是卖国，这是罪孽呀！"张文金气得脸色发白，浑身颤抖，但又无可奈何，急得在屋里团团转。

　　汪乾躺在床上一边抽着大烟，一边懒洋洋地说："什么卖国，什么罪孽……只要有银子花，有大烟抽，我就认他是祖宗……"一听此话，连余世宝都摇头叹息。张文金更是恨得直咬牙，他晓得跟这种痞子讲理，简直就是与虎谋皮。不禁心一横，斩钉截铁地说："好，我这就去筹六百两银子……但明天天亮之前，不许你将秘笈转手！""那当然，那当然……我等着张大财主送白花花的银子来。"汪乾搂着烟枪一个劲儿喷云吐雾，油腔滑调地说。其实他心里有数，张文金一时拿不出这么多银子来，偌大的张恒春药号需要运转采买应酬不说，张文金刚刚花二百二十两银子买了自己的北宋秘本《和剂局方》，现在已是两袖空空，虚张声势而已。

　　出了汪宅，张文金作别余世宝，返回张恒春药号，把此事向父亲和两个弟弟一说，他们都说国宝不能落在东洋人手里，要赶快筹钱拦截。随即回房拿来各自的存银。坐堂郎中、老伙计，甚至有的老关系户闻悉此事，都纷纷借给张文金银子。余世宝回去后不久，也满头大汗送来五十两银子帮衬。从晌午奔波到半夜，六百两白银终于凑齐。

　　夜半三更，汪乾躺在被窝里呼呼大睡，突然听见有人急急地敲门，他猛打一个激灵坐起身，色厉内荏地问道："什么人？！""是我，送东西来了！"张文金压低声音说。汪乾这才反应过来，匆忙穿衣起床，满腹狐疑地打开房门。当两个张恒春药号的伙计将一口大箱子抬进屋里，六百两银子一文不少地呈现在汪乾眼前时，这个败家子惊得差点眼珠迸出来，哑口无言，不得不哆哆嗦嗦从橱柜抽屉里取出祖传秘笈《古今医方集成》，乖乖地交给张文金……

翌日清晨，霞光灿烂，鸟雀啁啾，空气格外清新。日本商人清泽一郎心情很好，早早地就来到"一壶春"茶楼，一边有滋有味地品尝着早点，一边十拿九稳地静静等候着。

那汪乾也未爽约，只见他大大咧咧上楼，一见面就从衣兜里掏出那两锭白银，毕恭毕敬地放在桌上。清泽一郎大惊失色，"噌"地一下站起身，厉声问道："你的，什么意思？"汪乾正本事没有，但玩起邪门来一套一套的。只见他躬身作揖，不卑不亢地说："昨天你我只是口头意向性交谈，未签正式契约，因此无效。祖传秘笈我不卖了，敬请海涵！"说罢，掉头就走。清泽一郎像霜打的茄子，站在那里一动不动，呆若木鸡，半天才从牙缝里挤出两个字："八嘎——"

有了秘笈的启迪点化，张恒春药号的"八宝丹""逍遥丸""益母膏""五子补肾丸""长寿至宝丸"等看家品牌丹丸膏剂药物的研制改进大获成功，一上柜台就很快销售一空，药号声名鹊起，赚得钵满盆盈。

咸丰二年（1852）暮春的一天，时任徽宁池太广道（简称皖南道）的道员叶赫那拉·惠征（慈禧太后的父亲），乘着一顶八抬大轿来到张恒春药号，衙役咋咋呼呼地喊着："道台大人驾临，张恒春掌柜快快出来迎接！"正在大堂忙碌的张文金闻声一惊，不知是福还是祸，赶紧一路小跑出门跪迎。那长相福态的惠征下轿倒是一团和气，他示意张文金平身，笑着说："随便来看看，莫惊慌、莫惊慌……"张文金这才稍安，将道台等人引进后堂。惠征则让随从们退下，自己单独与张文金会话。

宾主坐定，寒暄一番，香茶饮了半盏，惠征这才道出实情："听说张恒春的逍遥丸不错，我想买上一点，以治家中女眷胸肋胀痛、月经不调等妇病。因这种事牵涉隐私，不能张扬，也不便吩咐手下人代办，只好亲自出马了。""哦——原来如此。小事一桩，立马就办。请道台大人稍坐片刻，我这就去拿药来。"张文金心知肚明，他起身拎高长袍下摆，快步来到药堂柜台，令伙计将十盒逍遥丸用方片纸包裹捆扎好，自己拎着迅速返回后堂，双手呈送给贵客。惠征挺满意，伸手要掏银子，却被张文金止住："道台大人千万给我一个孝敬的机会，今后您想要多少，就来拿多少，这可是鄙号难得的荣幸啊！"一句话说得惠征眉开眼笑，客套了几句，就拎着东西上轿扬长而去。

本以为这是多年难遇一次的稀罕事，谁知没过多久，惠征又一次带着马车而来，一进后堂，他就朗声说道："不错不错，张恒春的逍遥丸不错。我再要……"他伸出一个巴掌晃了晃。张文金会意地说："是要五十盒吧，我这就去拿……""不不不，不是五十盒，而是五百盒！"道台口气不小，同时令站在门外的手下人送来价值不菲的纹银。张文金愕然，惠征这才低声做了一番解释。

　　原来，他十六岁的女儿杏儿被咸丰帝选为秀女，最近又被封为兰贵人，他这是为拉拢人心，为后宫的娘娘妃嫔们购买药物的。"你快快打包装车，我马上要带走。"道台催促道。张文金笑着说："东西您带走，但银子我不能留。""不行，银子一定要收。"道台沉下了脸，"难道我堂堂朝廷三品官员，还能讹你张恒春这点蝇头小利不成？你不收钱，那我就不拿药了。"张文金见他不像是装的，只好以成本价格结算，还一个劲说着感谢的话。

　　到了年末岁尾，在京城打通关节，即将升迁的叶赫那拉·惠征代表皖南道，亲授镏金楠木匾额"张恒春"给张家，以示褒奖。

第十章

宫 廷 治 痈

　　咸丰六年（1856）九月，太平天国在天京（南京）发生内讧，东王杨秀清逼宫篡位，北王韦昌辉受天王洪秀全密诏，趁机率亲兵三千从江西战场返回，杀杨秀清及其部属二万余人，激起公愤，翼王石达开"缒城"出逃，洪秀全不得不调兵反过来诛杀韦昌辉。杀来杀去，血流成河，数万将士皆成冤魂，太平军人心涣散，威势大减，呈现衰颓之象。

　　几番折腾，天王洪秀全既惊且怒，热毒攻身，颈部突然生出了三个痈疽，疼痛难熬，持续高烧，坐卧不宁，度日如年。天王府内的御医使尽了手段也不见好转，暴躁的天王连斩数名"庸医"，弄得上上下下一片恐慌。有府中御医为求自保，四处寻医问药。有知情者透露，皖境当涂县护驾墩的张明禄父子专治瘩背（痈疽），医术高超，可请来一试。御医立刻禀告天王，天王洪秀全虽将信将疑，但治病心切的他还是急派心腹将领石国宗，带人星夜赶往当涂护驾墩请医。

石国宗一行快马加鞭好不容易找到地方，谁知张家早已迁往芜湖定居。石国宗只得又领人打马上路，急奔芜湖。几经打听，才在芜湖西门城内鱼市街找到刚刚由城南金马门迁徙来此的张恒春药号新店。

石国宗在门前下马，但并没有径自闯入，而是让卫兵携重礼登堂，恭敬地向主人通报事由。张明禄闻讯大惊，立马与长子张文金跑到门外跪迎。石国宗彬彬有礼地扶起父子俩，丝毫未显傲慢鲁莽之态，令张明禄父子内心稍安。

宾主入室坐定，未等上茶，心急如焚的石国宗便详细道出原委，做出诚恳邀请。

王命不可违。当时芜湖处在太平天国的势力范围之内，有重兵驻防，平民岂敢抗命。张明禄深知此行祸福难卜，凶多吉少，所以一开始他就准备孤身去天京，打算要杀要剐由自己一个人顶着。但大儿子张文金坚决不同意，非要跟着去。他流着泪说："大已年近花甲，出门在外需要有个人服侍照应。再说，进宫后遇到疑难问题，父子俩也好有个商议；万一失手，天王怪罪下来，孩儿理应替父顶罪……"一番话说得在场的人无不为之动容。推让再三，张明禄只好含泪答应。俗话说，艺高人胆大。老爷子治瘰背无数，对此祖传绝技还是蛮有把握的，让儿子跟着去历练历练，开开眼界也好。

父子俩硬着头皮稍加收拾，带足药物、器具等，随石国宗马不停蹄地赶到天京，连驿馆都没进就直接去晋见天王洪秀全。

在石国宗的引领下，张氏父子进入殿宇巍峨、气势恢宏、装饰华丽、戒备森严的天王府。

天王府呈南北狭长走向，四周高大的宫墙似断崖绝壁环绕，庭院分内外两重。外面叫"太阳城"，里面叫"金龙城"，藏而不露的"后林苑"则是天王洪秀全神秘莫测的下榻处。

通过一道道门岗的搜身检查，来到静谧幽深的王宫内室。

红烛高照，帏幔云垂，如花侍女屏息静立，几个近臣站在床头愁眉苦脸，束手无策。天王洪秀全半躺半靠在豪华的龙床上，双目闭合，眉头微蹙，他的头颈僵硬，不能随意扭动抬举，由于高烧持续不退，面部赤红肿烫，虽然天王竭力掩饰，但其肉体的痛苦还是不难察觉。

"禀报天王，末将把专治痈疽的高手，芜湖名医张明禄父子请来了……"石国宗俯身小心地低语道。

张氏父子在龙床前跪下，行三拜九叩大礼，齐呼："天王万岁，万岁，万万岁！"

洪秀全闻声毫无反应，仍像菩萨一般闭目不语，正当大家不知所措的时候，洪秀全忽然缓缓睁开眼睛，斜瞥了一下跪在地上不敢起身的张氏父子，嗓音低沉沙哑地问："尔等……要动刀子吗？"

张氏父子一怔，脑袋发懵，瞬间，还是阅历丰富的张明禄醒悟过来，赶紧回答说："草民哪敢对天王动刀，我们用草药治，用祖传秘方……"

"嗯，那好……平身吧。"洪秀全脸色转缓，似乎还露出了一丝勉强的笑意。

张氏父子这才喘了口气，站起身来，后背早已冷汗沾衣，战战兢兢地开始看病。

经过仔细的望闻问切，父子俩根据长期的从医经验断定，这是令人十分头疼的"断头疽"。张文金毕竟年轻稚嫩，脱口说道："哎呀，这'断头疽'可不好治啊！"

洪秀全闻言，猛然睁开双眼，正要发怒，张明禄急忙拉儿子下跪，一边磕头如捣蒜，一边苦苦求饶："天王息怒，犬子年轻，不会说话。您患的这个痈疽叫'蚕头疽'，因风火、湿热、痰凝、血瘀诸邪发作所致，民医自有妙法祛热解毒，尽快治愈。如若有误，甘愿受戮……"洪秀全眼珠转了几转，不知是慈悲尚存，还是被病痛折磨得厉害，想让这父子俩治好自己的病，硬生生压下火气，脸色缓缓变得柔和起来，轻声说道："无妨、无妨……平身吧……"

父子谢恩，起身后默契地交换着眼神，谨慎而又大胆地开出了药方，外敷内服，双管齐下，标本兼治。

张明禄请天王起身下床，坐在圆凳上，然后打开行囊，取出药物和一个陶罐，陶罐里装的是江南一带的水磨辣椒。他用清水擦拭了一下痈疽的周围，用一根竹片取出辣椒糊，轻轻地涂抹在上面，然后取出一种药粉均匀洒满，再用消毒过的纱布包扎。当红辣椒糊抹在痈疽上时，洪秀全的脸部肌肉出现了微微抽搐，随后一股清凉渗入颈脖。原来，这是张家祖传秘方采用的独特药引子，它利用辣椒的刺激扩张患处，帮助药性渗入疽内。同时，以辣椒的刺激减缓疼痛。果然，洪秀全似乎略感疼痛有所减弱，紧蹙的眉头慢慢松开，神色有了稍许好转。

虽然张明禄对自己的用药和医术颇有把握，但他担忧天王久病生急，焦躁易怒，动辄胡乱杀人，所以临别时小心禀告："敬请天王按时照方服药换药，宽心调养。中药来得慢，近日虽可散热退烧，但无十天半月难以止炎消肿，祛除痈疽。民医祈望天王忌食发物，保重龙体，调养静卧，转危为安，福瑞呈祥。"

洪秀全躺在床上面如止水，沉默了半晌才轻轻吐出一句含糊不清的话："若能康复，朕不会亏待尔等……"但心里还有后半句话没有说出口："如果你们庸愚无术，敢跟朕耍花招，那就定斩不饶！"

退出天王府，张氏父子随即被送入驿馆，一日三餐好酒好菜伺候，礼遇匪浅，但身边有卫兵监视，不准离屋，插翅难飞。很显然，天王正在用药，他要等着看疗效。如果药到病除，自然皆大欢喜；若是不见起色，病疴日沉，那张家父子肯定就要成为天王泄愤之刀下的冤魂。

连续数日，张氏父子都要如此这般为洪秀全施药。但三天后，天王只是退烧，而痈疽并未明显缓解。洪秀全焦躁不安，脾气也大，看郎中父子俩的眼神里，已流露出难以掩饰的杀气。有几个太医院御医也聚在角落里讲风凉话："这对草根郎中父子，真是不知天多高地多厚。如果'断头疽'那么好治，还轮得到他们来逞能吗？""就是嘛，没有金刚钻，哪敢揽瓷器活……我们等着看杀头好戏吧。""我敢打赌，不出三日，天王必开杀戒……"

夜深人静，寒蛩凄切，如水月光泻进窗棂，洒在桌上、床上、洁净的地板上……

张文金一觉醒来，却发现父亲还睁大双眼望着屋顶在想心思，于是小声劝道："大，快睡吧，天都要亮了……"而父亲则答非所问地说："秘方见效慢，很可能是痈疽拖延日久所致……我们明天再用天门冬三、五两洗净，捣烂，以好酒滤其汁让患者服下，如此二三，当见成效……""这方子好，以前也试过，顶用。我听大的……真要杀头，我来当……"儿子年轻胆壮，孝心赤诚。两行热泪从张明禄的眼角滚落下来，他喉头哽咽着说："瞎扯八拉的……我这条老命……无所谓喽！我只是担心你……"

翌日早上，拜见天王后，张氏父子按照夜里想好的法子施药。天王隐忍着，服药，遵从医嘱。暂且平安无事。

到了第五天，天王身上的疽头有所萎缩。十天后，洪秀全的"断头疽"竟奇迹般地基本痊愈了，宫廷内外好不欢喜，但心机莫测的天王仍未放走救命郎中。

又过了几天，被软禁在驿馆里，寝食难安，度日如年，焦急等候音讯的张氏父子，终于盼来了石国宗将军。

一见面，这个能征善战、杀人如砍瓜切菜的大将军就绷着脸，两只令人望而生畏的暴凸大眼珠朝着张明禄父子频频扫视。张明禄父子大惧，以为是天王病情有所反复，不禁浑身颤抖地"扑通"往地上一跪，磕头如捣蒜："石石石……石将军救命……""饶命饶命……洪天王饶命……"

"哈哈哈哈……"石国宗突然仰面大笑，声震屋宇，转而叹了口气，坦言说道："我是佩服你们父子俩啊！连宫廷御医都束手无策的'断头疽'竟让你们给治愈了，可喜可贺呀！"他上前弯腰扶起张氏父子，笑眯眯地传话说："天王的痌疽已经完全治愈，龙颜大悦。你们想要什么赏赐，尽管开口。"

直到此时，父子俩高高悬起的心才算落下，暗自庆幸能够逢凶化吉，死里逃生。张明禄连连拱手作揖："天王自有神助，大吉大利，福寿无疆。吾等草民有幸侍奉圣主，实乃天赐荣光，哪能贪求报偿。只望石将军快快放我父子归去，以免家人挂念……"父子俩哪敢讨赏，能治好天王的病，保住自己性命就算万幸了！

"天王赏赐岂能回绝？拒不领恩，那也是要砍头的……说，想要什么，痛快点！"石国宗眉头微蹙，已有些不耐烦了。张明禄赶紧说："是是是，不敢抗旨……张恒春打算扩建，需要上等木材和制药用的淘丹，天王如能恩赐一些最好……"石国宗听罢呵呵一笑，很随意地说："这好办，回去等着吧……"一听此言，张明禄父子如蒙大赦。"谢天王赐恩赏福！谢石将军关照护佑！"张氏父子恭送石将军离去，当即就收拾起包袱，如脱笼之鸟、漏网之鱼，两手空空取道回芜。

张明禄父子宫廷治痌一事在芜湖传开后，张恒春这块金字招牌更是分量陡增。由于芜湖是太平军的地盘，张家得其护佑，生意格外顺溜，赚得钵满盆盈。

这时，在西门城内鱼市街租用的门面就显得偏僻、局促了。咸丰十一年（1861），张家又迁往闹市区井儿巷口。

天王洪秀全也是说话算数的，他许诺的赏赐不久后果然兑现了。

　　春末夏初的一天傍晚，从长江上游浩浩荡荡驶来几十艘三桅大帆船，直抵芜湖宝塔根码头靠岸停泊，一时帆影蔽日，舳舻相继，几乎占据了半个江面，引起岸上百姓好奇地驻足观望。只见十几艘船上装满了又粗又直又长的优质樟木，树皮新鲜，绿叶犹存，清香四溢。另十几艘船上则装满"淘丹"（当时泛指矿物质药材，多作为治疗跌打损伤，痈疽瘰背等外科用药的原料），价值白银十万两。正是这些木料、原料，解决了张家后来在状元坊建新店时的资金和木材所需。

　　这些赏赐物由手持快刀的士兵押运，并由天王宫廷内务府的头目——陈总管随行监督。船队刚刚抛锚系缆停稳当，陈总管就在士兵的护卫下上岸登轿，由前来迎接的县衙官员引领，直奔张恒春药号而去。

　　井儿巷口的张恒春药号尚未打烊，后宅院内，一家老小正坐在大桌旁有说有笑地等着上菜吃饭，忽然，只听见巷口人声喧哗，脚步嘈杂，还有人鸣锣开道，显然是有重要官员经过。张明禄暗自惊诧，以为发生了什么事情，不禁眉头一皱，准备起身去看个究竟。突然，一个自家的伙计慌慌张张跑进来报告说："老爷，老爷——县太爷，还、还还……还有太平军的大官登门来了……""啊！——"张明禄一听是太平军大官登门，马上联想到天京治痈的事，以为天王洪秀全旧病复发，要降旨惩罚自己了，吓得魂飞魄散，小腿肚子直抖。三个儿子也都胆战心惊，张口结舌，不知所措。女眷及孩子们早就躲的躲，溜的溜。

　　这时，只见一队手举寒光闪闪的战刀的士兵跑步进入后院，分成两行站立警戒。接着，院门外的大轿里缓步走出身穿朝服的陈总管，他手里托着圣旨，趋前高声喊道："民医张明禄听旨——"战战惊惊的张明禄及三个儿子赶紧"扑通"一跪，伏在地上微微颤抖，大气都不敢喘。

陈总管展开圣旨，用那不男不女的怪嗓音宣诵："国呈祥瑞，上帝赐福，天王颁诏曰：民医张明禄父子忠孝可嘉，医术精湛，德才双馨，巧祛本王微恙，理应厚赏。今特赐江西上等樟木十五船，淘丹十二船，以供张家兴建宅邸，制药济世，荫庇子嗣，福禄绵长……"张明禄父子喜出望外，连连磕头谢恩。陈总管示意免礼平身后，张明禄赶紧吩咐手下人安排酒宴，以飨陈总管一行。县太爷则摆手笑道："本县早已在酒楼备下盛宴专为陈总管接风洗尘。张家父子为本县赢得荣光，特请一同赴宴，欢聚一堂。""承蒙相邀，承蒙相邀！"张明禄父子连连拱手作揖。

寒暄过后，陈总管一行在院子里、店堂内随便转了转，看了看。县太爷瞅空私下里对张明禄说："陈总管可是天王府的大红人，他这次亲临芜湖，抬举张恒春，实属难得的幸事。你看……是否要意思意思呀……""那当然，那当然……在下愚钝，多谢大人点拨！"心里早有安排的张明禄明知对方在要心眼，但还是难得糊涂地顺竿子爬："陈总管等天王府大员各送一份厚礼，您的一份也在内。""哪里哪里……无功不受禄，我就免了吧……"县太爷假意推让。"您这可得赏脸！张恒春多蒙照应……"张明禄频频躬身作揖。"嗬嗬嗬，嘿嘿嘿……"县太爷满面春风地追着陈总管巴结去了。

第二天早上，县衙调集兵丁卸船，将一根根粗大的樟木抬至张家后院，木材堆积如山。左邻右舍及行人们看见此情此景，无不羡慕眼红，背下里纷纷议论说：

"这么多好木材，造一座大宅院绰绰有余。天王真是金口玉言，鸿恩浩荡……"

"张家有天王作靠山，发财的日子在后头哩！"

"县太爷对张家这么客气，以后芜湖城里哪个还敢跟他家过不去？"

但也有见多识广，一肚子拐的人摇头晃脑，嘿嘿冷笑说："否极泰来，盛极必衰。现在太平天国与大清朝正在激烈交战，鹿死谁手还不好匆忙下结论。张恒春到底是福还是祸，只有骑驴看唱本——走着瞧喽！"这番话说得众人一片哑然，觉得开窍醒脑，纷纷点头附和……

街谈巷议传入张明禄的耳中，老当家暗自反思揣摩，如梦方醒。他私下里一再告诫叮嘱家人：切不可冒失放肆，越是苍天庇佑，官府礼遇，张恒春越是要低调行事，和睦邻里，善待客户，不得有恃无恐，欺行霸市，胡作非为。尤其是对太平天国不能靠得太近，只能在商言商，行医治病，若即若离，巧妙周旋。与此同时，要与清军方面暗通款曲，送医送药，捐钱纳银，竭力照应，尽量保持中立，无论哪方都不得罪。

当家人舵把得稳，船行得自然就顺。张家在太平天国与清王朝两大强权势力拉锯交锋、攻防多变的夹缝中艰难地求生存，不掺和，不张扬，更不一边倒，和气仁慈旷达本分，声誉与日俱增，妇孺老幼有口皆碑。

第十一章
八 方 应 酬

古往今来，强龙压不住地头蛇。浪迹萍踪的外籍客商大多斗不过盘踞日久、树大根深的"坐地商"。

张恒春药号自清道光三十年（1850）从当涂县护驾墩迁来芜湖，至咸丰末期，前后不过十来年光景，张家父子奋力打拼，千忍百让，八方应酬，好不容易才在这皖江巨埠、水陆要冲之繁华古城安居下来，初步打开局面。尽管如此，张家依旧低调做人，谨慎行事，不敢稍有放纵。

张家来到芜湖后，店面几经迁徙。先在金马门立足，后来转移到西门城内鱼市街，接着又再迁至闹市区井儿巷口。井儿巷口的店面也是租来的。在此过渡了两三年后，老旧的房屋因年久失修，每逢下大雨特别是黄梅天，家中就有多处漏雨，下水道也不大通畅，时常形成内涝，库房遭水淹，中草药损失严重。与房主多次交涉，那户人家总是推三阻四，拖延敷衍，逼急了他就放话说，想租就租，不想租拉倒，还有别的房客在等着租门面。房东如此吝啬难缠，不能眼看着房屋漏雨淹水而遥遥无期地傻等下去呀！万般无奈的张明禄只好决定自掏腰包，修缮房屋，清理下水道。大把银子撒出去后，房子修好了，下水道也畅通了，可还没来得及高兴呢，麻烦纠葛却找上门来。

张家隔壁是一家小炒货店，主人叫莫乃山，此人鹰钩鼻子长驴脸，瘦骨嶙峋三根筋，驼背哈腰罗圈腿，一副歪瓜裂枣相。品性更是糟糕，一屁三个谎，爱占人便宜，得理不饶人，无理搅三分，人送外号"莫要沾"。张家店面的屋檐高于莫家，而且紧密相连，仅留一线天。下水道也是相通的，共走一条主沟，向来没出过问题。

这天，莫乃山找上门来，说张家修房子伸展了屋檐，导致雨水全都淌到他家的屋顶上，加重了渗漏，张家新修的下水道也加粗了，而且涵道垫高，使他家的下水出不去，要张家赔偿他的损失。张明禄沏茶敬烟，笑脸相迎。孙翠莲也耐心解释说："我家的店面是租来的，这次修房子只是补齐了屋檐，并没有伸长；下水道虽加粗了，但没有对口相顶，不碍你家的事……"莫乃山却胡搅蛮缠、唾沫横飞地吵吵嚷嚷，不肯罢休。张文金、张文玉兄弟俩见他蛮横无理，纠缠不休，就连拉带劝地请他出去。

莫乃山勃然大怒，说张家财大气粗，仗势欺人，跑到街上直蹦直跳，大叫大嚷："大户欺小户，外乡人打本地人喽——，张恒春老板简直太霸道了，请众人来评评理，替我申冤做主啊……"他老婆也披头散发、凶神恶煞般从家里冲出来，右手持刀，左手拿着切菜的砧板，一边用刀斩砧板，一边声嘶力竭口念咒语:"张恒春仗势欺人喽——斩斩斩,斩死欺人的活阎王……斩斩斩,斩死霸道的老恶狼……"疯疯癫癫地诅咒谩骂不休。"莫要沾"则趁机往地上一瘫,一边手捂着腰,一边哼哼叽叽地叫唤着:"唉呦呦,我的腰被打伤了,唉呦呦,疼死我了……"不知真相的行人、邻居、小把戏,包括早就对张恒春药号眼红妒忌的同行冤家们围了一大圈,把路都堵住了,嬉笑调侃,议论纷纷,洋腔怪调,说什么的都有。

张家是惜顾脸面的儒商,富户出身,善良随和的老婆婆孙翠莲及三房儿媳们哪是这般地痞泼妇的对手,虽然无辜受辱,满腹委屈,但也只好妥协让步,答应赔他家银子,息事宁人作罢。

莫乃山得了便宜还卖乖,得寸进尺,处人行事并无丝毫收敛,好像对方软弱可欺,怕他似的。张明禄一再告诫家人:猫不跟狗斗,男不跟女斗,君子不跟小人斗,万事以忍让为上。同时,他暗暗发誓,一定要奋力拼打,把生意做好、做大,争取早日建起自家的店面宅院,过上自由自在的舒心日子。

这边恶邻刚刚摆平,那边商会又来骚扰。

芜湖滨江枕河,水网密布,地势低洼,易遭水灾。每年汛期,官府都要抽丁集资,派款催捐,用以防洪排涝,这本无可厚非。但那负责摊派任务的商会却从中盘剥,见人下菜碟,有后台,关系好,沾亲带故的店家就象征性地收一点,糊糊外面场;而对那些没背景,平时不"孝敬",特别是无根无襻的外乡人,则毫不客气地加重勒索,中饱私囊。

　　端午节前夕，县商会的裘正卿会长忽然笑嘻嘻地拎着盒月饼到张家拜访。张明禄知道他是无事不登三宝殿，黄鼠狼给鸡拜年——没安好心，但伸手不打笑脸人，也只能硬着头皮殷勤地接待。

　　果然，茶饮半盏，一番虚情假意寒暄过后，裘会长道明了来意："张老板，今年雨水偏多，江河水位居高不下，眼看梅雨季节又将来临，县衙里派给我们商会捐款防洪的份额很重啊！"张明禄点头附和说："是哦，年年如此。汛期不过，人心难定啊。"心想，你想要多少钱，就竹筒倒豆子吧，省得绕来绕去的。裘正卿挠了挠后脑勺，似乎有点难为情地说："你家店大业大，众人的眼睛都盯着，我想袒护都不好开口……这样吧，你拿二百两银子，就算一了百了啦！"张明禄大吃一惊，急忙站起身辩解道："这、这这……这太多了吧？去年一百两银子已经压得我够呛，今年怎么一下猛涨了一倍？裘会长，我的药号盈余有限，照章纳税缴费那是雷打不动，不仅要养活家族几十口人，还有二三十个伙计要吃饭，年年捐款摊派担子这么重，真是压得人喘不过气来呀！""嗬嗬嗬……连你都哭穷，那我们商会还不倒板子啊……"裘正卿阴冷地一笑，"我倒是想帮你减减负担，可商会定下来的事，我个人不好轻易改变呀……"说着，他从怀里掏出个巴掌大的玉雕鼻烟壶轻轻放在八仙桌上："我手头最近有点紧，想把这只祖传的羊脂玉鼻烟壶换点现钞。张老板是生意人，见多识广，劳驾你给我打听打听，寻个买家，无论多少钱，有个大概差不多就行了……"裘正卿又来这么一手，实出张明禄意料，他不禁头皮发麻，两眼愣怔，连忙推辞道："我是做药材生意的，对玉器古玩一窍不通，唯恐糟蹋了你的宝贝……""客气客气，哪个不晓得你张老板精明过人，触类旁通。东西就放你这儿，不急不急。至于捐款的事嘛，我再去商会里帮你活动活动，说道说道，能减多少是多少吧。"闲扯一番，裘正卿起身告辞。张明禄想拿起桌上的鼻烟壶塞给他，但又怕冒犯了瘟神，引来更大的麻烦，只好自认倒霉，强作欢颜将他送出门去。

回到屋里，张明禄拿起桌上的鼻烟壶细瞧，尽管自己是外行，但交结的朋友多，眼界广，对古玩玉器也略知一二，他发现这等质地粗糙，色泽晦暗，雕工陋俗的赝品纯粹是地摊上骗人的玩意儿。稍一思忖，他喊来大儿子张文金，让他拿着鼻烟壶去找个行家给看看，到底价值几何。张文金憋着一肚子气领命而去，半晌工夫回来秉告："这个鼻烟壶是假玉，最多只值几枚铜板。"张明禄深深地叹了口气："真是如狼似虎啊！"

拖了几日，明知那商会是狼窝虎口，张明禄也不得不主动往里钻。他找到裘正卿会长，关起门来，强堆笑脸说："裘会长，伯乐难遇，曲高和寡哦！你的这个鼻烟壶无人识货，很难出手，我只好给你送回来了。"说着从怀里掏出鼻烟壶恭敬地放在桌上。裘正卿眉头紧蹙，马脸一拉多长，半晌无语，场面颇为尴尬。张明禄赶紧掏出一锭银子奉上："这十两银子是我送给大人过节的，不成敬意，还望笑纳。"裘正卿神色稍缓，嘴角似笑非笑地一扯，鼻子里冷冷地哼了哼，心想：小气鬼，难道我堂堂裘会长的面子只值十两纹银吗？真是越富越抠门！沉默片刻，他还是压住火气，不阴不阳地说："这是干什么嘛，拿走拿走，让人看见了笑话，还以为我拿了你家多少外快银子哩……"顺手端起桌上的茶杯，微微抿了一口，才接着说："派款的事，我帮你斡旋了，你就交一百八十两银子算了。人看人，户比户，小户盯大户。太过分了我也不好交代……"张明禄明知被对方恶狠狠地宰了一刀，但还得装作感激的样子，连连鞠躬作揖，然后去账房交了捐银，像吞了一只死苍蝇般恶心。

店主、商家、贩夫走卒包括众多贫困居民的银子铜板血汗钱被官府衙门、贪官污吏巧取豪夺地搜刮去了，但并没有多少真正用在防洪排涝上。这年雨季末尾，洪水暴涨，芜湖江堤多处溃破，大水几乎淹没了整个城区，主要街巷可以行船，只有雨耕山、鸡毛山、张家山、洗布山、赭山、神山等少数山岗高地幸免于难。坐落城南老街低洼处的张恒春药号又上演了一场"水漫金山寺"的活闹剧，损失惨重，真是鸡飞蛋打，有冤无处诉……

早先，芜湖城内规模最大，牌子最老的药铺是正田药店（字号永春），地点在西门大街，由休宁人汪一龙于明朝万历年间创办，曾经辉煌于明末清初，声名远播海内外。芜湖县志有载："每外藩入贡者，多取道于芜，市药而归。"尤其是缅甸、朝鲜、安南、日本、暹罗等国的使者和商人，常到正田药店购货，正田药店显赫一时。然而，历经二三百年沉浮，九代人的传承更迭，该店至清代道光年间，已风雨飘摇，日渐式微，后来连"正田药店"的老牌子也不敢挂了，怕名不副实，羞辱了祖先，只好打出"永春药店"的旗号，苟延残喘。

张恒春药号在芜湖立足后，同行相斥，生意相抵，永春药店自惭形秽，无力竞争，不得不黯然挪位，悄悄搬迁到城外南关一个狭小破旧的门面内惨淡经营。街上好事者议论纷纷，打抱不平，都说这是让张恒春给挤走的。

张明禄听到传言，既莫名其妙，又倍感委屈，心想：大路朝天，各走一边。我也是初来乍到，脚还未完全站稳，巴不得多个朋友多条路，怎么会干欺行霸市的缺德事呢？但他冷静下来，站在对方的角度换位思考，还是觉得汪家搬迁与张恒春的确有关，心中难免惴惴不安。

这天早晨，张明禄安排好店务，嘱咐大儿子张文金备好礼品，然后一同前往南关永春药店拜访。

因生意清淡，萎靡不振，太阳都爬了几丈高了，永春药店老板汪步云才懒洋洋地起床。他正在洗漱，忽然伙计来禀告说："老板，张恒春的张家父子亲自登门拜会，正在前堂等候。你见还是不见？"汪老板大感意外也颇受感动，忙连声说道："见见见，快请快请……"他赶紧整装梳头，三步并作两步迎上前去，将来客请入后院堂屋。

宾主坐定，上茶，寒暄。

汪步云首先客气道："张老板父子大驾光临，已是抬举我了，怎么还带来礼品，如此破费……""区区薄礼，何足挂齿。"张明禄拱手作揖："贵店乃芜湖药业老字号招牌，汪家老祖乃杏林前辈，享誉四方。敝号涉足芜湖，本该早早前来问候讨教，怎奈终日穷忙，疲于应付，一直拖延至今……""哪里哪里，张老板财源广茂，事务繁多嘛！你是大雁，我是麻雀，不可同日而语也！"汪步云话说得又软又酸。

张明禄轻轻叹了口气，苦笑摇头，端起瓷盏，吮了口茶，干脆免去客套，开诚布公地说："汪老板，你从西门大街迁到这城外的南关，我心里不好受啊！"

"不不不，张老板不必介意。西门大街地处闹市，房租贵，这里房租便宜，小店获利微薄，你们不来，我也是要搬迁的嘛，这与贵店无关。"汪步云半是实话，半是礼貌。

"那毕竟是我们打扰在先，真不好意思，还望汪老板多多包涵……我们张家根底浅，无依无靠，全凭吃苦耐劳，本分做人养家糊口，讲求贾道儒行。尤其是像汪家这样的老字号、老前辈，我们恭敬还来不及哩，岂敢冒昧造次！"张明禄披肝沥胆，言辞恳切。

"过谦过谦……鄙号久经风雨，加上吾辈无能，早已是落毛凤凰不如鸡喽！后来者居上嘛，贵店正值发旺时期，前程无量，可喜可贺啊！"汪步云知书达理，并非浅薄、偏狭之徒，连忙好言相慰。

"托你吉言。如真能发旺，还要靠朋友、同行多多帮衬。张某虽才疏学浅，但还是懂些规矩的……"张明禄神色坦诚，语气恭谨。

话头说到杏林中事及买卖经，双方谈得很投机，不知不觉已到晌午。汪步云要留客吃饭，张氏父子一再推辞，说家中有事，改日一定请汪老板饮酒畅谈。双方频频作揖，欢笑而别。

客人刚走，汪步云的小脚妻子便从里屋开门，一拐一拐地走出来，笑着对丈夫说："我听你们谈了半天，觉得张老板人很善良，你可千万别听信小人捣鬼，与张家作对。""那是那是，我自有主见。"汪步云心明似镜。

几天后，张恒春药号果然派人送来请帖，邀请汪步云去本城最高档的酒家——同喜楼赴宴。张明禄早早就恭候在那里，还请来了本城多位药店老板作陪。席间，双方酒喝得爽，话也谈得畅快，心里的疙瘩全都烟消云散。

不久，汪步云出于义气，恐怕也是自家步履维艰，生活窘迫所致，悄悄将祖传的两副药方卖给了张恒春，张家半是帮忙，半是珍惜杏林遗产，给的价钱也不低。这本是双方自愿，公平交易的买卖。可天长日久，这事不知怎么泄露了出去，外界有人指责张恒春乘人之危，骗取了汪家的秘方，真叫张明禄有苦说不出，有冤无处申。唉，人嘴两块皮，扯淡不上税，翻过来搭过去，想怎么说就怎么说哦！

咸丰朝末期，张恒春药号散枝展叶，几度迁址，可谓芝麻开花节节高，规模不断扩大。

张明禄家规甚严，他深知家业"公平分享"的重要性，故对三子长幼各为一房，不论人丁多寡，均按房系计算，除芜湖张恒春为三房共有外，每房只能开一家无字无记的张恒春药号，其余分支点不得袭用，免惑世人，而损商誉。因此，当时共有四家张恒春，它们分别是：芜湖城内的药号由长子张文金经营，丹阳镇的药号由次子张文玉经营，护驾墩老店及南关口的药号由三子张文彬经营，四家药铺都挂同样的"张恒春"招牌。

第十二章

意 外 贺 礼

苦日子长，甜日子短。眨眼一晃就是十几年过去。清同治三年（1864），天京沦陷，太平天国土崩瓦解，基本被镇压，战乱趋于平息。因张恒春与太平天国的瓜葛，清廷本来是要降罪予以惩治的，但在芜湖贤达商绅和民众的一再斡旋求情下，同时鉴于张家救治清军伤病员，暗中捐款捐物助清军破营有功，故网开一面，既往不咎。

大乱得到大治，国势转危为安，朝廷得以喘息。

早已赚得钵满盆盈的张明禄，吃够了寄人篱下的苦头，趁此时机毅然投下巨资，在芜湖最繁华的上长街状元坊对面（上长街165号），买下一块黄金地皮，耗时三年，于同治六年（1867）建起了坐南朝北，飞檐翘角马头墙，前店后坊，富丽堂皇，由两组三间两厢七进六厅院组成的徽派建筑风格的张恒春药号，隔街六间平房存放药材杂物。

张恒春自道光三十年（1850）来芜湖发展，迄此已有十七个年头。十七年间，几迁其址，店面一次比一次好，稳扎稳打，步步登高。此时其积累资金已达白银二万两之多，这在当时的芜湖堪称屈指可数的巨富豪门。

张恒春新店前临十里长街，后至长河（青弋江）边的沿河街，并有石阶码头延伸入河里，走货用水都十分方便。店铺仿北京同仁堂模式，东组正中为铁包双扉青镶前堂大门，门楼内三个金色的"张恒春"贴墙招牌字乃本城道光举人、书法高手盛竹峰老先生所题。高耸的门楼及栋梁楹柱雕花贴金，气派非凡。西组高墙由花石白灰粉饰，墙面用柚木制成贴金匾牌字组：上横头"发兑药材"，下直排四行由西向东依次为"精制饮片，丸散膏丹，参茸桂燕，虎鹿仙胶"。进入大门，是雕花贴金风门暖阁，宽敞高旷的店堂内，西首设有半人多高的长龙式配方柜，配售饮片药材，丸散膏丹。迎门上方墙面挂有"次货不上柜，配方遵古法"牌匾。玄关、壁橱、桌椅板凳皆为红木家具，装饰讲究，朱漆锃亮。花厅客堂则挂着芜湖铁画、堆漆画、通草画等本地工艺美术品，楹联、匾额、字画均出于米芾、柳公权、金农、郑燮等古今名家之手，此等规格芜湖城内别无二家。

张家新宅所用的大批优质木材——香樟，多为当年洪秀全为答谢张氏治痈而给的赏赐，皆从江西深山老林采伐，由十几艘帆船运抵芜湖，其建筑、家具、地板等，历经百年风雨而不朽不腐，恩泽数代。

同治六年（1867）暮春，开业庆典那天，全城名流商绅云集，宾朋满座，喜气洋洋。徽宁池太广道道台大人特意派人前来赏赐金字牌匾，芜湖县令徐光显则乘坐官轿亲自前来贺喜。

十里长街似过节一般，人如潮涌，鼓乐震天，鞭炮齐鸣，欢声笑语。前来送礼恭贺之宾客如过江之鲫，大门口迎宾处摆放的贺礼堆成了几座小山，所收贺礼银子铜钱钵满盆盈。唱礼的接待人员还在不停地高声宣唱道："祥云和绸布庄老板张荣晋先生送门厅景泰蓝大瓷瓶一对……丰惠米行老板覃永贵先生送白银两锭……永春药店老板汪步云……"条桌旁坐着的老伙计王远之一边挥毫迅速在登记册上笔录，一边应声复述……

早有店伙计将一副名人手书的大红对联张贴在朱漆门柱上："生意兴隆通四海 财源茂盛达三江"客人们见了无不点头称赞，大拇指直竖。唯独县太爷徐光显观之沉吟半晌，摇头晃脑，颇不以为然："此联好倒是好，就是太滥太俗……"精明的张明禄赶紧在一旁恭敬地请求道："县令大人乃堂堂科举进士，才高八斗，满腹经纶，能否赏光给小店赐一副对联，以示嘉勉？""哈哈哈哈……"徐光显拈须而笑，未置可否，一拎官袍径直登门入室，众人前呼后拥，忙将话头岔开。

人来车往，爆竹阵阵，烟雾弥漫，笑语喧哗，正是上客的高峰。忽然，只见县商会的裘正卿会长陪同三个日本人来到张家门前。他们虽说是药材商，却是一副"浪人"打扮，身穿和服洋靴，腰挎武士刀，长发披肩，浑身散发着桀骜张狂的海盗气息。虽然彬彬有礼，但其做派、眼神和气色里却暗藏着掩饰不住的杀气。

裘正卿八成是得了他们什么好处，笑容可掬地向正在门口迎客的张文金介绍说："这是日本药材商清泽一郎先生和他的两位手下，他们常来江南采购药材，考察商务，游历山水，还想在本地盘店开业，尝试经营……"清泽一郎会讲一口流利的汉语，立刻接过话头说："我们在芜湖已盘桓多日，感觉此地交通便利，货物充足，街市繁华，人口稠密，很适合经商置业。恰逢贵店庆典，我们特来恭贺拜访，交个朋友，讨教讨教，还望多多关照！"说着，一边鞠躬，一边示意两名随从献上礼物。那模样毕恭毕敬，大庭广众之下，真不好断然回拒。平时八面玲珑的张文金，此刻却心中忐忑，他一边与其寒暄应酬，一边示意管家去报告。

端坐大堂首席的张明禄闻讯一惊，心想：我们中国人办喜事，外国人来掺和什么？尤其是日本"浪人"，行踪诡异，飘忽无定，偷盗抢劫，无恶不作，动辄就凶相毕露，大打出手，万不可与之有瓜葛，引狼入室。于是便皱着眉头说："日本浪人的礼不能收，你们和和气气把他们打发走吧，就说酒席早有预订，没有下请柬邀请的客人恕不接待。"管家躬身正要退去，却又犹豫着好意进言道："老板啊，俗话说，伸手不打笑脸人。那日本人既然来了，总得给点面子。否则，一旦得罪了这帮东洋鬼子，今后的麻烦……"张明禄略一沉吟，觉得言之有理，便吩咐道："那你就把他们几个人安排在小客厅就座，不要张扬，小心伺候。"

一直沉默不语的徐县令眼珠子转了几转，忽然冷冷地说："自明以降，日本浪人就不断窜至我内地窥探滋扰，烧杀抢劫，胡作非为，本县也屡遭掳掠，深受其害，还得小心提防才是啊！""是是是！大人所言极是。"管家退去，来到大门口，与张文金耳语了两句，然后将裘会长与三个日本人领进小客厅落座，还特意叫来一个精明的老伙计专门服侍。清泽一郎等虽然明显感到遭受冷落，心里非常不快，但又找不出理由发泄，只好强忍着。

正午开宴，礼炮鼓乐齐鸣。酒过三巡，菜尝五味，大家只顾吃喝捧场，都把其他的事抛到九霄云外去了，酒兴正浓的徐县令却忽然停箸对身边精神矍铄、满面春风的张明禄说："你开的是药号，救死扶伤，人命关天，只有讲究德信二字，才能长盛不衰。我思来想去，决定送你这么一副嵌字联：'恒德永怀芳流橘井　春光久驻花燦芝庭'不知以为然否？"

张明禄心里一震，略一斟酌，立刻拍案叫绝："妙，妙！此联格调高雅，言简意赅，正合吾意，且又将'恒春'二字天衣无缝地嵌在联首，实在是不可多得的联中之上品！……文金啊，马上请人给我把这副对联用红纸金字写好，快快贴到门柱上去！改日再制成牌匾悬挂于店铺大堂两侧的楹柱上，永作珍传……"张老板意犹未尽，兴奋地站起身来，环顾四周朗声说道："徐县令送给我的这十六个字楹联'恒德永怀芳流橘井　春光久驻花燦芝庭'与吾张家祖训'虔诚虽无人见，存心自有天知。''次货不上柜，配方遵古法。'等具有异曲同工之妙，今后就如同本店的家训堂规一样，家人及伙计务必牢记在心，不得遗忘。听清楚了吗？"

"听清楚了——"家人、伙计一齐响亮呼应，声震大堂，余音绕梁。

徐县令乐得仰首捋须，哈哈大笑，客人纷纷鼓掌喝彩，一片欢腾，酒宴热烈喜庆的气氛达到高潮。

酒好，菜好，气氛更好。

恰在这时，日本浪人清泽一郎与两个随从在裘正卿会长的殷勤引导下，端着酒杯从小客厅来到大堂上，要向当家人敬酒。张明禄只好站起身与其应酬："哎呀，今天宾客太多，招待不周，还望诸位多多谅宥！""嘿嘿嘿……"清泽一郎皮笑肉不笑，故作大度地说："我们外来客自然没有家里人香喽！张老板，我们敬你一杯，这既是对张恒春的祝贺，也是想请贵店今后对我等海外客商多多关照！"说罢，恭恭敬敬地鞠了个九十度的躬。张明禄躬身作揖还礼："哪里哪里，老店新开，多有不周，还望各路朋友搭把帮手！谢谢！"说完，一仰脖子，先干了杯中酒，几个不速之客随之也饮尽杯中酒。清泽一郎转身让伙计再将酒杯斟满，正要趁机向徐县令敬酒，套套近乎，却见对方阴沉着脸，故意把身子转过去回避，猜想徐县令是个犟骨头，不大好对付，生怕自讨没趣，便犹豫着愣在那里。奸头滑脑的裘正卿赶紧上前打圆场道："清泽先生恐怕有所不知，徐县令近日牙疼，火气大，戒饮烈酒，还望诸位客商多多包涵……""哦——吆西、吆西……"清泽一郎只好就坡下驴，不尴不尬地退回小客厅。

小客厅里，冷菜淡酒正没滋没味地吃着，忽然，张明禄领着三个儿子特意来给裘正卿会长和清泽一郎等人敬酒，这才多少把三个日本人心头的懊恼和怨气驱走了一些。

喜宴吃得正酣，忽有伙计来报，说是有一位乡下老翁，领着几个人在大门外求见张恒春掌门人。张明禄闻之愕然，立马放下筷子，低声向同桌的徐县令等打了个招呼，一提长袍下摆，穿堂过院，来到前门一探究竟。

只见那位须发皆白、满脸皱纹、体瘦背驼的老翁手举一面鲜红的锦旗，带着几个衣着寒酸的乡下人恭敬地站在台阶下等候，张明禄一露面，他们立马跪地磕头。张明禄急忙上前扶起老人，神色惶愧不安地说："老人家快快请起！诸位请起！张某悬壶济世，开店行医，如有不当之处，但说无妨，怎敢承受长老乡亲如此大礼！"

老翁站起身又连连作揖，然后用手指着红缎锦旗上面用金黄丝线绣着的"德高业精　扶危救命"八个大字，眼含热泪地说："张老板贵人吉相，救命菩萨。老汉姓陶，是城外白马山人，大儿子陶石根前几年经媒婆撮合，娶了对江无为县汤沟的农家女小菱子为妻，本来欢欢喜喜，恩恩爱爱。不料，去年秋后，小菱子忽然犯病，几经借债救治都没有痊愈，拖到今天开春，还是过世了。她娘家人得知消息，以为是我儿子喜新厌旧，害死了小菱子，于是喊了几十个族人带着砍刀、铁棍、鸟铳等家伙搭船过江，冲进我们村，要烧我家房子，杀我大儿子，我们怎么解释他们也不听。情急之下，我突然想起了大儿子带媳妇去芜湖城看病，张恒春药号给开的几张药方子还在，赶紧从橱柜里找出来给他们看。娘家老舅识文断字，见过世面，比较讲理。他仔细看了药方子后，长叹了一口气说，'张恒春是芜湖城里最好的药房，他家坐堂郎中开的方子都不顶用，那就无可救治了！'听他这么一说，江北过来的几十个人纷纷收起了家伙，还向我们赔礼道歉，一场灾祸这才避免……"

老人用粗糙的手掌抹了一把眼泪，皱纹纵横的脸上浮现出憨厚的笑意："张恒春的大恩大德，陶家一直记在心里，可惜无以回报。听说今天是张恒春老号新店开业大喜，老汉家里穷，拿不出像样的礼，就请人赶制了这面锦旗，表表心意。张老板如不嫌弃，就是赏脸了！"说罢，老翁又要屈膝下跪。

张明禄赶紧将他拉住，感动得泪水直在眼眶里打转："老人家，多谢多谢！你送的这份厚礼，简直比黄金白银还要贵重！"说着，扭头招呼伙计："你们赶快在大堂再开一桌酒席，请陶老伯等几位客人上坐。"老翁忙摇手推辞说："不敢当，不敢当，我们乡下粗人上不得台面。种田人穷忙，这就回去了……""老人家，这顿酒你们要是不吃，就是瞧不起张恒春！来呀，请客，请贵客大堂上坐！"张明禄眼含泪花亮开嗓子一声喊，伙计家人一拥而上，拽着推着把几位乡下客人给请上了大堂就座。

张明禄紧紧攥着老翁的手，乘兴把刚才的事向全体来宾一说，全场立刻响起经久不息的掌声和欢呼声。徐县令不禁起身举箸笑道："金匾银匾，不如老百姓的嘉勉；千好万好，不如行善积德好哟！"此言一出，又是掌声雷动……

坐在小客厅里的清泽一郎等人听见大堂里欢声如雷，高潮迭起，一打听，知道是怎么回事后，感到自己堂堂的大日本商人，却连个中国乡下农夫都不如，遭此冷落慢待，更加气恨不已，哪有什么胃口品尝美食，草草吃了几口垫垫肚子，中途便悻悻退席而去。一直在旁边讨好奉承的裘正卿连拉带拽也没留住他们……

第十三章
邂 逅 高 人

　　新店地处十里长街最繁华的中段岔路口，堂口好，人气旺，加上张家人精明诚信，善经营，会打理，生意自然更加不错，这让土生土长、树大根深的本地同行们好不羡慕。

　　赤日炎炎的盛夏，久旱无雨，气温居高不下，整个大地就像闷在蒸笼里，从早到晚热得让人透不过气来。此时，也是西瓜、香瓜、菜瓜以及桃、梨、杏、李、荔枝、枇杷、樱桃等新鲜瓜果大量上市的季节。有的人因贪吃暴食生冷瓜果，造成胃寒脾虚，消化不良，严重者上吐下泻，胸腹胀痛，故而前来药号寻医抓药的人络绎不绝。

　　午后，太阳当头，酷热难当，街边的生意人大都猫在树荫、棚伞、屋檐下守株待兔，慵懒地打着瞌睡。各家店铺顾客稀少，显得冷冷清清，伙计们都无精打采地强撑硬挺着。

　　忽然，有个老妈子模样的妇人手里攥着一纸药方，满头大汗，急匆匆走进张恒春药号店堂嚷着要抓药。当班的伙计从高高的柜台后面伸手接过药方，大致看了一遍，没发现什么破绽，便开始照单一一抓药，同时嘴里还职业性地念叨着"丁香二钱、金银花四钱、郁金一钱、连翘三钱、柴胡二钱……"正在柜台旁敲打着算盘核对账目的张明禄听到伙计的话，心里不由"咯噔"一下，犯起疑惑来，忙叫住那个抓药的伙计说："等等等等，你把药方拿来给我瞧瞧。"接过伙计送过来的药方仔细一看，张明禄果然发现单子上有丁香、郁金这两味药，不禁在心里嘀咕道："不对呀，古医书《十九畏》歌诀里说，'丁香莫与郁金配'，两者相克，配之则产生毒副作用，轻则损肝伤脾，重则危及患者生命。这是什么江湖郎中胡乱开的方子，误人性命不犯法呀？"所以，他很不高兴地将药方往柜台上一放，语气恳切地说："这药方有问题，人命关天啊！""噢——药方有问题呀？这可是我家老爷常请的老郎中开的方子啊！"那老妈子满脸惊诧，半信半疑。"是哪个老郎中啊，竟犯这样的迷糊！"张明禄面露不快。"他是……他是常来本地的游医，叫什么……叫什么王小眼……"老妈子实话实说。"哦——是他呀。听讲此人的确有点门道，常住弋江客栈坐店行医，以惯用猛药偏方闻名。但人有失手，马有失蹄，他开的这副方子不合药理呀！你回去跟你家老爷讲，我张恒春要对病人负责，所以不敢出售这样的偏方猛药。"尽管理直气壮，但张明禄还是尽量放缓声调，心里隐约感到有些蹊跷。对方也算小有名气，不会胡乱开药，自砸招牌吧？难道是自己孤陋寡闻，墨守成规，不解方家之术？

　　在场的老药师王远之看在眼里，内心暗自寻思：师傅确实饱读典书，说的话也没错，但他毕竟还是商家，并非十分精通医术。有的老郎中经验丰富，手段高超，偶尔剑走偏锋，将类似丁香与郁金两味相反相克的中药搭配，反而能起到意想不到的疗效。这在以往名医所开的药方中也曾偶有所见，自己就曾经手过。但大庭广众之下，作为徒弟，是不能与恩师顶牛犯冲的。况且师傅也是好心，稳妥慎重，是给徒弟们提个醒，点拨点拨呗。所以，久经历练，见多识广的王药师前思后想，也就隐忍未发。

那妇人唯唯诺诺，转身离去。她刚刚出门，伙计们都纷纷翘起大拇指，夸赞老板有学识、有眼力，更有良心，今天大家算是开眼界了！唯有王远之微微一笑，闭口不语。张明禄露了一手，却脸色静如止水，继续不疾不徐地打着自己的算盘，其实心里既挺挺受用又挺忐忑纠结的。

眼睛一眨，太阳偏西，还起了点悠悠的小风，高温略有缓解，街上行人增多，市面重新躁动起来。就在伙计们抖擞精神，准备抓住机会再做几单生意时，那个汗流浃背的老妈子领着一个身穿烟灰色香云纱长衫，手里摇着一把破折扇，头发胡子皆已花白，一双眯眯眼明显偏小却骨碌碌转的驼背老叟走进店里。

张明禄抬头一眼瞥去，知道是冤家来了，便不失礼节迎上前去，拱手作揖："哟，王先生稀客。请坐，请坐。""你家门槛高，平时我这个无名游医不敢叨扰呀！"王小眼在主人的引领下来到一侧的花厅坐下，大腿跷二腿还抖着，拖腔滑调，神情十分倨傲。老妈子肃立一旁，手里还捏着那张药方，心想，针尖对麦芒，这下有好戏可看了。

"哪里哪里，王先生大名鼎鼎，如雷贯耳！伙计，上茶。"

张明禄知道来者不善，这些常年在外颠簸闯荡的老江湖，多少都有些旁门左道和看家混世的过人绝招，轻慢不得。好在自己有医书撑腰，且是好心为之，也不怕他造次。

宾主在桌旁坐定，茶盏上桌。王小眼习惯性地将手中折扇往颈后衣领里一插，落落大方地捧起瓷盏，一边捏着杯盖轻轻撇着漂浮的茶叶，一边冷冷地笑道："听说张老板精通百草，一口咬定我是江湖郎中，乱开方子。老朽不得不前来聆听教诲呀！""呃……这个嘛……可能是您老百密一疏，偶尔笔误。我们开药店也是出于好心把把关嘛，否则一旦出了问题，彼此都难脱干系的……"张明禄虽然得理，但还是尽量把话说得委婉一些："医书上可是早有记载，丁香与郁金两者相克，若是混搭在一副药中，便产生毒副作用，甚或危及生命啊！""呵呵呵……"王小眼仰头干笑，一双小眼珠子几乎全被皱巴巴的眼皮蒙住了，仅能看见一条细细的缝："不就是什么《十九畏》《十八反》之类的陈芝麻烂谷子吗？读书，用书，而不可迷信书本呵！"说着，扭头吩咐身边的老妈子："将这副方子交给他们抓药煎之，我要当场喝给众人看，如能把人毒倒，或产生任何不良反应，我从此作别杏林，永不从医。"

张明禄被他将了一军，左右为难，不得不勉强颔首，示意身边站着的王远之照他说的去做。

茶饮两盏，话叙几箩，药已煎好，王远之带领伙计托盘呈上。王小眼将陶罐里浑浊的药汤撇去浮沫，徐徐倒进瓷碗里，挥动折扇搧了一会儿，待温热时仰脖一口气喝下去，然后缓缓起身，在花厅里安然踱步，轻松地慢摇折扇，摇头晃脑地哼着小调，一脸怡然自得。围观的众人屏声静气，等着观其反应。一袋烟工夫过去，王小眼面不改色，谈笑自若，并无丝毫不适，且自信满满，语调铿锵地说："你们照我开的方子抓药，出了人命，自有衙门拿我是问！"

张明禄知道遇上高人了，忙起身鞠躬作揖："先生不愧为杏林高人，佩服，佩服！鄙店池小水浅，井底之蛙，墨守医书，有辱名流清誉，还望多多海涵！"接着他摇头叹息，面露愧色说："山外有山，人外有人。活到老学到老，还有一门没学到。这就难免要现世出丑啊！所以说学无止境，人无至达嘛！"扭头望望窗外，见天色已晚，正在饭点上，于是坦诚邀请道："今天有劳高人登门赐教，不胜荣幸。我想移步酒楼，专门为先生赔礼谢罪，不知能否屈就？""你心是好心，饱读医书，何来罪过？纯粹是一场误会嘛！至于去喝酒嘛……我看就不必破费了吧……"话虽这么说，可这老酒鬼满肚子的馋虫都在纷纷乱爬，心里好不痒痒。张明禄看在眼里，当然有数，立马吩咐伙计："你赶紧去同喜楼给我选个包厢，订一桌上好的酒席，待会儿我就陪王老先生一同过去。"伙计领命，一溜烟地去了。

那老妈子犹如看完一场精彩大戏，刚刚从剧情中醒来，猛一打激灵，忙告辞说："先生，那我就回去了，少爷还等着用药哩。"王小眼点头答道："抓了药，你就回去吧……告诉你家主人，就说我与张恒春老板切磋医术，相见恨晚，要好好地絮叨絮叨！"老妈子连声答应，转身出门而去。

西天褪去最后一抹金黄的余晖，夜幕缓缓降临。繁华的十

里长街灯火齐明，歌舞升平，依旧熙熙攘攘，市廛嘈杂，不时
有挑担提篮的小贩匠人一路吆喝着穿梭走过。那灯红酒绿的青
楼里淫语荡笑不绝于耳，几个长相靓丽的烟花女子浓妆艳抹，
袒胸露臂，嗲声嗲气地站在门口招徕嫖客，白嫩丰腴的大腿在
高高开衩的旗袍里忽隐忽现，分外撩人。

徽派建筑，门楼子又高大又漂亮的同喜楼酒家笑语喧哗，
杯盘叮当，烟雾弥漫，高朋满座，跑堂的店小二就像鞋底抹了
油，风风火火，来回直窜。卖艺的歌女则见缝插针，在二胡、
琵琶、檀板的伴奏下随点随唱，余音绕梁，袅袅不绝。

头等雅座包厢里，王小眼被推入上席就座，张明禄与长子
张文金、次子张文玉、三子张文彬及账房先生潘善成、老药师
王远之等围坐一圈，推杯换盏，喝得十分开心。

酒过三巡，菜上五味，张文金忽然凑近王小眼，低声谦和
地问道："晚辈愚钝，还想讨教一下王老先生。丁香与郁金相克，
的确为医书所载，以前家父也教过，为何您大胆用之就没问
题呢？"

"嘿嘿，哈哈哈……"此刻，王小眼酒酣耳热，正在兴头
上，大庭广众之下，遇到小字辈讨教，难免就有点卖弄，故而
倚老卖老地将酒杯往桌上一嗑道："笨！书上写了的就是金科玉
律，铁板一块吗？你只记住了丁香与郁金相克，却怎么不晓得
两者适当配之有疏肝理气的功效呢？"接着，他挥舞筷子，如
数家珍地说："丁香辛温芳香，入肺、胃、脾、肾四经，温肾助
阳，消胀下气；而郁金哩，辛凉芳香，清心开窍，行气解郁，
祛痰止痛，利胆退黄。二者相克又相融，恰当为伍，有温通理

气，开郁止痛，宽胸利膈，启脾醒胃之功效……"王小眼说得顺溜，见满桌人都耸耳静听，连上菜的堂倌都伫立一旁，瞪着大眼珠子倍感新奇，越发洋洋得意，自顾自干了杯中酒，索性竹筒倒豆子，来个一干二净："何况我下药时，丁香、郁金这两味药剂量都较轻，还配了金银花、连翘、柴胡等药调和冲平，当然把稳又把滑……""哦——"张文金恍然大悟，连连拱手作揖："高手，高手！民间藏高手……来，我再敬王老伯一杯。"说着恭敬站起，举杯仰头，"咕咚"一口干尽杯中酒。

王小眼待张文金亮杯，也起身回敬。但落座后吃了几口菜，稍微冷静下来，转念一想，他又后悔不迭，暗暗责备自己不该说得太多太细，这不明摆着是泄露玄机，让人家轻而易举又学了一招嘛！但说出去的话就是泼出去的水，想收是收不回来了。他懊恼而又佩服地瞥了张明禄一眼，发现这个胖胖墩墩，面相憨厚，和蔼谦恭的店老板其实深藏不露，异常精明，绝非等闲之辈。谈医论药，他们父子几人也许只是个二杆子，但若是涉及人情世故，经商发财，那自己只能甘拜下风！他想：老夫这辈子潦倒背运，栽就栽在这张臭嘴上，想改这个坏毛病，看来只有等下辈子喽！

张明禄一边殷勤劝酒布菜，一边诚恳邀请道："先生医术高超，却寄人篱下，似龙困浅滩，虎落平阳，可叹可惜呀！倘若敝店有幸，能请得高士坐堂问诊，实乃蓬荜生辉。""这个嘛……嘿嘿嘿，草野穷叟，登不得大雅之堂。老朽自由散漫惯了，云游天下，四海为家，受不得拘束和羁绊，张老板的好意我心领了！"王小眼开怀畅饮，大口吃菜，动作率真，旁若无人。张明禄见他神情淡泊傲然请不动，难免觉得有点尴尬和惋惜。

账房先生潘善成忙岔开话头道："来来来，吃菜，吃菜……今天这道清蒸鲥鱼非常鲜美，请王老前辈多多品尝……"王小眼似乎也觉得自己回拒得有些生硬，抹了对方的面子，便转换语调，笑着解释道："我家几代行医，在浙江苍州老家颇有名气，至今仍有兄弟及堂下叔侄在当地开设药铺，莳花弄草，悬壶济世。唯我这个性情中人，浪迹江湖，独来独往，率性而为。何况年逾古稀，来日无多，这辈子就认命喽……""长辈仙风道骨，超脱红尘，令人难以望其项背，晚生自愧弗如也！"一向善于应酬的张文金由衷赞叹，张文玉、张文彬及老药师王远之等也频频点头致意，轮番敬酒，场面甚欢。

夜色渐深，酒楼里客人陆续散去。"天干物燥，各家各户，小心火烛——"打更老人嘶哑的嗓音、"笃笃笃"的梆柝声在不远处飘荡。酒足饭饱的王小眼在大门口与张氏父子等作别，然后袍袖一甩，脚步踉跄地飘然离去，嘴里还荒腔走板地哼起了"倒倒戏"的小曲儿。

望着他的身影消失在朦胧虚幻的月色里，张明禄站在那儿沉思良久，嘴里喃喃自语道："我们张恒春要想做稳、做大、做强，得有这样的高士来坐堂问诊啦！""父亲，我们老店新开，一时还未理出头绪。等以后生意顺畅了，再慢慢物色吧。"张文金在一旁轻声耳语，其他人也都随声附和。

"不，招揽人才，聘请名士，乃当务之急，拖延不得。你们可得多留点心！"张明禄脸色凝重，语气坚定地扫了每个人一眼，径自走去。众人赶紧应承跟上，顿觉醒脑开窍。

第十四章
招 贤 纳 士

新店开张后不久，生意兴隆，顾客纷至沓来，财源滚滚。

业务繁忙，加之乔迁搬家，正值壮年，里里外外一把手的张文金在店中日夜督促打理，焦神劳思，不到深更半夜不能就寝。

连续几个夜晚，睡在新药号后宅床上的他，都听到长河边上隐隐约约传来如泣如诉、幽怨徊徨的箫声，夺魄牵魂，挥之不去。

这天夜里，箫声又起，辗转反侧的张文金睡不着了，索性穿衣起身，打开后门，向河边走去，远远看见本店的埠头石阶上坐着那位吹箫人。

提着长袍下摆走到跟前，借着朦胧的月光，他发现吹箫者年过不惑，虽眉清目秀，气质儒雅，但面容憔悴，衣衫褴褛，一副落魄潦倒模样。平日也喜好乐器的张文金弯腰轻声说道："乐师，你吹的这首古曲《平沙落雁》回肠荡气，令人惆怅伤感呀！"对方闻声一愣，不禁抬头盯看张文金，半天才讷讷地说："先、先生……乃行家也！""哪里，哪里，不过是同样喜好罢了。"张文金一撩长袍下摆，在他身边的石阶上坐下，"连续几天夜里，都听见你在河边吹箫，尽是些愁怨哀婉的曲子。乐乃心声，或许你是遇到什么烦恼困厄了吧……"

一句话触动心弦，吹箫人微微点头，泪水在眼眶里转悠。面对知音，他喃喃叙述起自己的坎坷身世："鄙人姓滕，名茂公，乃金陵江浦县人氏，自幼入学开蒙，熟稔岐黄，酷爱乐艺，吹拉弹唱样样皆通。前些年遇上洪秀全造反，被征召入伙，后到天京宫廷担任乐师。天京破城后，为逃避清廷追捕，一直流浪江湖，苟延残喘。这些天，我就住在你家隔壁的滨江客栈里，靠卖艺糊口谋生。夜深人静，睡不着觉，就到河边来透透气，吹吹箫……"

张文金微微颔首，善解人意地说："想必你当年加入太平军，也是被强拉入伙的吧……"谁知滕茂公愣了愣，却坦诚地说："也谈不上是强拉……当初太平军势如破竹，声威正旺。打下金陵后，他们建都天京，礼遇人才，张榜招揽文士、乐师、工匠等。我看他们尚有开朝的气象，所颁布的《天朝田亩制》等朝纲也还有新意，加上厌倦了漂泊流浪的生活，一时心血来潮，就去应聘了……可担任宫廷乐师后不久我就失望了……"张文金颇为疑惑，忙问道："为什么，待遇不好吗？"滕茂公轻轻摇头："待遇还好，最起码比我原来跑江湖强八倍。而是因为……是因为目睹了他们的寻欢作乐，骄横狂妄，内讧不休。""那为何不想办法摆脱羁绊呢？""哪摆脱得了！他们杀人如同宰鸡，稍有不慎就成刀下之鬼……我早就料定那个小朝廷是不会长久的，没想到会垮台得那么快。"张文金又追问道："天京破城时，你是怎么逃脱的呢？"滕茂公叹气苦笑道："我躺在死尸堆里装死，把脸上、脖子上、身上涂满了死人血……后来趁深更半夜才侥幸逃走……一直东躲西藏，惶惶不可终日……"

滕茂公的不幸遭遇，使同为祖籍江苏的张文金深感同情，加上父亲早就有招揽人才，聘请名士的嘱咐，所以，他略一思忖，先是试探性地问："先生怀才不遇，实在可惜，今后可有什么打算？"滕茂公发愣，凄然答道："我现在背负漏网罪囚的身份，还能有什么奢求……浪迹萍踪，躲躲藏藏，犹如丧家之犬。如能有碗安稳饭吃，有个睡觉喘息之地，足矣！……""乐师以技艺谋生糊口，何罪之有？"张文金于是干脆而又诚恳地说："先生慈眉善目，气宇不凡，身怀才艺，今后必有发光之日……若不嫌弃，可否先到我张恒春药号做个管事？敝号老店新开，事务繁多，正好缺个文墨娴熟，兼通岐黄的帮手。"滕茂公闻言喜出望外，赶紧起身鞠躬作揖："今晚萍水相逢，有幸遇到贵人了。张老板的大恩大德，茂公来世定当结草衔环相报！""哪里话，自家人嘛！夜深天凉露水重，走，我们回家去。"张文金起身拉着滕茂公的手，一同拾阶踏月归去。

自此，滕茂公在张恒春安顿下来，结束了颠沛流离，提心吊胆的逃亡生涯，真正感受到了家的温暖，也再次享受到了做人的尊严，十分感恩戴德。

为掩人耳目，滕茂公改名张茂公，对外就说是张家的亲戚。

想着张家的好，张茂公经常在夜里苦思，为不能报恩而内疚愧，思来想去，一位江湖故友的面容突然闪现在脑海里，令他不禁兴奋得拍床坐起，心想：我怎么把他给忘了呢？！于是，他决定向张家推荐原太平军中的名医，现流落江湖，隐姓埋名在乡间行医的外科高手——徐文田。

翌日早晨药号一开张，把诸事都安排妥帖了，张茂公瞅准空子，便向张文金说出了自己的荐才之意。

"徐文田？噢——这个名字倒是耳熟，早就听说过他曾用蚂蟥治病的故事，只是不知其详。"张文金捧着紫砂壶，在花厅的茶几旁落座，示意张茂公坐下细谈。

张茂公恭敬地在其一侧坐下，打开了话匣子："徐文田青年时代即由福建浦城来芜湖澛港开业行医，后来加入了太平天国队伍，乃军中医官，与我交情甚笃。同治三年（1864）天京沦陷后，我们各自逃难，彼此杳无音信。最近，我偶然得知他改名换姓，重回芜湖周边乡村行医谋生，这才又接上联系。徐兄擅长外科，江湖绰号'徐一刀'。一次，有人请徐文田下乡看急诊，途经春谷县枫香墩，在路边看见一个农夫瘫倒在地，呻吟不止，其状甚是痛苦危重。乐善好施的徐兄上前一看，只见这人的颈部生了个痈疮，其'对口'处已经发青化脓，如果用针挑，尚不到时候，淤血脓液一时难以排尽，敷药也难速见成效，何况自己还有急诊要处理，病者家属在一旁催得甚急。这时，徐兄灵机一动，走到田埂旁寻觅，看见水田中有一窝蚂蟥在蠕动，于是就捉来几条蚂蟥放在患者颈部的痈疮上，那几条蚂蟥闻血腥即钻，贪婪地大吸脓血，不一会儿，几条蚂蟥的身子渐渐鼓胀，越来越粗壮滚圆，而患者颈部的痈疮却眼看着瘪陷下去，脓血基本被吸尽，几条圆滚滚的蚂蟥也自动掉落在地。过了一会儿，患者精神大变，竟当场站了起来，磕头谢恩，行走自如，围观的人们无不惊叹称奇。从此以后，徐文田'蚂蟥治痈'的传奇便传扬开来……"

"妙、妙、妙，真乃奇人奇医也！"张文金听得如痴如醉，不禁击掌赞叹，但转念一想，又不解地问道："这么一个有本事的人，怎么偏偏不顾性命，跑去造反呢？"

张茂公苦笑道："不瞒恩公，对外当然是说被太平军强拉入伙的，其实徐兄是闯了祸事……"

"哦？"张文金惊讶，心里猛然一沉，越发想打破砂锅璺（问）到底。

张茂公接着详细叙述："咸丰三年（1853 年），芜湖县县太爷陈名臻的儿子带衙役到澛港镇搜查所谓的叛逆，在街上遇到一个年轻貌美的村姑，这个纨绔子弟顿时淫性大发，借口查匪搜身加以调戏，正好被行医路过的徐文田看见，侠肝义胆的他急忙上前痛斥，陈公子恼羞成怒，率衙役持刀扑上来就打，徐文田退让，可对方紧追不舍，情急之下，徐文田从怀里掏出防身的弹弓自卫，击中陈公子右眼，这才得以脱身。从此，他就成了官府缉拿的逃犯。东躲西藏，难以维持生计，迫不得已，他只好投身太平军……"

"哎呀，义士啊！"张文金拍案而起，"义字当头，乃张恒春开店宗旨。这样的义士，何罪之有？本号若能有幸得此良医相助，实为患者福音，店堂荣光。茂公，改日我要亲自随你去乡下走一趟，定要把徐先生请到张恒春来坐堂问诊！"

张茂公闻言甚喜，但又不无担心地说："恩公惜才敬贤，令人感佩。只是……只是徐兄与我一样，都曾在太平军中混过事，是朝廷捉拿的漏网之鱼，若是今后有人搬弄是非，恐怕要连累……""唉，怕什么嘛，你当乐师，他当郎中，不都是凭本事谋生养家糊口嘛，又没干什么坏事丑事缺德事。实不相瞒，我们张家也曾为洪秀全治过瘩背。治病救人，乃医家天职，不分族群类别。话又讲回来，过去的事已经过去了，哪个还翻那本老皇历！"敢作敢为的张文金当即一锤定音：高薪聘请徐文田来张恒春坐堂问诊。

已经不大过问店务，颐养天年的张明禄闻听此事，也明确表示赞成。

数日后，张文金觅得空闲，与张茂公一起下乡，去寻访徐文田。

清晨，二人在宝塔根渡口搭帆船溯青弋江而上，近午时分到达清水河小镇，下了船换驴车，不通车的地方就步行。

蓝天白云，和风拂柳，鹭鸶翩跹，麦浪翻滚。雪白的梨花、红艳艳的杏花、田野里大片大片紫云英将零散分布孤岛似的村庄团团包围，芳香扑鼻，五彩斑斓。鸡鸣犬吠，不时有三五只鸟雀从眼前振翅飞过，河上的乌篷船悠悠漂荡，布谷鸟声声啼啼，传播远方，越发显得天地空旷而寂静……好一派恬静、舒缓、清新、优美的田园风光。

走在乡间小道上，久居城内的张文金倍觉新鲜，他畅快地做着深呼吸，感叹道："乡下的空气真好啊！"张茂公惴惴不安地说："走这么远的路，让老板辛苦了……""唉，这算什么呀。当年诸葛亮三顾茅庐，还不是为了求贤嘛！"张文金虽已气喘吁吁，但依然兴致勃勃。

在清水镇及附近好几个村子转了一圈，经多方打探，好不容易才在棠棣村访到了徐文田的暂时栖身之处。谁知他是个游医，行踪无定，前几日已退房离去了。眼见天色擦黑，两人已累得筋疲力尽，只好借宿在农家，直到翌日清晨才归去。

站在青弋江与长江交汇口的宝塔根下，举目眺望，只见江对岸一大片沙滩旁停泊着一排排竹木筏子。原来，一直向东去的长江在此扭头向北流去，在长江转向的巨大弯道与青弋江的入江口之间，自然形成了一片开阔的滩涂地，从湖北、江西、巴蜀下来的竹木排筏便停靠在这里，再转运至苏皖浙沪各地。谙熟本地情况的张文金有空闲时便带着张茂公来此转悠寻人。

这天早上，刚到竹木码头，张茂公突然发现了面容憔悴、衣衫褴褛的徐文田正在与放排人交谈，他立马冲上前去，一把拽住徐文田的胳膊说："文田兄，张恒春的大老板亲自来请你进城坐堂问诊了！"随之而来的张文金笑容可掬地趋前道："大名鼎鼎的'徐一刀'，我小小的张恒春可请得动大驾？"张茂公连忙介绍道："这位就是张恒春掌门人，张文金。"

徐文田惊喜万分，眼眶湿润，赶紧双手抱拳，朝张文金深深地鞠躬作揖："多谢张老板抬举，文田受之有愧……""哪里哪里，是真名士必有用武之地！走，我们回城去……"求贤若渴的张文金拉起他就要走。"慢着慢着，你还有东西在筏子上，另外，看病的钱我还没给哩……"那个放排汉子在一旁急得跳脚直叫。"哈哈哈哈……"大伙都乐了。

见徐文田衣着单薄，张文金迅即脱下自己的绒布长袍，强硬地披在徐文田的身上，感受着绒布长袍上尚存的体温，长年逃亡流浪，受尽欺侮饥寒的徐文田百感交集，眼泪潜然而下……

古话说得好：士为知己者死，女为悦己者容。撇开丰厚的待遇不提，仅凭张文金下乡访贤，亲临茅舍问寒问暖之深情厚谊，知书达理，剑胆琴心的徐文田岂能不感恩戴德，投桃报李？

为掩人耳目，也为了避其"文"字讳，徐文田坐堂张恒春后，即改名张问田。

时隔不久，他就做了一次漂亮的外科手术。

这天午后，几个乡下人用竹床抬来一个发高烧，已经昏迷不醒的垂危病人，说是多方求医难见效果，气脉已衰，送到张恒春药号来碰碰运气。

张问田见了病人，仔细观察了一会，然后很肯定地说："患者大腿内侧有脓疮。"病人家属俱惊，心想，没有人告之，他怎么说得这么准？其他不知情者则将信将疑，待学徒费力地解开患者的裤子，果然发现其大腿内侧有一鼓凸如瘤状的乌紫脓疮。张问田用药水棉球将脓疮外表消毒，然后取出锋利的手术刀，在疮口眼上迅即一划，只见一股污秽的脓血像喷泉般迸射而出，鼓凸的疮包顿时瘪陷下去。清疮排脓后，张问田随即敷药，包扎。少顷，病人气色明显好转。当天下午，患者退烧，神志清醒过来，还开口要吃要喝。

几番换药，两周后，此人痊愈，与家人一道，燃放鞭炮，特意送来丰厚的礼品谢恩。张恒春药号店堂门外，观望者围得里三层外三层，众人议论纷纷，赞不绝口，张恒春名声大噪。

中秋节前夕，又有一桩奇事发生。

这天早上，张恒春药号门前来了一个年近半百，衣衫破旧，胡子拉碴，骨瘦如柴，病态潦倒的男人。此人命蹇脾气倔，给钱不要，施饭不吃，撵也撵不走，口口声声非要见张家大老板。

张明禄老爷子年事已高，家人不便打扰，就将此事告之正在吃饭的张文金。

听说是个讨饭花子在纠缠，张文金懒得搭理，先是随意挥了挥筷子，意思是给几个小钱，把他打发走算了。伙计刚转身要走，却又被张文金唤回。他略一思忖，放下碗筷，来到前堂想看看这个乞丐到底是何人，要干什么。

那倔强的乞丐被伙计领进门，见了张文金二话没说，纳头便拜："张老板，请恕沦落人汪可达无礼！"张文金忙上前将他扶起，仔细一打量，发现此人虽潦倒落拓，但神色凛然，骨相奇异，举止率真而不失气度。心中有了几分惊诧，张文金的话语便显得格外和气："小店刚开张不久，还望江湖朋友多多捧场才是。""张老板，老芜湖有名的药王汪一龙你可知晓？"汪可达全无客套，径直问道。

"汪一龙？你说的可是精通岐黄之术的休宁人汪一龙？……

知道知道。汪一龙乃明朝万历年间芜湖有名的药王，当年在西门外大街开设正田药房，直到本朝嘉庆十二年才歇业，经营达二百余年。汪家后裔与我家祖上早就有交往……""实不相瞒，汪一龙乃鄙人的太祖父……"汪可达面露愧怍之色，"汪家自我父亲手中彻底败落后，汪家人流落江湖，历经坎坷，重振无望，我自小莳弄百草，对中药材略知一二，长年在外乡外人的药号里帮工站堂，寄人篱下，饱尝辛酸。今闻张恒春药号在家乡芜湖独占鳌头，兴旺发达，其盛况远远超过当年的汪家。我心想，热乡热土好养人，因此，横下一条心，携妻儿老小投奔张家而来，不知张老板能否赏碗饭吃？""哎哟哟，原来是汪一龙老前辈的后人啊！请坐请坐。"张文金忙鞠躬作揖，与汪可达双双在客厅一侧的八仙桌旁坐下，店伙计赶紧上茶。

"恕小弟直言，汪兄看来年近半百，又在外颠沛多年，恐本行手艺早已生疏了吧？"张文金笑颜轻语。

"嗨呀……看家本领岂敢荒废，张老板不信可以一试。来，拿碾槽碾轮来！"汪可达脱下脚上的布鞋，麻利地将两只裤脚挽起。店伙计应声搬来铁制的碾槽碾轮，汪可达坐上高脚凳，两脚踩紧碾轮耳子，用力一蹬，又往回一带，呼哧呼哧熟练地碾起药材来。这碾药材是药店伙计的基本功，看似简单，实际上里面学问大得很：药材的粗细厚薄外观看相，全在碾药人的一双脚上，若是功夫不到家，碾出来的药材就好像用钝刀乱砍出来似的，根本上不得柜台。而汪可达的碾轮不仅踩得均匀有力，张弛自如，干净利落，一点药渣也不外迸，粗细厚薄更是恰到好处，一看就是个老手。"哎哟哟，没想到你的基本功还是这么扎实啊!"张文金点头赞叹。

"这算什么。张老板,你报方子我取药,不用秤不用戥,保证十拿九稳。"汪可达一时兴起,索性显摆显摆。张文金也想探个深浅,眼睛一闭,报出一串药名及用量:"桔梗三两、当归八钱、杜仲五分、黄连二厘、金樱子一斤——""好嘞……"汪可达在柜台头拿起一沓包药的方片黄表纸,唰唰唰……一溜儿在柜台上铺开,然后转身拉开药橱上的一个个小抽屉,从里面一一抓出药来,清晰响亮地应道:"桔梗三两、当归八钱、杜仲五分、黄连二厘、金樱子一斤——"说话间,汪可达已将几堆药一一包好,捆扎整齐,放在案头。张文金让伙计们将药包拆开,放在戥子上一戥,不多也不少,叫人不得不佩服。

张文金颔首微笑,略一思量,还是有点为难地说:"像你这样的高手,我是打着灯笼也难找啊!不过嘛,汪家后人开的永春药店仍在本城挂牌营业,虽说铺面不大,生意偏淡,但毕竟牌子比敝号老,我怎么能挖他的墙脚哩?"

汪可达却将脖子一梗,白眼直翻道:"那不能怪你,是我主动要来的。再说,他看不起我这个穷亲戚,把我当讨饭花子打发,我不得不另攀高枝。哼,他算什么汪家后人?早已出了五服,不过窃了我汪家祖传招牌罢了!我才是正宗的汪家后裔,不信可查汪氏家谱嘛!"

张文金笑笑,思忖片刻,还是愉快答应了下来:"汪兄能来敝号,当然是张恒春的荣幸。不过,日后永春药店那边要是有非议,你可要站出来说句公道话呀!""那是自然,张老板不必多虑。"汪可达慨然应允。张文金接着又用试探的口吻说:"汪兄如肯屈身，那就请在敝号药柜上当值，月薪八两银子，不知意下如何？""呵哟——"众伙计闻言情不自禁地惊呼，纷纷露出羡慕之色。

众所周知，张恒春药号历来讲究"医药双修"，凡入张恒春药号学徒，须经亲戚、同乡保荐，后场三年，考核优秀入前台药柜再学三年，习医研药，六年方成。哪能如此轻而易举，一步登天？更何况，当时一两银子能买两三担米，出师满三年的伙计月薪才有四两碎银，干了二三十年的老伙计、老药师也才七两银子呀！汪可达非常感动，赶紧鞠躬谢恩。

有人将此事告知老爷子张明禄，老人呵呵一笑，捻须赞叹道："好，好，吾儿心地宽敞，知人善任！"

这样一来，张恒春药号善缘广结，行家云集，人才济济，声誉远播。

张茂公定居芜湖后，娶本地女子为妻。或许是常年服用张恒春药号秘制"长寿至宝丸"的缘故吧，他的妻子一连生下五个儿子，个个才思敏捷，聪明伶俐。尤其是老四滕如松最为精明，自小跟父亲学医，深谙其道。其余四个儿子从事实业，各有所成。

徐文田的儿子徐云山，继承父亲衣钵，坐堂张恒春药号，从医年久，名气很响。

汪可达能干，本事是有，但他好酒，任性，还经常顺手牵羊地带点店里的补品回家，与众伙计的关系搞得也很僵。东家倒是大度得很，睁一眼闭一眼，不跟他一般见识。过了几年，他自己觉得无趣，又跳槽去了徽州，张家以礼相送，偶尔还有来往。

第十五章

狭 路 相 逢

1864 年 7 月，清军攻破太平天国的都城——天京，时任两江总督的曾国藩因平定太平天国起义屡建奇功，被朝廷加太子太保，封一等侯爵，人称"曾帅"，其威望如日中天。他手下能征善战的湘军也是名噪一时，势头正锐。湖南人都感到脸上有光，扬眉吐气，难免就有些自我膨胀，添了"骄娇"二气。

其时，芜湖的湖南会馆原建在青弋江南岸观音桥旁边的禹王宫附近，因兵燹焚毁，屋宇坍塌，残破不堪。平定太平军后，有湖南籍客商力主在芜湖城内最繁华的状元坊巷口重建会馆，并特地赴金陵向曾国藩请示。曾大帅当即批准，亲自提议由湖南籍时任水师提督、兵部右侍郎、人称彭帅的彭玉麟牵头，在芜湖兴建新的湖南会馆。

芜湖湖南会馆主事倪盛全接到彭帅指令后，踌躇满志，投下重金购置了状元巷口"西门外昇平铺"宅基地，扬言要建一座规模宏大，气派非凡，在下江一带首屈一指的新湖南会馆。

状元坊，南起中长街，北至中二街，因大名鼎鼎的"于湖居士"张孝祥在南宋绍兴二十四年（1154）赴京城临安参加廷试，一举战胜奸相秦桧之孙秦埙，拔得头筹，高中状元后于此建祠，立状元牌坊而得名，地处古城闹市，毗邻陶塘，寸土寸金。

这天，倪盛全带领一帮人，来到状元坊巷口勘察会馆新址。倪盛全对新址的位置、出场、朝向等均表满意，可是，当他看到会馆对面紧靠大街已经竣工的张恒春药号巍峨的门楼时，不禁眉头紧锁，面露愠色，气呼呼地说："张家药号，竟然建得如此显赫，这不是在与湖南会馆唱对台戏吗？再说，会馆顶门就是药号，这也太不吉利了。不行，他们必须将门楼移位改建！"他当即命令手下人去芜湖县衙门喊来了县丞王大均。

王大均知道倪盛全是有背景有来头的，得罪不起，当然是礼数有加，温言相劝。倪盛全则仗势压人，逼着要王县丞下令，让张恒春的门楼后退三丈，而且要移位错开，不得与湖南会馆门对门，顶头撞。王大均与张恒春药号老板张文金素有交情，关系不错，平时吃喝拿要没少占便宜，怎么好意思立马翻脸不认人？所以他婉言劝道："湖南会馆新建，本县理应大力协助。不过嘛，张恒春药号建造在先，门楼堂舍均已落成，此时令张家拆除重建，耗费巨大，于情于理都难以启齿啊！""这些我可管不着，反正张恒春药号的门楼一定要改建挪位！"倪盛全倒背双手，侧身斜视，神情倨傲。

王大均抓耳挠腮，左右为难，苦苦思索，忽然想出一个补救之策，连忙跟在倪盛全的屁股后面，和颜悦色地说："要不这样吧，湖南会馆的门楼修得再高一些，压张恒春一头。我再劝对方出些银子，赞助赞助……""不行不行，反正药号不能与会馆门对门。我湖南会馆有的是钱，不稀罕谁的赞助。"倪盛全寸步不让。王大均愣了半晌，忽又灵机一动说："如果真要张恒春药号拆门楼子，降低高度的话，估计问题倒不一定太大；只是这移位嘛……就要破坏房屋的整体结构和布局，再建资金一定不菲，对方断不会同意。要是贵馆能够高风亮节，适当给一点赏赐补偿，那我们县衙就好说话了……"话未说完，就被倪盛全厉声打断："我堂堂的湖南会馆，奉曾大帅命令行事，凭什么要出资给一个小小的药号修门楼？笑话，这是断不可能的！"王大均见倪盛全如此强硬难缠，只好回县衙向县令沈儒斋禀报。

沈儒斋虽混迹官场多年，但毕竟乃进士出身，还有几分儒风正气。他想，自己是本县的父母官，理应保护本地士农工商的正当利益不受损失。张恒春新建药号，手续齐备，并无违规之举，现在强行要人家自拆门楼移位，这个理确实是说不过去的。但芜湖湖南会馆的后台是曾国藩大人，这是万万不能惹的。怎么办，怎么办呢？沈儒斋急得在大堂里团团转。

这时，县衙主簿，自诩是沈县令师爷的唐守基上前献策道："张恒春占理，他们修建药号在先；湖南会馆占势，他们有曾大帅撑腰，谁敢碰谁就是找死。俗话说，秀才遇到兵，有理讲不清。我看这事，只有张恒春让步才能化解。"王大均朝他白眼一翻，说："你讲得倒轻巧，现在张家占着理，我们怎么开得了口？堂堂县衙门，总得顾个脸面吧！""是啊是啊，张恒春是本县的大户，平时纳税扛捐就很自觉，方方面面也都照应周全，我们总不能以势压人，说翻脸就翻脸嘛。"沈县令把头直摇。"那是那是，要想找人碴子，必须抓住把柄。张恒春并非白璧无瑕，恰恰相反，他们犯了两宗逆反之罪！"唐守基三角眼一挑，语出惊人。

沈县令、王县丞都讶然望着他，不禁怔住了。

"据在下所探，张恒春老板张文金，窝藏了太平军的两个逃犯：一是化名为'张茂公'的滕茂公，他是长毛匪首洪秀全天京王府的乐师；另一个是化名为'张问田'的徐文田，他是匪军中的'红郎中'。要想让湖南会馆满意，张恒春让步，就不能正面说理，而只能移花接木，直点穴道。县令大人如以包庇匪党之罪问责于张家，他们就非让步不可。像他们那种精明人，怎么会拿自己的脑袋跟刀枪硬碰呢?！"唐守基发出得意的奸笑。

王县丞又惊又寒，心想，这家伙好毒啊，今后可得防紧点！

沈县令倒是有几分认同，微微颔首道："嗯，现在也不是讲理的时候……只要能把事情摆平了，曾大帅不怪罪下来，张恒春那边也能敷衍得过去，那就是万幸喽！"于是，沈县令派唐守基领着衙役去捉拿罪犯，虚张声势要查封张恒春药号，逼他们就范。

然而，当唐守基带着一帮差役张牙舞爪地闯进张恒春药号，却发现张茂公、张问田都外出了，扑了个空，差役只好请当家人张明禄到县衙里走一趟。长子张文金挺身而出，对唐守基说："家父年寿已高，有恙在身，且已不大过问店务，要去就让我去吧。"唐守基滑似泥鳅，顺水推舟兼卖人情地点头答应。

衙门大堂，明镜高悬，刑械陈列，县令县丞主簿等冠冕堂皇，分主侧位端坐案前，凶神恶煞的皂吏手持杀威棒分两班站立，气氛肃杀、紧张而又压抑。

祸从天降，张文金猝不及防。但不做亏心事，不怕鬼敲门。他很快就镇定下来，跪在公堂上陈情摆理，坦然自若，仗义执言地为张茂公、张问田辩护："……不错，小店张恒春是收留了张茂公、张问田两个无家可归的的落难者，但他俩一个是乐师，一个是郎中，当初卷入太平军实属强抓硬拽，为养家糊口迫不得已而苟且偷生，况且没有劣迹恶行，在民间口碑不错；归顺朝廷后，为百姓治病，为湘军救护伤员不遗余力，实属当下急需可用之人，望大人明察秋毫……"

沈县令和王县丞等抓耳挠腮，颇是内疚和尴尬，但他们慑于压力，就是不敢实话实说、秉公处置。官场老油条沈县令强词夺理地说："这个这个，这个嘛……不管怎么讲，滕茂公、徐文田曾经当过长毛，助纣为虐，这是铁板钉钉的事实，姑息不得。当然，张恒春事先并不知底细，出于仁慈，收容流浪者，此乃效法孔孟之道也，无可厚非。如果张家与滕、徐二犯划清界限，迷途知返，将功赎罪的话，本县倒也可以恩威并济，网开一面，从轻发落。"此言带有明显的暗示，除非傻子，在场的人都能听出弦外之音，堂上鸦雀无声，只等着被告怎么作答。

张文金洞若观火，平静而又恳切地说："张恒春历来守法经营，并无过错。不拘一格，聘请人才，这也是店家的惯常之举。既要救死扶伤，行善积德，就不能不善待名医。此事完全是因为湖南会馆恃强凌弱，无事生非。而两位大人在压力下却以包庇匪党为借口，牵强附会地加罪于张恒春，这令人痛心疾首，悲愤难平。如果两位大人确实为难，不好得罪强者的话，能否将草民和湖南会馆的倪盛全一同带往金陵，当面请曾大帅定夺？我想，如果倪盛全仗势欺人不讲理，那被天下人争相传颂的'立德立功立言三不朽，为师为将为相一完人'的曾大帅总不会视王法如儿戏吧？！"一席话说得沈县令、王县丞和唐主簿等哑口无言，抓耳挠腮。

沈县令自知理亏，湖南会馆以强凌弱，张恒春药号也不瓢劲，作为本地官府，他一手托两家，谁也不好得罪偏袒，思忖再三，只好顺水推舟地说："去金陵求见曾大帅也好，但滕茂公、徐文田两犯必须一同押往，以正视听。他俩现在躲在哪里呀？""回禀大人，他们没有躲。张问田现在金陵湘军兵营中治疗伤员，张茂公也前往金陵为湘军运送一批药材，我们一到金陵，就可将他们找到。"张文金句句属实，没有丝毫掩瞒。

沈县令与王县丞对视了一眼，点头说道："那……去就去吧。但我要先同湖南会馆的倪盛全主事商量一下，他同意去，我们就去；他若不肯去，我们也没法子，即使去了也白搭。"

张文金心里一阵冷笑，但表面上不得不点头称是。

沈县令坐着官轿，亲自去禹王宫附近拜访芜湖湖南会馆主事倪盛全，倪盛全倒也礼数周全，满面笑容迎到院门前。

宾主步入客堂坐定，上茶。

沈县令架着二郎腿，捧起青花瓷盏，轻轻揭开盖子，将浮在水面的茶叶连续拨了几拨，然后送至唇前，吱溜一吸，刚咽下喉，便随口赞道："嗯，好茶好茶，地道的明前龙井啊！""呵呵，沈县令大驾光临，岂能不上好茶。"倪盛全知道他是无话找话，在打太极拳，但对方不开口，他也就虚与委蛇地应付着。

"芜湖三鲜，鲥鱼、刀鱼、螃蟹，那味道可是极妙啊！恰逢时宜，如有雅兴，我想请倪主事品尝品尝本城得月楼的鲥鱼宴，不知能否赏光呀？"沈县令笑容可掬，相当低调。"抬举，抬举！有此口福，岂能推辞……哈哈哈哈……"面子里子全都有了的倪盛全不禁仰面大笑。

闲拉散扯，兜了一圈子，沈县令才转入正题，神情为难地说："倪主事，那件事嘛……该说的话我们都说了，该给的颜色我们也给了，抓人封店，闹得沸沸扬扬，老百姓的唾沫都能淹死人喽……唉！可那张恒春的当家人还是不愿退让啊。毕竟兹事体大，牵一发而动全身……他想与你一同去金陵，求见曾大帅，一切请大帅定夺……"

未等沈县令把话说完，倪盛全就将两只金鱼眼一瞪："什么，他张恒春竟想拉我到金陵去打官司？这简直是老鼠戏大象——太不自量了吧？""谁说不是呢，他财大气粗，烧得不轻！你就大仁大量，迁就一点……"沈县令的话尚未说完，倪盛全便脖子犟犟地一口否定道："不行，我可没那个闲工夫，也不想丢那个脸！"他心里有话不好说，你八成是拿了张家的什么好处，才帮着他们来忽悠我这个外乡人吧？

沈县令也看出了他的心思，索性放低身段，软绵绵地哄着说："作为本地父母官，我居中调解，虽然心里向着你，但也不好明显欺负对方，授人以柄，否则今后在这地面上也不好混啊！如果到了曾大帅那里，丢脸的一定是张恒春，怎么会是你呢？我料定那张恒春斗不过湖南会馆。倪主事是曾大帅的乡党，更是亲信属下，到了金陵还不像回家见父母一样嘛！去，你必赢；不去，你反而悖理，落人笑话。我呢，夹在中间，犹如风箱里的老鼠——两头受气啊……"

倪盛全听了一愣，两眼直眨，沉默片刻，脸色阴转多云变晴天，跟着就自鸣得意地笑了："我是替曾大帅办事的，奴才正想面见主子，汇报汇报会馆的情况哩。他张家来这么一手，不正好给了我一个表功讨赏的机会嘛！"他端起茶盏喝了两口，轻轻叩击瓷盏盖子说："我倒不明白了，精明过人的张文金怎么会异想天开，作茧自缚？到了金陵，能有他的好果子吃么？嘿嘿嘿……"他满脸奸笑，得意地晃着二郎腿。

"他想找倒霉，这能怪谁哩？你就让他去蹚一蹚浑水嘛。曾大帅一发话，他张文金还敢抗拒？这样一来，你我都清清白白，就没有人说我们仗势欺人、不遵王法了嘛！"沈县令屈意附和，温言软语。

"好好好，我去，我奉陪！"倪盛全觉得十拿九稳，一口答应。"对——这才叫男子汉大丈夫，能屈能伸，有胆有识嘛……"老谋深算的沈县令见这个泼皮辣子让步了，不由得暗自欢喜，炭篓子往他头上直扣。见窗外日已西沉，暮色渐浓，他爽快地一挥手道："……走，上得月楼去，晚上我请你吃鲥鱼宴。""哎，县太爷好不容易来湖南会馆一趟，我怎好意思不尽尽地主之谊。你的那顿鲥鱼宴改日再说，来人！"随着倪盛全一声招呼，从屏风外面走进来一个下属，倪盛全吩咐道："你快去街上最好的酒家，给我安排一间包厢，晚上我要宴请沈大人。""是，我这就去办。"下属转身退去，倪盛全又接着叮嘱道："沈大人爱吃江鲜，别忘了点清蒸鲥鱼……""遵命！"下属答应得绷脆，一溜烟跑去。

　　"哈哈哈哈……"宾主双方相视一笑，继续品茶聊天，只等着赴宴。

第十六章
对 簿 公 堂

　　金陵古城，钟山拱卫，长江奔腾，湖光潋滟，庙宇星罗，宝塔耸立，城墙逶迤，大街小巷纵横交错，店铺林立，车水马龙，比肩接踵，繁华热闹，不愧为六朝金粉之地，虎踞龙蟠之境。

　　曾国藩的大帅府，屋宇重叠，镏金飞彩，树木葱郁，气势恢宏。层层岗哨林立，处处寂静肃穆。每过一道关卡，持刀携枪的卫士都要查验凭证，严格盘问，仔细搜身，一切无疑方才挥手放行。其阵势，令小地方来的沈县令等一干人胆战心惊，十分敬畏。好在有大帅府管家的引领，芜湖来的一行人顺利来到了一间偌大的豪华客厅。管家告诉他们，曾大帅正在批阅公文，请各位饮茶静候。

　　众人落座。沈县令、王县丞等屏声静气，不敢乱动；经常出入曾府的芜湖湖南会馆主事倪盛全也一改平日的盛气凌人，变得规规矩矩，正襟危坐；张文金坐在那里虽面如止水，心里却难免忐忑不安，他估计此次金陵之行凶多吉少，但为了张恒春药号的生存大计，他不得不孤注一掷，做出置之死地而后生的决断。

久等枯坐，难免焦急。忽然，耳畔有阵阵鸟雀啁啾，张文金下意识扭头看了看，却见窗外有一丛蓬勃硕大的芭蕉，叶肥茎壮，青翠欲滴，丰姿隽秀，巨如伞盖，浓荫匝地，十分美观养眼。一群飞来的鸟雀落在芭蕉上，抖翅理羽，婉转鸣啼，令人烦躁的心绪不禁为之一散。芭蕉为热带植物，多生于气候炎热的岭南及沿海地区，在内陆省份比较少见，况且如此巨型伟岸的芭蕉着实鲜艳而又诱人，张文金不禁盯着这丛虞美人般亭亭玉立的阔叶植物，一边观赏，一边在脑海里盘算着怎么应对即将开始的生死较量。

忽然，芜湖县衙主簿唐守基与一干全副武装的士兵，押着套枷戴镣的张问田和张茂公来到堂前。唐守基虎着脸喝令："罪囚跪下！"惶恐落魄的张问田、张茂公只得含恨屈膝跪在地上，不敢抬头。

少顷，管家在门外高喊："曾大帅到！"

客厅里，除了"罪囚"，全体起立，气氛顿时凝重而紧张。当身穿正一品紫蟒官袍，腰束玉带，脚蹬皂靴，瘦削颀长，满脸肃然，威而不露的曾国藩从屏风后亮相，不疾不徐步入客厅时，众人一律跪下行礼："给曾大帅请安！"曾国藩也不说话，缓缓踱到黄花梨高背太师椅上稳稳坐下，只是把手轻轻摆了摆，示意大家平身。

侍女用托盘送来香茗和热毛巾，曾国藩拿起毛巾稍稍擦了擦嘴，又端起茶盏轻轻呷了一口，这才用两只阴冷的眼睛将众人扫视了一遍，令人不寒而栗。

大厅里阒静无声，众人都能听得见自己怦怦的心跳。

忽然，曾大帅缓缓开口了："何人是张恒春药号的掌柜？"

张文金恭恭敬敬起身作揖："郎中张文金，有幸拜见曾大帅，实乃天赐荣光！"

曾国藩审人善观面相，见其衣着得体，相貌不俗，神色坦荡，气质内敛，对答流利而有礼数，心里便有了些许好感。但他丝毫不露痕迹，仍绷着脸，指了指地上跪着的两个套着枷锁的人，冷冷问道："你胆子不小啊，竟敢窝藏两个长毛余党。"

张文金诚恳地说："回大帅的话。此二人，一个是乐师，一个是郎中，从无血债罪孽，本分从业做人，口碑一向甚好。只是当初被长毛强掳入军中，才不得不身在曹营心在汉地应付差事，讨个活路。他俩都是读书有用之才，改过自新，积德行善，有益而无害。我大清连连战乱，生灵涂炭，有才艺者稀缺，如今社稷匡复，百废待兴，朝廷正是用人之时，黎民百姓更是嗷嗷待哺。大帅乃当今的圣贤，大智大勇灭匪，大仁大德治邦，定能体察草民之良苦用心，宽容悔过自新者以图长治久安。近来，张问田、张茂公正在大帅的军营中效力，颇得湘军病员赞许……"

正说着，坐在一旁的唐守基早已按捺不住，他跳起来叫道："张文金，你少王婆卖瓜自卖自夸！你对抗湖南会馆，败坏曾大帅的威信，该当何罪？！"

此言一出，举座惊诧。

曾国藩眉头一皱，冷冷地问道："何人如此莽撞？"

唐守基一愣，惊惶失措，沈县令赶紧起身答："回大帅的话，此乃属下芜湖县衙主簿唐守基。"

"少安毋躁，还轮不上你插嘴。"曾国藩眨了眨眼，说："长毛余党，总是要惩治的，不然后患无穷！"

张文金心里一凛，索性披肝沥胆地说："大帅，草民虽孤陋寡闻，才疏学浅，但却时常拜读曾公雄文，做人当以仁爱为怀，量才应取德才兼备，治世该以恩威相济。此二人，一个熟稔岐黄，精通音律，吹拉弹唱样样在行；一个是外伤高手，兼治疑难杂症，皆身怀独门绝技，深孚众望，实乃当今朝廷急需之人才。况且他们是被长毛强掳去的，并无血债。若能让他们戴罪立功，不仅彰显我大清宽宏的胸襟，而且可解战后乐师、医师匮乏之现状。草民拳拳之忠心，乞请曾公明察。"

话音未落，倪盛全"呼啦"一下站起身，指着张文金道："大帅，张文金包庇洪匪余党，心怀叵测，罪不容赦。这三人都是祸乱之苗，当连根拔除啊！"

"放肆！"曾国藩一声呵斥，提高嗓门说："指手画脚，心浮气躁，出言不逊！"说着，端起茶盏慢慢饮啜。大厅里鸦雀无声，倪盛全与唐守基皆缩着脑袋，大气不敢出。

少顷，曾国藩缓缓放下茶盏，捋了捋长髯，忽然扭头问跪在地上的张茂公："张茂公，你当年是长毛的宫廷乐师，想必是常常能见到匪首喽？"

张茂公一惊，但还是如实回答："洪匪骄奢淫逸，几乎天天寻欢作乐，舞女乐师不敢不随时伺候。"

"那么依你观察，洪匪是个宽容的人吗？"曾国藩两眼微闭。

"洪匪脾性乖戾，暴虐残忍，对待艺人、郎中、侍女等下人，稍不如意就杖罚砍头。他们内部也常闹火并，兄弟之间你杀我，我杀你，谁都不服谁，都想争头把交椅……"

张茂公还没说完，曾国藩突然将桌子一拍，厉声说道："这就是他们必然失败的原因之一！"他咳嗽了两声，清清嗓子，这才平缓些说："洪匪苛刻，本帅宽容……张问田、张茂公虽曾身陷匪巢，但并无大恶，念其身怀才艺，有从善之愿，允二人戴罪立功，以观后效。"话音刚落，即有官差上前，打开二人的枷锁镣铐。

"万谢大帅不杀之恩！"重获自由的张问田、张茂公跪在地上流泪叩首。

"曾大帅英明果断，恩威并济，仁德宽厚，无愧当今社稷之栋梁，旷世之圣贤，实乃大清之幸，黎民之福啊！"沈县令起身赞颂，唐守基、倪盛全虽一肚子怨气，但也不得不赶紧跟着众人附和。

曾国藩瞥了一眼张文金，捋着美髯，语气温和地说："张文金有胆有识，胸襟开阔，人才难得，张恒春药号前程无量啊！"他转而对湖南会馆的主事倪盛全说："倪主事。"倪盛全浑身一颤，慌忙"扑通"一跪，带着哭音说："奴才听大帅吩咐！"曾国藩呵呵一笑，把手摆了摆："起来，起来。"他歪着脑袋思忖片刻，一锤定音地说道："自古兵家不欺郎中。两家相争只为房，让他三尺又何妨？湘人一向尊医崇德，会馆让他三尺，不得以强凌弱。"

"是，奴才听训！"倪盛全躬身作揖，朗声高喊。众人随之齐声呼喊："曾大帅英明！"

"哈哈哈……"曾国藩手拈银须，露出了难得一见的笑容，"那就这样吧。"然后起身，一晃一晃地飘然步出大厅。

曾国藩如此断案，其实并非仅仅出于公义和私德，还因为形势所迫。湘军攻下天京后，大肆烧杀掳掠，盘剥祸害商家百姓，将大批金银玉器，文物古董，绫罗绸缎等财宝运回湖南老家。朝野一片哗然，弹劾之声四起。曾国藩深恐城门失火，殃及池鱼，厄运降临自己的家族，于是，一方面主动向朝廷请求裁减湘军；另一方面则约束部下，要求不许造次，低调做人行事。所以，芜湖湖南会馆与张恒春药号民事纠纷案，他也就不好胳膊肘朝里拐了。

送走曾大帅，其余的人纷纷依次而出。走在后面的张文金，在大厅门前侧苑留步，特意观赏了一番窗外的那丛芭蕉。他觉得这丛肥硕挺拔、翠绿可人的植物仿佛蕴含着吉祥和灵气，一眼观之，便觉神清气爽。今天自己能够逢凶化吉，似乎有赖于芭蕉仙子的暗中相助，不禁自言自语地说："这丛芭蕉真好啊！"

"恩公如此喜欢，那我们回芜湖后就在药号后院栽上几丛。"张茂公看出了老板的心思。

张文金笑笑，举步欲行，忽然想起了什么，转身对张茂公、张问田说："你二人皆已洗冤昭雪，不必遮遮掩掩了，今后就改回原姓原名吧。"

"多谢恩公！"滕茂公、徐文田鞠躬致谢。张文金含笑作揖，领着二人欣然走出大帅府。

回到芜湖，张文金等并不张扬此次金陵之行，别人问起此事，他们都一致含糊地回答说，和解了，和解了，不打不相识嘛！

隔了数日，张家在本城最豪华的大酒店——同喜楼摆了几桌酒，请沈县令、王县丞、唐主簿等县衙官吏，湖南会馆的倪盛全一干人以及本地商会的头头脑脑前来赴宴，以化解前嫌，融洽感情。

席间气氛不错，唐守基一改往日嘴脸，对张家大加称赞。张明禄与张文金兄弟等心里有数，含笑应酬。趁着旁人行令划拳，闹得不可开交的时候，张文金悄然对倪盛全说："倪主事，贵馆按原地修建，万万不要谦让。"倪盛全摇头，"曾大帅说退三尺就退三尺，一丝一厘含糊不得。"张文金一时语塞，停箸发愣，不知如何劝说才好。张明禄毕竟老辣深沉，他轻轻叹了口气，正色道："倪主事谦让三尺，张恒春愿奉送白银三百两，聊表愧意。但求双方捐弃前嫌，永世修好！"

倪盛全暗吃一惊，心想，三百两银子可不是小数，足可兴建几栋气气派派的楼舍了。张家平时克勤克俭，算盘打得滴水不漏，今天出手如此大方，足以证明他们的精明识相和深谋远虑。尤其是张明禄其人，虽年迈却睿智，平和而柔韧，城府极深，不可小觑。于是呵呵一笑，连连作揖道："慷慨，慷慨。银子事小，义字为重嘛！湖南会馆落脚芜湖，贵店根深叶茂，还望多多关照！往后如有用到我倪某人的地方，尽管开口！""那我们就背靠大树好乘凉喽！哈哈哈哈……"张明禄仰首大笑。

在欢声笑语中，张文金起身代表父亲当众表示："曾大帅对敝店恩重如山，湖南会馆也是屈尊抬举……尔后看病，凡是湘军，张恒春分文不取；尔后售药，凡遇湘人，张恒春打折减价，义字当先。"众人闻言，掌声雷动。来宾们纷纷起身敬酒，宴席又掀高潮……

消息传至金陵曾帅府，曾国藩大悦，他对手下人说："吾博览群书，身经百战，可谓阅历匪浅。相由心生，观相略知其人也。那个张文金阔脸方腮，面善神慈，壮年老成，德才双馨，绝非等闲之辈！""那是那是，曾大帅那可是火眼金睛，看人一瞅一个准……"属下的马屁拍得溜圆。

没过多久，滕茂公与徐文田自掏腰包买来种苗，在张恒春药号庭院一角栽下几丛南国的芭蕉。在他俩和大家的精心呵护下，这几丛芭蕉日渐高大挺拔，枝肥叶阔，茂密青葱，成了张恒春药号内庭一景，谁见了都十分欢喜。张文金更是爱惜不已，时常亲自浇水施肥、修枝整叶，忙得不亦乐乎，并喜欢在芭蕉旁散步、观赏、思考，自称与"芭蕉仙子"有缘。尤其是夏令时节，稍有闲暇他便搬来藤椅，坐在芭蕉浓密的荫翳里纳凉品茗，享受那份悠然超脱的惬意。

为报知遇之恩，徐文田不仅全心全意坐堂问诊，治病救人，还献出祖传"雪酒"秘方，张恒春药号因此而获利颇丰。日后，"雪酒"还被运往台湾医治瘴疠瘟疫，立下奇功，此事留待后叙。徐文田的儿子徐云山，孙子徐吉鳌，重孙徐少鳌等均继承家学祖业，效力张恒春药号，成为一方名医。

　　滕茂公的四儿子滕如松，自幼随父在张恒春药号玩耍厮混，耳濡目染，对中草药产生了浓厚兴趣。这孩子秉性天成，聪颖过人，四五岁时即对草药过目不忘，点哪知哪。张文金感慨地对滕茂公说："孺子应让其学医，将来若成大器，可来张恒春坐堂。"

　　辨材高手张文玉尤其青睐滕如松，经常耳提面授，悉心调教，并送给他家传药学典籍《丸散膏丹全集》。这是一本从张恒春创号初期开始积累的医药手抄本，既有理论学问，又有临床经验，极其珍贵，张家从不轻易示人。滕如松如获至宝，在父亲的辅导下孜孜钻研，日渐长进。

　　张文玉十分看好机灵、懂事、好学的滕如松，甚至连闲杂人等，包括内眷一律止步的细料房（储存贵重药材的库房），也带他去参观。那货架上林林总总，五光十色的奇珍异葩，令人眼花缭乱：脂玉般的玛瑙、盘成麻花状的白花蛇、长鼻卷尾的海马、状如人形的何首乌、气味奇特的麝香……强烈地吸引着少年滕如松，他仿佛走进了一方神秘奇幻的仙境宝库，从此迷上了浩如璀璨银河的中医药王国。

第十七章

国 恨 家 仇

张恒春药号广结善缘，助贫扶弱，言出必行，办事经商处处讲求诚信无欺，加之通明练达，乐善好施，上上下下抹得一马平，官吏不敢滋扰，同行鲜有挑衅，顾客有增无减。

每年夏季，天热难当，张家总要以甘草、香薷、乌梅、黄芪等多种草药熬上防暑降温的药汤，免费供人饮用。那些樵夫、船民、小贩、庄稼人等冒着烈日，挑着担子，挥汗如雨地路过张家药店门口，只要喝了这汤药，不仅解渴，而且可防中暑。张家的汤药每天限供三桶，一到午后，半人高的大木桶便空空如也，若是谁来迟了想喝此汤，那就只有等第二天。到了冰封雪盖的严冬，张家改为每天供应三桶驱寒的姜汤，同样大受欢迎，穷苦人都称张家的免费药汤为"菩萨汤"。

张恒春药号的员工回乡探亲，药号都要让他们带一些时令药回乡分发。如春季的防风通圣丸、黄连上清丸，夏季的纯阳正气丸、藿香正气丸、七厘散，秋季的雪梨膏，冬季的滋补膏方，等等。

张明禄父子不仅是药材行家，而且颇懂医道。遇到有人来为危急病号抓药，张家父子只要在场，总是要将药方拿过来仔细审查一遍，那些半瓶子醋晃荡，招摇撞骗的江湖郎中所开的蒙人方子自然难逃他们的法眼，因此而救下的人命不在少数，受恩者无不感激涕零，口耳相传。张家还不惜重金，经常聘请省内外的名医来张恒春药号坐堂问诊，掀起一阵阵热潮。张恒春药号越发是高山打鼓——名声远扬。

张恒春药号有五大看家宝，即"至宝丹""六神丸""牛黄清心丸""虎鹿阿龟胶""益母膏"，皆是用多种上等药材加秘方精工炮制而成，疗效显著，一直不愁销路。

这年梅雨季节，暴雨连绵，洪水泛滥，城区低洼地带内涝严重，张恒春药号的药库也进了水，大量中草药受潮浸水后渐渐发霉，偏偏老天爷一连下了七七四十九天方才收住雨水，露出了久违的阳光。城里的其他药店纷纷雇人将霉变的中草药清洗晾晒，以减轻损失。而张明禄望着库房里已霉烂不堪、异味冲鼻的药材却毅然做出惊人之举，让伙计们将家中库存的所有已霉变的药材挑至青弋江大堤浇上洋油，点火焚烧，其中还有整箱的虎骨。有人喊道："快来看啊——张恒春烧虎骨喽！"张家员工将洋油浇在草药和虎骨上，顿时烈焰冲天，虎骨在大火中发出"噼里啪啦"的声响。

张明禄左手举起一块虎骨，展示给众人看，大声说道："这是变质的虎骨，表面上光滑油润，实际上是有毒的……"他右手握刀，在虎骨上刮了几下，只见虎骨表层下已发黑。"这是被毒死的老虎，这种虎骨一旦入药，不但治不了病，反而会害人性命……今天，张恒春烧了这些虎骨，就是向各位证明，我们决不用假冒伪劣的药材！"群众热烈鼓掌，赞不绝口。

望着堆积如山的各种名贵药材付之一炬，有人咋舌惊叹："乖乖，这一把火烧掉了多少银子哦！"

"全鹿丸"乃张恒春的著名成药，为保证质量，张恒春药号自家圈养梅花鹿。每当制药需要，开宰日来临时，张恒春药号都要委托外姓店家关系户，用马车载着活鹿游街，告示民众。当天鼓乐齐鸣，鞭炮震天，梅花鹿披红绸，插金花，活蹦乱跳，还不时引吭长鸣，以示"全鹿丸"的货真价实。城区主要街市口都游遍后，外姓关系户方才回到后坊，开始宰杀、清洗、炮制成坯料，再转售给张恒春药号做深加工，直至上架销售……

鸦片战争后，西方列强渗透中国腹地。早就看准安徽芜湖这方宝地，觊觎这块肥肉，熟悉这里风俗环境的日本游商清泽一郎迫不及待地一脚插了进来，在十里长街开了家药店，取名为"正丸药业株式会社"，外表看来倒也像模像样，有点派头。驻芜日侨日商及与其有所瓜葛的华人都前去捧场，使之得以维持。眼睛一眨，好几年过去，算是逐渐站稳了脚跟。

清朝晚期，满目疮痍的中国门户洞开，外国列强耀武扬威，各种洋货蜂拥而入，给我国民族工商业造成了极大的冲击。当时，来自日本的所谓"神丹"充斥中国市场，因其价廉物美而颇有销路。但在当时的芜湖，老百姓却只认张恒春药号的"至宝丹"。此药由云母、薄荷、麝香、白英、葳蕤等九种中药熬炼而成，对治疗和预防中暑、热毒等疾病非常有效。加之价格低廉，享誉良久，畅销不衰，抵得日本"神丹"在本地备受冷落，无人问津。

张恒春药号生意兴隆，使清泽一郎坐不住了，他几次让人带信给张明禄，要张家识相点，主动让道，否则就别怪他言之不预。张明禄不卑不亢，彬彬有礼地回答：大路朝天，各走一边。敝药号根植本土，经营日久，从未冒犯过任何外商，还望清泽一郎先生宽宏大量，公平竞争。

清泽一郎碰了个软钉子，一时又不好动粗，只得强压怒火，寻思对策。

清泽一郎择了个黄道吉日，西装革履，换上一副假惺惺的笑脸，亲自登门找张明禄商谈，许诺给张家一笔不菲的补偿金，让其停止制造销售"至宝丹""六神丸"等，改售大日本帝国的"神丹"，利润可以五五分成。张明禄与其周旋，委婉予以拒绝。几拳头打进棉花箩里，不见任何效力，清泽一郎恼羞成怒，咬牙切齿地威胁道："张恒春跟大日本帝国作对，是没有好下场的！我劝你们见好就收，不要自讨苦吃！"说罢，领着随从调头就走。张明禄望着他骄横的背影无奈地叹了口气，特意招呼家人和伙计们说："得罪了日本人，肯定会有麻烦的。从今天起，大家都要小心提防，尽量不惹事，万一遇事也不要怕，冷静处置便是。"

果然不出所料，隔了两天，张恒春药号早上刚开门，一帮带刀佩剑、披头散发、凶神恶煞的日本浪人就闯进店来，大嚷大叫地要抓药。伙计们知道他们是故意来找碴闹事的，不得不忍气吞声地应酬着。可他们说要抓药，又拿不出处方，只凭嘴巴胡诌一气，伙计当然不好从命。日本浪人便动起手来，他们挥刀舞剑，不仅掀桌子、砸柜台、捣药罐，还打伤多名伙计，气焰十分嚣张。

张明禄在后院听到禀报，立刻拄着拐棍赶到前堂来劝解，可话还没说三句，一个日本浪人就从背后猛踢一脚，正好踹在他的腰上，年逾古稀的张明禄"哎哟"一声惨叫，当即倒在地上。伙计们忍无可忍，纷纷抄棍棒、举板凳、拿秤砣，准备拼个你死我活。躺在地上的张明禄见状，急得将两手直摇，忍痛嘶哑地呼喊着："不能打，不能打……我求求伙计们，千万不能还手啊！……快去衙门报官，快去呀……"伙计们见老东家如此劝阻，只好强压怒火，任凭歹徒疯狂发泄。张文金忙着救护父亲，张文玉、张文彬兄弟俩则赶紧奔向县衙求救。可县衙官吏一听说是东洋浪人在闹事，吓得脸色骤变，连忙找借口溜之大吉，张家哪里求得到半个救兵？

几个日本浪人见对方不敢还手，官府的人也久久没有露面，更加倚疯作邪，将张恒春药号砸了个稀巴烂，打伤已达耄耋之龄的张明禄及多名伙计，直到精疲力竭，才扬长而去。

平白受辱、损失惨重的张家哪咽得下这口窝囊气，专门请来城里有名的讼师撰写诉状，理直气壮来到县衙击鼓鸣冤，可芜湖县衙却胆小怕事，推诿塞责，拒绝开堂，指使衙役将原告一干人强行轰了出去。张文金不服，只好领人越级来到芜湖道（实为徽宁池太广道，简称皖南道。因其道员衙门设在芜湖县城，当地百姓俗称芜湖道）申诉。

　　腐败垂死的清王朝此时已日暮西山，风雨飘摇，昏庸老迈的道台陈允礼接到张家的申诉状不仅不秉公办案，反而将桌上的惊堂木重重一拍，厉声呵斥道："张家自恃店大业大，挑起事端，惹来洋祸，难道还要连累道台衙门搅进漩涡不成？此事纯属民间纠纷，鸡毛蒜皮，顶多由街坊里弄保甲长给调解调解便罢，本道台乃朝廷堂堂三品命官，岂能听凭童叟起哄，刁民喧嚣，蹚这趟浑水。张家所呈诉状不予受理，尔等不许胡搅蛮缠。若再不反省悔过，温良恭谨让，定当重罚不饶！"

　　"道台大人，我张恒春药号一向守法经营，从不惹事，这是有目共睹的呀！那些日本浪人无理挑衅，恃强凌弱，视中国王法于不顾，无故打伤我老父亲及其伙计多人，还砸毁药号，实属横行霸道，人神共怒，不绳之以法，有失天理，难平民愤啊！"原告张文金义愤填膺，仍据理力争。

　　道台陈允礼"噌"地一下站起身，用手指着张文金说："你好大的胆子啊，竟敢藐视公堂，顶撞本官。看在你家久沐皇恩，声名远扬的份上，本道台宽容为怀，忍让迁就。若再不迷途知返，我就要打你一百杀威棒，送你进大牢好好尝尝滋味！"张文金目瞪口呆，气得浑身颤抖，同来的家人赶紧苦苦相劝。以权压人、强词夺理的道台陈允礼见场面被镇了下来，连连咳嗽几声，喊了声"退堂"，然后一提官袍下摆，离案步入后堂，往烟榻上一躺，过他的鸦片瘾去了。

　　前来告状的张家人和众多旁观者都深感意外，却敢怒不敢言，终于彻底看清了官府色厉内荏、惧怕洋人的丑陋嘴脸，只得忍气吞声，怏怏而退。

年迈体弱，伤及脾脏，卧床难起的张明禄得知消息，气得连连吐血不止。拖了一段时间，病疴日沉。

清同治十年（1871）冬日的一天，伤病恶化的张明禄自知气数将尽，含泪唤来家人嘱咐："东洋鬼子太恶……切切谨慎提防！后世子孙，勿忘家耻……"

长子张文金见情况紧急，赶紧代表众子女问道："对于祖业家产，父亲有何安排？"

张明禄两眼瞪着天花板，嘴唇颤抖，艰难地吐出了最后一句话："三、三房共管，兄终弟、弟及，父亡……子续……长、长者领衔……"话未落音，他头一歪，两眼圆睁，气绝，含恨逝去。

屋里屋外，张家的老老少少、男男女女及员工伙计们哭声震天，犹如山崩地裂……

从此，"三房共管，兄终弟及，父亡子续，长者领衔"这十六字遗训成为张恒春药号代代遵守的家规和固定的体制。当然，随着时代的发展，张家并不墨守成规，而是将祖训有所发展、完善，变通为"三房共管，兄终弟及，能者领衔，管事经营"，这也是张恒春药号历经数代人，延续二百余年而不倒的根本原因之一。

家父的惨死以及官府的所作所为，使张文金、张文玉、张文彬三兄弟悲愤难平，忍无可忍。经秘密商议，他们决定借父亲的丧事，向猖狂的日本人及"烂脓"的清廷地方衙门表示满腔愤慨和强烈抗议。

张家在本宅大院内搭起亡父灵堂，一幅白布黑字的巨大挽联横贯前堂屋檐，触目惊心："日商逼死慈父，善恶不共戴天！官府畏惧洋寇，弱民何处申冤？"并在全城广泛散发、张贴讣告，披露亡父冤死真相。

本城的爱国商绅及平民百姓闻知此事，群情激愤，黑压压的民众潮水般自发涌至陶沟租界日本商会门前声讨呐喊，强烈抗议，要求严惩肇事凶手。清泽一郎等日商见中国民众声势浩大，众怒难犯，吓得龟缩在租界内不敢露头，日本驻芜湖领事馆急忙打发那伙行凶的日本浪人，于夜间悄悄逃至江边太古码头，乘本国的货轮溜之大吉。

芜湖县衙及芜湖（皖南）道台见涉外事件升级扩大，并打探到张恒春药号准备借张明禄的丧事大闹一场的传闻，非常惊慌，暗中指使县衙主簿唐守基与县商会的裘正卿会长一起，以吊唁为名，特来张家劝说施压。

唐守基、裘正卿这次没有空手来，他俩身穿素服，让手下人抬着两个大花圈，捧着祭品和几沓绸缎孝帐，一路燃放鞭炮，缓缓来到张家。

披麻戴孝的张文金、张文玉、张文彬三兄弟等孝子贤孙不得不迎出门外，磕头致谢。

唐守基、裘正卿等来到灵堂，按传统礼仪敬香、磕头、祭奠，然后进后院叙话。

宾主坐定，上茶稍歇，裘正卿忽然干咳几声开了腔："这个嘛……张明禄老先生乃本地绅士贤达，德高望重，对于他的不幸逝世，我们深表哀悼……但是，人死不能复生，张家还是要节哀顺变，从长计议。万不可为泄一时之愤而惹怒洋人，招引更大的祸患……"

唐守基接过话头说："对对对，我们今日前来，不仅仅表达个人的哀悼，也是代表县衙、县商会前来斡旋冲突，化解矛盾。冤家宜解不宜结嘛！眼下乃多事之秋，身为忠臣良民，当多多为皇上、朝廷分忧，和为贵，安为福……"

张文金将火气压了再压，还是忍不住申辩道："我们本分经商，忠君守法，并没招惹是非。可那日本歹徒恃强凌弱，欺人太甚，不仅横行霸道，企图垄断市场，还野蛮砸店，杀害家父，面对这样的奇耻大辱，我们怎能当缩头乌龟？！"

唐守基、裘正卿闻言一怔，神情尴尬。

张文玉接口说："事情发生后，我们多次报官，一再申诉，可官府总是以种种理由推诿塞责，不予受理。草民有理无处说，有冤无处申，朗朗乾坤，堂堂天朝，倭寇肆虐，国格尽丧，是可忍，孰不可忍！"

"这个嘛……官府也有官府的难处……"裘正卿理屈词穷，不得不放低姿态说："你们现在吃点亏，我们心里都有数，今后再找机会适当地补偿补偿……"唐守基则阴沉着脸，夹针带刺地说："我们好心好意来劝解，完全是为了张家好。你们跟洋人硬碰，能有好果子吃吗？识时务者为俊杰，你们商家应该最懂得趋利避害嘛……"

"中国商家贾道儒行，爱国守法，并非见利忘义之徒，更非洋人的下酒小菜。"张文彬也正气凛然地表明态度，"你们怕，那就躲远点。难道我们中国人经商，要受制于洋人，连怎

么办丧事，也要请东洋人恩准吗？！""这个嘛，就不要顶真了
吧……"唐守基"嘿嘿"干笑："刚才在来的路上，我和裘会长
也商议了一下，如果你们能体谅官府，顾全大局，平平静静把
丧事办了，不去招惹东洋人，那么县商会准备增补张恒春当家
人为商会副会长，日后升迁，也是指日可待的……"

可没等他把话说完，张文金就断然回拒道："我张家虽然
八辈子无人做官，可也不能踩着父亲的遗体去捞那顶乌纱帽！
两位大人请回吧，张家满门重孝在身，丧事待理，恕不奉陪。"
说罢凛然起身，回灵堂守灵去了。

唐守基、裘正卿面面相觑，张口结舌。话不投机，当然就
不欢而散。起身告辞时，唐守基还是不阴不阳地丢下一句话：
"我们话是带到了，如果张家一意孤行，惹出是非，那么就后果
自负！"张文玉含而不露地答："民间治丧，自有规矩；行凶杀
人，必遭天谴！"

张明禄出殡的那天，整个芜湖城为之轰动。送葬的队伍浩
浩荡荡，庄严肃穆，绵延数华里，白幡如林，纸钱飘雪，哀乐
低回，鞭炮震天，哭声凄惨，十八名壮汉抬着的朱漆棺椁覆盖
着白布，上面写着一个斗大的黑字——"冤"。沿途围观助威的
民众人山人海，十里长街所有店铺都自发摆设祭台香案，棺椁
经过门前，家家户户燃放鞭炮，整条街上震耳欲聋，硝烟弥漫，
纸屑铺了厚厚一层，那些抬棺的汉子及送殡的人的裤脚都被纷
飞的爆竹炸黄了。

送殡队伍特意绕道经过陶沟租界日本驻芜领事馆、长街

正丸药业株式会社及日本商会门前，人们缓慢行进，齐声呐喊，声震云天。抬棺的汉子重重地跺脚，亮开嗓子连连吆喝："哦——嗬嗬嗬嗬——，哦——嗬嗬嗬嗬——"声势悲壮，震撼人心。有人故意将"二踢脚"大炮仗点燃往日本领事馆、日本商会、正丸药店的门窗里扔，将纸钱任意地撒，人们痛骂不休，愤怒声讨。

按照中国传统习俗，亡者棺椁一旦起动，沿途是不能随便停留落地的，尤其是不能在人家的门口逗留，以免晦气。但张家的送葬队伍，每经日本人的机关或商会、店铺门前，都特意将棺椁落地停放，许久不动，以示强烈抗议。

众怒难犯。平时嚣张跋扈的日本人，面对激愤的中国民众，生怕事态失控，招至灭顶之灾，赶紧关门闭户，装聋作哑，不敢造次。

张家亲属中有人被群众激昂的情绪和现场浓烈的爱国氛围所鼓舞，趁势提议要带领送葬队伍到县衙和道台衙门去走一趟，鸣冤示威，扩大影响。张文金略一思索，果断否定说："眼下要一致对外，最好不要招惹官府，以免树敌过多，闹出内讧来，让日本人看笑话。现在治丧要紧，逝者入土为安，切忌节外生枝。"众人听罢，冷静下来，都依言而行。

这次治丧活动，不仅使张恒春扬眉吐气，而且使受欺受压的中国老百姓感觉到了自身的力量，腐败无能的清廷芜湖县衙、芜湖道台也被人民群众的浩大声势所震慑，私下里放出软话来，以求息事宁人。

后来，日商头目清泽一郎特备厚礼亲抵张府"谢罪"，企图拉拢关系，混淆视听，理所当然地被张家人拒之门外，灰溜溜地离去。

张家的"至宝丹"虽勉强保了下来，但日本的"神丹"以及其他林林总总的日货仗着武力强势和清朝政府的祖护还是逐渐霸占芜湖乃至皖南、下江一带广大的市场，贪婪的日商巧取豪夺，疯狂榨取中国人民的血汗。

战祸连绵，灾难频仍，但张恒春药号幸好有张文金三兄弟稳操其舵，经受住了惊涛骇浪的考验，顽强生存了下来。

追根溯源，张恒春药号主要是在张明禄手上再创、崛起、发展壮大的。故而，虽说他是张恒春后代传人，但他的灵位与张家发轫始祖张宏泰的灵位并列安放在张家祭堂香案上，供子孙亲属拜祭缅怀。

张明禄谱号"鸣鹿"，出于忌讳，张家药坊从不宰杀活鹿。

鸣鹿公曾有遗训：

《诗经·小雅·鹿鸣》云：呦呦鹿鸣，食野之苹；呦呦鹿鸣，食野之蒿；呦呦鹿鸣，食野之芩。吾自幼易名鸣鹿，以鹿驰之以莽野，不以艾蒿之粗糙，不以苹叶之低贱；唯行大德，自持友善，乃有今日之张恒春。张家后人世世代代不许参与宰杀活鹿。

因此，禁杀活鹿，乃是张氏家族礼法，不得违背。

但有些高档药品如全鹿丸、鹿角胶等，都是畅销的热门货，须以鲜鹿作原料来熬制，为了做药，治病救人，又不违背祖宗遗训，触犯礼法，张恒春便将此类活计转交给外姓店家，让其代为宰杀并加工成坯料。此项规矩，张家代代坚守，从无违矩。

第十八章
光 宗 耀 祖

因平定太平天国起义和捻军而立奇功，曾国藩的得力干将之一，著名淮军将领，皖籍才俊李鸿章荣升两江总督（后来一路升迁，先调任湖广总督，再升至直隶总督兼北洋通商大臣，授武英殿大学士）权倾一时，炙手可热。此公虽说志得意满，官运亨通，权倾朝野，但美中不足的是，其婚姻家庭多有龃龉，颇费周折，暗自烦恼伤神。

说来话长。李鸿章二十一岁尚未出道时，与老家庐州（合肥）的周氏联姻，后又纳姜莫氏，然皆子嗣不旺。同治二年（1863），李鸿章续弦，娶太湖大家闺秀赵小莲为妻，可婚后也是数年不孕，李家上下对此一筹莫展，年届四十的李鸿章亦郁郁寡欢。慈禧太后闻知此事，还曾亲自过问，赏赐宫廷秘方，可也不见效果。倒是府上的管家——绍兴师爷出身的吴绍舟见多识广，想出了主意。他私下向李鸿章进言："听说芜湖的张恒春药号有祖传秘方，曾治好不少疑难杂症，声誉甚隆。主公何不派得力之人，前往芜湖，礼贤下士，求得秘方，如此，延续香火当有一定把握……"

李鸿章闻言不禁动心，他靠在太师椅上捋髯沉思，微微颔首道："这或许是个法子，试试倒也无妨。"端起桌上的盖盏，轻轻呷了两口茶，他继续说道："既然有求于人，那就不能慢待人家。花多少钱我无所谓，只要见效便好……另外嘛……此事不得张扬，要派个沉稳口紧的人去……""那是那是，此事非同小可，必须穿钉鞋拄拐棍——把稳又把滑，还要悄无声息。"管家吴绍舟察言观色，试探着问："主公，那您看派谁去办这等要紧事为妥呢？"李鸿章眼角斜挑，"呵呵"一笑："现成的人不就在眼前嘛！"一句话正中吴绍舟下怀，他喜出望外，赶紧躬身作揖，连连拜谢："承蒙主公如此信任，在下必定尽心尽职，将此事办得圆圆满满，天衣无缝！"

李鸿章面无表情，只是稍稍抬了抬下巴："去吧去吧。礼要重，话要软，不要摆谱端臭架子。""是是是，谨遵教诲！"吴绍舟满心欢喜地转身退去。他暗自得意：这可是打着灯笼都难找的肥差啊！可以趁机捞外快不说，如若把此事办成了，那以后自己在总督心目中的地位，那就非同寻常喽！

春末夏初，柳绿花繁，郊野莲荷满塘，秧苗青翠。

日上三竿，芜湖十里长街人头攒动，买卖兴隆，喧嚣嘈杂。

一辆并不豪华的带篷马车从古城弼赋门外驶来，沿狭窄的石板街缓缓行进，在张恒春药号门前停下。接着，从车厢内钻出一个身穿长袍马褂，脚蹬圆口布鞋，手摇折扇的中年人，两个随从捧着包装精美的礼品，跟随他径直进了张宅。

　　年轻的张敬之那天正在大堂当值，眼明心细的他抬眼一瞧就觉得这位来者虽衣着朴素，神情低调，但却举止儒雅，气宇轩昂，绝非一般的人物，忙趋前作揖笑问道："客官，请问有何贵干？"来者和蔼地躬身还礼："在下从庐州来，有要事请教张恒春当家人，烦请引见。"张敬之心里有数，弯腰摆手做请势："客官请上后堂品茶，我这就去请家父。"

　　来人毫无拘谨，大大方方地踱进后堂坐下。丫鬟上茶。

　　片刻，仪表堂堂，脸色红润，年逾半百的张文金匆匆来到，双方寒暄。来人令随从献上礼品，然后示意其退下，张家伙计忙引其去偏房饮茶休息。等屋里只剩下张家父子二人，来人才从怀里掏出一张名帖递给张文金。张文金接过一看，大吃一惊，忙起身连连作揖："原来是李总督府上管家吴大人，有失远迎，恕罪恕罪！""哪里哪里，在下所办之事，不便张扬，所以只能微服私访了……"吴绍舟仰首"呵呵"一笑，端盏呷了两口茶，定下神来，这才轻声细语地将李鸿章的难言之隐和盘托出。

　　张文金父子听完，相互对视了一眼，感觉头皮有点发麻。求医者这般显赫，非同小可，此事如果办得顺利，当然皆大欢喜；如若失败，或出了什么差池，那是脱不了干系的。尤其是像李鸿章这样的朝廷重臣，隐私外露，必纠结于心，一旦日后翻脸，很可能招来杀头灭门之祸啊！

　　沉思半晌，张文金这才不得不开口说道："承蒙李总督、吴大人抬举，赐敝号莫大荣光，张家感激不尽。对于这方面的疑难之症，敝号是有秘方，也的确治愈过一些患者……"停顿片刻，他又连连咋舌道："可也未必个个都能见效……这不仅单看人为，还要顺其天意，并非方子一开，就药到病除，万事大吉啊！""张老板不必多虑，"吴绍舟手摇折扇，善解人意地说，"自古行医，谁能包治包愈？三分医药，七分天意嘛！你们只管从容治病，别的担忧大可不必。

不过嘛——话说回来，无论治好治不好，切勿张扬，李总督的声誉我们都要顾惜。""那是那是。我们一定全力医治，此事除了我父子二人知晓，绝不会扩散。为患者保密，本来就是起码医德，张家恪守不渝。何况是李总督的隐私，更应守口如瓶。"张文金说。

"那好那好，你们如此明事，我就放心了。"吴绍舟说着，从怀里掏出一张银票，轻轻放在桌上，和颜悦色地说："这二百两银子算是见面礼，等日后有喜，定当重谢！""不不不不……"张文金急得慌忙站起身来，两手直摆，说："吴大人千万别折煞我等草民，为李总督效力，这是张家莫大的荣幸，岂能收取分毫！再说，大人你已经赏赐了这么多重礼……""这是李总督的吩咐，你不收下，我怎么回去交差呀？"吴绍舟两手一摊，面露难色："好了好了，不提这阿堵物了，还是谈谈治病的事吧。"他顺手将桌上那张银票往张文金跟前推了推："收起来，收起来……""呃……是是是……多谢多谢！"张文金只好恭敬地将银票拿起揣进怀里，然后重新坐下："吴大人，此事非同寻常，下处方配药，也要因人对症而异，切忌草率莽撞。鄙人打算，请您与随从先在本城住下，在芜湖玩上几日，让小店略尽地主之谊。然后我与犬子带上药物，与您一起上庐州，登门为李夫人把脉问诊，厘清病理，再对症下药，这样方为稳妥。您看这样可好？"吴绍舟稍作思忖，斟酌着说："这个嘛……当然甚好。但在下事务缠身，不能在芜湖久留。你们快快准备妥当，明天早上我们就一起回庐州。""是是是，谨遵钧命。"张文金转身吩咐儿子："按最高档次，你快去安排食宿，对外就说招待亲戚。"张敬之点头应允，转身匆匆离去。

宾主继续交谈，气氛甚洽。

翌日清晨，东方刚刚露出鱼肚白，趁着街上人少车稀，两辆马车从张恒春药号的后院悄然驶出，直奔北郊，上了去庐州的官道。

合肥，李鸿章府邸。门楼威严，屋宇轩昂，花木葳蕤，庭院深深。

一路颠簸，腰酸背疼的吴绍舟下车后，顿觉浑身舒坦，禁不住伸腰展臂活动了几下。他顾不得喘息，先将同样疲惫不堪的张文金父子安排在前院花厅喝茶休憩，然后自己来到后院向李鸿章禀报。

听完吴总管的汇报请示，正在批阅公文的李鸿章抬了抬头，稍作思索，慢条斯理地说："该怎么办，你去安排吧。我就不见他们了……等日后有进展再说吧。好生招待，不怕花钱。""是是是……"吴绍舟毕恭毕敬地退下。回到前院花厅，他对张氏父子说："哎呀，真不凑巧，总督大人不在家。那我就先带你们去拜见少夫人吧。"张文金父子赶紧答应，拿起包袱跟随他穿堂过院，来到三进大院正房少夫人赵小莲的厢房。

那赵小莲果然是大家闺秀，如花似玉，雍容华贵，待人接物温文尔雅。可能是急着要治病，延续李家香火吧，对特意请来的郎中也就格外和颜悦色，礼遇有加。这便减缓了张文金父子的紧张和拘谨。

寒暄过后，切入正题。通过一番望、闻、问、切之后，张文金心里有了谱。父子俩私下会商了一番，看法基本一致。但老到的张文金并不把话说满，而是比较谨慎含蓄地说："夫人，您年纪轻，体质好，血脉调和，六神安泰，只是肾虚阴亏，机杼未开，某些方面还需调理滋补。我带来了祖传秘方，配之辅药，用上几个疗程，或可慢慢见效，加之天命所赐，添丁进口当是有希望的……"这番话实实在在，不温不火，有理有节，说得赵小莲愉悦开怀，精神提振，信心大增，脱口就对管家说："嗯，这个郎中找得好，赏银一百两。""多谢夫人高抬。可我已领受酬银，岂敢再收额外之财……"张文金恳切婉辞。"报酬归报酬，赏赐归赏赐。先生不必谦让。"赵小莲坚持要赏。张文金只好谢恩，随即提毫，请他人回避，迅速在纸上写了几行字，折叠好亲手交给赵小莲，低语道："夫人，张家的秘方，其配药、煎熬、服用等均有特殊章法秘规，请按纸上所写的去做，万勿违背或外泄，否则难以灵验……"冰雪聪明的赵小莲心领神会，白嫩细腻的脸颊浮起两朵淡淡的红云，赶紧接过去将其揣进衣兜里。

张敬之解开包袱，从一精致的木匣内取出朱红色丸丹数十粒，用金纸包好，躬身双手呈递给赵小莲："夫人，此乃祖传秘丸，每天一次，每次三粒，以温药汤送服，不可多，亦不可少。切记！"张文金从包袱里的另一个木匣里拿出一个纸包递过去，轻声说道："这包药是张恒春秘制的'逍遥丸'，专供男方服用，夫妻同时用药，效果最佳。服用方法包内有说明，遵嘱便是。"赵小莲接过去，含羞点头应允。

出了少夫人厢房，二房莫夫人的贴身丫鬟早已等候在门口。经曲廊穿花园过小桥，吴管家陪张文金父子跟随丫鬟又去给莫氏把脉问诊。

走到莫夫人房前，只见门窗紧闭，轻风掠过，好像还能闻到一丝隐隐约约的香味。丫鬟打开房门，一股浓郁的香气扑面而来，张文金仔细嗅嗅，应该是麝香，不错，麝香！他心里顿时有了数。

莫夫人早已坐在客堂等候，江南名医到来，她十分欢喜。待客人坐下，寒暄一番，莫夫人便迫不及待地将自己婚后不育、求子不得的苦恼说了出来。谁知张文金却出乎意料地问："夫人，您这屋里用了麝香吧？"莫夫人莫明其妙地眨巴着丹凤眼说："是啊。""您的卧室里也常年用麝香，而且终日关门闭户吧？"张文金接着又问。"是啊。你怎么知道？"对方更加疑惑。"夫人，您并非不育，而是每次怀孕都意外流产，是吧？"张文金这一问竟使莫夫人惊愕地从椅子上站起身来："你……你是怎么猜出来的？"张文金忙起身作揖："民医并非胡猜，而是依据事实推断。夫人，我有个法子，不用把脉开方子服药，就可使您下次怀孕后不流产，而且保证您能添个大胖娃娃……"

莫夫人大喜，拍掌欢笑道："神医、神医，吴管家有本事，今天请来了神医……你快说，用什么法子？如果管用，我一定重重有赏！"张文金坐回到椅子上，轻声地说："很简单。您只要停用麝香，保持天天敞门开窗，让空气流通即可。"莫夫人一愣："这么简单啊？医官不是在开玩笑吧？""岂敢岂敢，总督府贵宅岂能开这样的玩笑。夫人，您尽管照我的话去做，如不应验，民医甘愿拿头谢罪！"张文金的话斩钉截铁。莫夫人又是一愣，难以置信地说："你越是说得玄乎，我倒越是有点忐忑了……"张敬之笑着解释道："其实并不玄乎。夫人常年用麝香，这是活血药物，最易促使孕妇流产。何况天天关门闭窗，空气不流通，夫人时时被麝香熏染着，当然极易流产。"

莫夫人恍然大悟，兴奋地将桌子一拍，"有赏！""不不，不不……"张文金忙起身把双手直摇："不用赏，不用赏，总督大人已给过重金了。何况既没把脉，又没开方子用药……""我说赏，就要赏。一口唾沫一颗钉！"莫夫人伸手在腰间掏钥匙。吴管家也在一旁劝道："莫夫人历来爽快，金口玉言。你们要是推辞，她会不高兴的。"

莫夫人抿嘴一笑，转而压低嗓音问："大房夫人赏了多少？"张文金只好据实禀报："回莫夫人，赵夫人赏了一百两银票。""那我不能破规矩，与大房平起平坐。我赏八十两银票吧。"说罢，拿着钥匙回到内室，取了银票出来，亲手交给张文金。张文金父子谢恩不迭，告辞出门。

莫夫人未等郎中走远，便迫不及待地使唤丫鬟："快快快，给我把麝香全部撤掉，房门窗户统统打开……"

回到歇身之处，见四下没有旁人，张文金从怀里掏出一张二十两银票悄悄塞给吴绍舟："吴管家，此事承蒙您辛苦操劳，今后还望多多关照……这点小意思万请笑纳！""吚——这是干什么，我为大帅办事理所应当嘛……收回去，收回去……"吴绍舟假意推让几下，但随后还是装作无可奈何的样子，把银票迅捷揣进怀里。同时，下意识地扭头朝四下望了望。

使命完成，李家满意，除了赏银，绸缎布料、山珍海味、土特产品也送了一大堆，张家父子兴高采烈地满载而归。

张文金父子回到芜湖后半年有余，合肥那边传来消息，说李府少夫人赵小莲有喜了。翌年初夏，赵夫人生下女儿李菊藕（民国著名作家张爱玲的奶奶）。后又陆续生下次女李经溥、儿子李经述。与此同时，二房莫夫人也相继生下李经迈、李经远、李经进三个儿子。从此，原本肃静冷寂的李府，人丁兴旺，欢声笑语，生气勃勃。

为表达对张恒春药号的谢意，李鸿章不仅多次派吴绍舟等人专程来芜湖赏张家珠玉珍宝，还亲笔赋联相赠："懿旨辄与世情合 天事亦须人力为"对于此联，张家敬纳深藏，但从不对外展示，更不宣扬，只称李总督喜得贵子千金，此乃天意神助，非区区药物所能定夺，连亲朋好友想看看李总督的赠联都一律被婉言谢绝。字画古董商们闻讯，纷纷出高价欲收购，但都吃了闭门羹。知情者无不赞叹：张家仅凭此德性，发财走运那也是应该的！

有了李鸿章这座靠山，张恒春药号越发是要风得风，要雨得雨，一顺百顺，声名远播。芜湖县衙、芜湖道台，对张家无不刮目相看，礼敬有加。

　　光绪元年（1875），在地方衙门的竭力保举推荐下，皇帝下诏表彰张恒春药号护国济民，广仁厚德，赐封张明禄"貤赠朝议大夫"，张文金诰封"朝议大夫"，张文玉封"翰林院待诏"，张文彬赏"五品衔翰林院孔目"，张家父子四人皆荣沐皇恩，光宗耀祖，一时轰动八方。

　　对此天大的喜事，张家当然感激涕零，本打算适当庆贺一番，但也不想铺张浪费，大操大办，惹人眼红妒忌。勤俭持家，低调行事历来是家传祖训。可官府老爷们却不是这么想的，他们不仅想趁机大捞油水，更想借此机会巴结朝廷权贵，彰显效忠皇上之赤心，为小小的芜湖县扬扬名，立立威，长长精气神，顺便借花献佛，为自己今后的升迁发迹铺路搭桥，预留个门路儿。

　　县令沈儒斋、县丞王大均等都竭力怂恿张家，一定要尽心尽力操办好这千载难逢的特大喜事，为本县争争光。还拍着胸脯信誓旦旦地保证："银两不够，商会来凑。人手不足，衙役来助。县衙决不会袖手旁观，更不会从中渔利！"官府把话说到这种份上，张家还怎么好意思讨价还价？县衙主簿唐守基更是三天两头地往张恒春药号跑，又是吹捧，又是催促，又是逼迫，还越俎代庖地给出点子，拿主意，弄得张家不得不把摊子越摆越大，锅灶越烧越多，最后锣鼓一响，大戏开场，索性硬着头皮上，敞开钱袋子，信马由缰地让事态牵着鼻子走。

　　身穿黄马褂的钦差大臣乘坐豪华御轿，前呼后拥，浩浩荡荡，威风八面地来到芜湖宣旨的那天，鸠兹古城张灯结彩，锣鼓喧天，鞭炮齐鸣，人山人海，车水马龙，川流不息，偌大的古城沉浸在欢乐的海洋之中，昼夜沸腾不休。

芜湖（皖南）道台及县衙馈赠给钦差大臣一行及各级官员的珍贵礼品（当然也少不了本道本县诸位官老爷的一份），包括吃喝玩乐等一应花销，都是张恒春药号付账。县商会的头头比泥鳅还滑，一推二躲三耍赖，基本上是铁公鸡——一毛不拔，反而顺手牵羊从中着实捞了一把。

张恒春还出资，聘来全国有名的八大戏班，在全城主要闹市口搭台连唱三天大戏，观众如潮，场场火爆。尤其是城中心大花园的那场戏——《三请樊梨花》，是来自天津的"谭家班"主演，异常精彩，引起了强烈轰动。现场人山人海，你推我挤，进而造成骚乱踩踏，场面大乱。事后，清扫现场，仅大小鞋履就拾了几箩筐。

张家大宅的流水宴席从早摆到晚，抹桌子不干，客人如过江之鲫应接不暇。一些本埠的痞子、刺头、皂吏、酒疯子等市井角儿，不请自到，混在客人堆里装模作样，胡吃海喝，算是大大地过了一把瘾。张家用马车将坛装酒从店家往回拉，一天几趟都供应不上。老管家滕茂公私下里提醒张文金："许多不相干的人都混在宾客中胡吃海喝，连拿带偷，如不把他们撵走，简直是山也要吃空，海也要吸干啊！"精明过人的张文金其实早已看在眼里，只是装糊涂罢了。他无奈一笑，摇摇头说："不能撵，喜事最怕闹场子。就当是花钱买安，送礼讨吉祥吧……"

那几天，芜湖城里比过年还热闹。大街小巷，码头驿站，闹市场所，趁机兜售麻辣螺蛳、五香蚕豆、桂花熟藕、酒酿水子、梨膏糖、酥烧饼、千层糕、糖葫芦等风味小吃，因此而沾光讨巧，猛赚一把的贩夫店主不在小数。就连那些活了七八十岁的耄耋翁妪都张着豁巴嘴感叹说："乖乖，我活了这么一大把岁数，还从来没见过这样的热闹，这样的大场面，这样的花钱如淌水哦！"

风平浪静，客走主安。事后张家一结账，方才知晓：这次庆典总共花费十一万三千七百五十四两白银，等于药号几年赚的利润统统都打了水漂。钱花了不说，全家人几乎个个都累倒了，外界的闲言碎语还听到不少，令人塞气胀肠子。管家奉命捧着账本跑到县衙诉苦，想报销一部分，可那些原本把胸脯拍得砰砰响的官大人一个个都摇头晃脑，敷衍塞责，溜之大吉。

不仅如此，由于这次盛大庆典露了底儿，全芜湖，乃至周边地区的人都知道张恒春药号有钱，无论沾亲不沾亲，带故不带故，相识不相识，前来借款、化缘、拉赞助、敲竹杠的人蜂拥而至，络绎不绝，弄得张家人应接不暇，烦恼透顶。

当家人张文金痛惜懊悔不已，一再暗地里告诫家人说："这是官府硬把我们绑到火架子上烤啊！此类糗事，今后定当再无二回。凡我张家子孙，切记切记！"

第十九章
折 冲 樽 俎

张明禄不幸去世后，其长子张文金继任张恒春药号掌门人。几年操持下来，张恒春药号慢慢恢复元气，再度兴盛。

年逾花甲后，身体羸弱的张文金已有几分倦意，他主动给大弟张文玉压担子，凡事让他打头阵，自己从旁协助，兼之潜心研究百草，创制新药。

张文玉主事后，实行"深购远销，批零兼营"，派员常年在申汉两地设店经营，苏州、郑州、天津、亳州、西安、川渝等地皆派员采购推销。同时，狠抓内部管理，重规矩，整章程，练功夫。炮制技艺不畏烦琐：黄麻要去节，莲子要去芯，肉桂要剥皮，五倍子要去毛，熟地黄要经过"九蒸九晒"……饮片经过洗、润、切、碾、锯、冲等，环环相扣，工序严谨。一个槟榔能切一百零八片，附子一吹飞上天、半夏片薄如蝉翼，行家打眼一瞧，就知此货肯定出自张恒春。柜台配药必用戥秤，绝不用手抓估，即便是像汪可达那样一抓一个准的高手也不例外。每方配好后，由头柜、二柜复核，加盖校对章后方可包扎出门。

此时，改良后的"鸡药"应运而生。该药是张文金根据南北朝齐梁名医陶弘景的宫廷秘方和花费重金所购的北宋秘笈《和剂局方》、南宋秘笈《太平惠民和剂局方》十全饮化裁而成，药效极佳。其主要成分有：人参、阿胶、紫河车、海马、三七、茯苓、鹿茸、黄精、当归、杜仲等。补气养血，固本调元，健脾祛湿。主治：诸虚百损，荣卫不和，形体羸瘦，脚膝酸痛，腰背倦疼，四肢不温等。补体强身，兼治劳损，尤对病后、手术后、产后等患者补益甚好，一上柜就十分抢手，销路大开。每逢进九和入梅时节，张恒春药号每天都需抓此药上百副，收银近万两之多，供不应求，成为镇店之宝。

可这么好的名贵药品为何偏偏取了个俗名，叫"鸡药"呢？原来，此药必须与鸡相配。鸡，冬至后入九天、初春均选用三年以上老母鸡；梅天和秋季则选仔公鸡。烹熬方法为：鸡宰杀，去头，去内脏，鸡药冷水浸泡后，用鸡药袋包好，放入鸡肚，用陶罐，加水适量，先用大火烧开，再用文火慢炖四小时，不放盐和其他调料，可适当加冰糖或饴糖食用。

此药走红，引得那些想健康长寿的有钱人纷纷前来购买，而张家总是如实相告：没有病，无须进药者，勿勉强服用。张文金有句口头禅："鸡药不分类，吃了反受累。"坐堂郎中遵东家吩咐，专门在大堂内贴出告示："欲使鸡药显神功，分类坐堂定乾坤。"自此，鸡药开处方须经坐堂郎中决定成为张恒春一直坚守的规矩。有人在背后讽刺道："人家主动来买药，他却拿翘不卖，送上门的银子不肯收，真是肉头！"张文金听说后不气反乐："不该赚的银子，张恒春不能赚。我们经商讲究德信二字，就是要当这样的肉头！"

某日，一个病态模样的少爷，在几名兵勇的簇拥下来到张恒春。一进门，领头的兵勇就侉声侉气地大喊大叫："俺们总兵大人的公子，吃了你们的劳什子鸡药，毫不见效。今天你们不说出个子丑寅卯来，俺们就砸他娘个稀巴烂……"

张文玉等赶紧上前劝解，徐文田问那个少爷："请问公子，吃药前，是否按医嘱忌嘴了？"那个公子还算老实，眼珠子转了几转，不耐烦地说："忌什么嘴，俺从来都是想吃什么就吃什么……"徐文田紧接着问："公子平时都爱吃些什么菜呢？""俺是山东人，喜欢吃大葱、韭菜、生姜，早餐习惯蘸醋吃水饺……"

徐文田不禁双手一拍道："果不然让我猜中了嘛！古方曰：'喝了老陈醋，鸡药不算数。'古方还言：'不忌葱韭姜，药效全泡汤。'不信的话，你回去先忌嘴，然后再用鸡药，若还不见效，你来砸店砸我脑袋瓜子都行！"那少爷还算讲理，若有所悟地说："哦哦，言之有理……那俺回去再试试吧……"然后掏钱又买了八副鸡药，客客气气打道回府。

两个多月后，那个少爷满面红润，精神抖擞，骑着一匹大白马，在几名骑兵的护卫下，来到张恒春门前，他勒住缰绳朗声喊道："张恒春的鸡药确实不错，这点银子就算俺答谢了！"话音未落，顺手将一小袋银子扔进店堂，然后打马就走。"等等，等等，少爷请留步……"张文玉等人追出门去，可那公子带着护兵，头也不回纵马而去……

这一幕，被满大街的人全看在眼里，大家交头接耳，议论纷纷，鸡药的美誉不胫而走。

祸兮福所倚，福兮祸所伏。

却说李鸿章的大儿子李经方在芜湖拥有多处店坊豪宅，资本雄厚，是个呼风唤雨，红得发紫，威震一方的大角儿。或许是辛劳过度，或许是放荡不羁，李经方身体虚弱，长年进补。这年冬至，小妾柳叶兴冲冲去张恒春药号买了鸡药给李经方进补。在熬鸡汤时，她自作聪明，添加了一支上等高丽参，本是想增加营养，尽快见效。万万没料到，李经方服用后不久就感到两眼视力模糊，数日后竟然双目青盲，不能视物。李家怀疑是张恒春的鸡药有问题，柳叶带人上门问罪，气势汹汹说要让官府来抓人。

张文玉赶紧出面斡旋，询问了当事者，仔细查看了账本记录，没发现过失。坐堂郎中徐文田详细询问了李经方服用鸡药的情况，一再追问柳叶："你在鸡药里到底有没有放什么别的东西？这可要如实讲啊，否则病情加重，那就没法子医了！"小妾柳叶神色慌乱，吞吞吐吐，最终不得不承认："我，我……我只是在鸡汤里加了一支高丽参……"徐文田一听将脚一跺，巴掌一拍，勃然变色道："这就坏事了嘛！"然后他又压住火气，放低声调，耐心解释说："人参补人亦误人。人的五脏六腑之精上输于目，鸡药中已经含有人参，你又添加了上等的高丽参，以至于人参服用过量，气机瘀阻，使清气不能上蒸，精气无法上行，故双目必然青盲。"小妾柳叶又愧又惧，急切问道："那还有法子救吗？我宁可把自己的双眼剜下来，换老爷的平安……"徐文田轻轻摆手："别急别急，听我的话，就可重见光明，平安无事。"他返回案桌旁，往太师椅上一坐，平心静气地说："你回去后，让患者每天喝一碗新鲜梨汁，十余日如不好转，你带人来砸我的脑壳，顺带把张恒春也给砸了。"柳叶扑哧一笑，忙掩嘴碎步走近郎中："那梨汁就是普通的梨子汁吗？"徐文田微微颔首："正是。选新鲜的梨子现榨为最好。"柳叶粲然一笑，伸出兰花指道："那有何难……老爷眼睛若真好了，我一定重重有赏！"恭候在一旁的张文玉忙接话道："不敢不敢，只要李大人康复就好……"他彬彬有礼地将一帮半信半疑的不速之客送出店门。

小妾柳叶回府后，按照徐文田的吩咐，每日榨一碗新鲜梨汁让李经方服用。果然，十多天后，李经方症状好转，双目已能视物。个把月后，恢复如常。柳叶派人送来六十两赏银，但被张恒春恭敬地原封送回。

那李经方是何等的精明，他见张家不肯收赏银，于是便派管家去张恒春药号一次购买了二百副鸡药，分别送给京城、上海、沈阳等地的高官要人关系户及亲朋好友。既给张家添了财气，又替张恒春的鸡药在更广范围内扬了名，真是把好事做到了极致。从此，李张两家彼此推心置腹，双方礼尚往来，互有关照。

"鸡药"成功，使精通岐黄之术的张文玉信心大增，踌躇满志，他亲自带领王远之等几个老药师，根据自家祖传药方，参考了汪步云出售的秘方，经过反复研究试验，又创制出了新药"咳喘丹"，大张旗鼓地在本店上架销售。"咳喘丹"是由法半夏、沉香、红花、肉桂、砂仁等十几味名贵中药配制而成，具有扶正祛邪，强身壮体，镇咳化痰，纳气平喘等奇效。

可是，刚开始，"咳喘丹"卖不动，人们宁可相信老牌子，对新药普遍持怀疑抵触的态度。张文玉果断令人四处贴出告示：张恒春新药"咳喘丹"三日内免费赠送。

中国老百姓就这习性，你要钱，再好的东西他不理睬；一听说不要钱，谁都想抢一份，哪怕根本用不着，放在那儿也觉得心里平衡满足。而那些真正的咳喘病患者服了免费赠送的"咳喘丹"后，感到疗效异常显著，一传十，十传百，很快，引起了轰动效应，从四面八方赶来的人在张恒春药号门外排起了长队抢购"咳喘丹"。接着，周边城镇如南陵、繁昌、当涂、宣城、无为等地甚至连外省人都闻讯前来买药。一时间"咳喘丹"供不应求，药坊只得加班加点生产，张家的银子铜板赚得堆积如山，整麻袋整麻袋地装，然后往钱庄运。其他的药店看了，哪家不羡慕，不眼红？但又无可奈何！

一顺百顺，好事接踵而至。

张恒春药号的老管家滕茂公的儿子滕如松，十四岁时由父亲送到对江和县的"仁寿堂"当学徒。滕如松一面亲身体验，刻苦磨砺，一面研读《丸散膏丹全集》，将其熟稔在心，应用自如。因其表现出色，确能独当一面，十七岁时即被老板破格晋升为"仁寿堂"掌事，独自坐堂行医。

这天，来了个中年人，他早上起床后喉头肿痛并发高烧，粒米难咽，拖到晌午越发难受，只好来到"仁寿堂"求医。可一进店堂，却发现坐堂郎中竟是个十几岁的毛伢子，疑窦顿生，气得发脾气说："你们仁寿堂糊弄病人，怎么能让一个乳臭未干的小伢子来坐堂？这么搞就不怕出人命啊！"

仁寿堂老板非但不生气，反而笑着说："有志不在年高，无才岂能坐堂？你让他看，若是看不好，我不仅分文不取，还倒贴你三倍的银子！"此人一听怪笑不止，上前往凳子上一坐，喉咙嘶哑地说道："今天我就拿命一试，看看是药到病除，还是你们奉送我三倍的银子！"滕如松则一声不吭，镇定自若。他仔细望闻问切后，根据治标又治本的原理，开了一副方子，交给对面罩傲傲、气鼓鼓的病人，和气地说道："这副药用后即可消肿止热，否则，除了老板送你三倍的银子，我再添你三倍。"那病人愕然，哑口无言，半信半疑，抓了药后，嘴里叽叽咕咕扬长而去。

此人回家服药后，一夜过来就退热消肿。接着遵嘱再服第二副，当天中午即康复如常。他想想自己不该蔑视小郎中，颇感惭愧，随即提着一篮鸡蛋，特意来"仁寿堂"赔礼道歉，连声说：服了、服了、真服了！此事一度在和县城乡传为美谈，"仁寿堂"声誉大增。

滕如松在对江初出茅庐，此时张恒春二当家张文玉正在研制新药，急需帮手，听说滕如松在和县的一系列传闻后，他再也等不及了，赶快与大老板张文金商议妥当，决定高薪聘请滕如松回芜湖坐堂行医兼研制新药。

"行为端方，持德守信。"此乃张恒春量才用人之尺。像滕如松这样德才兼备的高人，正是张家延揽倚重之才。

张恒春药号店大规矩也大。师傅对徒弟要求极严，无论何人举荐员工，都要经过反复考核试用。在基本功上，必须做到"三圆"，即筛子要筛得圆，丸药要泛得圆，膏药要摊得圆。柜台学徒要背"汤头歌"，同时必须熟记《十八反歌诀》《十九畏歌诀》和妊娠禁忌。这些都难不倒从小在张恒春耳濡目染，久经历练的滕如松。

恩公召唤，岂能不从？滕如松向"仁寿堂"老板辞行，老板惜才，一再诚恳挽留，连连拍胸脯保证说："张恒春给你多少聘金，我就给你多少，决不食言！"滕如松内疚地说："谢谢老板栽培，仁寿堂的恩情，我铭记在心，来日再报……这不是钱的事。张恒春对我家恩重如山，有恩不报，非君子矣……"遂匆匆打点行李，很快就回到芜湖。

滕如松坐堂张恒春药号，出手不凡。一次，有个张家亲属的孩子生痧花，花收后皮肤发紫，这是痧毒已进，毒性大发的危险征兆。当奄奄一息的孩子被家长送到滕如松面前时，只见他不动声色地从一个别称"大铁牛"的铁锅中舀来药汤给娃娃喂下，并叮嘱家长让孩子多吃些橘子，同时喂一些鲜藕汁，这样以后孩子就不会咳喘，这在医术上叫"收汤浇花"。

不多日，孩子病愈，又活蹦乱跳起来，其父母千恩万谢。张家人从此对这位年轻的坐堂医生更是刮目相看。消息传出，前来找"滕驼子"（滕如松的背，天生有些驼，中年以后至晚年，驼背更加明显，故得此绰号。久而久之，人们把他的真名给忘了，而提起"滕驼子"，芜湖城里妇孺皆知。）看病的患者，在张恒春药号门前排起了长队。

张文玉得此助手，如虎添翼，深感欣慰，不仅让他坐堂行医，还让他参与研制秘方，兼管药坊事务，在张恒春药号是个说话算数的头面人物之一。

日商清泽一郎看见张恒春一而再，再而三地研制出新药，发大财，声誉日隆，而自己开的店却门庭冷落车马稀，更是恼羞成怒，坐卧不宁。前思后想，他还是决定先来一手软的。

这天午后，身矮体胖，秃头秃脑，戴着副金丝眼镜，长得像个矮冬瓜的清泽一郎，西装革履，头戴高筒礼帽，领着两个助手，拎着一只沉甸甸的皮箱，在亲日药商黄信仁的引导陪同下，乘坐黄包车来到张恒春药号拜访当家人。张文金本不想见，但老管家滕茂公劝之："伸手不打笑脸人。东洋鬼子心狠手辣，还是留有余地为好……"张文金细细思忖，只好勉强答应会面。

在后院客厅里，宾主坐定。

寒暄过后，身高体瘦，颧骨凸出，脸上没有三两肉的黄信仁首先满脸堆笑地开口说道："张老板，恭喜恭喜啊，清泽经理给你送钱来了……"

"给我送钱？"张文金眉头一皱，颇感诧异。

"是的，"清泽一郎接过话头："你的'鸡药'、咳喘丹，我的很感兴趣，想买下你的药方，日中亲善共荣……"

"哈哈哈……"没等他说完，张文金仰头一笑，"清泽先生，你有点聪明过头了吧，你们的秘方也随便出卖吗？"

"该卖则卖，那要看对方出什么价。我给钱，你卖货，平等交易，双方大大的有利……"清泽一郎毕竟是个老滑头，他不以为忤，皮厚地笑了笑，扭头命令身后的助手："把皮箱打开，让张老板过目。"助手将沉甸甸的皮箱放到桌上，然后打开，顿时，满箱黄灿灿的金条发出耀眼的光泽。黄信仁故意捧场架势地惊呼："乖乖隆的咚，这么多金条啊！"

"这里是三十根金条，足够了吧？……当然，你如果还不满意，也可以再商量……你开个价吧。"清泽一郎镜片后老鼠似的小眼珠闪着奸诈狡黠的光。

张文金摆摆手，把二郎腿一跷，不屑一顾地说："再多的金条我也不能卖秘方呀，张家二百多号家属和员工，还指望着它吃饭呢！管家，送客。"站立在一旁的滕茂公笑着上前，躬身施礼，做出请客走人的姿势。

清泽一郎脸色稍沉，但还是强压住火气，稳坐不动，阴阳怪气地笑道："我给的价已经不低了，你见好就收吧。真要把事情弄僵，恐怕就不太好看了……何况……何况你的秘方也是从别人手里骗来的嘛……"

"这是什么话？！"张文金气得一拍桌子站起身，"你今天要讲清楚，我骗哪个了？我的药方是自己研制的，任何人休想把它夺去！"

清泽一郎见话讲僵了，也腾地站起身，恼怒地说："我劝你识时务一点，大日本侨商是不好惹的！"张文金反唇相讥："我也劝你放清醒一点，这里是中国，不是日本！"清泽一郎恨恨地望着张文金张口结舌，愣了片刻，只好咬牙切齿地说："我的，不会被你打败的。走着瞧吧！"然后掉头就走。两个助手赶紧收起箱子拎着，随之离开。

"哎呀呀，怎么成了这样，怎么成了这样……有话好商量嘛，这清泽先生也太性急了一点……"黄信仁小声咕哝，企图两面讨好，见张文玉傲然不理，只好跟跄着追随而去，差点被石头绊跌了一跤。

"慢——走——"张文金故意拖腔拉调地喊了一声。

清泽一郎在张恒春药号碰了个钉子，心里非常窝火，他茶不思，饭不想，晚上躺在床上也是辗转反侧。忽然，他灵光一闪，想到一招妙棋，不禁暗自得意，这才渐渐平静下来，酣然入睡。

翌日早上，清泽一郎乘坐轿子直奔城外南关而来，两个随从拎着礼品屁颠屁颠跟在身后。到了永春药号门前，清泽一郎下轿，径直走进药号店堂，说是拜会同行，来交个朋友。汪步云不敢怠慢，将其请入客厅就座吃茶。

谁知话还没说三句，清泽一郎便别有用心地挑拨起来，直言不讳地指责道："张恒春挤压永春，新店欺老店，还骗取了你家的祖传秘方，良心大大的不好！他们妄想独霸芜湖药材市场，你们要挺起腰杆，跟张恒春较量较量……"

汪步云并非傻瓜，但也不敢得罪日商，只好故作懵懂打打糊涂拳，"唉呀呀，清泽大人，步云虽然不擅经营，但什么时候丢过祖传秘方啊？这可不能随便乱讲……唉，这些日子，我的头疼病又犯了，你那里有什么见效快的西药吗？"

"什么头疼脚疼的，你只要打败张恒春，头就不疼了！"清泽一郎从怀里掏出一张银票，重重地拍在桌子上："这是二百两银票，你只要写出字据，说张恒春骗取了永春的祖传秘方，它就归你了。"

汪步云望了望银票，咽了口唾沫，心里像猫爪子在挠痒痒，真有一股子见财起意的冲动，但冷静一想，理智还是压倒了贪欲，不禁愁眉苦脸，吞吞吐吐地说："这……这字据怎么能写……同是杏林中人，常来常往，低头不见抬头见的……你是洋人，谁也不怕。可我……我土生土长，无官无权，还要在这芜湖的地盘上混呐……"

"你的，懦弱、胆小，不像个男子汉大丈夫。有我大日本正丸株式会社主持公道，为你撑腰，还怕张恒春吃了你吗？……"清泽一郎竭力撺掇，步步紧逼。

"不不不，不是这个意思……我们中国，历来讲究行业规矩，君子爱财，取之有道……"汪步云虽然爱财，但却遵从儒道，紧守底线。任凭清泽一郎威胁利诱，软硬兼施，他不是摇头晃脑，委婉推托，就是东拉西扯，装聋卖傻，反正面对诱饵，就是不愿咬钩。

双方谈不拢，清泽一郎只好收回银票，悻悻归去。

难道张恒春药号真是一座攻不破的堡垒吗？坐在轿子里的清泽一郎闭目沉思，怀恨在心，但一时又无计可施。

前脚送走日本人，后脚汪步云就来到张恒春药号，把清泽一郎的所作所为向张文金兄弟仨来了个兜底掀，一针见血地说："……日本人这是在挑拨离间，巴不得我们两家相互咬起来，两败俱伤，他好坐收渔翁之利。"二当家张文玉说："不管日本人玩什么花招，我们自家人不能内讧。目前永春药号虽不大景气，但沉住气，稳当经营，总会慢慢走出困境。再说，张恒春也不会坐视不管，我们会尽力帮衬的。""那是那是，永春药号绝不会拆张恒春的台。我们都是中国人，拳头朝外打，胳膊肘往里拐嘛……"汪步云小事很随意，大事不糊涂。

张文金一边抽着旱烟袋，一边向二弟建议说："如有合适的单子，我们让一点给汪老板做。还有药材加工方面，也可以适当调剂，照顾照顾。"张文玉连连点头说："大哥所言甚是，我会安排的。"汪步云非常感动，连忙起身作揖："多承关照！小店虽然生意清淡，勉强还可维持。步云不才，但好歹善恶还分得清，绝不会给洋人当枪使……"

中午，张文金设宴留客，平时就好喝两盅的汪步云满腹馋虫乱爬，大摆摆往桌旁一坐，精气神顿时见涨。几杯酒一喝，情绪上来，双方更是口无遮拦，无话不谈……

是福不是祸，是祸躲不过。几天后，有人趁夜深人静，悄悄在城里闹市区贴出传单，甚至直接将其糊在张恒春药号店面的大门上。说张恒春的"咳喘丹"是假药，以次充好，缺乏疗效，里面还违法掺了鸦片膏，如若服之，日久人会上瘾，从而导致旧病未除又添新患，敬告顾客万勿上当受骗云云。反正说得有鼻子有眼，云遮雾罩，真假难辨。路人见之，议论纷纷，都说现在世风日下，人心难测，连张恒春药号这样原本规规矩矩的店家都玩起了猫腻，可得小心提防，以免吃亏上当。

张家人一见这种下三烂的手法就知道又是日本人在暗中捣鬼。尽管明知是小人伎俩，不值得较劲，但此时如若不理不睬，那就等于默认，直接授人以柄。所以，他们立刻写出告示，沿街张贴，严正驳斥匿名传单中散布的谣言，同时郑重声明："次货不上柜，配方遵古法"一向是张恒春的祖训家规，百年来恪守不渝，有目共睹。凡本店所售药品，保质保量，绝无虚假。如有假冒伪劣，一律假一罚十。

城里的正直人士和老主顾纷纷仗义执言，帮张恒春药号主持公道，一时舆论转向，声誉有所挽回。

清泽一郎此计不成，又生歹念。他派人花钱雇佣城里的流氓、地痞、乞丐和个别贪小便宜的街坊妇女，当然还有日本侨民，拿着日本奸商仿制的张恒春"咳喘丹"等假药，一窝蜂似的涌向张家，堵住张恒春药号店面大门，谩骂起哄，耍刁放赖，要求退货，逼迫张家兑现"假一罚十"的承诺。张家伙计一看假药包装就有鬼，再仔细检验药物成分，更是使对手露了马脚。于是，拿出真药与假药对比，当众验证，戳穿谎言。

可那些流氓、地痞、乞丐等都是日本人花钱雇佣的，怎么会甘心把戏演砸？他们仗着人多势众，鼓噪起哄，声称张恒春药号如不赔偿损失，他们就要闹个天翻地覆。有个流氓头子，在日本人的授意下，故意冒充局外人说："我虽然不是张恒春假药的受害者，但大路不平有人铲！奸商奸商，无商不奸。张恒春为了赚钱，弄虚作假这倒也罢了，可是他们吹嘘得也太过头了，还'假一罚十'，呸——，真要这样罚，你张恒春老板当裤子都来不及！""哈哈哈哈……"一群乌合之众捧场架势地讪笑讥讽。那个流氓头子得意地接着说:"现在,大人不记小人过,只要他们能够承认错误,'假一罚一',我们打抱不平的人和这些受害者就高抬贵手,马上撤兵。""对对,最起码也要假一罚一,老子早饭还没吃哩,日本人的赏……"有个痞子随口呼应,但无意中说漏了嘴,赶紧打住。流氓头子朝他两眼一瞪,连忙打岔说:"受害人要求假一罚一,这是最低要求嘛,张恒春再不答应,那就不要怪老子们聚众闹事,手下无情……"

"再不答应,我们就砸店!"

"他妈的老张家也太抠了,今天非要把铜板从他们的屁眼里抠出来……"

"老子们人多势众,不达目的,就天天闹,日日骂,时时刻刻封他的门!"一帮利令智昏的愚昧之徒吵吵嚷嚷,恶相毕露。

老管家滕茂公向张文金兄弟仨禀报了门口的情况和捣乱者提出的无理要求,张文金思考再三还是拒绝道:"现在的问题不在假一罚十还是假一罚一,而是日本人要逼迫我们认错。这样,他们就赢了,张恒春随之信誉扫地,难以立足……""老板分析得完全对,我们不能被别人牵着鼻子走。可他们仗着人多势众,又有日本人指使,狗急跳墙真要砸店呀!"滕茂公急得两手直砸。

张文金气得"腾"地一下站起身,捣着拐棍说:"我们宁可把钱砸给官府,也决不向日本人低头!滕管家,你准备好一份厚礼,我们兄弟仨要到县衙走一趟。不请钟馗,是镇不住小鬼的!"张文玉、张文彬点头赞同。

张家三兄弟与管家滕茂公带着伙计携礼品来到县衙，使了点小钱给看门的皂吏，由其领着来到新任县令彭复典的家里。行礼拜过彭县令之后，先呈上厚礼：五百年高丽野参两支、南洋鹿茸四对、顶级燕窝八盒等。内行人一看就晓得，这些高档补品如在市面上购买，足抵纹银十来锭。彭县令见礼暗喜，但表面上却是面如止水，一本正经地说："有事说事，有冤诉冤。本官一贯秉公执法，概不收受馈赠。""是是是，草民早就耳闻彭公清正廉洁，克己奉公，人称彭青天……"张文金先将对方抬举一番，然后诉说了日本不法商人煽动地痞流氓闹事，企图搞垮张恒春药号的歹毒阴谋，恳请县太爷出手相救，平息事态。

彭复典乃科举进士出身，饱读诗书，多少还讲一点良心，平时也很厌恶趾高气扬的洋鬼子。再说，张家的这份厚礼价值百多两纹银，可不是小数，在当时可起砖瓦房几幢，或可保数口之家两年的吃穿花销还绰绰有余，这让人不能不动心生情，投桃报李。他当即就温言安慰张家兄弟，让他们先回去少安毋躁，自己随后就派衙役出面摆平此事。

张家兄弟千恩万谢而退，悄然从后院回到自家内宅闭门静候，同时让伙计们好言劝导闹事者快快散去，不要帮东洋鬼子欺负自家人。可那些地痞、乞丐、泼妇充耳不闻，依然像泼猴下山似的寻衅鼓噪。

正在这时，一队手持兵器的衙役在都尉的率领下跑步赶到，摆开阵势，将那闹事的一群人团团包围起来。都尉挥刀上前，厉声呵斥道："大胆刁民，你们得了幕后主子多少好处？竟敢在光天化日之下，造谣诽谤，敲诈勒索守法商家，滋扰县城治安，败坏本地风化！如果再不散去，统统抓将起来，打下牢狱，发配边疆服苦役！"

话音未落，惊慌失措的乌合之众一哄而散，尤其是几个原本跳得最凶的流氓地痞跑得比兔子还快，围观的民众无不哄然大笑，拍手称快。

看得出来，衙役们是奉命行事，并不是要真抓人，惩处洋人，只不过是吓唬吓唬，大事化小，小事化了，落得个刀切豆腐——两面光，谁都不得罪，各方都讨好。即便这样，张家也认了。做生意，和为贵，花钱买个安，总不能靠打官司争输赢过日子。

这次发难，清泽一郎偷鸡不成蚀把米，当然十分懊丧。但他并不甘心，耿耿于怀，伺机报复。

第二十章
巧 治 怪 病

离张恒春药号不远，有条儒林街，北宋初年因建夫子庙考场而逐步自然形成，乃本地文人雅士聚居之地。到了清代光绪年间，其后街的一条偏巷——藕香居里，住有一位民间奇人，复姓司徒，名云鹤，别号秋庐居士，闾巷妇孺皆称之为"小半仙"。正所谓：人因街而得福，街因人而扬名。

"小半仙"年近古稀，无妻无子，但却活得有滋有味，逍遥自在。说来奇怪，他一不种田，二不做工，三不教书行医开店摆摊，手无缚鸡之力，家无祖业老底，怎能讨得活口？

原来，司徒云鹤身怀绝招，即通解《周易》，能掐会算，识玉辨画，鉴赏古玩，勘察风水，堪称行家高手。他整天无所事事，身穿一袭缎面长袍，手捧一把光滑锃亮、包浆笃厚的紫砂壶，迈着八字步，从这家古玩店，逛到那家书画轩，店老板见他来了，无不笑脸相迎："哟，小半仙来了！请坐请坐……"随之敬烟沏茶，待如上宾。若有豪门富户破土建店或新宅落成，必备八抬大轿前来陋巷恭请司徒云鹤勘评之。

张恒春药号自打道光三十年（1850）从当涂护驾墩迁来芜湖拓展后，转眼已到了光绪年间，屈指算来二十多个寒暑逝去，由当初一家不起眼的小药铺子，发展为当时芜湖码头挂头牌的大药号，整个状元坊一带几乎都成了张恒春药号的地盘，另外在长街、二街、南门湾等处还有店面房产，可谓是家大业大，名声响亮，登门拜访、交际来往者络绎不绝。

此时，不仅初创人张明禄早已作古，就连他的长子张文金也已年逾花甲，精力不济，索性放下店务家事，让二弟张文玉挑大梁，自己与一帮文人雅士结伴，平时你请我，我请你，或者不请自到，聚在一起聊聊天，品品茶，喝喝酒，切磋切磋琴棋书画、玉器古玩、风水算卦等，日子过得倒也悠闲开心。自然而然，那闲云野鹤般的司徒云鹤就成了张家的常客，他与张文金极为投缘，堪称莫逆之交。

这年仲夏的一天，张文金、司徒云鹤正在街上的"三宝斋"摇扇闲谈，忽见一位落魄公子模样的男青年怀揣一方古砚前来出手变现，并称此砚为南宋端溪岩山石，要价至少一百两银子。

"三宝斋"的老板王荣贵也是行家，拿在手中反复鉴别，微微颔首说："端溪砚倒是端溪砚，但好像不是端溪岩山石……"他转而将砚台双手捧送给司徒云鹤，"秋庐居士，您老博学多识，劳驾给看看。"

司徒云鹤将手中的紫砂壶轻轻放在八仙桌上，小心拿起砚台眯起老眼翻来覆去看了一遭，在砚坑内呵了一口气，又用手指在砚背上叩了几叩，然后很肯定地说："此乃端溪后磨石。"

那位公子心里一惊，立马跳将起来争辩："休得胡说，此砚乃我家传代之宝，明明是岩山石，你人老眼花，怎能错认为后磨石呢？"

行家都晓得，端溪砚分为岩山石、西坑石、后磨石三种，以岩山为最贵，西坑次之，后磨是最差的了。

"虽然是后磨石，但品质还不赖。"司徒云鹤反复用手掂量摩挲着砚台，公允地说，"此砚触感幼嫩、细腻、紧实、滋润，且点洒分布着'石眼'，也算是后磨石中的上品喽！但'石眼'也是分类分档次的，此砚的'石眼'一般化，不稀罕。"停顿片刻，他又尖酸刻薄近乎卖弄地说："端溪岩山石除了'石眼'特别，还有鱼脑冻、蕉叶白、青花、玫瑰紫、火捺、猪肝冻、金银线、冰纹等，名堂多着哩，后磨石岂能冒充！"

那公子暗自揪心，张口结舌，懊悔自己今天不走运，偏偏撞上这么个一肚子魔咒的怪老头，但他仍不肯服输，脖子犟犟地说："你即便是个内行，但也有看走眼的时候。退一万步讲，我这祖传的砚台即便不是端溪岩山石，最起码也是西坑石的极品嘛！"

司徒云鹤一笑，闭目养神，不再搭理。精明的王荣贵也不搭腔，露出礼貌送客的意思。张文金端盏饮茶，微笑不语，心里话，今天你不走运，偏巧碰上了高人，这等障眼法在司徒云鹤面前哪能糊弄得过去？那公子见遇到了克星，思忖再三，讨价还价，只好悻悻然以三十二两银子将砚台出手。

客人走后，王老板笑嘻嘻地将几枚铜板揣进司徒云鹤的衣兜，"区区薄礼，不成敬意……"

"哪里哪里，无功受禄，惭愧惭愧。""小半仙"嘴里客气着，高挂一脸秋霜。

"兄长，关于识砚的秘术，能否再赐教一二？"王荣贵作揖鞠躬。

司徒云鹤则缓缓起身，随口说道："衬手腻滑，叩之沉涩，呵气无润，怎能冒充岩山之石？雕虫小技，不足挂齿也。"

话是说了，理也是这么个理儿，但如何衬之叩之呵之，看之、闻之、辨之，王荣贵仍然一头雾水。这就叫绝招。不细陈机宜，摸透窍门，未经一番历练，悟不出其中的奥秘来。光听他嘴巴一张，吐出几句云遮雾罩玄玄乎乎的敷衍话来，谁能掌握这等绝招？张文金虽说经过多年耳濡目染，对古玩字画等也略知一二，但听了司徒云鹤的行话，他也同样是似懂非懂，只有敬佩的份儿。

"小半仙"嘴巴一张，不费吹灰之力就捞了笔赏钱，心中得意，正要告辞回家，忽见一个五十来岁、高高胖胖、满面红光、大腹便便、身穿衙门官服的男人腋下夹着一卷古画，脸色阴沉地跨进店堂。王老板忙起身恭迎，并向司徒云鹤和张文金介绍说："这位是我的朋友，县衙文案，爱好古画收藏的仲秋原先生。"几人相互作揖。

仲秋原认识张文金，拱手作揖后又与他拍肩打膀套近乎，就在这一瞬间，张文金趁势捉住他的右手腕下意识地看了一眼对方的手，发现其指甲呈鹦喙状，指端如鼓槌，略微灰涩的指甲上有明显的横纹，他心里一颤，不禁用一种关切的口吻问道：

"敢问仲先生，近来可有什么大事急事要办？"仲秋原一愣，快人快语地说："不瞒先生，吾儿近日就要成婚，逆子娇生惯养，花钱大手大脚，一味追求铺张时髦；女方也要这要那，不知满足，弄得我这个刀笔小吏是囊中空空啊！你看，入不敷出，我只好把家藏的古画也拿来变现喽……"仲秋原从腋下抽出那卷古画扬了扬，露出无奈的苦笑。

仲秋原与王老板是朋友，他俩在谈价时"小半仙"不好插嘴，便坐在厅堂一角与张文金品茶。待仲秋原取了银子，礼貌地告辞而去，张文金望着他远去的背影小声嘀咕道："秋原老弟为人甚好，只可惜天不假年，寿限怕是要到了……"

王老板闻言，禁不住"扑哧"一笑："瞎扯八拉的，仲兄身体好得很，红光满面，精气神十足。我与他交往多年，从没听说他害过什么病。刚刚五十出头的人，怎么会好好的就到了寿限哩？""呵呵，或许是我多嘴了，一句玩笑话而已……"张文金捋须微笑，拱拱手，飘然而去。司徒云鹤则颇为隐讳地对王老板说："隔行如隔山。文金兄从医多年，既然口出此言，想来必有几分缘故……"

大约个把月后，天色向晚，百鸟归林，张文金正坐在自家院子里的葡萄架下独斟独饮，两只白头翁站在葡萄藤上朝主人点头摆尾叽叽喳喳地叫着，张文金则吹着口哨与之逗乐。

儿子张敬之端来一碟油炸臭干子，恭敬地放在石桌上，笑着说："大，这是厨子现炸的，你尝尝看……""嗯，好，厨子晓得我好这口。"张文金伸出筷子撷起一块金黄鼓泡的油炸干子，蘸蘸水辣椒佐料，有滋有味地吃起来。张敬之又从屋里拿来一块棉软垫递给父亲，说："大，石凳又凉又硬，你老垫上这个。"张文金嘴里嚼着菜，也不言语，只是缓缓抬起屁股，儿子忙把棉垫塞在石凳上。

忽然，三宝斋的王老板急匆匆闯进院子，一见面就惊咋咋地嚷道："哎呀呀，老大，你可真是神仙啊，怎么说谁到了寿限，谁就难逃厄运啊？"

"此话怎讲？这么大惊小怪的。"张文金稳坐在石桌旁，不动声色地依然饮酒。

"秋原死了，仲秋原死了呀！"

"哦——，我把这事都给忘了……他是怎么死的？"

"就在他儿子结婚的前天晚上，父子俩为了钱的事大吵了一场，仲兄当场气死过去，请了好几个郎中也没救活呀！"

"他不光是气的，主要是心脏不好，病入膏肓了，还能救回来吗？"

"你怎晓得他心脏不好？"王老板大惑不解，一双水泡眼像金鱼似的直眨。

张文金一仰脖子，喝下去半杯老酒，又从瓷碟里撺起一筷子芫荽菜凉拌豆腐皮送进嘴里慢慢地嚼着，口齿不清地说："那天在你店里，他一伸手，我就发现他的指甲有病兆：不仅指甲盖呈鹦喙状，指端如鼓槌，而且指甲表面呈现出一道道横纹。这就是心脏有病的征兆。医书上早就记着哩，有什么稀奇的？"

"哎呀呀，老兄，你可真是博览群书，满肚子的学问呀！"王老板一屁股坐在桌旁的石凳上，满脸惊奇地望着自己的老朋友，仿佛不认识一般。

"我们哥俩还客套些什么呀，来，喝酒喝酒！"张文金喊儿子张敬之送过来一套餐具，又加了两个炒菜，然后提起酒盅给老友斟上满满一杯酒，两人于花间月下边喝边闲聊起来。

酒酣微醺，正聊得起兴，忽听得院门外传来一阵吵嚷声，接着就听有人急急惶惶地高喊："请问，张文金老先生在家吗？"话音未落，一个衣衫不整、满头大汗的中年汉子已贸然闯进来，张文金打眼一瞧，这不是南关口丰茂布庄的老板郭世泰吗！还未来得及问话，那身宽体胖的郭世泰已"扑通"一声跪倒在地，纳头便拜："张老先生，请你救救我父亲！"张文金忙起身将对方扶起："怎么回事？病人在哪？""就在院门外，"郭世泰转身向门外喊道："快快，快抬进来，抬进屋里来！"

借着朦胧的月光，只见四个汗流浃背的大汉抬着一副担架风风火火进了堂屋。张文金跟进去，拿起桌上的两块打火石连连碰擦，终于点亮油灯，郭世泰赶紧告知病因："今天晌午，老父下楼时，不慎脚下一滑，从楼梯上滚落下来，碰巧又弄翻了香火台，把财神菩萨像给打碎了，老父惊骇，当即昏死过去……我已送他去了三四家诊所，郎中都无力回天，我只好到您府上来碰碰运气……"

"三四家郎中都看不好，我能有什么法子哩？"张文金两手一摊，显出无奈的样子。但他还是将油灯拨亮，蹲下身来仔细察看着病人。

"您老开开恩吧！救过来了，郭家一定重谢；真救不过来，我们也不会怪您……"郭世泰连连作揖。

"那……我就试试吧……你们快把病人衣襟纽扣解开，人也散开，门窗都敞开透气，我进里屋去配药。"说着，张文金便钻进里屋，关紧了门。本是来串门的王荣贵，这时便充当起主人，端水递凳忙个不停。

张文金独自在里屋，先从药罐里取出几粒麝香放在铜盏内碾碎，再以陈醋拌之，然后从里屋出来，反手带上门，对大家说："还差一味药引子'天癸'，我去去就回。"说罢，他打开后门，径直来到对街邻家，将当家婆拉到一旁，悄悄地说："大妹子，我家有个病人要急救，需要'天癸'当药引子，请你帮帮忙。"当家婆一脸愕然地反问道："我家又不开药材铺子，只卖卖针头线脑，哪有什么'天鬼''地鬼'的？"张文金默然一笑，只好凑近她的耳朵轻声说："所谓天癸，就是女人洗月经的脏水，你家又有媳妇又有女儿……""哎哟，你这么有身份的大老板，今天怎么变得有点龌龊巴拉的……你到底是想救人还是想害人啦？"当家婆的秋瓠子老脸一拉多长。"哎哎哎，你嘘什么嘘……"张文金从怀里掏出三枚铜板拍在桌上，"快去把你媳妇的月经水搞来，这三枚铜板就是你的了！"一见铜钱，老婆子立马两眼放光，她卖一天的针头线脑，也挣不到几枚铜板啊！于是屁颠屁颠地赶紧转身找媳妇去了。

不一会儿，老婆子拿着一只破陶罐回来了，假装嗔怪地说："张老板，给你，龌龊巴拉的。""那钱归你了。但你要闭紧你这张乌鸦嘴，这事千万不能在外面乱讲！不然今后你就没便宜占了！"老婆子忍住暗喜，扭头犟颈地在他肩膀上拍了一巴掌："去去去，有多远走多远，就你鬼话最多！"张文金接过盛月经水的陶罐，匆匆返回家里，进里屋关上门，将用陈醋拌好的麝香放进月经水里调和好，这才拿出来，同郭世泰一起用筷子将病人的牙齿撬开强行灌下去。

一罐药水下肚，病人的喉咙里发出一阵咕噜噜的响声，接着胸口有所起伏，肚子也跟着一鼓一鼓，浑身发出阵阵战栗痉挛……正在大家愣神的时候，垂危的病人突然脖子一伸，嘴大张，"哇"的一声吐出一大滩又腥又臭、刺鼻难闻的糊水状脏物来，熏得众人赶紧退让回避。之后，病人呼吸明显恢复，渐渐平缓下来，还微微叹了口气……

郭世泰激动得热泪盈眶，他往张文金的脚下一跪，抱着他的大腿哭喊道："恩人，恩人，您老是我们郭家的大恩人啊！"他随即从怀里掏出一条"黄鱼"（金条），恭敬地放在桌上，连连说道："不成敬意，不成敬意……"

王荣贵在一旁看得目瞪口呆，啧啧称赞道："奇迹，奇迹，真乃奇迹也！"

翌日，这件奇闻就在芜湖城里传得沸沸扬扬，神乎其神，给仙风道骨而又淡泊高深的张文金更是披上了一层神秘的外衣，慕名前来求医问诊的人接踵而至。

好花不常开，太阳下山快。光绪三年（1877），张文金病殁，张文玉正式接掌张恒春。

第二十一章
神 仙 聚 会

　　中秋时节，花好月圆，天气渐渐凉爽起来。芜湖城内赫赫有名的富商崔怀诚三公子新婚大喜，乔迁新居，双喜临门。崔家广散请柬，大摆宴席，李经远（李鸿章的儿子）、张文玉、王荣贵、吴仕达等名商大贾纷纷前来捧场，家住近旁的"小半仙"司徒云鹤作为地方闻达也受到了邀请，不啻为一场神仙聚会。

　　喜宴这天，崔家新宅内，张灯结彩，鞭炮雷鸣，高朋满座，贵客如云，一派喜气洋洋。

　　开宴尚早，李经远、张文玉、王荣贵、吴仕达、司徒云鹤等一帮老友离座在院内闲逛。

　　只见司徒云鹤在后院西墙角的一丛湘妃竹前伸头探脑看了一番，忽然捻须一笑，摇头晃脑地说："哎呀，这丛湘妃竹好看是好看，可惜不中用，也不大吉利呀！"此话一出，旁边的张文玉立刻小声提醒道："哎，老夫子，今天是崔家大喜的日子，不要乱嚼舌头！""不敢，不敢，贵人自有吉相，人算不如天算啦。"司徒云鹤道罢，转身就走，却被崔家一位有见识的亲戚一把拉住，"先生留步，能否赏个面子赐教一二？"

司徒云鹤见对方谦逊有礼，不像找碴子，便又开了笑脸："多承抬举，那老朽就多嘴了。湘妃竹，又称泪竹、哭竹。相传上古帝王虞舜巡狩南方，死于苍梧之野的湘江畔，他的两个爱妃——娥皇、女英闻讯后，赶赴江边祭悼痛哭而亡，双双化为斑斑点点的泪竹，后人敬称为——湘妃竹。这种竹子虽是纤秀美观，但寓意偏哀，一般不宜庭院栽植，更不宜与喜庆之事沾边。况且这丛湘妃竹，只有雄竹，而没有雌竹，不吉、不祥呀！"

"哦，竹子也分公母吗？"李经远颇感诧异。

"那当然，古书《类说》云：'竹有雄雌，雌者多笋。'其实也不难分辨，竹根下第一枝，双生者乃雌矣。"司徒云鹤有板有眼、多少有点卖弄地相告。张文玉也搭腔肯定道："不错不错，我记得在医书中也见过此说……"李经远颔首信服，闲谈中，一帮仙家悠然离去。

崔怀诚听家人告之此事，心中好生惊诧忐忑，忙叫家人不要声张。

宴席过后，宾客散尽，崔怀诚独自来到后花园仔细观看那丛湘妃竹，果然每根根底第一枝，皆为单枝。但他还是半信半疑，回到书房，翻查古籍，《类说》家中无藏，《本草纲目》中倒是有记载："竹有雌雄，但看根上第一枝，双生者必雌也，乃有笋。"崔怀诚这才心悦诚服。掩卷略思，他心里有了主意。因天色已晚，暂且按下不提。

翌日早晨，洗漱停当，用罢早膳，崔怀诚要夫人取出八十枚铜板，用红纸包好封上，自己揣进怀里，又吩咐家人拿来两坛好酒，令仆人拎着，随自己前去儒林街藕香居登门致谢。

天已大亮，偏街小巷则刚苏醒过来，家庭主妇们纷纷在门口刷马桶，动作快捷而有节奏。木轮粪车就停在路中间，苍蝇哄哄，臭气熏天，那些提篮吆喝着卖发糕、卖烧饼油条、卖熟藕五香豆子的小贩们则在旁边穿梭来往，一点也不避讳。在优雅环境里住惯了的大老板崔怀诚不得不用手捂着鼻子，眉头直皱，心里闹翻翻地直想呕吐。

走进破旧的司徒云鹤家院子里，仆人连喊数声，也不见主人回话照面，从敞开的房门里望过去，只见阴暗的屋内家具简陋，凌乱不堪，似乎还散发着一股潮湿霉变的浑浊气味。崔怀诚正犹豫着是回还是等，忽见敞襟露怀拖鞋趿袜的司徒云鹤拎着一把瘪铜壶，从院门口冒了出来："哎呀呀，这不是崔老板嘛！屈尊光临寒舍，真是蓬荜生辉啊！"主人既有几分惊诧又有几分得意，忙把客人往屋里请，心想，他八成是为了那湘妃竹来的。

客人坐下，主人忙着沏茶，他先往客人的茶杯和自己的紫砂壶里放茶叶，然后一边提壶冲泡，一边笑眯眯地说："这水是刚从茶火炉充来的，滚烫。我每天早上没有一壶茶，不能干正事……"

仆人将两坛老酒放在杯盏杂乱的桌子上，侍立于一旁。司徒云鹤将嘴巴直呷道："来就来嘛，还带什么东西呀！"

崔怀诚接着又从怀里掏出红包，恭敬地放在酒坛子边，

"区区薄礼，还望笑纳。"

"欸——这就更见外了！"司徒云鹤放下铜壶，将自己冲满开水的紫砂壶盖上壶盖，然后坐下道："无功受禄，无功受禄哦！"

崔怀诚摆摆手："哪里哪里，司徒先生的那一番话，令人开窍受益啊。此次登门，一为致谢，二来也是讨教讨教，陋宅刚刚落成，不知风水方面有无缺憾？先生精通青乌（风水）之术，敬请赐教指点。"

"抬举，抬举，陋巷老朽，哪懂什么青乌之术，信口开河罢了。"端起紫砂壶，轻轻呷了一口茶，司徒云鹤觉得既然收了人家的钱物，不说上点什么似乎又不大好，于是眼珠子转了几转，有板有眼地说："贵宅富丽堂皇，布局巧妙，想必事先已请风水先生看过，大体上可说是相当完美。不过嘛……"话到此处，立刻打住，打算先看看对方的反应再说。

果然，崔老板急了："不过什么？请讲，先生快快赐教！"
"小半仙"要的就是这句话，他故意慢吞吞地捻着胡须，拖腔拿调地说："建宅子嘛，首先要讲五行。五行者，金木水火土也。左青龙，木也；右白虎，金也；前朱雀，火也；后玄武，水也；中间土，土也。这五行，崔宅占了四行，唯有一个水字，请问在哪里？"

崔老板一愣，稍一思索，忙答道："水有啊，按照风水先生的吩咐，我在后院安置了两口大缸，平时养鱼观赏，急时取水用之，这还不行吗？"

司徒云鹤把头摇得像拨浪鼓："那哪行哟，水缸乃人造之俗器，非上苍所赐天然之物矣！"

"那，那——那我家后院既无河又无塘，且面积狭小，不便动土，怎么弄来水呢？"崔老板两手一摊。

"哈哈哈……"司徒云鹤仰面一笑，这才把话挑明了："不费事，不费事……你在后院地上打个眼嘛！"

崔怀诚眼睛直眨，"在地上打个眼？……哦——你的意思是，在后院挖一眼水井？"

司徒云鹤笑而颔首，崔怀诚直挠头皮，眼珠转了几转，顿悟，随即竖起大拇指："高人，你真是高人啊！"……

不几日，崔家悄然移走了后花园湘妃竹，换上了几丛雌雄搭配、青葱悦目的凤尾竹，崔怀诚稍感宽心。

接着，崔家又备好砖石，请来工匠，在后院西南角打井。说来也怪，工匠们刚刚在地下挖了一丈多深，就有一股清泉喷涌而出，而且甘甜爽口，不枯不盈，冰凉纯净，可谓极佳的饮用水。崔家的老老少少，包括仆人们都十分欢喜，交口称赞这眼泉水又方便、又养人、又吉利，真是天赐神泉。

崔怀诚大悦，这天中午特意在家摆了一桌酒，请"小半仙"司徒云鹤及李经远、张文玉、王荣贵、吴仕达、应天成等几位好友来观泉聊天。

看了泉井，主人心里乐开了花，众友也个个赞不绝口，司徒云鹤倒是一脸木然。

午宴甚是丰盛，大家都喝高了。

酒足饭饱，望望日头偏西，一桌老酒鬼仍不肯散去。残羹剩菜撤下，八仙桌重新抹过，再换新茶，宾主都东倒西歪地坐在太师椅上闲聊逗乐。

佣人刘妈提着铜壶给客人沏茶，崔怀诚多饮了几杯，有点控制不住嘴巴，便说："司徒先生，你已年近古稀，无儿无女，何不找个合适的娶上一房，将来老得不能动弹了，也好有个人伺候……"

"罢罢罢，这么一大把年纪了，还谈什么婚事。我这人脾气怪，一般女人我看不上；我看上的女人，却嫌弃我这个糟老头子。一个人过，清闲自在，早已习惯了，可不想自寻烦恼。"司徒云鹤把手直摇，嘴里酒气直喷。

"那也要看是什么女人。遇上好的，你情我愿，有何不可？"李经远一边用竹签剔着牙缝，一边舌头有点僵硬地说，"我看你这身子骨挺、挺硬浪（朗）的……说不定娶、娶个女人，还能添个大头儿子哩。"

"对对对，这话在理！"吴仕达接过话头，调侃道："刘、刘妈……你不是讲过嘛，你老家村子里有个七十岁老翁，娶了个二、二房，还添了个茶壶吗？"

一句话把众人都逗乐了，提壶沏茶的刘妈也忍俊不禁地说："吴老爷酒喝高了。是添了个儿子，不是茶壶！……"

"哦——，儿子就是茶壶，茶壶就是儿子，都都都……都带把子嘛！"崔怀诚一句似醉非醒的话出口，又引得哄堂大笑。刘妈倒给闹个脸红，赶紧岔开话头说："信佛的人可不敢打诳语，是我亲眼所见哩！我们村还有个漂亮寡妇，四十来岁，脾气又好，司徒老若不嫌弃，我愿从中作媒，或许还真能成哩！"

众人拍掌大笑，一齐起哄，"小半仙"则摇头摆手，起身与主人和酒友们连连作揖告辞，缓缓走到门外屋檐下，摘下自己的鸟笼子拎在手里，悠然自得地离去。

司徒云鹤出了院门，不见了踪影，座中"双喜"首饰店的老板应天成忽然咕哝了一句："这个老家伙还翘得很呢，早些年，就有不少人给他提亲，都被他回拒了，我看他八成……八成是身子有什么毛病吧？"此话颇有些不恭和唐突，大家默然。

"三宝斋"的掌柜王荣贵则接茬道："话不能瞎讲。我跟他小时候是邻居，彼此知根知底。他家原本也是大户，在其父亲手里败落了。司徒云鹤年轻时娶过老婆，那女人不仅贤惠而且长得还非常俊俏，人称'城南一枝花'，可惜年过三十才怀孕，因难产大出血而亡故。司徒云鹤痛不欲生，从此没有再娶，真是个少有的痴情汉子。早些年，他也出入红墙院、胭脂巷，听说跟一个叫莲香的风尘女关系不错。要是身子有毛病，他还到青楼里去白白送银子啊？"

"哈哈哈……"哄堂大笑。

"当然，自打上了年纪，他连青楼都不逛了……"王荣贵端起盖盏，吸了口茶，"他就是这么个怪人，独往独来，无拘无束，黄土埋到老颈脖子了，还能改了脾性不成？"

"那是那是……他真是个仙家，虽不务实业，不置家产，却有花不尽的银子，吃喝玩乐，逍遥自在，无拘无束，比我们哪个都过得都轻松快活。"张文玉由衷赞赏。大家皆首肯，驱走了心里疑惑，更生出几分羡慕和敬意来……

第二十二章

痛 失 栋 梁

1883 年，中法战争爆发。经人举荐，已解甲归田的淮军骁将刘铭传被清廷任命为督办台湾事务大臣，筹备抗法。

1884 年 7 月 16 日，刘铭传率大军隐蔽而又迅速地在台湾基隆抢滩登陆，全岛民众欢欣鼓舞，法军惊骇。半月后，中法军队交战。刘铭传能谋善断，指挥果敢，将士斗志高昂，奋勇杀敌，当地居民积极配合支援，先后取得基隆、沪尾、淡水大捷，法军溃败，不得不撤离台湾。

翌年，清廷任命刘铭传为首任台湾巡抚。战事平定，刘铭传开始治台。

因清军多为大陆人，初来乍到，不适应海岛的水土气候和生活环境，尤其是热带丛林瘴疠肆虐，造成瘟疫流行，清兵死病甚多，刘铭传非常焦虑，寝食难安。因他是安徽合肥西乡（今肥西县）人氏，距芜湖较近，早就听说过张恒春药号的祖传秘方、精制饮片、丸散膏丹等疗效神奇，闻名遐迩，所以，刘铭传选派手下得力亲信刘昭武参将渡海溯江而上，来到芜湖张恒春药号拜访求援。

张文玉、张文彬兄弟俩恭迎门外，将刘昭武参将及陪同前来的县令彭复典等官员请进后堂叙话。

分宾主坐定，身穿朝廷五品官服的刘昭武未摆丝毫的架子，而是谦虚随和，平易近人，一开口说话，更是令人十分受用："张恒春大名鼎鼎，如雷贯耳，今日末将得以拜访，十分荣幸……"

"哪里哪里，刘参将夸奖。敝号承蒙皇恩及各位朝官护佑，才有今日之荣光。饮水思源，不敢稍有淡忘。报国之心，日月可鉴！"当家人张文玉恭敬答礼。

彭复典将髯呵呵笑道："儒商就是儒商啊，不仅讲究德信二字，忠君报国之心更是一片赤诚呐……"

闲话叙过，急于办事的刘昭武干脆开门见山，直奔主题："是这样，刘铭传大人率兵登陆台湾，一举打败法国人后，不料遇到瘴疠肆虐，瘟疫流行，官兵生病死亡者甚多。刘巡抚命我等前来张恒春求购可治瘴疠、瘟疫的特效药，以应急需。否则，军中瘟疫蔓延开来，将导致官兵大量染疾减员，直接关系到台湾防备的安危啊！"

张家兄弟闻言既惊且急，面面相觑，当即一致表示：此乃报效国家之良机，张恒春义不容辞。

张文玉说："本店的秘方雪酒对瘴疠、瘟疫倒是颇有疗效，可台湾孤悬海外，近似热带，气候环境与内地殊异，必须对原配方有所改进调剂才是，这恐怕略有耽搁……再说药酒用量巨大，酿制也需一定时日……"

张文彬解释说："雪酒，原产于芜湖澛港，为徐文田祖上秘创，后来徐文田为了感恩，将其献给了张恒春药号，我们又陆续加以改进。雪酒分为两个品种：其一是由虎骨、鳖壳、当归、枸杞、山茱萸等二十余味名贵药材浸制，专治风寒湿症；其二是由杜仲、生地、柴胡、青蒿、丹皮等十几种野生药材泡制，可预防治愈瘴疠之气……"

正说着，坐堂郎中徐文田用托盘捧着几盏雪酒前来，笑容可掬地说："敬请刘参将、彭县令等贵客品尝雪酒。"刘昭武、彭复典等人兴致勃勃地拿起酒盏品尝，刘昭武连饮几口，咂着嘴巴说："嗯——妙哉！酒质绵柔，药味适度，醇香浓厚，回味甘爽……好酒好酒！"他将盏中酒一饮而尽，放回瓷盏，不禁疑惑地问道："那它为何叫雪酒哩，这个雪字意思何在？"

徐文田微笑作答："此秘方对水要求甚高，以上年腊月里的稻草垛或草屋顶上纯净的瑞雪为最佳。采撷后藏入宜兴紫砂罐里密封，入地窖中放置，来春与上等白酒和药材饮片泡制，三个月后方可启封饮用。"说罢，他鞠躬施礼，端着托盘空酒盏退下。

刘昭武听罢信服地频频颔首，但思忖片刻又颇为担忧地说："雪酒好是好，但制作烦琐耗时，眼下军情火急，一刻也耽误不得呀！"他眉头紧皱，"噌"地一下从太师椅上站了起来，倒背双臂，在大堂踱了几步，果断地说："要不这样，你家现有的雪酒我全包下，即刻装船，运往台湾，以解燃眉之急。你们快快酿制药酒，我随后再派船来接运……你们放心，所购药酒款项由军费中开支，分毫不欠。"

彭复典插话道："对对对，分毫不欠，分毫不欠……另外，县衙也要给予特别嘉勉……"

"不，张恒春为国尽忠，岂能贪财！"张文玉话一出口，掷地有声。张文彬立刻起身呼应，慷慨表示，张恒春雪酒全部免费送给驻防台湾的官兵，分文不取。刘昭武感动得热泪盈眶，连连抱拳作揖，嘴里念叨着说："忠义可嘉，忠义可嘉……我只是担心时间来不及，药酒量少不够用……"

张文玉凝神思忖片刻，灵机一动，计上心来："刘参将、彭县令，我家现存的雪酒尚有千余斤，马上全部装坛运往台湾。我呢，准备带上几名老药师老药工，一同随船赴台……"

"你……你去台湾干什么？"彭复典等都大感不解。

张文玉笑着解释道："雪酒酿制颇费工夫，加上漂洋过海，长途运输，更耗时日。疫情紧急，耽误不得呀！不如我带药师药工去台湾，就地取材，及时酿制，较为便捷，节时省工……"

"妙啊，真是绝妙的主意！"刘昭武兴奋得击掌赞叹，"台湾多热带雨林，中草药漫山遍野，当地居民即可采集，原料根本不愁。只要张恒春能贡献秘方，提供技术，指导军中能干的士兵开设药坊，雪酒就一定会酿制出来！"

张文彬接口说："请刘参将、彭县令放心，为报效祖国，张恒春即便倾家荡产，在所不惜！"

"好——！"彭复典拍案赞道："张家满门忠义，为我鸠兹（芜湖古名）争光！"他略一沉吟，若有感愧地说："张恒春如此爱国，朝廷决不能让儒商良民吃亏……我打算奏报朝廷，免征张恒春三年赋税，以示补偿和抚慰！"

张文玉、张文彬不约而同起身作揖致谢："多谢彭县令厚爱！"

事情敲定之后，张家即刻准备送张文玉等一行人随刘参将的海船赶赴台湾。他们先将家中库存的雪酒悉数装船，又把开设药坊的必用工具、器材、配料等备足带齐，两天后即匆匆起锚东下。

张文玉带领坐堂郎中徐云山（徐文田的儿子）、药师王春光（老药师王远之的儿子）及三名技术娴熟的老药工抵达台湾后，受到刘铭传的热烈欢迎和优厚款待。

大帅刘铭传久经沙场，鞍马劳顿，风湿旧疾久治难愈，听说芜湖雪酒好，便率先品尝起来。连饮个把月后，他浑身的关节筋骨疼痛渐感缓解，精神也倍觉振作，便一直饮用雪酒不辍。所以，对酿酒一事，他要钱给钱，要人给人，言听计从，提供一切方便。

张文玉趁热打铁，带领一帮行家里手，夜以继日将药坊开了起来，很快就酿制出经过改进的台湾产"清瘴型雪酒"。

刘大帅欣然下令："今后军营开饭前，所有将士，每人必须先饮一盏雪酒，否则，不许吃饭。"

其实，哪用得着刘大帅下此命令，"清瘴型雪酒"除了能防疫外，还拥有一种醇香浓郁，绵软爽喉，回味悠长的独特口感，大家试尝之后，反响热烈，争先恐后地抢着喝酒。日复一日，许多人竟然喝上了瘾，以至"雪酒"供不应求，军中酒坊不得不加紧酿造。台湾产"清瘴型雪酒"很快把瘴疠瘟疫控制住，并逐渐加以消除。雪酒被誉为"救命国酒"，受到台湾驻军和当地民众的交口称赞。

张文玉一行六人在台湾盘桓一年有余，直到瘟疫完全消除，第二年夏季才乘船平安返回芜湖。

刚刚下船的他们，都又黑又瘦，疲惫不堪，与离家时判若两样，令亲属几乎不敢相认。好在他们精神舒畅，眼界大开，都说是不虚此行，这一生能有机会去台湾为国效力，甚为荣幸。

张文玉毕竟年近花甲，加上在台湾的一年多里，他日夜操劳，寝食难安，几乎耗尽精力，归途中在台湾海峡又遭遇台风袭击，帆船剧烈颠簸，使得他呕吐不止，差点性命难保。因此，一回到家里，他就再也撑不住了，大病一场，卧床小半年，吃药调养，在家人的精心伺候下，才慢慢恢复元气。

张文玉病愈，当家人的担子又落在他肩上。张恒春这艘大船顺风顺水，劈波斩浪，扬帆远航。

光绪十四年（1888），清明过后，春暖花开，万物葱茏。

"电报、电报，张恒春加急电报！"张恒春药号刚开门不久，熟悉的邮差老杨就骑快马送来电报。伙计赶紧出门接收电报，然后拿回大堂，交给掌柜。张文玉心里暗自一颤："什么人拍来加急电报？是福还是祸呢……"他匆忙拆开电报，仔细一瞧，紧蹙的眉头顿时舒展，喜不自禁地抖着电报连声说道："好好好，喜事临门，喜事临门啊……"

原来，这是张恒春投股的沪上里咸瓜街药号申庄负责人徐氏发来的电函，大意是：上海总商会定于四月二十八日在上海城隍庙举办全国药材交易会，特邀全国药材商家，尤其是著名药号参加。为了烘托气氛，吸引更多的客商和观众，主办方还特意安排了一场药材辨别擂台赛，请芜湖张恒春药号选派代表参赛。

接到邀请电函后，张文玉心驰神往，非常兴奋，决定亲自前往上海一比高下。跟随老药师王远之辨材近三十年的张文玉，在师傅去世后，已成为南北药号闻名遐迩的辨材大师。他此次赴沪的本意当然主要是购买药材，推销本号生产的中成药，但他也想在辨材擂台赛上一显身手，为张恒春药号扬名。

上海城隍庙，位于上海老城厢东北角、北靠福佑路、东临安仁街，其宏伟的古建筑群始建于明代永乐年间，是上海地区重要的正一派道观。分别有霍光、甲子、财神、慈航、城隍、娘娘、父母、关圣、文昌等九个殿堂，总面积两千余平方米。宫观外，楼阁耸立，粉墙黛瓦，假山怪石嶙峋，园林鸟语花香，湖水碧清，帆影点点，是观景游玩的绝佳之境。宫观内还加盖了一座药王庙，庙内供奉着伏羲、神农、黄帝塑像及药圣孙思邈、药王韦慈藏龛位。庙外广场临时搭建了一方大擂台，台前能容纳万人观看。

经过一番激烈的淘汰赛后，广州、武汉和芜湖三家药号的参赛者进入了最后的三人对抗赛。其选手分别是广州的陈文满、武汉的叶绍先和芜湖的张文玉。

是日早市过后，天高云淡，艳阳高照，擂台前已挤满了各地客商和慕名前来观战的百姓。身着蓝色缎面长衫、脚蹬圆口布鞋、脑后的长辫乌黑发亮，神情洒脱，镇定自若的张文玉在儿子张光源和申庄负责人徐氏等人的陪同下露面，一边频频向熟人和观众作揖致意，一边向擂台大步走去。

只见擂台上摆放着四张紫檀木八仙桌，桌上陈列着一排排精制小木盒，木盒里盛放着琳琅满目的各类药材。按照拈阄抽号的顺序，张文玉排在第三位。排在第一位和第二位的陈文满、叶绍先二人，博学多识，身手非凡。小木盒里各类药材的名称、产地、药性、功用及炮制方法等都没有难倒他们，回答得皆正确圆满。位列第三的张文玉上场，同样对答如流，丝毫无差。

面对难分伯仲的比赛和台下观众鼓掌叫好情绪高亢的热烈场面，主办方感到有些棘手。经过临时开会磋商，他们决定增加一个难度更大的测试，一决雌雄，以定乾坤。

那位自称药圣孙思邈后代的考评人孙文煌手持一块乌黑色的牛黄登场，请三人辨别。

牛黄是牛的胆管、肝管中的硬块，在杀牛取黄的时候，应先滤去胆汁将牛黄取出，稍一迟疑，牛的胆汁就会浸润牛黄而使它变得乌黑。陈文满、叶绍先两人经仔细辨认之后，一致认为这是胆汁浸润后的牛黄。

轮到张文玉时，他经过观、闻、摸、尝之后，很肯定地摇头说："此物非黄牛或水牛牛黄。"孙文煌询问道："原因何在？"张文玉胸有成竹地答道："牛黄除黄牛和水牛牛黄外，还有牦牛和野牛牛黄。它们的外形和断面层纹都相同，药性基本一致。所不同者，纯净的黄牛、水牛牛黄外表呈黄色，而牦牛和野牛牛黄却呈乌黑色。我经过观、闻、摸、尝，感觉此牛黄味不苦而腥膻，与黄牛和水牛牛黄截然不同，故而断定其为牦牛或野

牛的牛黄。""对对对……真是火眼金睛啊！"孙文煌笑着连连
点头称是。

接着，考评者又拿出四个小盒。药盒里盛着光泽颜色不一
的颗粒状药物。三位参赛者轮流通过一番望、闻、尝之后，都
认为它们是阴干后磨制而成的动物胆汁。

广州的陈文满指着第一个药盒说，这是熊胆，它呈金黄
色，透明光亮如琥珀，是熊胆中的精品，又称"金胆"或"铜
胆"；武汉的叶绍先指着第二个药盒说，这也是熊胆，黑色表
面，习称"墨胆"或"铁胆"；芜湖的张文玉指着第三个药盒说，
这也是熊胆，黄绿色，光亮较差，质地较脆，用业内人士的话
来说就是"菜花胆"。

第四盒的胆粒也呈金黄色，而且有琥珀般的透明光亮。陈
文满、叶绍先在药盒前踌躇寻思，许久不敢开口。只见张文玉
取出一小勺胆粒，先用舌尖尝了尝，然后请人取来一碗清水，
将胆粒放入碗中，颗粒瞬间分散开来，水中泛出微微的黄色。
张文玉呵呵笑道："此乃猪胆也。"台下众人愕然，鸦雀无声。
考评者不露声色："请解释之。"张文玉侃侃而谈："此'金胆'
为猪胆无疑，系染色造假而成。因为熊胆中的金胆外表虽然黄
灿灿，但尝后一般味苦回甜，而猪胆纯苦也。另外，真正的金
胆颗粒溶入水中必有一道不散且运转如飞的线。这些，《本草图
经》和《本草纲目》均有明确记载……"考评者及在场的观众
无不叹服，陈文满、叶绍先皆自愧弗如，躬身作揖相贺。

擂台赛结束，张光源和申庄负责人徐氏等亲朋好友一齐
拥上前来祝贺，张文玉笑逐颜开，一改平时沉稳内敛的脾性，

连连朗声招呼说:"今天高兴,走走走,下馆子去,我请客我请客……"

在上海药市药材辨别擂台赛上,张文玉凭借他的日常功力和学识底蕴,获得"辨材状元"荣誉称号及青花瓷描金大奖杯,其他二位分获辨材榜眼和探花。从此,芜湖的张文玉被业内人士戏称为"张状元",真是小腿绑铜锣,走到哪里,响到哪里。张恒春药号的那条祖训:"价位昂贵必不能减分量;药名相同必不能混产地;药材伪劣必不能入中药;炮制繁复必不能省人力",越发蜚声杏林,传遍四面八方。

又是一年惊蛰时节,春寒料峭,冻僵的土地尚未完全复苏,除了急性子的桃树吐苞绽蕊,四野里依然一片冷寂萧瑟之气。

日商清泽一郎在北门来凤茶楼包厢里请黄信仁吃早茶,这里的蟹黄小笼汤包和虾仁煮干丝还是很有本邦特色的,他时不时要来品尝一下,顺便邀上几个中国客商或头面人物,拉拉关系,套套近乎,更重要的是探探消息和行情。不过,今天清泽一郎只邀了黄信仁一个人,这既是表示对他的特别亲近,也是怕人多嘴杂,有些话不好讲。

黄信仁也是杏林中人,嘴甜皮厚,很会哄人,讨好卖乖随机应变很会来事儿,平时经常出入张恒春药号,竭尽巴结奉承之能事,好像与张文玉关系还不错。其实他早就暗暗忌恨张家,脚踩两只船,与日本人勾勾搭搭。

"黄先生,近来可有什么动静啊?"品尝美味的早点后,清泽一郎捧盏喝茶，像是若无其事地闲问道。黄信仁是个精得捉鬼卖钱的角色，他一听就晓得清泽一郎这个老狐狸所说的"动静"是什么意思，稍稍停顿想了想，呵呵一笑答道："也没什么大动静……自从张恒春的当家人，在上海药材辨别擂台赛上夺得冠军，真是一顺百顺啊！他家的咳喘丹卖得挺火，听说连库房里的老底子都清空了，张文玉近几天可能就要到上海去进货……"

"哦?"清泽一郎感兴趣了，不禁把圆溜溜的秃头凑近对方，问道，"你知道他是走陆路还是水路吗?"黄信仁暗自一怔，发觉自己说漏嘴了，清泽一郎这个吃人不吐骨头的家伙要是有什么阴毒之举，那自己是脱不了干系的。毕竟当汉奸名声不好听，遭人蔑视，在场面上也不好混。所以，他含糊其词地说，"陆路水路都有可能吧……"

清泽一郎也懒得绕弯子了，开门见山地说："如果扳倒张恒春，对你，对我，是有利还是不利?"黄信仁的老鼠眼骨碌碌转了几转，肯定地答道，"当然，当然是有利。""那你看怎么才能扳倒他们呢?"清泽一郎故意引而不发。"这个嘛……"黄信仁苦笑，"这好像不太容易……""不，"清泽一郎立刻否定，"这其实很容易。我们只要干掉张文玉，让张家失去顶梁柱，张家就会不攻自破。最起码也是对张恒春的极大震慑!"接着，清泽一郎便抛出一条毒计：趁明天张文玉去上海进货的机会，派人干掉他。"你的，说明白，张文玉明天到底怎么走?"清泽一郎站起身，两手撑在桌子上，眼睛一瞪，凶相毕露。黄信仁不敢看他的眼睛，只好低头支支吾吾地说道："这这这……大概是走水路吧，乘的可能是'日清'号大轮……""吆西——'日清'号正好是我大日本经营的轮船，真是天神助我！哈哈哈……"清泽一郎拍掌大笑，转而又低声地说："你的，明天也去。"他笑眯眯地伸手拍了拍对方的肩膀。黄信仁脑袋嗡地一炸，双手直摇，赶紧推辞说："不不不，我可不敢杀人，我从小到大，连鸡都没杀过，我实在干不了……"他急得鼻尖上都沁出了细汗。

"哈哈哈……"清泽一郎大笑，"别着急嘛，不是要你杀人，只是请你指认、协助一下，并不亲手动刀动枪……"

"那也不行，我真不适合做这样的事……"脸色惨白的黄信仁把头摇得像拨浪鼓。

清泽一郎把脸一拉，"黄老板，做人不能这样吧！如果光动嘴皮子，怎么扳倒张恒春？张恒春不倒，你我有发财的机会吗？难道你只怕张家，就不怕我大日本帝国？"

"岂敢岂敢，我不是那个意思，我……"黄信仁刚要辩解，清泽一郎立即挥手打断道："不要跟我兜圈子了，这件事非你莫属！当然，我从来不让朋友白干活。"他爽快地掏出一张银票，拍在桌子上，"这是五十两银票，你先拿去。等事成之后，我再给你一百两。"然后往椅子上一坐，只顾自己点火抽烟。

黄信仁心里清楚，得罪了日本人，那是肯定要遭祸的。况且这么多银子也是极大的诱惑，他左思右想还是勉强答应了，但他既恐惧又愧疚地请求道："你们千万要替我严格保密啊，我与张家同为杏林中人，低头不见抬头见……"清泽一郎这才重开笑脸，轻松地吐出一口烟道："你的，大大的聪明！放心，我决不会出卖朋友的！"他叼着烟卷，拿起桌上的银票，起身走到黄信仁跟前，将其塞在他微微颤抖、冰冷冒汗的手里。

　　光绪十六年（1890）初春三月，这天一大早，阴转多云，气温有所回升。张文玉果然拎着包与儿子张光源一起，来到太古码头乘坐日籍客轮"日清"号前往上海联系业务。

　　黄信仁与清泽一郎派遣的四个日本浪人早已提前上船，躲在日籍船长的单人舱内。看着张氏父子上了船，他们便开始密谋具体的行刺步骤。

　　张文玉虽是个有钱的阔老板，但一向节俭、内敛、低调，出差乘船很少住一、二等舱，总是与普通老百姓一样住三等舱，甚至坐船底通舱。这次因为带儿子出差，所以，他买了两张三等舱的卧铺票。

　　每个三等舱都有上下层八张床位，旅客混居，要想在此杀人又不暴露自己，可能性根本没有，因此，必须有人将猎物诱至一个单独而又封闭的空间才好下手。这也就是清泽一郎收买黄信仁的用处。

　　日清号起锚离岸，顺流而下。鸥鸟盘旋，浪涛拍舷，汽笛声声，船舶穿梭来往，一切都显得正常、惬意而又安详。中午，在餐厅吃过午饭后，张文玉与儿子张光源一起在船舷一侧散步，兴致勃勃地观看时隐时现，成群结队的"江猪"（江豚）戏水欢腾，溯流而上。父子俩心情很好，一边观赏景色，一边谈论着到上海后要办的事儿。

　　轮船驶入南京浦口附近江面时，天色已渐渐黑了下来。

　　晚饭后，旅客们都已昏昏沉沉地睡去，张氏父子坐在床铺上正说着话，忽然看见黄信仁走了进来，张文玉不禁惊讶地问道："咦，黄老板，你怎么也在船上？""我到上海去办个事。其实上船时我就看见你们了，因为隔得远，加上要安顿行李，所以就没来得及打招呼。我在楼上二等舱，正好有个上海的同行，对你仰慕已久，他邀你上去坐坐，聊聊天，能否赏个面子？"黄信仁撒谎从来就像演戏一样逼真。张文玉不大情愿地说："算了吧，我又不认得他……""唉，一回生，二回熟嘛。他是上海的大老板，对你十分敬佩，多个朋友多条路嘛……请请请……"黄信仁伸手来拉。张文玉也觉得长途旅行有些寂寞，便答应上楼坐坐，同时吩咐儿子："你早点睡吧，我聊一会就回来。"黄信仁则说："公子也一起去，一个人怪孤单的。"说着，热情地拉上年轻的张光源。于是，几个人离开了三等舱，有说有笑地上楼，来到了黄信仁所住的船尾二等舱。

张文玉万万没料到的是，他和儿子刚刚跨进舱内，舱门迅即被关闭，几个如狼似虎的日本浪人二话没说，挥起手中的铁棍、榔头就是一顿猛打狠砸，父子俩头部遭到重击，鲜血迸溅，当即昏倒在地。凶狠的日本浪人迅速用麻绳将他俩五花大绑，捆得结结实实，趁着月黑风高，船尾甲板上空无一人，将张氏父子抛入寒冷的江水中。"尸体"入水时的声音被轮船本身强大的轰鸣和震颤声淹没，漆黑的夜色更是助纣为虐，除了杀人犯，没有旁人察觉这血腥残忍的一幕。

那间被包租下来的二等舱内，几个日本浪人额手称庆，黄信仁则面色苍白，冷汗沾衣，浑身剧烈颤抖，双腿发软，瘫倒在地上双手掩面而泣……

　　夜色深沉，江水浩荡。张文玉父子时沉时浮，顺流而下，漂出很远，最后搁浅在黄天荡（今南京燕子矶与栖霞山之间）附近江心洲的一片沙滩上。天亮后，一个渔民发现了尸体，慌忙地报告给官府。衙役们经过验尸，从其随身携带的店章、私章和契约残片断定，这是安徽芜湖张恒春药号的人。

　　噩耗传至芜湖，张恒春药号如同天塌地陷，店宅内外失去往日的活力与祥和，哀号痛哭声终日不绝。

　　为了掩人耳目，丧尽天良，干下缺德事的黄信仁，故意在上海闲逛逗留了几天，认为洗清漂白了自己以后才装作坦然的样子回到芜湖。

　　然而，毕竟做贼心虚，一回到家，黄信仁就称病闭门谢客，暗中悄悄地探听动静。

　　张家治丧，惊动全城，吊唁者纷至沓来，络绎不绝，黄信仁作为老同行、老朋友不得不硬着头皮去张宅致哀。他一跨进灵堂，就看见一副醒目的挽联写得非同寻常："说什么父子归来，半途中遭此浩劫；莫非是神仙度去，大江里脱了凡胎。"再仔细一看落款，黄信仁更是目瞪口呆。原来，这副挽联竟是直隶总督李鸿章的高级幕僚吴汝纶亲笔所书。心怀鬼胎的黄信仁又愧又惧，双腿发软，脊梁冷汗直冒，身不由己地"扑通"一声跪在张文玉父子的棺材前放声痛哭，涕泪交流，几乎昏厥过去。

　　旁观人群中有人赞叹："黄老板真是有情有义，张文玉生前对他很不错，唉，一对好朋友就这样永别了……"

　　然而，知道些底细，也大略晓得黄信仁为人的三爷张文彬却并没有完全被其迷惑。相反，他心中疑窦重生：不是对张恒春有着深仇大恨的人，怎能下得了如此毒手？这样的仇家，除了日本的清泽一郎，还能有谁呢？而黄信仁偏偏又跟日本人打得火热，此人平时就两面三刀，心怀叵测。况且圈内朋友有人悄悄递话，那天在"日清"号大轮上见到过黄信仁。他从上海回来后，闭门不出，还生了一场病，见到张家人神情也不大对劲……这一切不能不让人疑窦重重。最蹊跷的是，黄信仁为什么那天也上了"日清"轮？他到底干了些什么？为何在时间的节点和乘船的班次上，不早不晚、不前不后，如此巧合？……

但是，苦于手里没有确凿证据，许多事情还要等待日后慢慢探访摸底才能确定，眼前治丧要紧，还有一大摊子店务需要料理，所以，张文彬只好隐忍不发，装作懵懵懂懂的样子任他表演。不过，当着众人的面，张文彬还是旁敲侧击地放了一句令黄信仁不寒而栗的话："真假苍天可鉴，善恶人心自知。"

张文玉父子被害对张恒春药号确实打击不小。老大张文金早已过世，老三张文彬笃信佛教，加上悲伤过度，没有充足精力操劳店务，所以，张家生意一时陷入了不冷不热、僵滞衰退的黯淡状态。好在张敬之、张伯炎等晚辈们还算争气，管家、药师、老伙计们都肯卖力，大家咬紧牙关，终究还是挺了过来，慢慢转危为安。

因果关系，善恶报应之说，还真不能轻易全盘否定。黄信仁犯下大恶后的第三年，遭到天谴，他唯一的儿子黄天龙在赌场上与人发生纠纷，被输红了眼的赌棍一刀捅死；黄信仁后来也得了痨病，不治身亡。临终前，皮包骨头，体重仅剩下三十几斤，人性并没有完全泯灭的他，痛哭流涕，说出了张文玉父子被日本人残害的真相。因名声太臭，黄家店倒户绝，年老体衰的黄信仁妻子后来投靠到外地的女儿家栖身，从此在芜湖销声匿迹。

清光绪二十四年（1898），张文彬振作精神，重整旗鼓，再次发力。在他的主持下，张恒春药号吸纳西洋商业经验，结合本土习俗，创办"公和兴"经营模式。所谓"公和兴"，也叫员工"搭股子"开店，即东家和员工共同出资经营，风险共担，"富福同享"，相当于现代的"股份制"。一些张恒春不便做的事，譬如杀鹿等杂务，就交给"公和兴"去办。这种新颖的模式调动了各方的积极性，使张恒春药号再次"冒尖"，成为行业领头羊。

第二十三章
同 舟 共 济

　　芜湖对江就是无为州，当时无为州的知州叫章维藩，字赣岑，号干成。此人饱读诗书，满腹经纶，办案果断，严刑重典，威震一方。不过章知州垂垂老矣，已接近致仕之年。

　　这年秋后，章维藩治下的雍家镇发生一起耸人听闻的奸淫凶杀案，大伤风化，造成了恶劣影响，官府抓捕了一大批涉案人，严刑拷打，审来审去，真正的凶手仍未浮出水面，案件扑朔迷离，疑雾重重。上司频频责斥催促，章维藩急得坐卧不宁，茶饭不香。

　　不久，巡抚大人视察无为，官场政敌趁机暗进谗言，几拨含冤囚徒亲属也豁出性命拦轿告状，加上雍家镇人命案久拖未破，巡抚大人勃然大怒，当众严词厉色将章知州训斥羞辱了一番。章维藩伏地跪拜，唯唯诺诺，像儿孙一般小心侍奉，哪敢有半句分辩。

　　巡抚走后不久，朝廷便将章维藩贬为宣城知县，章维藩颜面扫地，精疲力竭，心灰意冷，躺在家里思来想去，终于悟透险恶的官场绝非久留之地，加上又快到致仕之年，故萌生退意。恰巧此时有个在芜湖做生意的亲戚来府上探望，听说年事已高、仕途多舛的章知州已厌倦官场，有退隐之意，便劝他去芜湖合伙做生意。章维藩反复权衡，终于痛下决心，干脆一不做，二不休，挂印辞官，到芜湖城里招股经商，筹建面粉公司。

俗话说："三年清知府，十万雪花银"。尽管章维藩为人检点，作风谨慎，但半辈子混迹官场，多年的知县知州乌纱帽戴下来，无论银子还是路子，那是颇有些积累的。

光绪十五年（1889）初夏，无官一身轻的章维藩举家迁居芜湖，登高一呼，投资办厂，前来认股合作的亲朋好友、同窗故旧纷纷投其门下，但多是些小鱼小虾，打水不浑。

章维藩早就耳闻张恒春药号的鼎鼎大名，于是便亲临张家拜访，力劝其入股。宾主相谈颇欢，但张文彬并未当场应允，只是说感谢章大人抬举，但兹事体大，容家族商量后再作答复。送走客人，张文彬与大堂主事张敬之及老管家滕茂公、账房主事等人经反复磋商，认为隔行如隔山，风险较大，不好把握，最好等对方开业后，看看行情再说。

数日后，张文彬派张敬之回访章府，以"隔行如隔山，张家只擅百草，不懂洋机器"为由，婉言谢绝。但同时诚恳地表示："如若益新面粉公司今后有用到张恒春的地方，尽管开口，小店一定竭力相助。"章维藩也不勉强，好在答应入股的豪门大户已有多家，所以他信心满满，志在必得。

光绪十六年（1890），章维藩在朝廷农商部、实业部注册成立"芜湖益新米面机器公司"，不久，改名为"芜湖益新机器磨面碾米榨油股份有限公司"。

自古以来，中国人吃的面粉都是用石磨子磨的，灰不溜秋，又粗又糙，吃在嘴里塞牙粘舌散渣渣的；而洋人用机器磨出来的面粉则雪白雪白，又精又细，出粉率也高，入口香软绵糯，有咬劲，上市很抢手。章维藩倾其家财，呕心沥血，加上合伙人鼎力相助，拥有洋机器的面粉公司经过紧锣密鼓的筹建，终于在光绪二十年（1894）竣工投产，每天出"飞鹰牌"面粉、白米数百担，因其价廉物美，上市即被抢购一空。

祸兮福所倚，福兮祸所伏。就在益新面粉公司产销两旺，生机勃勃，上下一心，准备大干一场时，这天早上，一批气势汹汹的官兵突然冲进厂里舞刀弄枪，不问青红皂白就查封了库房及生产设备，理由是报批手续朝廷还没有批下来，岂能擅自开业？

从家里匆匆赶到的章维藩向带兵前来封厂的县丞韩连升苦苦求情，却得不到对方的善意回应。章维藩不得不拉下脸来，据理力争："本公司的开业申请，早在一年多前就已呈报上去了，你们为什么至今不报批？是不是嫌我的银子砸少了，还要无休止地砸下去？"韩连升张口结舌，面红耳赤，气得一鼓一鼓的，咬牙切齿地说："姓章的，你少耍过去当知州时的派头，你如今只是一介布衣，要是再不识相，本县丞就叫你永远开不了业！""像你这样的小爬虫，老夫在官场里见得太多了。我倒要看看，你到底是哪个山洞里爬出来的妖精魔头！"章维藩捻须冷笑。韩连升肺都快气炸了，暴跳如雷地骂道："老匹夫，你少放肆！我封你的厂，你敢怎样？我要让你哭着、跪着、爬着来求我……"说罢，一甩袍袖，朝着空场上的持枪兵勇大声命令道："封厂，给我封机器、封厂房、封仓库，全都给我封起来……"

韩县丞的嚣张，激怒了在场的股东和工人，他们的身家性命可都绑在益新面粉公司这棵大树上了，岂能容忍小人来拆台捣乱？面粉公司的工友、家属、亲戚等闻讯后纷纷赶来，渐渐聚拢了一两千人，把百来个官兵团团包围。韩县丞一看情况不妙，想带兵撤离，但工人们不答应，他们手挽手排成几重人墙，挡住进出道路，强烈要求官兵揭去库房、机器上的封条才能离开。

韩县丞颐指气使惯了，哪跌得起这个台面，他仗着手里有权有兵，指着章维藩叫嚷着："章维藩，你想造反吗？赶紧把路让开，否则，兵勇手里的家伙可不是吃素的！"谁知话音未落，一团土疙瘩从人群里飞来，正好砸在他的脑门上，韩县丞"哎哟"一声惊叫，伸手一摸鼓包处，气得胖脸涨成了紫猪肝，声嘶力竭地喊道："抓人，快给我抓人……"兵勇们刚要行动，人群里立刻飞出雨点般的砖头、瓦片、土疙瘩等，砸得官兵抱头躲闪，哇哇乱叫。"开枪，快开枪警告……"被砸得鼻青脸肿的韩连升吓得直往兵勇的胯下钻。

"砰——""砰砰——"兵勇们朝天开枪了，众人大骇，现场顿时一片死寂。但仅仅是片刻的停顿僵持，紧接着，更多的砖头、石块、土疙瘩砸向兵勇，甚至有工人从四层高的制粉大楼上将整包的麦子、稻谷，以及破损的机器零件愤怒地砸向官兵。"砰砰——""砰砰砰——"惊慌失措的兵勇纷纷开枪，这次不是朝天射击，而是向大楼、地面开火，有的子弹直接射向人群，当即有人惨叫着倒下。一颗子弹呼啸着从章维藩的脑袋边擦过，他只觉得耳朵一麻，鲜血就淌了下来。一看已酿成流血事件，他大感不妙，一边用手捂着流血的左耳，一边扯开嗓子呼喊："工友们把路让开，放他们走，快散开……"群众迅速闪开，韩县丞也怕事情闹大不好收拾，急忙命令撤退，带领头破血流的兵勇狼狈逃去。

这场冲突共造成三名工人死亡，十几名工人、家属及兵勇受伤，公司陷入停产困境，整个芜湖城为之震动。

官府衙门采取颠倒黑白，混淆是非，偏袒一方，打压一方的卑鄙手段，将此事草草审理，蛮横结案：益新面粉公司违法开张，聚众闹事，实属罪魁祸首。带头袭击官兵的五名工人被拘捕关押，罚益新面粉公司赔白银三千两；县丞韩连升，秉公执法，但操之过急，处置失当，着即调离芜湖，降职另用。至于死去的工人及受伤人员则全部由益新面粉公司抚恤善后。一场风波，在官府的连压带哄下总算平息。

经历这场意外的灾祸，年老体衰的章维藩气恨交加，吐血不止，一病不起。

章维藩毕竟在官场酱缸里长久地酱染过，并非粗浅莽撞之人。一开始他还以为是县衙、州府里的老爷们没有服侍好，只要再花点钱打点打点就行了。没料到，吏治腐败，已烂到根子了，不仅县里、州里的官吏贪得无厌，省里、京城里的官员更是层层设卡，个个都是不见兔子不撒鹰，不见银子不盖印的活阎王。开业报批申请上上下下转了一大圈，最后竟又被种种鸡毛蒜皮的理由给退了回来。章维藩简直被整得没了一点脾气，他这才知道，商场也不比官场好混啊！

这一耽搁就是整整三年。直到章家耗尽了钱财，托尽了关系，跑断了腿，磕破了头，才在光绪二十三年（1897）五月获准正式开业。

到了二十世纪初，章维藩创办的益新面粉股份公司渐渐站稳了脚跟，发展壮大，又从英国陆续进口了几台蒸汽磨粉机，其规模可与天津、广州两家赫赫有名的大面粉厂相媲美。章维藩一扫阴霾，踌躇满志，很是扬眉吐气。

然而，原本占有芜湖米面市场一大半份额的洋人不高兴了。望着益新面粉股份公司米面畅销的火爆场面和自己仓库里积压的大量发霉变质的老存货，那些臭味相投、利益均沾的日商、英商、俄商等勾结在一起，一边联合降价抛售面粉，一边通过清朝官府向益新面粉公司施加压力，不准他们扩大生产规模，不准他们添置新机器，并限产限价，全面封杀。红红火火的益新面粉股份公司顿时陷入困境，白米面粉销售不畅，大量压仓，资金周转滞涩，亏损严重，有的债主开始上门催债。

天黑以后，忠心耿耿又老谋深算的账房总管余文秀，悄悄携带账本跑去向患病在家养息的章维藩密报亏欠实情。急火攻心的章维藩咳血不止，面容憔悴地躺在床上直叹气。他夫人坐在床沿，一会儿喂药，一会儿用热毛巾替丈夫擦脸。窗外乌云遮月，一片漆黑；屋内气氛压抑，煤油罩子灯昏黄黯淡。几个儿子、女儿则侍立一旁，焦急万分。

忽然，大儿子章瑞华拽拽余总管的衣角，小声说道："家父身体不好，如果公司亏空的事再传出去，那就更不利了……""对对，此事要……要严加保密……"章维藩咳嗽不止，气喘吁吁。章瑞华灵机一动，献上一条妙计："父亲，对外我们要假称盈利，并按原来各股东的股份分发股息和红利以稳住大局，吸引更多的商号钱庄前来认股。只要熬过眼前这一关，洋鬼子的面粉一售完，市场仍是我们的！"

章维藩的眼中突放异彩，精神顿时振作了些许："好好好，瑞华儿……不愧去欧罗巴喝了几年洋、洋墨水，危难时刻就是有、有主见……"余总管脑筋一转，接着也建议道："张恒春实力雄厚，全国四大药号有其名。当年你劝其入股时，他们虽未参加，但也表示今后愿帮忙。老板平时与他家私交甚好，何不亲自登门拜访，向张恒春借些银两来压压阵脚呢？"

章维藩一怔，随即高兴得将床沿一拍："对呀，我、我简直被洋鬼子气糊涂了……怎么把、把张恒春这尊财神爷给忘了哩！走，你们快扶我上轿……"章瑞华慌忙阻止道："父亲，天已漆黑，外面风又大，还是等明天再说吧。"其夫人也紧紧按住他说："你现在不能动，刚才还咳血呢，等过几天，身子骨好些了，再去也不迟嘛！"急性子的章维藩则将她推开："妇道人家，就是头发长，见识短。此事十万火急，一刻也、也耽误不得。"

章维藩在家人的搀扶下，颤颤巍巍地抱病登轿，章瑞华打着灯笼在前引路，一行人匆匆去张宅叩门求援。

正在佛堂坐禅念经的张文彬不便打扰，家人只好禀报刚刚上床躺下睡觉的张敬之。张敬之颇为诧异，赶紧起身穿衣，迎到门口照壁下，把章氏父子等客人请进客厅。

"张老板，你快……快救救我吧！洋鬼子把我逼得、逼得走投无路啊！"满脸病态的章维藩坐下一开口，就眼泪汪汪地哀求道。

"别急别急，你先喝几口热茶，定定心再说。"张敬之温言相劝。

章维藩端起盖盏喝了两口热茶，喘了喘气，便将自家遭到洋鬼子挤兑，米面压仓，资金周转失灵的实情说了出来。最后恳切地说："张老板，请你救救急，借我一笔款子，三万五万银子都可以。只要我渡过难关，把库里的货销出去，马上就还款……"

张敬之沉思片刻，真诚地说："张恒春在芜湖开店经营数十年，也饱受洋鬼子的欺负。我张家祖孙三代都有人被倭寇杀害，国恨家仇，未敢一日淡忘！你们的忙，我们一定帮。可我只是大堂主事，真正当家的还是三爷，你容我去跟他商议一下。请你们稍等片刻，我去去就来。""好好好，有劳大驾，有劳大驾！"章维藩恭敬地站起身。

不一会儿，张文彬、张敬之叔侄俩一同来到客厅。寒暄过后，宾主落座。

张文彬手捻佛珠，轻声慢语地说："你们的难处，刚才敬之都给我讲了。做生意、办实业，哪能没有风险，与洋鬼子斗，我们中国人更要抱成团。这样吧，张恒春借给益新公司白银三万两，等明天早上钱庄一开门，我们就去提款……"

闻听此言，章维藩感动得老泪纵横，虚弱的身子一瘫，差点从太师椅上滑倒在地，被身旁眼疾手快的章瑞华一把扶住。张文彬抚慰道："兄长勿急，情况会慢慢好转的。是真朋友，就要患难相助嘛！"章维藩连连朝张文彬、张敬之作揖道："二位老板，你们在危难时刻拉我一把，在下没齿难忘！这笔借款，我一定还本付息，分文无差。""唉——付什么息呀，说不定我们也有向你求援之时啊！"张文彬爽朗一笑，大家都乐了。

"那我何时派人到贵府来取银子？"章维藩来了精神，脸上气色大有好转。张文彬低头思忖，摆摆手说："不急不急，我们要好好安排一下，搞点动静出来，让全城的人都晓得，益新面粉公司并没有断炊，你老只管在家等着收银子就是了。"章维藩眼珠子一转，立刻领会其意，"哦，多谢多谢，你们替我想得太周到了！哈哈哈哈……"他心里简直乐开了花。

张敬之接着又建议："前两江总督、现归籍在家养老的周馥周大帅，家有资产万贯，朝廷里人脉也广，豪侠仗义，我平素与他常有来往，私交不错。改日我陪你到他家拜访拜访，交个朋友。如果他能鼎力相助，贵公司就更加把稳又把滑。"章维藩一听更是喜出望外，激动地频频作揖，连声道谢。

这天早晨，日上三竿，正是街市人头攒动，喧嚣繁忙之时。张恒春药号的老掌柜张文彬让张敬之领着账房管家及一帮伙计，大大方方将三万两白银从钱庄里提出来，在众目睽睽之下装上雇来的三辆马车，由荷枪实弹的镖局护勇押运，伴着乐队敲锣打鼓、唢呐齐鸣，从芜湖最繁华的十里长街、南门湾招摇而过，径直往大垄坊方向的益新面粉股份公司去了。沿途还燃放鞭炮、二踢脚，路边的老百姓无不驻足观看，指指点点，议论纷纷："哪个讲益新面粉公司要倒闭呀，堂堂的张恒春药号都投资入股了，这几万两的银子分量可不轻喽！张家财大气粗，精明过人，绝不会看走眼……"

"有人猜测益新面粉公司亏损，依老夫看，简直是扯淡。昨天益新面粉公司的大小股东们都拿到了自己的股息和红利，如果真亏损了，还能拿到股息和红利吗？"

"是的，也不晓得是哪个折阳寿的汉奸造谣，尽跟洋鬼子一个鼻孔出气，坑害自己家里人……"

张恒春人这一手干得漂亮，不仅使章维藩止住原有的股东流失，债主也不再上门催款，而且吸引芜湖多家商号店主信心满满地前来认股入伙，稳定了局面，保证了资金周转。

随后，张敬之陪同章维藩登门拜访前两江总督周馥。

有病在身的章维藩由家人搀扶着下轿，颤颤巍巍来到周府叩门求援。周大帅闻听禀报，颇生恻隐之心，随即放下手中的烟枪，从榻上起身披衣，迎到门口，把张敬之及章维藩等客人请进客厅坐定。

这个周馥，虽是武将出身，却熟稔文墨，博古通今，见多识广。他早就钦佩章维藩的创业精神和人格操守，也看出了芜湖米面市场波澜起伏的奥妙所在，加上怀有民族大义，对张牙舞爪的洋鬼子看不顺眼。再说，张敬之引荐的人他也放心。所以，听罢章维藩的诉说，他挠了挠头皮，略一思忖便豪爽地伸出两根指头说："这样吧，我借你白银二万两，先解益新面粉公司燃眉之急；入股的事嘛——等等再说吧……"

章维藩感激地从太师椅上起身连连鞠躬作揖。周大帅忙招呼他坐下："章老板身体微恙，不必多礼。张恒春的朋友，就是我的朋友。困难总是暂时的嘛！"张敬之端着茶盏插话道："周大帅看人，一看一个准。他的银子可不是随便砸的！"章维藩揾泪说道："周大帅，您在危难关头拉了我一把，在下没齿难忘。您的这笔借款，我一定要让它本息全归，稳获红利……""哎——不要见外，不要见外嘛！哈哈哈哈……"周大帅一笑，声若洪钟，震得院内梧桐树上的鸟雀"呼啦"一下拍翅惊飞而去，也把章维藩的愁和病给驱散了一大半。

"银子只是一方面，关键是大帅一发威，那些恶狼、硕鼠、毛毛虫以后就不敢吃白食喽！"张敬之的一句话，又引得众人哄堂大笑。

几家日本、英国、俄国的面粉商联手在芜湖口岸低价大量倾销面粉后，损失颇大，仓库几乎掏空，运输一时又脱节，价格不得不反弹。而恰在这时，益新面粉公司以稍低价格出售积压的面粉，一举夺回市场。接着，益新面粉公司仗着有前两江总督周馥周大帅撑腰，悄然打破官府禁令，开足马力日夜加班生产，大批优质"飞鹰牌"面粉迅速销往芜湖、皖南及长江中下游地区，获利丰厚，扭亏为盈。

张恒春药号在益新面粉公司危难之际，胸怀民族大义，侠肝义胆，慷慨伸出援手，共御外辱，获得各界交口称赞，在社会上传为美谈。有鼓书艺人添油加醋，将此事编成精彩的段子，在茶馆酒楼等场所演唱，轰动一时。

第二十四章
侠 骨 柔 情

光绪二十六年（1901）夏，遭逢"烂黄梅"，长江中下游流域洪水泛滥，因多地频繁破圩，淹死人畜无以计数，尸横遍野，大批灾民背井离乡，逃荒要饭，芜湖城内，流离失所、饥病交加者触目皆是。

张恒春药号掌门人张文彬当即决定开设大粥厂，一日三餐免费施粥给饥肠辘辘的灾民，整缸整缸的咸萝卜、腌辣椒随粥分发。张文彬多次亲临粥厂，系上围裙，套上护袖，亲自掌勺，为灾民打粥分菜，民众交口称誉他为"活菩萨"。围观群众议论纷纷："我的天哎，这几口大锅自从支起来就没熄过火，一天要熬多少米哦，光烧柴就要整车整车不停地运！""啧啧啧……张恒春真是财大气粗，芜湖城里有几家舍得这么干啊……""善有善报，他家发财，也是该应的……"

三伏天酷热，灾民中暑者甚多。张文彬令自家药坊用甘草、香薷、乌梅、黄芪等中草药熬煮大锅防暑降温药汤，免费供民众饮用，舆论一片赞扬。有丐帮艺人编出快板词穿街走巷敲竹板传唱："哎、哎、哎，打竹板，听我唱。活菩萨，送药汤，解暑防病暖心肠，灾民遇难贵人帮……"

不久，雪上加霜，一场来势凶猛的瘟疫在下江一带蔓延开来。据《芜湖县志》记载："瘟疫大行，患者吐泻，肌肉立消，俗称鬼偷肉，亦名瘪螺痧"。此瘟疫也就是今日所说的"霍乱"，其患者吐泻并发，耗液亏血，严重脱水，导致手指螺纹瘪陷，故而得名"瘪螺痧。"幸亏张恒春的坐堂郎中滕如松（滕茂公之子）、徐云山（徐文田之子）等研制了专门治疗"瘪螺痧"的秘方"浮麦蚕矢汤"，连夜大量熬制，盛在大缸里，搬到张恒春药号门前和街头巷口，免费供人饮用，大大减少了死亡人数。

这天早上，阴雨乍晴，街市上人头攒动，一位金发碧眼白皮肤的高个子西洋人乘坐小轿来到张恒春药号拜访。此人英文名叫埃杰顿·哈特，中国名叫赫怀仁，美国医生，医学博士。光绪二年（1876）芜湖被开辟为对外通商口岸。1883 年，镇江七浩口米市迁徙至芜湖后，埃杰顿·哈特就跟随身为牧师医生的父亲维吉尔·哈特来华传教行医，并在驿矶山（今弋矶山）西南角一间破庙里安家，挂牌行医，创建医院，治病救人，其口碑甚佳，在芜湖城妇孺皆知。

年轻的大堂管事张敬之早就耳闻赫怀仁的善名，他热情地把客人请到后堂入座品茶，然后请来掌门人张文彬与之交谈，自己在一旁伺候。坐在太师椅上的赫怀仁一见手持佛珠，面容慈祥的张文彬缓步走来，立刻起身鞠躬致意，用一口不大流利的中文说："你好，张先生……冒昧打扰，十分抱歉……""哪里哪里，贵客登门，深感荣幸。"张文彬作揖还礼。

宾主刚刚落座，赫怀仁就迫不及待地说："张先生，我无事不登三宝殿。今日前来，有急事相求……"张文彬谦和地笑道："只要所托之事利国利民，张恒春当仁不让。"

赫怀仁焦急地说："这次霍乱来势汹汹，城里城外，病亡者尸体到处堆积，这是可怕的病毒污染源，如不迅速处理，将尸体集中深埋，用石灰消毒，将会有更多的人传染瘟疫。这就牵涉到公共墓地的问题，所以，我不得不前来求援……""哦……"张文彬听罢，频频点头说："是啊，要想防止瘟疫蔓延，必须赶快掩埋尸体……"他从椅子上站起身，一边手捻佛珠，一边思忖着说："此次病亡者众多，义冢面积小了不行啊……"

张敬之在一旁提醒说："叔父，这件事看来还是要请五大人出面方可解决，他家的山林田地可不是小数……""嗯，是呀！"张文彬赞同说："他家不仅有这个实力，而且有这个德性家风……""这位五大人是谁呀？"赫怀仁瞪大双眼。张文彬呵呵一笑："五大人就是朝廷重臣李鸿章的五弟李凤章。李家在芜湖开设了源德裕仓，仓下有良田万亩，遍布本地城乡，你们驿矶山医院所在地附近数百亩林地田产就属于他家的，选作义冢，最好不过了……"

赫怀仁鼓掌笑道："这当然顶好顶好……"但他随即又皱起眉头说："可是……一下让他捐出那么多的地，五大人会同意吗？"张文彬沉吟片刻说："是啊，无论谁都心疼啦！再说，五大人李凤章已经去世了，现在当家的是他儿子李经藩。听说此人向来疏财仗义，扶危济困，值此患难之际，他不会无动于衷吧？"

张敬之接过话头说："我堂下有个小字辈张启祥，酷爱书法，篆隶草楷无所不通，因常为五大人抄写经文，与李家交往日久，情分匪浅，由他出面疏通，为赫怀仁先生引荐，应该是有些把握的……"

张文彬说："好，那你赶快把启祥给我叫来，我再听听他是怎么个想法。"张敬之闻声而去，过了一会儿，他领着张启祥来了。年轻的张启祥已经知道了事由，一进客厅，拜见过长辈、客人，就颇有信心地说："……李家财大气粗，又乐善好施，我陪你们去谈谈看吧，估计他多少会捐一点的……""那好，你先行一步，去李府疏通一下，我陪赫怀仁先生随后就到。"张文彬转而问赫怀仁："你看这样安排行吗？""当然行……哈哈哈……"赫怀仁开怀大笑，"这简直是上帝的安排！"

盛夏的太阳火辣辣，在家坐着不动都汗津津的，出门走动那更是汗流浃背。赫怀仁在张文彬的陪同下，由张敬之领着，乘轿穿过熙熙攘攘，店铺林立的十里长街，来到城西红墙院附近"五大人公馆"拜访。

那处事圆通、精明练达的李经藩早已和张启祥等人站在门前迎候，见张恒春药号的掌门人，一向潜心修佛、闭门不出的三爷亲自陪着洋人前来拜访，更是礼遇有加，格外客气。

进入客厅落座，八仙桌果盘糕点齐列，丫鬟上茶。

寒暄过后，李经藩开门见山地说："二位稀客，一中一西，皆为医药同仁，可谓珠联璧合。刚才听启祥说，诸位今日光临寒舍，是为建义冢之事而来，鄙人愿闻其详。"

张文彬于是便将赫怀仁寻求建义冢之地的事和盘托出，然后语重心长地说："李大人，瘟疫凶猛，尸积成堆，如不及时掩埋，断然阻隔传染源，将会危及全城百姓啊！李大人素来侠义，这次你就再做做好事吧！赫怀仁先生身为外国人，尚且在为防疫除病奔波操劳，我们中国人更应该当仁不让，奋力自救啊！"

李经藩微微颔首，但并未答话。显然，他还有所顾虑。

赫怀仁恳切地说："李大人，现在瘟疫非常严重，死难者不仅要及时集中深埋，而且要铺撒石灰消毒，否则瘟疫扩散加重，后果不堪设想！你们中国人所称的'瘪螺痧'，西方称之为'霍乱'，危害极大。中世纪欧洲捷克的一座八万人城镇，就曾因'霍乱'而遭到毁灭。这是医书所载，千真万确……"

李经藩只是点头，仍未接话。犹豫半晌，他才为难地说："众人皆知我家田产较多，却不知此乃家族共有，涉及伯叔子侄……弄不好会引发家族矛盾，使我成为风箱里的老鼠——两头受气啊！"

张文彬闻言默默点头，表示理解。思索片刻，他字斟句酌地说："难言之隐，人皆有之。公益之事，能者有责，尽力而为。张恒春愿出部分资金，聊补李大人捐地之亏欠。我再请医药行业公会拿些银子凑凑，李大人半捐半让，我们几方都使把劲，无论如何都要把这当务之急给解决掉！毕竟时不我待，人命关天啊！"

这番高风亮节的话对李经藩触动很大，他思前想后，觉得防疫抗灾的确义不容辞，于是便慷慨表态说："两位先生前来，也不是为一己之私利。值此危难之际，李某愿效绵薄之力……这样吧，驿矶山下有一片林地，远离城区，住户稀少，辟为义冢比较合适。我先划出两百亩林地作义冢，今后如若不够用，再酌情扩大范围……至于补偿费嘛……能筹多少给多少，我可不想发国难财，只要对家族有个交代就行了……"

"李大人行善积德，佛祖会保佑你的。阿弥陀佛，善哉，善哉……"张文彬起身，双手合十，朝李经藩连连鞠躬作揖。

"顶好顶好，你们都顶顶好！"赫怀仁恭敬地朝他俩直竖大拇指。

李经藩在张恒春药号和医药行业公会的帮衬下，捐田建义冢，从而使本地瘟疫死难者得到及时掩埋，有效控制了疫情传播，在芜湖被传为佳话。

疫情缓解后，芜湖县衙，皖南道道台衙门都分别对张文彬、李经藩等有功之人给予了褒奖，赠送了牌匾。大义救灾，捐田损失不少的李家也算是有所失也有所得。

1913 年 3 月末，美国医生赫怀仁带病工作，连续耗用数小时，为中国病妇苏环成功摘除三十多斤重的巨型肿瘤。九天后，即 4 月 5 日，赫怀仁因劳累过度，感染斑疹伤寒，不幸逝世，年仅四十五岁。他的遗体就安葬在驿矶山麓（今弋矶山）。随后，他那伤心欲绝的妻子卡洛琳·马多克安排好丈夫的后事，领着几个未成年的孩子返回美国定居，从此音讯断绝。这件事在当时的芜湖家喻户晓，又经过几代人的口碑而留传下来。

富庶多君子，灾荒出盗匪。

月黑风高，阴雨绵绵，夜深人静，万籁俱寂，连草丛砖瓦缝里的昆虫都疲倦地减少了聒噪。

张恒春药号后院围墙外，一个鬼鬼祟祟、动作敏捷的蒙面黑影蹿上靠墙的一棵老槐树，然后攀着枝杈登上墙头，身轻如燕地跳入院内。他四下张望一番，闪电般穿过空地，贴墙而行，每遇门窗都要仔细探听观察，像是在寻找什么库房重地。可由于环境生疏，不了解房屋结构，黑咕隆咚中，竟然摸到了厨房。撬门而入后，他闻到了饭菜的香味，接着找到了剩饭剩菜，饥肠辘辘的他架不住食物的诱惑，当即便扯下蒙面布巾，手抓饭菜，大嚼大咽起来。

一个伙计起夜去茅厕解溲，突然察觉到厨房里有动静，他蹑手蹑脚地走到窗前，透过缝隙看清了情况，然后悄悄返回寝室，喊醒同伴，几个人操棍棒拿扁担冲进厨房，将正在狼吞虎咽的盂贼当场捉住。大伙点亮油灯仔细一瞧，这人年纪不大，顶多十四五岁，衣衫褴褛，面露菜色，说话发音带有北方侉腔。

张敬之闻讯起床，来到厨房。他一看那人，年少稚嫩，面容青涩，不像邪恶奸诈歹徒，于是便放缓声调问道："你叫什么名字，多大岁数呀？""俺、俺叫涂石蛋……十三岁了……俺是淮北人，逃、逃荒到这里来的……""一个逃荒的孩子，怎么还会翻墙撬锁之技呢？"张敬之皱着眉头问。涂石蛋迟疑片刻，吞吞吐吐地说："俺、俺跟师傅学过武功……偷、偷盗……"张敬之又问："你家还有什么人啊？""俺爹得急病死了……俺娘带着俺和弟妹出来讨饭……她们在粥棚喝粥……俺、俺喝粥喝不饱……"对方神情不像是在说假话。有伙计气愤地说："你晓得粥棚是哪个开的吗？""不不、不知道……反正是好人开的……不然俺娘和弟弟妹妹都、都饿死了……"少年低头说道。"告诉你，粥厂就是我们张恒春开的。可你却恩将仇报，还来这里偷……""真是没良心，还不如喂狗呢！""冻死不撒谎，饿死不偷盗……"伙计们七嘴八舌，都愤愤不平。涂石蛋不禁失声痛哭道："哎呀，俺不知道，俺真不知道……俺该死……"说着，"扑通"一声跪下："俺有罪，俺认罚……"

张敬之深深叹了口气，犹豫片刻，对在场的工长丢下句话："给他些衣服和食物，让他走吧。"然后便转身回房睡觉。

伙计们面面相觑，懵懵懂懂，心犹不甘。有嘴快的说："逮到了小偷，怎么不打不骂，反而送东西给他？""依我啊，干脆把他送到衙门里去，判他蹲班房、发配、流放，看他以后还偷不偷！""我们老板也太仁慈了，这要是传出去，盗贼还不经常来添乱作孽呀……"

工长也摇头苦笑，但却无奈地说："我是听老板的，还是听你们的哩？"他回房拿来两件旧工服，又从碗橱里拿了些馒头、煮红薯，打成一个小包袱递给那少年："你做贼有功，赏给你东西。走吧走吧！"那少年羞愧地拿起东西，垂头离开张宅。

出了院门，手拎布包，羞愧难言的少年刚走几步，突然转身，朝着张家大门下跪，指天发誓说："俺涂石蛋今后再也不偷不盗了，如果不改，天打雷轰……"

事后，有家族晚辈问张敬之："……好不容易逮到蟊贼，怎么就那样把他给放了？"张敬之轻声反问："哪有人年少时没做过傻事、蠢事、错事？"对方哑口无言，似有所悟。

洪涝灾害，使得百业大萧条，堵塞了千万人正常谋生经营之路，但它也为聪颖进取之士悄然打开了另一扇成功之门，赐予其意外契机，从而独辟蹊径，崭露头角，成为冉冉升起的耀眼新星。

就在江南水灾泛滥，江堤溃破，灾情甚重，市场冷落，商家大户都纷纷收缩阵脚，防灾避险的当口，正值壮年的张恒春药号主事人张敬之不仅不收缩，反而还打算花血本购进一大批原料货物，准备逆风前行。此举遭到家人及内部员工的一致反对。老掌柜张文彬也觉得悬乎，只好开家族会来商议。张伯炎（张敬之儿子）、张天煌（张伯炎胞弟）、张筱泉（二房张文玉曾孙）、张裕卿（三房张文彬之孙）等管事及外姓老管家、老账房、老药师多人也应邀参会。

内屋大堂里，老掌柜张文彬坐在中间正位，其余人依次在两侧的太师椅上坐定。张文彬故作轻松地闲聊了几句，然后请大家开诚布公地畅所欲言。

张敬之首先开门见山谈了自己的想法："商家做生意，如同打仗，往往剑走偏锋，出其不意，才能险中取胜。现在到处发大水，商界一片冷落，人心惶惶，看似不景气，但恰恰暗藏机遇。尤其是药店不同于吃喝玩乐的逍遥场所，一遇水旱天灾就顾客锐减，门可罗雀，反而很可能因为病患增多，业界普遍收缩退却，带来意想不到的商机……"

张筱泉性子耿，他巷子里扛竹竿——直来直去地说："大房当家人心是好心，但太冒险。老祖留下点家业不容易，可不能大意给败光了……"张裕卿也持谨慎态度："荒年毕竟是荒年，还是收一点为好，独家冒进，只怕血本无归。"张伯炎始终不吭声，他在心里反复权衡，觉得双方讲的都有一定道理，自己不便拂逆父亲，也不便反对其他家人。张天煌则模棱两可，笑嘻嘻地打着哈哈。

冷场片刻，张文彬请几位老管家、老账房、老药师都谈谈自己的看法。老管家滕茂公犹豫再三才推心置腹地说："我们都吃张家的饭，无不巴望张恒春好。敬之主事魄力非凡，眼光独到。但在此灾荒年头，确实要穿钉鞋拄拐棍——把稳又把滑。"此话一出，其他几位外姓老人都一致点头赞允。

在众人一边倒反对的情况下，张敬之没有退缩，他执意坚持自己的主见，最后竟带着破釜沉舟的决心说："我这样安排，绝非蛮干。如果大家不放心，那我就以本房的资产担保，盈了，是大家的；亏了，我独自承担！"

现场鸦雀无声。张文彬思量许久，终于拍板道："那……那就让敬之试试看吧……即便亏了，也是大家分担，绝无独自承担之理。否则今后谁还敢挑大梁做正事？！"众人皆勉强点头同意，可心里还是十五个吊桶打水——七上八下的。

张敬之雷厉风行，抛出重金购货，让药坊满负荷生产膏丹丸散，特别是医治风寒、疟疾、腹泻、疥疮等水灾附生的病症用药，囤积待售。

洪涝期间，其他药号都停业的停业，敷衍的敷衍，唯独张恒春药号大门敞开，正常营业，药坊也在连轴转，加紧生产。

大水退后，瘟疫平息，转到来年，风调雨顺，农村喜获丰收，城乡老百姓购买力猛增，市场顿时红火起来。然而，同行业主因上年水灾连累，规避风险，停止或锐减采买，导致严重缺货，只好眼睁睁看着顾客流失，枉自兴叹。张恒春药号则备货充足，应急特效药品供不应求，出现顾客盈门的兴旺景象，赚得钵满盆盈。面对事实，张恒春人才对张敬之刮目相看，心悦诚服。

张敬之由此正式接任掌门人，他在张恒春首创管事制度，打破家族垄断，用人唯贤，重薪聘请外姓行家来管理业务，王东海、陈书庭、葛智扬、王善之等先后出任管事，带来了崭新气象。

第二十五章

野 鹤 西 去

序属三秋，天高云淡，彤红彤红的柿子像一只只小灯笼挂满了宅院枝头，引得成群的鸟雀纷纷飞来啄食。太阳很好，暖融融的，隐约有一股蓬松、温软而又甘甜的好闻味道悄然弥漫。开阔的陶塘水波清澈，几只野鸭在拍翅戏水扎猛子，岸边散落的迟桂花馨香四溢，吸一口清纯芬芳的空气，五脏俱爽。

两鬓斑白，头戴瓜皮帽，身穿老蓝布斜襟长袍的司徒云鹤，像往常一样，一手提着鸟笼，一手托着紫砂壶，正在陶塘边散步遛鸟。

行至烟雨墩旁，忽见几个混角儿打扮的本地人正在向两个外地客商推销唐宋古字画。他走上前去，仔细瞧了瞧，不禁暗自发笑。但他不动声色，轻轻将那宝贝鸟笼放在一旁，拿着那几幅字画反复观赏，故意话中有话地提醒两位外地客商："这是真迹嘛？真正的唐宋字画？我可是老眼昏花看不出来呀！请问，这幅《宫女春吟图》什么价？"那年纪稍大的瘦高个子是个精明人，他赶紧以眼色制止老夫子，意思是你不要多嘴。"最少八十两银子。实不相瞒，因家中办事，急等钱用，否则就是一百两银子我也不肯卖的。"那两位外地客商都是半瓶子醋，傻头傻脑地也没有听出司徒云鹤的弦外之音，叽里咕噜商量了一番，最后以一百两银子买走了两幅"唐宋字画"。

等那两个客商走远，几个卖画人因"小半仙""上路子"，没有拆台，要请他一道上馆子。司徒云鹤"呵呵"一笑，随即又沉下脸来："你们卖的是假画，只能蒙蒙孤陋寡闻的北方侉子，可这样招摇撞骗缺德呀……""嘿嘿，老头子，你这话就犯忌了，我们明明卖的是唐宋字画真迹嘛……"几个人一齐嚷嚷。

司徒云鹤哼哼冷笑，他端起紫砂壶，凑着那雀舌般的壶嘴儿吸了几口茶，不紧不慢，轻声地说："那两幅宫女图是用彩绘法仿制的，其面色先用三朱、腻粉、藤黄、檀子、京墨等合和衬底，上面仍用底粉敷笼，然后再用檀子墨水斡染……另外，那纸张也是用新纸做旧的……"机关被一一点破，众人皆哑然无语。

"请问老先生贵姓大名？"

"免贵，复姓司徒，名云鹤，秋庐居士小半仙是也。"

"啊——"几个卖画人目瞪口呆，赶紧作揖不迭，溜之大吉。

司徒云鹤淡然一笑，提起鸟笼正要离去，忽听一声严厉斥责从背后传来："明知欺诈，还包庇袒护，非君子所为也！"司徒云鹤愕然扭身回头一看，发现原来是玩友，"双喜"首饰店的应天成老板——应三秃子。"我还以为是哪个正经大官人哩，原来是你这个阴秃子！"老哥俩哄惯了，一见面就相互戏谑调侃。

"你这是在逛趟子，还是在嫖小娘们啊？""小半仙"乌鸦嘴难改。

"哪里哪里，前面徽府酒家的老板胡承平喊我和张恒春的掌门人张敬之、染坊老板吴仕达去他家打麻将，走到这里正好碰上你。对了，要不你跟我一道去玩玩？他家刚刚收购了一件唐瓷，但搞不清到底是真货还是赝品，你去给他看看，说不定还能捞几个外快花花。"应三秃子热情相邀。对于外快，"小半仙"倒并不稀罕，但鉴别古玩则的确是他的嗜好，再说徽府酒家就在百十步开外，胡老板也并不陌生，不妨顺便去看看。

胡承平门槛精，见人熟，何况他与司徒云鹤会过面，当然非常客气。张敬之、吴仕达彼此也都熟络。

寒暄过后，茶饮半盏，胡承平从内室小心翼翼地抱出一件唐瓷让众人观赏。这件唐瓷是一匹硕大的骆驼上骑着一个高鼻深目，头戴尖顶翻檐毡帽、身着窄袖衫、脚蹬马靴的胡人，他的身后还坐着一个吹笛的长辫子姑娘，整个作品造型灵动，神态逼真，色彩明丽，趣味盎然，洋溢着浓郁的边塞气息。稍嫌不足的是，骆驼高昂的头部缺损了一小块。胡老板解释说，这是农夫们在挖墓出土时不小心碰坏的。

司徒云鹤围着桌子转圈，多角度仔细观看，从包浆上找不出任何瑕疵，釉面和器形也是唐代的气韵和做派，再看骆驼腹部、背部、尾部，到处找不到落款，最后他让主人将整个瓷器翻过来，连蹄掌底也找不到一个字。

"无字无款，怎能判定是唐瓷？！"吴仕达摇头嗤笑。

"这倒有些绝窍。元朝乃至南宋后期，瓷器落款虽已出现，但数量较少，且很不重视，工匠故意将其隐蔽化处理。到了大明，瓷器落款才陆续开始流行。南宋以前的瓷器，至今极少发现有落款的。所以，无款无字，是唐瓷的可能性反而更大一些……"放稳物件，司徒云鹤又弯指成钩，轻轻敲击瓷器，听见沉涩浑浊的声音，司徒云鹤侧耳凝神，反复敲之，听之，终于面露微笑。再仔细鉴别骆驼头部破损处瓷片的色泽、坯质，他更是胸有成竹，连连拱手作揖道："恭喜恭喜，胡老板，你可以再起一座酒楼了。"

胡老板喜出望外："哦？好几个行家都说这是赝品，我都准备廉价转卖了，多亏司徒先生慧眼识珠呀！"说着，他转身跑进里屋，拿出一锭银子硬塞在"小半仙"的怀里："拿着拿着，等我将这个宝贝卖出好价钱，再请你老来吃喜……"众人都跟着起哄捧场，应三秃子则有点不服气地说："司徒老哥，你恐怕是在瞎蒙吧？好几个行家都讲这是水货，况且这上面又没有落款，你凭什么认定它就是唐瓷呢？！""嘿嘿，嘿嘿……虽无落款，但可以看包浆、察釉色、观器形、听音质嘛！再说，唐代盛行以瓷俑殉葬之风，故而其瓷胎在泥土中埋藏千百年后，生有土锈，松脆易碎，这是造不得假的。"司徒云鹤捋须坦然一笑："胡老板出手卖个好价钱，就证明我此话不虚；若是卖砸了摊子，今天在座的人，都可以来打我的耳光子！""小半仙"非常自信。

"这，这……这讲得还是太笼统、太悬乎，云遮雾罩的……你为何不细细道来，说出个子丑寅卯，让我们口服心服呢？"应三秃子真是一根筋，非要打破砂锅璺（问）到底。

张敬之则赶紧打圆场："罢了罢了，各行都有各行的规矩，不要强人所难嘛！来来来，喝茶喝茶，想打麻将就开牌……"

时隔不久，胡承平果然将那件唐瓷卖出了惊人的价钱，圈内朋友和知情者没有不赞叹"小半仙"的，应三秃子只好捏着鼻子不作声，胡老板请客喝酒，他倒是第一个到场的。

清光绪三十四年（1908），南方大旱，从仲春一直到入秋，几乎数月无雨。河床干涸，农田龟裂，赤地千里，许多州县粮食绝收，穷苦人卖儿鬻女，逃荒要饭，饿殍遍地。

这天，几个老友在"一壶春"茶馆小聚，谈起天象国祚，沉默寡言的"小半仙"忽然语出惊人："阴盛而阳衰，水涸而龙困，夜观星象，彗帚扫庭。说句掌嘴的话，劳神焦思，困卧浅滩的蛟龙看来气数将尽喽！强凤弱雏相生相克已久，恐怕祸不单行……"大伙儿听罢心里一怵，吓得都不敢作声。在当时，这话要是被官府里的人听见了，那是难逃杀头、蹲班房之祸的。好在几位老友都是靠把子兄弟，绝无相互出卖之龌龊事发生。

岂知时隔不久，寒露刚过，京城忽然传来消息：光绪皇帝突然于农历十月二十一日（公历十一月十四日）驾崩，紧接着掌握实权的老佛爷慈禧太后又于次日病逝。连续两重国丧，举国震惊。知情者无不颔首慨叹："秋庐居士真乃半个神仙也！"

是人也好，是仙也罢，司徒云鹤反正怪怪的、傲傲的、神神秘秘的、半痴半癫的，叫人琢磨不透。

那年，正值"小半仙"八十三岁寿辰，几位相处得很好的老友崔怀诚、张敬之、王荣贵、吴仕达、应天成等特意为他在十里长街的"聚仙楼"酒家体体面面地摆了一桌。

席间，司徒云鹤精气神十足，笑声朗朗，妙语连珠，一连饮了四五两老白干依然不见醉态。他还调侃道："我是个孤佬相，命中注定香火不续，所幸苍天赐福，无病无灾，看来活个'米'字寿应该不在话下……"

"那是那是，像你老这样的身子骨和精气神，活到九十九，甚至长命百岁也完全在预料之中！"张敬之实话实说。老友们无不点头称是，纷纷好言恭维。

"司徒兄，你身子硬朗，银子也不少，何不娶上一房称心的女人伺候伺候？省得一个人还要烧锅捣灶。若是走运，老来得子也未尝可知，汉武帝刘彻就是花甲之年才得弗陵的嘛！"应三秃子旧话重提，有意要调侃逗趣。

"布衣老朽，怎能跟皇帝相比。麻雀跟大雁比试，那还不飞脱了翅膀？我现在是一人饱了全家饱，无牵无挂，优哉游哉，何必要弃福取苦，自损阳寿呢？！"司徒云鹤将手中筷子往桌上一敲，"我才不自找虱子往头上摆呢！"

"哈哈哈哈……"这句一语双关的话把大伙全逗乐了，应老板尴尬地抓抓秃头，只好跟着一起傻笑……

"小半仙"呷了口酒，挥着筷子乘兴说道："老夫本来身子骨就硬朗，加上现在常年服用张恒春的八宝丹，长寿自然不在话下……"

一句话说得张敬之兴起，不禁脱口应道："如果你老觉得八宝丹好，那就尽管服用，张恒春保证免费供应。"

老友们纷纷起哄，都争着讨要八宝丹。

趁着热闹劲，崔怀诚从内衣口袋里掏出一枚红宝石扇坠，起身递给"小半仙"："前些日子，三儿媳给我买了一枚宝石扇坠作寿礼，劳驾给看看是否赝品……"司徒云鹤伸手接过宝石，一会儿放在手掌中轻缓摩挲，一会儿又拿起宝石迎着阳光眯眼细察，半晌才点头说："嗯，不错不错，既有'猫眼'，又见'星光'，手感透凉润滑，是真货，是真货！"

"你老就不要卖关子啦，'猫眼'怎么讲，'星光'又怎么讲？"开染坊的吴仕达对玉石明显是个外行，急切想一探究竟。司徒云鹤捋须呵呵一笑，"我把什么都吐出来了，以后还怎么混饭吃呀？"他捧盏喝了口茶，咳嗽一声，还是忍不住有些卖弄地侃起来："所谓'猫眼'，即宝石中有一道白线，恰似猫儿在强烈的太阳光下眼中呈现的一条白线；而'星光'者，则是在阳光下转动宝石，经折射的光芒闪烁如月夜星星眨眼也！"张敬之闻言，赶紧从他手里接过宝石，迎着阳光高高举起，看了半天，突然惊呼："哦——我看见了，是有'猫眼'，是有'星光'啊……"

于是，众人都抢着观看，发出阵阵惊叹，暗自得意又学到了一手。崔怀诚其实早就晓得宝石不假，三儿媳精得捉鬼卖钱，平时惜钱如命，买这么贵重的东西她能看走眼？崔老爷子只不过是借此场合炫耀子女孝敬自己，显示他在家中至尊至上的地位而已，乐得在一旁闷闷地笑。

……

酒席散去，几位老友在酒楼前话别，有人提出要送送"小半仙"，他却将袍袖一甩，爽声说道："罢罢罢，时辰不早了，你们各自赶快回去歇息，我一点都没醉，闭着眼睛都能摸到家……"

他嘴里哼着梨簧曲儿，晕晕乎乎，一步一晃往回走。快到儒林后街藕香居时，忽闻一股浓浓的小磨麻油的香味扑鼻而来，司徒云鹤借着明亮的月光低头一看，只见光滑的石板路上，泼着一摊油，还有大大小小的许多陶瓷碎片。"咦，这是哪个不小心，把麻油罐子打碎了？"话未落音，他酒劲上头，脚下踩了麻油猛然一滑，仰面跌倒，后脑勺重重地磕在青石板路面上，一声未吭就驾鹤西去了……

这真是，算天算地算皇帝，唯独没有算到自己。

"小半仙"司徒云鹤祖籍不详，生卒年月无考，在下江芜湖虽曾名噪一时，但几百年光阴如白驹过隙，一闪就没了，布衣穷叟更是名不见经传。好在有张敬之、崔怀诚、王荣贵、吴仕达等一帮富贵老友慷慨相助，司徒云鹤的丧事办得极为体面，轰动整个芜湖城，凡是看见那乌黑油亮八抬寿棺和数不清的花圈、孝帐、挽联、白幡以及长长送殡队伍的老百姓们无不惊讶感叹。

有知情者当即便说："小半仙司徒云鹤多精呐，他生前尽跟城里的大老板们来往套近乎，与崔怀诚、张敬之、王荣贵、吴仕达、胡承平等豪门大户混成兄弟伙一般，他们稍微身上拔根毛，抬一个孤老头子还不是轻而易举嘛！即使死后不想要这样的哀荣恐怕都难喽……"众人闻言，无不咂嘴点头认可。

第二十六章
外侮内讧

徽州休宁富豪石金山于民国初年来芜湖投资开店，这个腰缠万贯，家有良田千顷，在休宁、歙县等地拥有多处铺面的徽商出手不凡，他一眼就看中了张恒春药号斜对面的那处民宅，不惜重金盘下，然后砸下千余两白银，拆旧房，盖新店，雇工三四十人，挂出了"满江春药堂"的金字招牌，经营中药批发兼零售，其高耸华丽的门楼不亚于张恒春药号。石老板公开放出话来：即便倾家荡产，也要在芜湖与张恒春药号一决雌雄，争个高下。

这个石金山其实也是老正田药房的先祖汪一龙的后裔，他听说正田药房在芜湖被后起之秀张恒春药号压得抬不起头来，几乎已到了关门倒闭的地步，不禁又是羞愧又是愤懑，发誓要为汪家老祖争口气。

满江春药堂开张首日，即在店堂前和本埠多家报纸上推出大幅广告："满江春药材货真质优，全城最低价，忍痛放血！"

看了广告或听了传言，有的商户不大相信，抱着试试看的心理，跑去一买，果然，同样的药材不掺一点假，价格却比张恒春药号便宜一至二成，于是，原先张恒春药号的老主顾们纷纷开始掉头转向，到满江春药堂进货买药的人络绎不绝。

正丸药业株式会社的继任经理清泽加木（清泽一郎的儿子）闻风而动，频频拜访满江春药堂，除了赠送厚礼，还对石金山大加赞赏，暗中为他出谋划策。有了东洋人撑腰，石金山胆子更大，气更壮了。

面对满江春药堂咄咄逼人的气势，张恒春药号这边有许多人沉不住气了，纷纷建议赶紧降价，留住客户。自打老大张文金过世，老二张文玉被日本人残害后，老三张文彬虽然成为当家人，但他笃信佛教，斋醮缠身，在商务上便放手让晚辈们去干、去闯。张敬之、张伯炎等，虽干得不错，但毕竟独木难撑，业务熟稔而阅历不足。年已耄耋，白发苍苍，却又不得不时常伸头管点事的张文彬没有慌乱，他琢磨盘算了多日，拿定了主意。

这天早晨，开门营业前，在掌门人张敬之的搀扶下，张文彬拄着拐杖走出卧室，对站满庭院的员工和家人说："慌什么，张恒春大江大河都蹚过来了，还怕一条小水沟吗？"一句话出口，让大家镇定了不少。张文彬咳嗽几声，接着说："伙计们每天早晨不都要背诵徽商祖训嘛，来，我们大家一起来背诵。"众人的情绪一下被提振起来，齐声朗朗背诵道：

> 斯商，不以见利为利，以诚为利；
> 斯业，不以富贵为贵，以和为贵；

斯买，不以压价为价，以衡为价；

斯卖，不以赚赢为赢，以信为赢；

斯货，不以奇货为货，以需为货；

斯财，不以敛财为财，以均为财；

斯诺，不以应答为答，以真为答；

斯贷，不以牟取为贷，以义为贷；

斯典，不以值念为念，以正为念。

铿锵话语，声震庭院，余音绕梁，掷地有声。

张文彬挺直腰杆，胸有成竹地发话道："祖训在心，方能不犯迷糊，我们不能被对手牵着鼻子走。张恒春自从到芜湖落脚，还从来没有因对手所迫而降价涨价。不是我们贪图厚利，而是药价定得合理，无须参与缺德的恶性竞争。当然，现在人家来挑战，我们也不能墨守成规。我打算以打折来应对降价。自今日起，凡来本店进货抓药者，一律在原价售货的基础上，增付一成、二成的药材或成药。满江春降价一日，张恒春就打折一天。我倒要看看石金山是多大的财主，他不计成本，恶意降价，总有资金耗尽、全面崩盘的时候。伙计们，只要我们稳得像座山，别人想撼也撼不动！"

张文彬的一番话，使焦虑浮躁的员工和家人吃了定心丸，心里豁然开朗，愁容一扫而光。张敬之带头振臂高呼："遵从祖训，稳住阵脚，沉着应战！"大家精神振作，发自肺腑，异口同声地连声呼应："遵从祖训，稳住阵脚，沉着应战！……"张文彬欣慰地点头微笑："好，众人一条心，黄土变成金！"

　　1912 年 10 月末的一天早晨，民主革命先驱，为平息战乱主动让位给袁世凯，刚刚卸去中华民国首任临时大总统的孙中山先生以"全国铁路督办"的身份，乘坐"联鲸"号兵舰，莅临芜湖视察。

　　阴云密布，风急浪大，秋寒袭人。兵舰在接官厅码头缓缓靠岸后，孙中山先生拒用早已备好的人力官轿，而是换乘四轮马车，前往城中闹市区"大舞台"发表演讲。

　　连续长途奔波，偶染风寒，孙中山先生颇感身体不适。但面对翘首以盼的民众，他还是带病上台，开始了演讲。可刚刚说了个开头，他便咳嗽起来，且越发剧烈，孙中山先生只好强撑着说："自江西来芜……偶受风寒，请，请随行……马君武代为演说……"然后在侍卫的搀扶下退到后台休憩。考虑到即将参加的原定各项重要活动，属下请示，是否请本埠名医滕如松来看一下。孙先生办理公务心切，表示同意。

　　张恒春药号老板张敬之和坐堂医生滕如松奉召急匆匆来到"大舞台"休息室。望闻问切之后，滕如松心里有了谱，他与张敬之商量了一番，然后慎重地开了药方：连须葱白五钱，生姜片五钱，化橘红五钱。

　　张敬之迅速返回药号，用山泉水三碗，加适量红糖煎开，盛在宜兴紫砂罐内，立马送至"大舞台"，敬请孙中山先生趁热服下，并轻声说："服药后马上睡觉，出汗自愈。"孙中山先生点头道谢。

　　小憩后发汗，孙中山先生止咳平喘，说话如常，精神焕发。一番公务忙下来，孙中山先生乘马车来到江口，登上"联鲸"号兵舰，准备到东西梁山观阅炮台。在兵舰升火待发之际，孙先生吩咐下属，请张敬之和滕如松来舰上叙话。

不一会儿，张敬之、滕如松赶到，孙先生亲切接见，然后坐下叙谈。

孙先生说："我是西医出身，长期旅居海外，平时生病不大吃中药，但我知道中医药为国粹，底蕴深厚，博大精深，尤其对中医药的哲理妙论非常感兴趣。你们能谈一谈我这次微恙的起因和很快治愈的原因吗？"

"先生雅量，虚怀若谷。在中医看来，感冒乃六淫侵犯人体所致，其中风邪为六淫之首，所以历代医家将感冒称为'伤风'……"张敬之首先侃侃而谈。

接着滕如松解释道："我们开出的三味药，前两味是驱寒发汗，后一味化橘红是张恒春药号珍藏多年的正宗橘红。它产于化州龙井处，下有礞石，礞石是不可多得的止咳祛痰药物。橘树得礞石之气，故止咳化痰功效尤为显著……"

孙中山先生微笑着倾听，频频颔首，不时地问话、插话，平等交流，没有一点架子。他还坦诚地说："西医虽然时兴，但中医药同样救民疾苦，值得推陈出新，发扬光大……"

谈话完毕，张敬之、滕如松依依不舍地走下兵舰，孙中山先生将他们一直送客至舰舷旁，朝他俩挥手致意。

回到张恒春药号，家人和员工都围着张敬之、滕如松打听受孙中山先生接见的喜事。这个问，孙中山先生长得是什么样子？那个问，孙中山先生的保镖有多少？还有人问，"联鲸"号兵舰有多大，上面有几门洋炮……

倍感荣幸的张敬之、滕如松尚沉浸于喜悦兴奋之中，不厌其烦地一一回答众人的问题。

张敬之的一番话，令在场的人们无不动容："有孙中山先生这样的领袖，是我们中国人的福啊！他主张平等、博爱、民主、法制，反对封建特权，倡导天下为公，并身体力行，说到做到。他德才兼备，当大总统是全国大多数省份代表推选出来的，名正言顺啊！"

滕如松也说："那个篡位夺权的人不行，他是乱世枭雄，奸诈虚伪自私；而孙中山先生则光明磊落，堂堂正正，博学多才，文韬武略，立志复兴中华，拯救百姓于水火，他才是人民信得过的主心骨。可惜呀可惜，虎落平阳，龙困浅滩……"

此话众人闻所未闻，醍醐灌顶，醒脑开窍。人群里，有个女工小声地问同伴："滕驼子讲的那个人是谁呀？"同伴上过几年学，粗通文墨，不耐烦地说："哎呦，你真笨，连这话也听不出来。滕驼子讲的就是袁大头——袁世凯！"女工恍然大悟："哦——袁大头啊，当年出卖光绪皇帝的奸臣不就是他嘛……"

清末民初，芜湖的国药号已发展到四十来家，其中苏帮占了三十四家，外来的国药号如同康、张天庆、徐庆丰等药号多被张恒春药号挤垮。苏帮头领罗大猷出于善意，恐怕也是为了防止城门失火，殃及池鱼，为避免恶性竞争会损害全体药界同行的利益，便主动去满江春药堂劝和，但旗开得胜，初尝甜头的石金山听不进忠言，一意孤行。

张敬之倒是开明得很，他只想太太平平地做生意，优胜劣汰，合理竞争，不愿与任何人死嗑硬碰，弄得两败俱伤。所以，作为芜湖中医药公会理事长的张恒春当家人，便托人转弯，请满江春加入中医药公会以促进相互往来，既便于协商又有所制约。但石金山一口回拒，我行我素。甚至在外面放话：最有资格担任芜湖中医药公会理事长的应该是石金山，只要张恒春一天不辞去此职，满江春就一天不入此会。

这场由满江春挑起的竞争一直持续多年，两个冤家谁也不服谁，结果弄得双方都骑虎难下。满江春的药价一降再降，张恒春的提成一增再增，双双斗得精疲力竭，亏损日增，焦头烂额。而唯一从中捞取好处的则是日本人的正丸药业株式会社。

天长日久，石金山有些支撑不住了，他不得不将药价略微抬升，想着如何体面地了结这场旷日持久的恶斗。中间人也在竭力斡旋，事态逐渐朝着缓和的方向发展。

一直坐山观虎斗的日商头目清泽加木心里发慌了，如果在芜湖的所有中国药商都捐弃前嫌，抱成一团，那将对独木难撑的正丸药业形成致命的威胁。于是，他到处煽风点火，挑拨离间，唯恐天下不乱。

这年秋后的一天晚上，石金山忽然接到日本驻芜湖领事馆小野领事的请柬，邀请他于翌日上午七点钟去陶塘边的"四季春"茶馆喝早茶。日本领事馆请中国商家与日本商家聚会已不是一次两次了，石金山在芜湖商界混得人缘不大好，只得与日本人拉拉扯扯，以求多少有个照应依靠。所以，接到请柬，石金山当即就爽快答应了。

第二天早上，因为一笔业务耽搁，石金山迟到了约二十分钟，当他急匆匆赶到陶塘"四季春"茶楼，走近约定的包厢时，忽然隐隐听见里面清泽加木得意的笑语："……领事大大的高明！这就叫一石二鸟，先搞垮张恒春，再灭了满江春，芜湖医药界就由我大日本正丸株式会社来当老大了！""嘿嘿嘿……"小野一阵奸笑，"清泽君，那个石金山我们可要先把他稳住，缺了他，这出戏就唱不下去啰……"石金山闻言大惊，后脊梁直冒冷汗，弄了半天，原来自己在被人当枪使呀？小鬼子何其阴毒！

石金山毕竟也是个老江湖，他稍作思忖，不动声色地轻轻退至楼梯口，然后故意咳嗽了两声，放重脚步走到包厢前敲了敲门，在主人的迎接下，他大大咧咧地走到桌旁，双手抱拳向小野、清泽加木、亲日药商王德昭等打招呼："店务缠身，来迟一步，诸位多多包涵！"

小野上前，拍肩抚背地故作亲热状："石先生单挑张恒春，勇气大大的有！我们都十分钦佩先生的才干和魄力，芜湖医药业的龙头老大，非君莫属。张恒春眼看就要败在你的脚下了，再加把劲，让他彻底完蛋！"石金山苦笑着摇摇头："我已弄得身心俱疲，家财散尽，恐怕是撼不动根深蒂固的张恒春喽！""石先生不要灭自己志气，长他人威风。你是不是现在手头有点紧？"清泽加木从怀里掏出一张银票，恭敬地递过去，"这是三千两银票，正丸药业无息贷款，先生写张借条即可拿去。""多承关照。小店资金尚还能周转，借贷一事不着急。"石金山笑着把银票推了回去，平静地在椅子上坐下。

茶馆老板进门，引领跑堂倌为他们送上热气腾腾的小笼汤包、虾籽面、酥烧饼等早点，并亲自殷勤斟茶，然后谦卑地退去。

王德昭端起瓷盏，轻轻呷了一口茶，忽然阴笑道："小野领事已有安排，你只要再撑三五个月，张恒春必倒无疑。""哦？此话怎讲？愿闻其详。"石金山觉察到他们要要阴谋。王德昭扭头看了看小野和清泽加木，见两人皆含笑默许，便压低声音透露道："张恒春聘请的经理胡世福，是小野领事买通的内应，今年春上，他瞒着张敬之、张伯炎独自跑到上海，一口气采购了四十二万两银子的名贵药材，这些资金都是赊账借贷而来，仅利息一年就要付一万二千两银子。药材运回来后，胡经理又故意随便堆放，恰逢夏季多雨内涝，库房进水，药材遭浸泡发霉变质。等张敬之发现问题，时已晚矣。虽然张家竭力掩人耳目，折价赊销出一部分药材，但巨大的亏损是无法挽回的。你等着吧，再过几个月，前来讨账索款的债主就会把张恒春闹个天翻地覆……"

石金山闻言，倒吸一口冷气，心想，他们现在这样对待张恒春药号，接下来不也会同样对付我吗？于是，面容就沉郁凝重起来，义愤之火在胸中燃烧，难以释怀，嘴上则喃喃地敷衍道："兹事重大，得从长计议，从长计议……"闲聊片刻，他再也坐不住了，便找了个借口，离开了"四季春"。

小野、清泽加木、王德昭等人面面相觑。等石金山走下楼梯远去，清泽加木咬牙切齿地冒了句："八嘎，不识抬举的东西！"小野则乜斜了他一眼，脸上的横肉微微抖了抖道："清泽君，你恐怕该行动了吧……"王德昭暗自一颤，知道他们要下黑手了，赶紧装孬卖傻，端盏品茶，把话岔开，他可不想再蹈黄信仁的覆辙。

数日后，大白天，石金山离家步行去附近的国货路办事，突然，一个陌生壮汉拉着辆黄包车迎面飞奔而来，将老迈的石金山撞倒在地，破帽遮颜的肇事者丢下黄包车拔腿便跑，眨眼就消失在人海里，逃得无影无踪，石金山躺在地上昏迷不醒。有过路的熟人认识他，忙招呼帮手将他抬上黄包车送往医院救治……

年老体弱的石金山内脏受创，虽经多方医治，不久还是病情恶化，生命垂危。临终前，他将日本人的阴谋告诉了儿子石筱山，让他一定要转告张恒春的当家人，好生加以防范。尤其是那个日本小野领事买通的内应胡世福经理，万万不可再用。最后，吐字艰难的石金山流着泪对儿子说："……我这一生……最大的憾事，就、就是……跟张恒春斗气，结果，两败俱伤，让、让……让日本人，钻了空子……儿啊，我们同胞兄弟……不、不……不能再斗了……"话未说完，含恨咽气。

石家在前院搭设灵堂，停枢七日，祭奠亡父。

张家惊悉噩耗，急派张裕卿（张文彬孙子）等主事人缟衣素服前往吊唁。

张裕卿等悲愤难抑，缓缓来到灵堂长跪不起，失声痛哭，捶胸顿足，哀痛之情，令观者动容。

祭奠之后，披麻戴孝的石筱山请张裕卿到后院内房叙话，把父亲临终前的嘱托转告给他。张裕卿闻之，潸然泪下，他一把握住石筱山的双手，真挚地说："筱山兄，我们两家真的不能再斗了，鹬蚌相争，渔翁得利呀！"石筱山含泪点头，昔日的冤家对头，紧紧握手，多年的仇怨顿时一风吹去。

数日来，张恒春国药号像往常一样忙碌着，伙计们接客的接客，算账的算账，碾药的碾药，有条不紊，兢兢业业。身穿绸缎长袍的经理胡世福手里举着旱烟袋，踱着八字步，这边瞅瞅，那里瞧瞧，时不时还叮嘱伙计几句，依旧摆着大经理的派头。

忽然，药号管家，坐堂名医滕如松（滕茂公之子）前来请他："胡经理，老板请你到他屋里去一下。""哦，有什么事呀……"胡世福一边抽烟，一边跟着老管家朝后院走去。

进得内宅堂屋，忽然发现不仅张敬之在座，而且三爷张文彬，大堂主事张伯炎（张敬之儿子）以及大小管事，包括粗细货房房头、药坊工头等也都在场，济济一堂，气氛好像很不对劲。嗅觉敏感的胡世福不禁内心"咯噔"一下提了起来，但他还是照样满脸堆笑，向各位东家拱手作揖，一拎长袍下摆，在侧椅上款款坐下。可并没有人上茶，打眼一扫，张家人都沉着脸，屋里静得有点反常。胡世福更加有数了，但还是觍着脸，装作一无所知，清白无辜的样子。

张敬之先是咳嗽了两声，然后轻声说道："胡经理，张恒春待你不薄吧……""呃……，是是是，不薄、不薄……"胡世福连连点头，两个眼睛珠子滴溜溜地转，心想，大事不好，很可能是露出什么蛛丝马迹了。

冷场，难堪的冷场。

少顷，张敬之叹了口气，语调哀哀地说："你捞几个外快倒也罢了，但千不该万不该伙同日本人来坑害我们啊……"

"此话怎讲，此话怎讲啊？！"胡世福故作愤然地站起身来，摊开双手作蒙冤受屈状："各位东家，我胡某对张恒春可是赤胆忠心、焦神劳思啊……"

"不要演戏了！"张伯炎正值壮年，加上心里有气，说出来的话也就直冒火星子："我前些天带人专程去上海，就是为查账的。你擅自采购了四十二万两银子的名贵药材，从中拿的回扣，难道还少吗？"他气得一拍茶几上的一沓子单据票证，厉声斥责道："铁证如山，你休想抵赖！"

"这……这这……"胡世福张口结舌，浑身冷汗直冒。

一直沉默无语、白发苍苍的老掌柜张文彬鄙夷地瞥了胡世福一眼，淡淡地说："吃里扒外，这已经够丢脸的了，可你还给日本人当内应，撺掇石、张两家闹对立，简直是毒如蛇蝎啊！"张敬之接过话头道："并非我们张恒春量小不容才，纯粹是你家鬼害家人，自作自受……管家，把红纸条给他过目。"

滕如松应声站起，从怀里掏出一张红纸，上面写着结算的账目，走过去递给胡世福说："你拿了那么多的回扣，按照店规，不仅要全部吐出来，还要重罚才是。但张家仁厚，不跟你斤斤计较，睁一眼闭一眼，把账大体厘清了……你现在表面上是入不敷出，资不抵债；实际上损公肥私，大发横财。老东家放你一马，你只要退赔贪污的公款，其余的一笔勾销，重罚也免了。否则，我们就衙门公堂里见……"胡世福拿着红纸条，双手微微颤抖，羞愧难当，这个向来自视甚高，不肯认输的人，突然两腿一软，跪倒在地上向张家人磕头不止："我退赔，我退赔……一定尽力退赔……都怪我利欲熏心，不慎钻进了日本人设下的圈套……""张恒春对你仁至义尽。债务了结后，大路朝天，各走一边。希望你不要再干伤天害理的事了！"三爷张文彬闭着眼睛，冷冷地说。"是是是……世福今后如果再干对不起张恒春的事，天打雷劈……"尚残存几分人性的胡世福指天发誓，然后起身灰溜溜地退场。

张家人人心大快，交头接耳地正想散去，当家人张敬之突然咳了一嗓子，沉着脸说："胡世福一除，就万事大吉了吗？在座的各位，包括我在内，就没有一点过错吗？就拿药材保管来说吧，不是有老章程吗？你们都各司其职了吗？"他连珠炮般发问，重重地一拍桌子，震慑全场，相关人等更是面露愧疚，大气不敢出。

过了片刻，张敬之一字一句地说："粗细房规矩，我再次重申如下：一、干燥措施。人参、燕窝、枸杞等不能受潮，霉季要在货箱下面铺一层石灰，吸收水分，并勤加检查补换。二、烘烤。大黄、川芎类药材购进后要用火烤，收干水汽，防止霉烂。三、一般药材要翻晒，有的还要勤晒。不能懒！四、为防止生虫，有的药材必须上锅熏炒，消灭虫卵……这些你们都不知道？还要我年年月月天天念经？你们把张恒春当大花园、马戏团、澡堂子啦？"

"我插一句嘴，"一直默不吱声的张文彬接过话头说："药坊熬虎骨胶，上面一层浮头要撇掉不用，这是老规矩呀！可有人就是不撇，懒！这样下去，张恒春的牌子不就砸了嘛。"他轻轻叹了口气，端起茶盏呷了两口茶，润润嗓子，接着语重心长地说："玉桂、厚朴等当家药材，利润尤重。行话叫'吃得玉桂饭，穿得厚朴衣'。看到这些药材大量霉烂受损，我心疼啊！这说明，不仅有胡世福这等内鬼作祟，本号的规矩方圆已日渐松弛……"

众人惭愧，低头反思。

"从今往后，如再有此类过失，无论何人，断难迁就！"老掌柜张文彬手捻佛珠，语轻威重，说罢便起身离去……

张家清除了内鬼胡世福后，全面整顿内部管理，堵塞各种漏洞，使陷入困境的百年老店慢慢缓过气来，转危为安。

张恒春与满江春两家药号也友好往来，互敬互让，携手共进，重振雄风，并联合在芜湖的医药业同仁，把日本人的正丸株式会社逼得药物积压，门可罗雀，难以为继。清泽加木硬着头皮强撑苦熬了一年半载，终因亏损严重，不得不暂时关门歇业，回日本休整调理。

归国登船前，清泽加木特意去日本领事馆向小野领事告辞，他眼露哀伤，颓丧地说："芜湖是我的兵败之地，张恒春、满江春，是我心头的两把刀子……"小野则阴笑道："胜败乃兵家之常事嘛。中国有句古语：君子报仇，十年不晚。我等着你早日归来，重整旗鼓，与他们再决雌雄！"

第二十七章
兵 变 风 波

张恒春药号家大业大，加上后院设有药坊，因制药所需，用水量大，所以，家里长年雇有挑夫，天天下长河（今青弋江）挑水，终日无歇时。那条由张家药坊后门一直通往长河岸边青石板铺就的狭窄小路，一年四季，几乎天天都是湿漉漉的。

民国六年（1917）寒冬腊月，天很冷，呼气成雾，滴水成冰。老挑夫赵大水年老体衰，挑水时不慎在河边又陡又滑的石阶上摔了一跤，折断了大腿骨，不能再干活了。张家只好给了他一笔钱养老，然后另请了一个挑夫来接手。此人三十多岁，身高体壮，粗胳膊粗腿、大脚、笆斗脑袋，一眼看去就是个憨厚能干的汉子。只是他的名字很有些古怪，叫什么"牛喊"。

牛喊是赵大水介绍来的，江北含山县人氏，父母早亡，遗有五个儿女，牛喊为老大。拉扯着弟妹艰难熬日，虽年近四十，仍是光棍一条，既当爹又当娘，吃了上顿愁下顿的牛喊，能够在芜湖城里找到一份较为稳定的活计，东家给的工钱还不低，也算是苍天有眼，祖宗坟茔头上冒青烟喽！好在二弟、三妹、四妹都已长大，不用操心了，唯独五弟"小毛头"才十四五岁，在家帮二哥种田不大甘心，时常吵着要上学堂念书，很有些让他牵挂。所以，牛喊干起活来任劳任怨，格外卖力，总想着站稳脚跟，多挣些钱，好让有志而又命苦的五弟能念上两年书，暖暖他的心，也告慰父母的在天之灵。因家在外地，晚上药坊关门熄火后，牛喊就在灶头打个地铺睡觉，一来天冷图个暖和，二来顺便看店巡夜，防个小偷小盗什么的。张伯炎也不亏待他，每月总是多赏几枚铜板，皆大欢喜。

年关近了。大街上卖对联、卖年画、卖花灯、卖泥人糖猴、卖各色年货的商贩生意格外红火，行人们提篮挑担走在街上左顾右盼，常常冷不丁就被伢子们扔出的炮仗给炸得一惊一跳。

这天深夜，整整下了一天的鹅毛大雪仍未停歇，街巷里弄积雪过踝，空空荡荡，各家各户早已熄灯睡觉了。

突然，枪声大作，县衙兵营方向火光冲天，三三两两不明身份的人像受惊的兔子一样四处逃窜，荷枪实弹的士兵们不知为何发毛了，激烈开打，一个个摇旗呐喊，拼命冲杀，时而相互对射，机关枪狂吐火舌似秋风扫落叶一般将许多店铺、民宅的门窗、外墙打得百孔千疮，孩儿、妇女惊恐的哭声从四面八方传来……正呼呼大睡的牛喊猛然从梦中惊醒，糊涂胆大的他赶紧穿衣起身，点亮油灯，轻轻拉开后屋的门闩，将门打开一条缝，探头想看看外面到底发生了什么事情。

"砰——砰砰——"几声清脆的枪响过后，只见斜对过打铜巷里慌慌张张跑来一个黑影，牛喊吓得赶紧将大门一关，可还没来得及插门闩，那人已猛扑过来，拼命挤进大门，然后急忙将门关好插上，气喘吁吁地说："兄兄、兄……兄弟，快救我一命……革命党士兵哗变了……"牛喊借着微弱的灯光仔细一瞧，发现这个满身雪花的人是个中年军官，虽满头大汗，衣衫不整，慌里慌张，但相貌倒还算俊朗帅气。听外面的吆喝声由远及近，他无暇多想，急中生智，指着灶台上的高帮大焖锅说："快进去躲躲！""这这、这里面是开水吧？"那军官害怕地问。"熄火多时了，不是开水，只是还有点烫，好在是冬天，人藏一会儿不要紧。"牛喊如实相告。

追兵迫近，那军官只好咬着牙登上灶台，牛喊赶紧上去掀开大锅盖，一股热气腾起，四散弥漫，军官下到锅里后，被烫得"哎哟"一声，牛喊一狠心，伸手将他的头往下一压，盖上锅盖。刚刚跳下灶台，一群士兵已蜂拥而至，他们把门踢得咚咚响，厉声喊道："开门，快开门！"心跳如鼓的牛喊只得硬着头皮哆哆嗦嗦地打开后门。

一帮举着火把的武装士兵哗地一下全闯了进来，其中有个娃娃脸模样的小军官挥舞着一条马鞭严厉地问道："你把军阀头子藏在哪里了？""什、什……什么军发民发……"牛喊故意把孬眼直翻。有个士兵举起枪托就要揍他，那小军官则阻止道："不许打老百姓，我们是革命党人……赶快搜，仔细搜！"士兵们散开，里里外外搜查起来，把东院西院的张家人全弄醒了，张敬之、张伯炎、张裕卿和滕如松等都一齐跑出来应酬，结果士兵们什么也没搜到。

这期间，有个机灵的士兵指着灶上的大焖锅说："人会不会藏在这里面？"牛喊闻言，抢先跨上灶台，揭开大锅盖，一股热气升腾而起，他故作镇定地说："老总，你们上来看看，这是开水锅，人在里面不早就煮熟了吗？"一句大实话，把士兵们都逗笑了。他们站在灶台下，看不见大焖锅里的情况，估计那里确实藏不住人，也就懒得爬上灶台仔细看了。"真是怪事，明明我们看见雪地上一串脚印到了药坊跟前，怎么眨眼人就没了哩……"小军官急得抓耳挠腮。"老总，刚才是有一个人跑过来，但我没让他进门，他只好从隔壁巷子溜走了。他贼头贼脑，手里提着盒子炮，我哪敢收留他呀……"牛喊乍不乍撒谎，倒也挺圆的。

娃娃脸小军官领人出门到屋山巷口一看，深深的雪地上果然有几行杂乱的脚印。"八成人就是从这里逃走的。"他将马鞭一挥，"快追！"众士兵迅即向巷内扑去。

士兵们走远后，牛喊赶紧关上后门，然后急忙登上灶台，掀开锅盖，朝大焖锅里轻声唤道："老总，快出来，他们都走远了！"蜷缩在热水锅里的那个军官探出头来，心有余悸地四下望了望，这才汗涔涔、水淋淋地缓缓站起身，抬腿想爬出高帮大焖锅，可两条腿早已蹲酸，怎么也提不起来，牛喊动手拉了一把，军官身躯魁梧，连拉几下拉不动，闻声赶来，站在灶下发愣的张伯炎、张裕卿立马上来帮忙，几个人一起用力，才将死猪似的军官从大焖锅里拽了出来。

喘息稍定，军官忽然单膝跪地，双手抱拳，向牛喊和张伯炎、张裕卿等人施礼道："多谢兄弟和老板救命之恩！鄙人乃北洋陆军第三混成旅二团团长陶权铭，因革命党发动兵变，落难至此……"说着，他从怀里掏出一根沉甸甸的金条放在灶台上：

"区区薄礼，不成谢意。大恩大德，容日后再报！……我的棉袄棉裤全湿透了……劳驾你们找几件衣服来给我换，我马上要出城去……""不行，现在不能出城，"机敏的张裕卿把头直摇："城门紧闭，全城戒严，插翅难飞。"张伯炎也劝道："你还是在我家先躲躲，等看看情况再说吧。"转而吩咐管家滕如松，"快去找棉袄棉裤和两件外套来，让陶团长换上。天太冷，人受冻了要生病的。"

不一会儿，滕管家抱着衣服来了。换装以后，牛喊将他脱下的军服藏进破损的天花顶棚里。张裕卿对陶团长说："你先在厨房柴草堆里藏着，养养精神，等天亮以后，我再想法子送你出城。棉被马上给你送来……"陶团长感动得连连鞠躬作揖。

来到柴房，陶权铭关上门，主动拉牛喊焚香发誓，行跪拜礼，结为金兰之交。牛喊平生第一次被有身份的人抬举，不禁泪湿双眼，热血沸腾，又是感激又是陶醉又是疚愧，觉得如果不把这样有情有义的贵人救出火坑，那就是自己的罪过了。

鸡叫头遍，天刚麻麻亮。雪暂停，风却更寒，刀子一般割得人皮肉生疼。家家屋檐下，长长的冰锥似锋利的宝剑，令人望而生畏。街上厚厚的积雪被行人踩出一条板结的羊肠小道，又硬又滑，稍不留神就一跐多远，跌个四脚朝天。早炊的烟雾淡淡薄薄，缥缥缈缈，笼罩着正在苏醒的古城。

城门开启，赶早市的菜农、做生意的买卖人、走亲访友的行者进进出出，络绎不绝。荷枪实弹，臂扎红布条的哗变士兵在城门口站岗，检查可疑分子，巡逻队不时从街巷中穿过。

匆匆吃过早饭，牛喊听张裕卿的吩咐，先给陶权铭化装，他在厨房先用锅底灰将陶团长的脸脖、手脚搓黑，然后又将自己头上的那顶破毡帽摘下来扣在他头上，再用一根稻草绳将陶权铭穿的那件破旧长袍兜腰一扎，左看右看似乎还是有点不对劲，于是，又脱下自己脚上蹬的那双烂棉鞋让对方换上。仔细瞅瞅像那么回事了，这才把一担水桶交给他说："兄弟挑着，跟在我后面，遇上盘问由我答话，你千万不要作声。"然后，自己赤脚换上一双已磨得发毛的旧草鞋。"兄、兄弟，天……这这这、这么冷，赤脚穿草鞋怎、怎、怎么行？"陶权铭哆哆嗦嗦，心有不忍地说。"我们穷人冻惯了，不要紧……"牛喊"嘿嘿"一笑。临出门，张裕卿叮嘱："小心点，不要莽撞！"

两人一前一后走到南门口，站岗的士兵问："什么人，出城干吗？""老总，我俩是茶火炉的挑夫，下河沿去挑水……"牛喊点头哈腰地应付着。对方一看他俩那副窝囊寒酸相，便不耐烦地挥挥手说："去吧去吧。"

两人挑着空水桶出城门来到长河边的老浮桥下，牛喊仔细瞅了瞅，指着不远处的一艘水快淹到甲板的双桅木帆船对陶权铭说："那条船看样子是下江来的，已装满了货，很快就会开。你只要肯出钱，船老大会带你的……"陶权铭放下担子，从怀里摸出一枚四四方方的玉质私章递给牛喊，说："兄弟，只要我能逃出虎口，会有东山再起之日。今后兄弟若有难处，请凭此物找我。"牛喊愣了愣，胆怯而又恭敬地接过印章，小心揣进怀里，连声催促道："快走快走，长官保重……"

陶权铭一路小跑，登上了那艘货船。不一会儿货船便解缆升帆，掉头向下游驶去。牛喊站在岸边，一直等那艘货船驶出视线之外，这才挑起一担水悠悠地往回走。

北洋陆军第三混成旅驻芜湖二团的兵变并没有成功，也没能坚持多久。仅过半个多月，大难不死的旅长马鸣甲就披挂上阵，卷土重来，将驻守安庆的一团和驻防大通的三团加上在巢县刚刚组建集训的补充团及省卫队统统调来围攻芜湖的兵变二团。

老百姓原先猜想肯定会有一场血腥大战的，霎时，城内物价飞涨，人心惶惶，大批难民蜂拥出城跑反，连一向稳如泰山的张恒春药号也在盘算着停业避难了。但仓促起义的兵变首领、原二团参谋长、同盟会党人郭来凯，副团长周驷第，一营营长胡汉纯等人，一看强敌压境，起义部队势单力薄，不得不率部弃城向皖南山区突围。岂料，老奸巨猾的马鸣甲纠集北洋援军，在繁昌县豹子岭设下埋伏，将精疲力竭，弹尽粮绝，不足两个营的起义部队团团围住，杀戮大半，其余皆被活捉，关进县狱大牢。

北洋陆军第三混成旅重新占领芜湖城。经过严刑拷问，一一过筛子，郭来凯、周驷第、胡汉纯等兵变首领及骨干分子被甄别出来。马鸣甲有令：大年三十前夕，将在神山口法场集体枪决这批叛逆。

行刑这天，一干人犯被从大牢里提出，个个五花大绑，背插斩牌，由县监狱所在地公署路出发，经花街到南门湾再到十里长街、国货路、大马路、陡岗路游街示众，然后一直押往神山口。

郭来凯、周驷第、胡汉纯等兵变主谋宁死不屈，正气凛然，慷慨激昂，他们一路或高呼口号，或豪笑放歌，或怒骂反动军阀祸国殃民，贪赃枉法，引起围观民众啧啧赞叹。当囚犯们来到繁华的十里长街时，路两旁人山人海，挤得水泄不通，家家户户，楼堂店馆里的人无不倾巢而出，翘首张望。

"父老兄弟姐妹们，讨袁革命军已打出云南，逼近湖北了，反动军阀的日子不会长久的……快快觉醒啊，做牛做马的人们……"郭来凯挣脱押解的士兵，声嘶力竭地呼喊。一个军官立刻带兵冲上去对他拳打脚踢，还用枪托猛砸，殷红的鲜血从郭来凯的头上、嘴角汩汩流出，但他还是奋力呼喊："打倒军阀……国民革命一定成功……"几个当兵的举起枪托又是一顿狠揍，郭来凯终于昏厥倒地。在军官的呵斥下，两个士兵赶紧将郭来凯架起来拖着走。成千上万的围观群众呆如泥塑，噤若寒蝉，没有一个人敢龇牙，只是有些年迈的老太太、老大爷在背后暗自抹眼泪。挤在人群里的牛喊心如刀绞，他心软，见不得人遭罪，但又胆小怕事，生怕惹祸。

官复原职的陶权铭一身崭新的戎装，骑着一匹枣红色高头大马，在一群武装士兵的护卫下，威风凛凛地招摇过市。翘首张望的牛喊一眼就认出了这个不久前的落难人，但他并没有喊，也没跟别人说，他觉得不管是好是坏，反正陶权铭是贵人，是星宿下凡，福大命大造化大，前程无量。自己一介挑夫，卑微低贱，是不能随随便便辱没长官名声的。

衣衫褴褛，蓬头垢面，或激昂、或镇定、或颓丧、或麻木的死刑犯们一一从眼前走过。忽然，牛喊发现一个年少的犯人好像是自己的五弟"小毛头"，他顿觉得五雷轰顶，头晕目眩，赶紧揉揉眼睛伸长脖子仔细再看，果然不假。"小毛头、小毛头……五弟呀——"牛喊突然一声嚎叫，惊得众人目瞪口呆，神情沮丧的小毛头猛一抬头，看见了哥哥，不禁哭喊道："哥哥，大哥——"牛喊不顾一切推开前面挡着的人，冲上去问道："五弟，你不是在家种田吗？怎么出来当兵闹成这样……"小毛头拼命挣扎着，哭道："大哥，我是被抓丁的，才来两个月……我不想为军阀卖命，我要念书……"几个士兵跑过来，举起枪托就将牛喊砸倒在地，"他妈的，想找死啊？滚！"转而又将捆绑着的小毛头强行拖走。牛喊的头被打破了，鲜血直淌，他只觉得天旋地转，一声哀号，口吐白沫，昏厥过去……

铅云四合，寒风嗖嗖，光秃秃的树枝恰似魔鬼的无数根利爪，在苍茫灰暗的天空中晃动着、招摇着、恐吓着，片片枯叶在风中乱窜狂舞，零散的坟冢上飘扬着残破的白纸幡子，荒凉萧瑟的山岗阴气森森，死寂无声。

神山口法场早已戒备森严，子弹上膛的士兵三步一岗，五步一哨，将一片枯草丛生的开阔地呈扇形围住，山坡几处制高点上，数挺机枪直指不远处黑压压的围观民众。

第一批枪决的是郭来凯、周驷第、胡汉纯等十名同盟会党人主犯。当被折磨得奄奄一息的他们被押上背靠山坡空地强制并排跪下后，站在他们背后几步远的行刑队员听令举枪、瞄准、射击，"砰砰砰——"一阵排枪齐射，十条汉子猝然倒下，鲜血脑浆飞迸，遍地流淌，有的人脑袋被子弹削去半边，腿脚还在痉挛、抽搐。浓浓的硝烟与血腥味弥漫开来，令人窒息作呕……

法场一片死寂。寂静得只能听见寒风的哀号和众人的喘息声。接着，又有十五名连、排级兵变军官被押上刑场，重演了刚才的一幕。法场被死亡的阴影笼罩着，仿佛空气都凝固住了，血腥残酷的场面令人毛骨悚然。

紧跟着，又有二十多名参加兵变的骨干士兵被押了上来，嫩生生满脸稚气的"小毛头"也在其中，冷汗早已湿透了全身的他恐怖绝望得几乎站立不住了。这次行刑的是两名机枪手，他俩奉命卧倒在地，准备用机关枪绞杀这些鲜活的血肉之躯。

"各就各位，预备——"就在行刑队长即将挥下白色令旗的当儿，围观的人群里突然冲出一个头缠布带，满脸血迹，面目狰狞的大汉，几名警戒的士兵赶紧拦住他，他却拼命挣扎，声音嘶哑地叫喊着："放开，放开，我是陶权铭团长的拜把子兄弟……不信你们看，这是他的玉印……"几个士兵愣住了，手一软，竟稀里糊涂让那莽汉冲过了警戒线。莽汉跑到刑场中央，"扑通"往地上一跪，仰天号哭道："陶团长——陶贵人——陶哥哥……你快出来救救我五弟呀……"

"快看快看，这不是张恒春药坊的挑水夫牛喊吗！"

"他恐怕是疯了吧……他怎么会是陶团长的拜把子兄弟哩？"

"这个孬婊子儿，简直是瞎胡闹，想自撞枪口——白白送死啊！"

"……"

众人惊讶、疑惑、担忧，还有点说不出来的刺激、兴奋和幸灾乐祸，交头接耳，议论纷纷，踮足翘首而望，猜想定有好戏可看。

身材魁梧、两眼鼓凸、满脸大麻子的行刑队长气得暴跳如雷，厉声骂道："他妈的，什么鸟人胆敢扰乱法场，老子一枪崩了你……"他"唰"地一下从腰间拔出手枪，对准牛喊枯发蓬生的头颅就要扣动扳机。就在这时，站在远处监刑的陶权铭匆匆走来，高声喊道："且慢动手……怎么回事？"行刑队长"啪"的一个立正敬礼："报告团长，这里有个疯子在扰乱法场。"

跪在地上的牛喊见是陶权铭来了，大喜过望，他膝行至自己仰慕的结拜兄弟脚下，连连磕头不止，痛哭流涕地哀求说："陶团长，大贵人，你发发慈悲饶了我五弟吧，他才十四五岁，还是个毛伢子啊……求求你啦！……"

陶权铭见有人胆敢扰乱法场，原本是要发发虎威的，但走近前来，面对恩人牛喊，一时竟手足无措，张口结舌。愣了片刻，他只好强压怒火，以较为缓和但又不容分辩的语调说："你胡闹什么，这里是行刑的法场，不是大戏园子！给我把他押走，继续行刑！"身边的副官立刻带人把牛喊架出了刑场。

"哒哒哒哒……哒哒哒哒……"两挺机关枪猛烈扫射起来，二十多名站着的鲜活的生命顿时像被收割的韭菜一般纷纷倒地，血流成河，惨不忍睹。

硝烟尚未散尽，大麻子行刑队长手提盒子枪，带着一帮人走到横七竖八的尸体中间查验，抬腿用皮靴乱踢，见谁还没有断气，就随手补上一枪……

　　小毛头身中数枪，胸前被打得像马蜂窝，他那双充满稚气的眼睛睁得又圆又大。

　　围观的人群终于缓缓散去，有的人吓得脸色煞白，浑身乱颤，两腿发软；有的人叹气连天，喃喃自语，抹泪不止；有的人则嬉皮笑脸，高谈阔论，仿佛刚刚看完了一场精彩的游戏……

　　在刑场旁的一片树林中，陶权铭颇有绅士风度而又不失身份地向瘫倒在地、面如土色、浑身乱颤、精神几近崩溃的牛喊行了个军礼，然后拉着脸，不无苦衷地说："兄弟，并非我冷酷无情、忘恩负义，不救你亲弟弟。枪毙这些叛逆分子，是旅长马鸣甲的命令，身为军人，我只有服从……再说，这次兵变，大多是我的部属，本来就瓜田李下，受到同僚的猜忌攻击，多亏马旅长念其旧谊，让我戴罪立功，如果我在法场上放走死刑犯，那是要受军法严惩的呀……今天要不是我冒险出面救得快，你也早就见阎王了……当然，你有恩于我，如有什么要求，尽管提出来……你是要钱，还是要官？"

　　"……我什么都不要，只想求求你们，今后不要胡乱杀人……多多行善积德吧，老天菩萨是长了眼睛的……"牛喊喃喃低语。眼前的这个偶像彻底崩塌了，他突然看清自己原先搭救过、也非常敬畏的"贵人"其实也是个没良心的吃人魔鬼。此时，牛喊大梦初醒，心里格外透亮和死寂。他吃力地站起身，腰身佝偻，步履蹒跚，神情麻木地径直走出这片萧疏的树林，嘴里不停地念叨着："我去给五弟收尸，我去给五弟收尸……"

　　只是几袋烟的工夫，牛喊好像一下就苍老了二十岁。

牛喊花去仅有的积蓄，买了口棺材，请张恒春药坊里的几个伙计帮忙，总算安葬好五弟的遗体。

第二天就是大年三十除夕夜，家家户户都欢欢喜喜的，又是放鞭炮，又是贴对联换年画，又是炸肉丸子包饺子……忙得不可开交。牛喊却倒下了，直挺挺地躺在药坊工房的床上如死去了一般。当家人张敬之和管事张裕卿等先后前来看望，还让郎中给他治病。

吃了几副药，开年以后，牛喊的身子才渐渐好转，能下河挑水了。

陶权铭团长或许太忙，或许厌烦牛喊了，迟迟没来张恒春药号探望拜把子兄弟。随后，北洋第三混成旅二团奉命调离芜湖，去剿杀革命军，彼此更是天各一方，音讯杳然。

张恒春药号里有人私下半是打抱不平，半是揶揄、埋怨牛喊："陶权铭本来就是反动军阀，你真不该瞎了眼救他……"牛喊挠着头皮憨笑道："我哪晓得他反动不反动哟……救人一命，行善积德……"

老当家三爷张文彬听说此事后，随口说出的一句偈语倒是令众人醍醐灌顶，肃然起敬："我佛善恶普度，慈悲何必人知。"

牛喊从没去官衙、兵营里去攀高枝，只当没遇过这个人。那枚陶权铭的玉质私章，他亦随手丢给张家的孙儿们玩耍，渐渐就不知下落了。

后来，听说陶权铭在战场上被革命军的炮弹炸死，连尸首都没有找到……

第二十八章
孽 债 纠 缠

经历了大清道光、咸丰、同治、光绪四朝，张恒春第二代掌门人之一——三爷张文彬以米寿仙逝，安享哀荣。民国初期，张恒春药号买卖兴隆，声誉日彰，进入鼎盛时期，势头大振，威震一方，业界、官府都不敢小觑。

从清代中叶到民国初期，芜湖著名中医"四老"：滕如松、徐吉鳌、杨芳田、崔皎如，都曾在张恒春药号坐堂或挂牌，药号生意兴旺也就顺理成章了。财运来了，挡都挡不住。

寒暑轮回，日月如梭。张恒春药号第三代掌门人张敬之虽已上了年纪，体弱多病，但幼读私塾，能写会算，经商理财是把好手，张恒春药号在他手里颇有发展，因此他在家族中深孚众望。可是，他堂弟细货房房头张传典的四儿子张伯荣，二十岁出头，身高体胖，偏偏是个娇生惯养、吃喝嫖赌不争气的角色。四少爷求官不擅诗文，经商不会算账，成天与一帮纨绔子弟斗鸡遛鸟，花天酒地，狂赌滥嫖，寻衅滋事，闹得张宅不得安生。张传典心寒齿冷，忧郁成病。

张伯荣蹚上邪道便身不由己，越陷越深，弄得名声瘟臭，人人厌恶。他也破罐子破摔，脚踩西瓜皮，滑到哪里是哪里。

张恒春药号常年备有鸦片，这是一剂药，镇痛、安眠、止哮喘、消浮肿，对治疗耳聋、癫痫、中风、月经不调等病症也相当见效，患者多有需求，不可或缺。但此药亦是毒品，祸害极大，故而官府有令，必须凭郎中的药方，配量微少方可出售。张家经商本分，恪守祖训，堂规很严，存放鸦片的橱柜钥匙由细货房房头张传典、坐堂名医滕如松掌管，除了他俩和老板，一般伙计包括张家子弟是沾不上边的。

滕如松，因背驼，外号"滕驼子"，乃杏林高手。当时芜湖一带有民谣曰："看病要找驼子滕，吃药要找张恒春。"

这天，办事一向谨慎细致的滕如松开橱拿药，发现有十几两鸦片膏不翼而飞。老管家惊出一身冷汗，思来想去，最终还是怀疑到了四少爷张伯荣的身上。

两天前的晚上，早已关门打烊了，独自钻研百草，长年住在药堂看店的滕如松多饮了几杯老酒，迷迷糊糊上床躺下了。忽然，嬉皮笑脸的张伯荣推门进屋，向他要钥匙，说是取几两人参鹿茸给朋友进补。四少爷常干这种事，老爷也知道且默认，药堂上下自然无人挡手。滕如松当即便从裤腰带上解下钥匙递给他，因饮酒稍多，晕晕乎乎，他就没有起床跟着一道去库房。想来这十几两鸦片膏八成是四少爷拿的，因为别人没那个心，也没那个胆，更没那个机会。

老成持重的滕管家没有声张，而是瞅准机会，单独向东家密报了此事。张敬之闻信立马脸色骤变，愣愣地发了一会呆，忽然重重地叹了口气："完了，完了……这个孽子，肯定是染上了毒瘾……完喽，家要败喽……"说罢，眼泪潸然而下。从几岁起即跟着父亲在张家学艺干活，伺候了张家数位掌门人，目睹了张恒春药号艰难创业史的滕如松也在一旁陪着流泪。为了避免四少爷沾染鸦片，他主动上缴了库房钥匙。张敬之望着忠厚的管家不禁重重叹了口长气，内心的痛楚无以言表。他对堂侄已不仅仅是失望，而是彻底绝望了。

这天晚饭后，细货房房头张传典也许是多饮了几杯老酒，有点迷迷糊糊，竟将库房钥匙遗忘在刚刚坐过的太师椅软垫上，谁也没在意。毒瘾上来，早就心痒难耐，几乎时时刻刻盯着父亲库房钥匙的张伯荣暗自窃喜，乘机窃了钥匙，等夜深人静后，悄悄起床去库房偷鸦片。

夜色深沉，万籁俱寂，风吹树叶沙沙作响，蟋蟀昆虫在草丛墙缝间弹琴奏乐，远处街巷里的打更声时断时续地隐约传来。

张伯荣鬼鬼祟祟来到后院，先躲在暗处观察了一下动静，见鬼影子都看不见，便窜到库房前掏出钥匙迅速打开门锁，闪身进去，轻轻关上门，急忙朝存放鸦片膏的货柜摸去。当他在黑暗中东碰西撞，终于摸到位置，借着窗外微弱的天光，拉开那个抽屉，伸手正要拿东西时，突然，后肩被人重重地拍了一巴掌，张伯荣惊叫一声，魂飞魄散，本能地回头一瞧，只见一个模糊的黑影就站在身后。由于天黑，看不清是谁，他浑身汗毛直竖，一下瘫倒在地，稀屎屙了一裤裆。

"你这个败家子！"那黑影恨恨地骂了一句，张伯荣一听声音，这才知道是父亲，心里反而踏实了一点。

张传典划亮洋火，点燃罩子灯，然后出门喊来伙计，命令他们将张伯荣绑起来，狠狠地打。伙计们磨磨叽叽，缩手缩脚，谁也不敢动手，张传典只好自己挥起藤条使劲抽打起来，还边打边骂着："打死你这个孽障！打死你这个孽障……"儿子惨叫不止，痛哭流涕发下毒誓，再也不抽鸦片了。夫人徐氏闻讯后，又是气恨又是心疼，颠着小脚，慌慌张张跑来，跪地向丈夫磕头求情："别打了、别打了……小四子已认错悔过了，求求你再饶他一次吧……""这个东西都是你惯坏的……你、你们，这是要败家呀！"张传典痛心疾首，气得浑身发颤……

一番折腾，直闹到公鸡打鸣，东方露出鱼肚白，张传典实在支撑不住，这才回房歇息去了。浑身伤痕累累的张伯荣被伙计们赶紧扶起来上药疗伤，算是过了一趟鬼门关。

然而，口是心非，吸毒上瘾的张伯荣并没有改邪归正，家里偷不着，他就在外面骗，今天向东家借几两银子，明天向西家赊几两鸦片。反正张家是大户，不愁讨不回债，许多人家巴不得张大公子上门来呢。

张传典脸面丢尽，家业日衰，不肖孽子却变本加厉，无可救药。气恨至极的张传典底线崩溃，也顾不得家中长辈的劝说，决定动用族规家法除害。

这天夜半三更，他带着管家及几个本家叔侄突然闯进四儿子的卧室，将正在"挺尸"的孽子五花大绑，用毛巾堵住嘴，然后装进麻袋，抬到青弋江埠头准备沉江。

滕如松不敢违抗命令，但又不忍杀害恩家的亲骨肉，于是在用绳索捆绑的时候故意在四少爷的手边打了个活结，捆麻袋时也未下真力气，在抛入水的瞬间还低声耳语了一句："绳子没捆紧，能逃就逃吧。"老管家心里有数，住在江边的孩子都是在水里泡大的，从小就贪玩的张伯荣水性尤好，如果老天保佑，他很可能会捡回一条命。

"扑通——"一声，麻袋被抛入江中，浪花四溅，张伯荣在里面拼命挣扎了几下，眨眼就沉入水中不见踪影。张传典站在岸边纹丝不动，过了半晌，才眼泪双流，浑身瘫软，一屁股坐在地上失声痛哭……

暴风雨过后，一切归于沉寂。

没有了张伯荣的日子，张家平平静静，顺顺当当，药号的生意日见好转，张传典的身体也在慢慢康复之中。但一想起被自己装麻袋沉江而死的四儿子张伯荣，他的心里就隐隐作痛，忏悔自责，常常在梦中流泪痛哭。张文彬的遗孀三老太总是一边掐珠念佛，一边宽慰他说："超度了，超度了，该放下就放下吧……"

大半年后，张传典熬过痛苦期，渐渐振作起来，药号又呈现持续回暖气象。

这天黄昏，晚霞彤红，鸟雀归巢，正值开饭的当口，一个蓬头垢面、胡子拉碴、衣衫褴褛、叫花子模样的男人突然不顾阻拦冲进张府，在庭前"扑通"一声跪下，一边号啕大哭，一边磕头如捣蒜。众人莫名其妙，呆若木鸡。还是管家滕如松眼尖，他凑近瞅了又瞅，眨巴着眼睛说："这，这……这不是伯荣四少爷嘛！"张家人又惊又喜又惧，哭笑不得，顿时乱成一锅粥。张传典见状连连哀叹："孽债未了，孽债未了啊……"正在佛堂里打坐念经的三老太闻听此事，无可奈何地摇摇头，嘴里不停地念叨着：阿弥陀佛，阿弥陀佛……

死里逃生的张伯荣并没有改恶从善，苦难的流浪生涯不仅没有促其清醒悔悟，反而又使他增添了不少痞气、流气、怪气和邋遢气，成天吃喝玩乐，不务正业，鸦片瘾虽是暂时戒了，但赌瘾却越来越大，经常是一赌一个通宵，一输输个精光。张传典与老婆许氏一合计，只好腾出南门湾的两间房子，另外给了些零花钱，让他单独生活，眼不见为静。

管事的二公子张伯举，是个规规矩矩的人，知书达礼，文文雅雅，书生气颇浓，他不好意思，也确实无法管束小弟。大难不死的张伯荣自从被赶出家门独自生活后，倚歪就歪，照样在外面狂抽滥赌，欠下一笔笔债务，张府架不住纠缠，不得不为之偿还，一来二去，窟窿越来越大，族人及员工伙计们都议论纷纷，强烈不满。

"家不和，外人欺。"这句流传了千百年的老话一点不假。

就在长街张恒春药号不远处，有一家杏林药铺，掌柜姓苏，名成虎，年近半百，矮墩墩的，蒜头鼻子，颧骨突出，见人三分笑，一笑两眼就眯成一条缝，面相看上去倒也不算凶恶。不知根底、初打交道的人都认为他是个善人。长久以来，张家发旺，苏成虎虽心怀嫉妒，暗中拆台，但明里却奉承讨好张家。张氏家族对他虽有所警惕，但为了少树对头，广结善缘，不得不宽宏大度，装装糊涂，与之应酬周旋。因此，从表面上看，张、苏两家关系还不错，苏家也的确曾得到张家的多方关照。

张文金、张文玉一死，最厉害的竞争对手消失了，苏成虎大慰。他暗耍手腕，想把张家的老关系户拉拢过去，还一个劲撺掇其他几家药号与张恒春药号明争暗斗。最恶毒的一招是，苏成虎明知道大烟鬼张伯荣是个败家子，却故意让自己的儿子苏步廷与之结交，常主动借钱借烟土给他享用，然后又拿着借据到张家去索债。

三番五次这样搞，张传典当然不高兴，铁下心不认账。苏步廷便找到张伯荣的母亲徐氏评理讨债。不识字、不懂商务，也不当家理财的徐氏为小儿子操碎了心，她似乎也看出了债主的险恶用意，便责备苏家不该借钱借烟土给自己的儿子。可苏步廷却愁眉苦脸，万分诚恳地说："亲娘哎，我们两家是世交，四少爷贫困潦倒，流落在外，我们看不见便罢，看见了总不能不管哟！何况伯荣软磨硬泡，撵都撵不走，我们真是没法子哦……"一番话噎得善良软弱的徐氏张口结舌，只好悄悄地掏银子付账。

苏成虎得寸进尺，竭力怂恿张伯荣开店铺，当老板。

一天在大烟馆碰面，苏成虎有意躺在张伯荣的对面套近乎，两杆烟枪一阵猛抽，过足了瘾，他又老话重提。张伯荣咧嘴一笑，露出两排黑臭的牙齿，自惭地苦笑道："我哪有当老板的本事……话讲回来，也没那个本钱啦……""你怎么没有本事？你哪一点比别人差？做生意不都是走一步摸一步，慢慢学来的嘛！"苏成虎拿话激他，然后话头一转，又满是同情地说："你现在是没钱，但你老子老娘有钱啦，为什么张老二当老板，张老四却到处流浪，形同讨饭花子？""那……那是我没福分，父亲将我沉江，断绝了关系，众人都晓得……"张伯荣躺在烟榻上伸了个懒腰，打着哈欠说。"咦——此一时，彼一时也。当年你父亲也是一时之气干下的糊涂事，现在事情过去了，张家的财产理应有你一份，即使你老子和哥哥不肯给，你老母亲还在世哩，我就不信她会对你绝情绝义，见死不救……"

在苏成虎的挑唆下，张伯荣终于动了心，跑回家去大吵大闹，要求分家。张传典、张伯举不允，其他几个兄弟姐妹也不肯，母亲只好拿出些银子打发他走人，买个安。可张伯荣不依不饶，天天歪在家里胡闹，甚至以上吊寻死相威胁。母亲徐氏无可奈何，只得劝说丈夫和二儿子分出一笔财产给那个败家子，并找来证人，立字为据，说明其从此张家与其断绝关系，再无瓜葛。

张伯荣分得一个门面，几间房屋，外加一千多两银子，这在当时是很了不得的，如果他革心洗面，重新做人，好好地做买卖，哪怕什么事都不干，坐在家吃租子，只要不乱搞，后半生的日子根本不用愁。可是，好吃懒做又没有头脑的张伯荣不仅干不来正事，而且恶习未改，越发搂着烟枪不放，赌瘾难戒，花天酒地，坐吃山空，只有两年工夫，分得的财产就被他败得一干二净。

没钱了，张伯荣又觍着脸回家里讨，母亲本来就病魔缠身，被他一逼一气，突然昏死过去。张传典忍无可忍，唤来一帮伙计，抄起家伙，将这个败家精一顿暴打。张伯荣一看情况不妙，赶紧从地上爬起来，一瘸一拐地仓皇逃走。

回到自己四壁空空、冷锅冷灶的家里，张伯荣足足躺了两天两夜也无人问事，伤痛阵阵，加之毒瘾又犯了，他在床上打滚抽搐，哭嚎不止，真是度日如年，生不如死。

时已秋末，久旱无雨，干燥的空气吹得人皮糙唇裂，浑身痒痒，连陶塘边的柳树都枯萎了不少，看上去像一个个蔫头耷脑垂危的病夫。

这天夜里，月黑风紧，远天还有闷雷作响，好像要下雨，但久久又落不下来，人躺在床上感到格外闷躁。忽然，张家老宅后院库房升起一股烟火，风一刮，火龙到处乱窜，刹那间，烈火熊熊，吞噬了整个大院。凄惨的哭喊声将街坊邻居们从梦中惊醒，大家纷纷起床跑去救火，但火势太猛，难以靠近。张传典这一房的宅院被烈火围困，里面的人无法脱身，两个年轻力壮的伙计拼命砸开卧室的窗棂，一个硬拽，一个死托，侥幸将脸色苍白、浑身颤抖的张传典救出火海。内院里卧病在床的徐氏及老弱妇孺数口人不幸被大火困在屋里，活活被呛死、烧死。

大火一直烧到翌日天亮才被基本扑灭，面对残烟余火，一片废墟，焦尸具具，众人无不伤心落泪，唏嘘不已……

几天后，有人在赭山广济寺附近的一片野树林里，发现了枯瘦如猴，上吊而死的张伯荣。

这个败家子为何要上吊？他到底是自杀还是被杀？张家的

大火是不是他放的？……人们议论纷纷，谁也说不清楚。

张家办丧事，苏成虎表现得格外卖力，份子钱他也漂漂亮亮凑了一个，而且见人他就抹泪，虔诚地诉说着张家的种种好处……

众人交口称誉，一致夸奖苏老板够义气，关键时刻显现出古道热肠和做人的良心。

张恒春药号经这么一折腾，元气大伤。虽说后来张家在内部整饬上有所作为，但自家监督自家，哪会铁面无情？结果当然是治标不治本。家中子孙叔侄依然时常在柜上支钱拿药，大手大脚，甚至狂赌滥嫖。外聘经理、异姓伙计只能睁只眼闭只眼，精明人还来巴结怂恿。加上令出多门，各怀私心，明拿暗贪，家族式的粗放管理暴露出明显的痼疾和缺陷，革故鼎新，重振雄风已是当务之急。

在张家干了一辈子的老账房潘善成告老还乡时，流着眼泪悄悄对张敬之说："你与老东家敬佛都很虔诚，但治家也不能含糊啊！如果一味放纵下去，就是金山也要被掏空，就是银河也要被吸干呀！"张敬之点头称是，但又无可奈何地长长叹了口气。

亲生儿子败家，自己怎么好再去管教其他各房的子孙？张传典中年丧子，已属家门不幸，加上病魔缠身，早已力不从心。何况二儿子张伯举已日渐老成，可以独当一面，张传典于是把家中的日常事务交给次子张伯举打理，自己将其扶上马，再送一程。

张恒春人齐心协力，整饬店务坊规，堵塞漏洞，完善财务采购章程，终于使搁浅的大船摆脱困境，重新扬帆远航。

第二十九章
贾 道 儒 行

　　时光如白驹过隙，一闪即逝。转眼百十年光阴雨打风吹去。张恒春三代掌门人相继过世，其子孙后人青出于蓝而胜于蓝，在跌宕沉浮中把张恒春药号生意越做越大，越做越红火。

　　张家还在当时信息闭塞、条件简陋的情况下，首创"代客邮寄药品"业务，服务上门，让人耳目一新。除了芜湖总店，张恒春药号还向全国各地辐射，在合肥、巢县、柘皋、宣城、当涂、薛镇、小丹阳等地设有分店，代办点分设于云南、重庆、成都、武汉、上海等省市，并且在南京、上海、杭州等大城市的名牌国药店均投有股份，拥有资本折合白银约有数十万两之巨，成为芜湖屈指可数的豪富。

　　尽管如此，深受儒学熏染兼为现代文明思潮影响的张家却从不招摇摆阔，其徽商"贾道儒行"的理念和佛家"慈悲为怀"的信念在其家族子孙的脑海里根深蒂固。

　　仲夏时节，城西偌大的陶塘蛙聒蝉鸣，杨柳轻拂，波光潋潋，碧荷飘香。

这天午后，开染坊的老朋友黄文忠来访，刚刚午睡醒来的张敬之赶紧起床整衣，迎至前院，将老友请入后堂叙话。

闲聊一番，茶续两盏，黄文忠忽然吐出惊人之语："张老板，你可知现在商界人士是如何评价张恒春的吗？"向来淡泊无争的张敬之捧盏啜茶，然后仰天一笑："中华百年老字号多矣，小小张恒春何足挂齿呀！""你不要谦虚，大家都私下议论，在当今国内医药界，除了北京的同仁堂、杭州的胡庆余堂、汉口的叶开泰，数下来就只有芜湖的张恒春了。全国四大药号，你们荣列其中，我们芜湖人脸上有光啊！"黄文忠情不自禁地伸出大拇指，捻着白花花的胡须，笑得合不拢嘴。

张敬之则放下茶盏，连忙欠身作揖："不敢不敢，朋友们抬爱了。张家怎能与同仁堂、胡庆余、叶开泰平起平坐？如果说句脸老皮厚不害臊的话，我张恒春充其量只能算得上'半家'……""半家？三个半？……哈哈哈……如此谦逊，倒也是美谈，那我们姑且就自降半格吧。哈哈哈哈……"黄文忠亮开嗓子，好一阵大笑。呷了一口茶，他忽然想起了什么，又说："敬之老弟，我有个新交的朋友，想请你到他府上喝两杯酒，谈谈生意经，叙叙家常，不知肯赏脸否？""客气客气。请问这位朋友尊姓大名？"张敬之素来为人低调谦和，听老友这么一说，自然要应酬。黄文忠说："就是茂祥米行的汤传秀老板，他是潮州人氏，这些年在芜湖贩米发了财，早就仰慕你的大名，托我给引荐一下……""哎呀呀，真是羞煞我也！不过——交个朋友，喝两杯水酒，谈谈生意经，我倒是乐意的……"张敬之神色谦恭。"好，此事就这么说定了。到时候汤府会正式送请帖的，那我就等着作陪沾光喽……"黄文忠一笑便露出几颗黄黑的残牙。

两人谈得正欢，忽然管事葛智扬进屋禀报："大老板，日商清泽加木前来拜访，已在前堂等候。"张敬之闻言立马坐直身子，眼睛直眨地问："他来干什么？"葛管事答："他还带来了礼品，样子很谦恭。我浅浅探问了一下，他是想与你谈谈合作办厂的事……""我与他们合作办厂？笑话！简直是黄鼠狼给鸡拜年——没安好心。你赶快把他打发走，就说我身体有恙，不便见客。"张敬之眉头紧皱，把手直挥。黄文忠在旁边则将须一笑，插言道："伸手不打笑脸人。不管来者何意，见见也无妨嘛！""黄老板，这日商清泽加木父子最不是个东西，他们笑里藏刀，还是不沾为妙。灭祖杀父之仇，不共戴天啊！"张敬之恨恨地把大腿一拍。黄文忠理解地点点头，"不沾也好，不沾也好！"他随即又叮了一句，"不过，汤老板那里，你可一定要去呀！""那当然，那当然。这是两码事嘛！"张敬之呵呵一笑，换了个话题与汤老板又聊了起来……

虽然葛管事已婉言回拒，但清泽加木与两个随员还是不甘心，他们强忍住火气，在前堂接待厅足足苦等了大半天工夫，可张敬之就是不露面。一盏茶早就喝干了，也不见有人续水，意思明摆在那儿，几个人实在尴尬无趣，只好悻悻然告辞了。临走时，他们想留下礼品，但张家坚辞不受，推来让去清泽加木几乎翻脸，葛管事只好吩咐两名伙计拎着礼品跟在日本人的身后给原封不动地送回去。

几天后，茂祥米行的汤老板果然送来大红请柬，八抬大轿一直把张敬之接至青弋江南岸西内街汤家大宅的院门前。

汤传秀稳坐在后院大堂，只派了管家在门口迎候。

一向不拘礼节、温和随意的张敬之也不计较，拄着拐杖径直来到后院客堂，远远地就向主人施礼。神色倨傲的汤传秀一见对方鹤发童颜，年龄好像比自己大，这才赶紧起身还礼，客气地让座。

张敬之坐定，忽然感觉汤家的八仙桌好像比一般人家的桌子要高不少，低头仔细一瞧，发现四只桌腿之下各垫有一块厚厚的金砖。咦，这是什么意思？摆阔抖富呀！张敬之一眼就看出了名堂，但他不露声色，照常谈笑风生，应酬裕如。坐在一旁的黄文忠看出了门道，禁不住暗自摇头叹息，朝汤传秀直翻白眼。心想，你这不是关公门前耍大刀、陶朱公面前炫金银吗？但对方却毫无察觉，一副居高临下的模样。

宾客相互寒暄间，美味佳肴纷纷上桌，汤传秀热情地布菜斟酒。"佛门居士，不沾烟酒，乞望见谅……我喝点茶，吃些素食便好……"张敬之双手合十，谢绝斟酒。黄文忠忙解释说："对对对，敬之老弟信佛，只能以茶代酒，从不破戒。"汤传秀不好勉强，只得请他自便。几杯老酒下肚，汤传秀兴致勃发，难以自控，他挥舞着筷子，口若悬河，滔滔不绝地吹嘘摆谱："在芜湖，在潮汕，在全国四大米市，谁不知道我汤传秀的大名？我要是停业三天，朝廷的漕运都要受影响……原来在大清朝，县令、道台、巡抚、总督大人常请我喝酒看戏打麻将，哪个不待我如上宾？如今的民国官员，依然与我礼尚往来，关照备至。这就叫本事！没有本事，你花得开？吃得香？那些高官贵胄肯带你玩吗？……"

这话显然是王婆卖瓜自卖自夸，但张敬之却难得糊涂，谦恭地点头赞允，适时起身以茶代酒敬道："芜湖米市，四大商帮，恐怕要数潮州帮实力最强。而潮州帮的龙头老大，看来非汤老板莫属呀！可喜可贺……"此话三分是客气，四分是应酬，剩下的两三分才算是实情，纯粹是酒桌戏言，当不得真。可是汤传秀却无自知之明，非常受用地哈哈大笑。其他几位朋友可能都知道汤传秀的脾性，也都顺着捧场架势，专拣他爱听的话说。汤传秀越发来了精神，吹得唾沫四溅，口若悬河。黄文忠实在看不下去，几次故意咳嗽，用脚在桌下踢他的腿以示提醒，但汤传秀毫不在意，继续胡吹海侃，没个边际。黄文忠真想揶揄他一顿，然后拂袖而去，但碍于情面又不得不按捺着性子，硬着头皮勉强应付。这顿酒喝得真叫个不快活！

数日后，张敬之在家中摆下酒宴，回请汤传秀等一干朋友。

众宾客都陆续到齐了，独剩汤传秀迟迟不见踪影。有急性子的人忍不住嘲讽说："毛驴不大，架子倒不小！"张敬之温言相抚："汤老板一定是家中有事，来迟一点也无妨，我们正好可以喝茶聊天嘛。"他一边照应客人，一边还频频到大门口张望。

汤家大轿慢悠悠刚走近张宅，远远就看见张敬之拄着拐杖，亲自立在院门外等候。汤传秀心里一震，赶紧下轿施礼。

来到客堂，只见四个年轻的后生各抬着八仙桌的一条腿雄赳赳笔直地站在那里。汤传秀心里纳闷，不知其中含意，随嘴问道："咦，这是干什么呀？"张敬之呵呵一笑，温言解释道："贵府家财万贯，用金砖垫桌腿；老夫家中财力绵薄，愧不敢攀比，幸好四个孙儿有些粗力，今特来为汤老板支桌子助兴，请勿见笑。"一句话说得汤传秀瞠目结舌，脸羞得像个紫茄子，恨不得一头钻进地板缝里去。

圈内人都晓得，汤传秀虽三妻四妾，但偏偏没有一儿半女，香火难续。他时常在众人面前摆阔抖富，追求的不过是一种心理平衡。今见张敬之唤四个孙子为自己"支桌腿"，表面上是抬举客人，实际上暗含调侃、劝谏、点拨的寓意。深受触动的汤传秀既羞且恼但又不便发作，何况张敬之谦逊随和，坦荡纯正，汤老板思忖再三，自愧弗如，倒也火气渐消，心悦诚服。

"好啦，我要与汤老板喝酒叙话，你们已表示了敬意，站在这里挡事，下去吧。"张敬之见好就收，免得客人尴尬。四个孙儿闻声轻轻放下桌子，齐向汤传秀躬身作揖，悄然退去。黄文忠及一干朋友目睹此情此景，无不心生快意，暗自钦佩。

张敬之让张伯炎、张天煌、滕如松、葛管事等频频把盏，诚恳敬酒，处处高抬汤传秀，把酒席气氛搞得融洽而欢愉。

从此，汤传秀不敢再张扬，还常在背后夸张敬之是位才高不压人，钱多不露富，诚信无欺、厚道仁义的儒商。

后来，汤传秀买得张家的祖传秘丸，想延续香火，可妻妾连连服用，药渣都堆积了几箩筐，却始终不见效果，灰心丧气的他只好绝了念头。张敬之也坦诚叹息道："药物疗效，因人而异，福承天赐，并非全赖人力所为也！"

芜湖老城西门外的陶塘，又称"莲湖"，后改称"镜湖"，其"镜湖细柳"，名列芜湖古代八景之一，水面约十八万平方米，景区面积更是超过二十二万平方米。环湖绿柳成荫，花木葳蕤，曲桥连长廊，楼台接亭榭，不远处有秀峰奇岩，林壑蔚然之赭山相映衬，湖光山色融为一体，景致煞是迷人。据芜湖古县志记载："宋张孝祥（1132—1170），捐田百亩，汇而成湖。环种杨柳芙蕖，为邑中风景最佳处。"其实，陶塘不姓陶，只因张孝祥告请归休祭祠获准回到芜湖后，效陶渊明先生筑"归来堂"于湖边，故俗称陶塘。

历经宋元明清四个朝代，尤其是晚清洋务运动至民国初期，环湖又陆续兴建了柳荫桥、吴波亭、崇仙院、留春园、一角山房、琴余别馆、归去来堂等园林景点，文风雅韵卓然，是本地居民和外来客商休闲游乐的佳境。

然而，由于年久失于疏浚，陶塘污泥淤积，垃圾漂浮，水质浑浊，到了盛夏高温时节甚至臭气熏天，鱼虾死亡，荷莲枯萎，不仅有碍观瞻，而且影响人畜用水，传染疾病，有损地方官府的体面，已到了不得不治理的程度。可疏浚这么大的湖面，得花大把大把的银子啊，民国初立，官银紧缺，左支右绌的芜湖县政府实在无能为力。

就在县长米文韬愁眉苦脸、一筹莫展之际，手下的幕僚周师爷给他出了个主意："芜湖乃皖江重镇，繁华商埠，大小店铺多如牛毛，疏浚区区一口陶塘应不在话下。""你的意思是又要搞摊派？哎呀，年年抗洪防涝都要搞募捐，全城商家叫苦连天，还有人暗中向大总统上折子，诬告我米某人借捐款中饱私囊，这这这……这简直是无稽之谈嘛！现在为疏浚陶塘故伎重演，难道又要让我背黑锅不成？"米文韬脸色阴沉下来。周师爷连连摆手，嘿嘿一笑道："哪里哪里，这次我们变个法子玩。既叫本城的大财主争先恐后地往外掏钱，又叫他们心甘情愿，自告奋勇。""哦，你有何妙计？"米文韬不禁暗自一喜。周师爷压低声音，凑近县长的耳旁嘀咕道："本城的商会，多年没有动动交椅了。这次疏浚陶塘可谓是德政工程，只要县太爷您下道命令，此次商会改任与疏浚陶塘挂钩，谁出资多、功德大，谁才有资格出任会长、副会长等职，这样一来，你就坐府收银，还怕陶塘疏浚不成？"

米文韬略为思忖，随之拍掌赞许道："妙，这倒真是个妙计！"但他紧接着眉头一皱，不无担忧地说："可这商会里的职位，非官非吏，既无俸禄更无品级，那些财主大老板又不是傻瓜糊涂蛋，他们肯出大价码来竞争这么个闲职吗？"周师爷仰面呵呵一笑，胸有成竹地说："俗话讲得好，虾有虾路，鳖有鳖路，老鼠蛤蟆会打洞。自古以来，只要有了职位、有了名分、有了权力，不愁捞不到银子。这商会里的名堂多着哩，只要有把交椅坐，谁不养得脑满肠肥？大人您只管下命令，剩下收银子的事交给属下来办，我包您财源滚滚，功德圆满，皆大欢喜。""好，那就借你的吉言，照这个法子试试看吧。"县长米文韬双手往身后一背，乐颠颠地走了。

县政府关于商会改选与疏浚陶塘挂钩的文告下达以后，在芜湖商界激起轩然大波。在任的商会会长、副会长等一帮人马不想失去这好处多多的位子，那些早就削尖脑袋想钻进商会，过过官瘾，耍耍威风，捞把油水的阔佬财主们当然也不愿错失这样的良机，何况还有"捐款疏浚陶塘，造福桑梓百姓"冠冕堂皇的招牌在前面遮挡着，于是，到县衙里来捐款的人争先恐后，络绎不绝。尤其是商会会长一职的捐款，已由最初的五百两、六百两、八百两银子，直蹿到一千两以上，可那县衙的周师爷仍没有收手的意思，他还要放长线钓大鱼。

此时的张恒春国药号已今非昔比，在偌大的芜湖城，其家产即便不是数一数二，也是稳居前三名的。但张家一贯低调行事，闷声发大财。

得知县府关于商会改任与疏浚陶塘挂钩的消息后，老掌柜张敬之捻须一笑，淡然处之。他告诉家人，不要掺和此事，专心致志、勤勤恳恳做好生意才是正道。

老谋深算的县府周师爷见本城商界的大角儿张恒春药号一直风平浪静、毫无反应，颇觉得奇怪，按理说，凭他家的财力，即便撇下商会会长一职不提，最起码捐个副会长干干也是不费吹灰之力呀！可他家为何如此淡定呢？如果张家真的袖手旁观，那捐款的事就再也掀不起高潮，只得草草收场喽！

一心只想多收捐款、多捞油水的周师爷，这天午后终于忍不住懊恼和焦灼，步出县府大院，轻摇折叠纸扇，沿着麻条石铺就的十里长街，晃晃悠悠地来到张恒春国药号"闲逛"。当家人张伯炎正好出差不在家，张敬之得知稀客上门，心里早已明白几分。他怕周师爷误会，忙拄着拐杖亲自迎到店堂，将他请进后院花厅落座。

上茶、敬烟、寒暄一番后，周师爷适时话锋一转，忽然笑呵呵地说："张老板，这次商会改任，你可不能坐山观虎斗啊！"

"岂敢岂敢！张恒春乃外来户，根底浅薄，实力微弱，万不敢跟人争高下……"张敬之连连拱手作揖。

"这不是争，而是当仁不让！"周师爷仿佛推心置腹地说："张恒春乃芜湖商界数一数二的金字招牌，你们不当这个会长，我看全城就没有别人更有资格当这个会长！"

"哪里哪里……师爷抬举了。张恒春只知经商，不问政治，主事人德疏才浅，实在无力胜任……"张敬之满口推辞。

"你是怕商会改选与疏浚陶塘挂钩，舍不得那点银子吧？"周师爷干脆一步到台口，"就凭你家这么厚的底子，难道还缺那么点香火钱？"

"呃——这，这这……这也不单单是钱的事，关键是敝号乃外来户，根底浅薄，这些年生意虽小有发展，但眼红的人早已暗怀怨恨，如若再让张家坐上商会会长的位子，发号施令，那就更成了众矢之的，不仅人难处，事难办，而且生意也难做……万请周师爷多多体谅，通融，海涵！"张敬之实话实说，恳切之情溢于言表。

"哦……这倒也是各有各的苦衷啊！就像我这个老朽，虽说是个县府师爷，可还不是为收税抽捐、清湖挖河的事跑断腿，磨破嘴嘛……"周师爷右手一收纸扇，将扇骨在左掌中轻轻砸了几砸，沉吟片刻方说："这样吧，商会的头把交椅你不坐也罢，但副会长你无论如何推辞不得，否则谦逊过分，就有清高孤傲之嫌喽……"言下之意是，你总不能一毛不拔吧。

　　张敬之是何等精明的人，一听就辨出了弦外之音，但他也不把话说破，而是故作愚钝地说，"副会长也不好当，耗时费力让人吃不消……敝号当家人去亳州出差了……干脆，我替他做个主，捐点香火功德，劳烦您另请高明，也算是我张恒春国药号对疏浚陶塘尽一点义务吧！周师爷，您说个数，捐多少适宜？"

　　"这个嘛……捐款是自觉自愿的事，你看着办吧。"周师爷颇为尴尬内疚，直抓头皮。人家不要职位，还主动认捐，你总不能要求过分吧。但他又怕张敬之抠门，应允百把两银子敷衍一下，自己反而被动，所以权衡再三，他又补了一句说："你家是大户，捐少了也不像，如能拿出个五百两银子来，也就算给县府长脸喽……"

　　"屈尊师爷亲临敝号，老朽惶愧不安。为聊表心意，回报乡民，承谢大人亲顾茅庐之情，张恒春认捐一千两银子。我明天就派人送抵县衙……"张敬之从容坦荡，一言九鼎。

　　周师爷喜出望外，连忙抱拳作揖道："唉呀呀，张老板真是高风亮节，开明通达……周某佩服，佩服！"

　　"过奖，过奖。张家久受先贤教化！当年，南宋状元张孝祥，捐田百亩，汇而成湖，造福一方。我张恒春借宝地开店，得以发展壮大，光耀门庭，今天为疏浚陶塘，捐一些银子，于情于理于商家的道义来说都是应该的嘛……"张敬之作揖还礼，示意家人续茶。

　　品茶闲聊片刻，周师爷心满意足地要告辞。张敬之却一把拉住他的袍袖，热情相邀道："日头偏西，寒舍已略备薄宴，请师爷屈尊赏光。"轻而易举得了一千两银子，另外还有丰盛酒宴相待，周师爷心里简直乐开了花，故作一番推让，便笑呵呵地入席就座，谈笑风生。

张恒春带头认捐，出手大方，而且谢绝任何报偿，坚辞商会职务，别的商家店铺也就无话可说，纷纷踊跃捐献了。

有钱能使鬼推磨。以工代赈，甜头加棍棒，官府哪有办不成的事？经过数千农夫和城镇苦力的连续劳作，经春历夏再到秋末，历时半年多，陶塘疏浚基本完工，环湖岸边堆积成山的烂泥浊物等被陆续清运出城，再从青弋江引净水回灌，一个熟悉而又崭新的陶塘呈现在众人面前：碧波荡漾，水鸟翩飞，花红柳绿，游船点缀，分外秀丽娇妍。无论本地居民还是外来客商皆流连忘返，赞不绝口。

有疏浚陶塘作为有目共睹的"政绩"之一，芜湖县县长米文韬受到省府的赞许和嘉勉，面子、里子都捞足了，非常兴奋得意，故而对张恒春药号也就高看一眼，大加褒扬。张恒春国药号的捐款善举不胫而走，一时传为美谈。

第三十章
爱 国 义 举

1919 年，是个多事之秋。

该年一月，第一次世界大战刚刚结束，英、美、法、日等列强闹哄哄地在巴黎召开"和平会议"，实际上也就是几个战胜国的分赃会议。中国北洋政府作为战胜国一方，在国内人民的压力下，向和会提出了希望列强放弃在华特权，取消不平等的"二十一条"秘密协定，收回山东一切被日本夺去的权利等合理要求，但均被列强拒绝，而腐败软弱的中国北洋政府竟指使其谈判代表准备在和约上签字。消息传到国内，引发了"五四"爱国运动。

"五四"事件，激怒了当局，但为了避免火上浇油，扩大事态，官府只好先隐忍不发。待事件平息以后，6 月 2 日，北洋政府开始在北京大肆逮捕爱国学生，引起了全国人民的极大愤慨，各大中城市相继爆发抗议活动。芜湖作为安徽首屈一指的文化名城，学子云集，商贾齐聚，精英荟萃，消息灵通，理所当然也掀起了声势浩大的群众示威游行。

此时的张恒春国药号势头有增无减，虽然第二代掌柜均已过世多年，其第三代掌门人张敬之也刚刚病逝，张家的事务在张伯炎（张敬之次子）呕心沥血的操持下还算是有板有眼，颇有起色。

6月5日早晨，张恒春国药号的伙计一开门就发觉气氛与往常不大一样，只见街头墙上、电线杆上，到处张贴着县警察厅关于禁止任何人以任何理由游行示威、罢工罢市罢课、扰乱社会治安的布告，四岔路口及要害处都加派了岗哨，便衣、巡警四处转悠，全城好像弥漫着一股看不见闻不着却分明可以感觉得到的浓浓的火药味。

忽然，片警刘麻子急急忙忙闯进店堂来打招呼："大伙听着，上峰有令，任何人不许参加游行示威，不许罢工罢市罢课，违者一律严惩不贷！"

药房管事滕如松、坐堂医生徐云山与伙计们只是相互笑笑，各干各的事，懒得搭理他。大家正嘀咕张望着，远处忽然传来震天动地的呐喊声，接着就洪流激浪般涌来了一批又一批游行示威的青年学生——有省立五中的、有芜湖师范讲习所的、有商业学校的、有甲种实业学校的、有私立华中中学的……还有不少小学高年级学生在教师的带领下，也上街参加了示威游行。学生们高举横幅、标语牌和花花绿绿的三角小纸旗，愤怒地呼喊着口号。他们召唤民众觉醒；呼吁外争国权，内惩国贼；要求政府立即释放被捕的爱国学生，拒绝在巴黎和约上签字。

在街头路口和人群聚集的地方，许多学生和教师在向围观的群众发表演说，揭露军阀政府的卖国丑行，讲述在巴黎和会上中国所受到的侮辱和不公正对待，号召民众罢工罢市，与爱国学生站在一起，挽救民族于危亡。

日头渐高，街上行人越来越多，游行示威达到高潮，市内主要大街上到处是成群结队的学生，狭窄的十里长街更是人潮汹涌，万头攒动。

突然，刺耳的警笛声响起，大批警察和全副武装的士兵一边对空鸣枪，一边冲进了人群，见到演讲的、喊口号的、领头的师生就抓，谁要是反抗，警棍、皮鞭和枪托就狠砸猛抽过去，当即就有好几名学生被打得头破血流，倒在地上。一位身材瘦弱，戴金丝眼镜，教师模样的中年男子为保护学生也被打得眼镜破碎，鼻血直喷，但他还是镇定地指挥着学生："快，快救人！前面不远处就是张恒春药号，快把受伤的同学送到那里去……"

几名受伤的师生陆续被送进了张恒春药号，滕驼子与伙计们尽管十分同情，但谁也不敢救治，生怕得罪官府，惹来麻烦。正在后院药坊忙碌的张伯炎闻讯，马上来到前堂，吩咐滕如松、徐云山等赶紧给伤者清洗伤口，敷药包扎。张伯炎双手合十，虔诚地说："笃信佛法，乐善好施，此乃张家遗风。张恒春开业一百多年，还从来没有回拒过伤病者！佛家信徒更兼杏林中人，哪有见死不救之理？凡是受伤的爱国学生都可来张恒春医治，本店分文不取。"学生们深受感动，欢呼鼓掌，进而恳求张家支持学生的爱国之举，参加罢工罢市行动。面对纯朴正义的学生，张伯炎满怀同情，但又有难言之隐，他诚恳婉转地说："我虽不是名儒贤达，但也同样是中国人。国家有难，匹夫有责嘛！不是我们不肯罢市，而是因为我们是开药房的，药房一关门，危急病人无处抓药请医，那会出人命的呀！"学生们听罢此言，顿时鸦雀无声。

人群里，那个戴破眼镜的中年男人用棉球捂着流血的鼻子，趋前说道："张老板，国难当头，不能不以非常之法，救非常之急也！国疾不疗，民命何保？国权不争，家事何成？急诊固然不敢误，但你们后院的作坊可以停一停嘛。再说，店铺也可以关大门，留偏门，照顾急诊病人。你们把罢工罢市布告贴出去，暂停营业，就是对学生最大的支持，也是你们最实际的爱国义举！张恒春是芜湖的名牌老店，声望很高，只要你们罢市，那些小店铺、小作坊，就会纷纷仿效，一呼百应地参与进来呀！"说着说着，鼻血又流了出来，他赶紧仰头静立。

张伯炎闻言，觉得此人举止不俗，见识非凡，忙躬身作揖道："请问先生尊姓大名？"未等对方答话，学生们异口同声地说："他就是我们五中的教务长刘希平先生！""哦——原来你就是刘希平先生呀！久仰久仰。我常在本埠报纸上拜读你的文章，您笔锋犀利老辣，有胆有识啊！刘先生热心教育，扶危济贫，善事义举，如雷贯耳呀！"张伯炎停顿片刻，把老管家滕如松拉到一旁的屏风后面，两人小声商议了一会儿。张伯炎随即回到前堂当众表态："国难当头，张恒春不能无动于衷。本人甘冒封店之险，决定支持学生的爱国行动。自今天下午起，敝号制药作坊暂时歇业，店铺关门打烊，只留偏门接待急诊……"话未落音，学生们欢声雷动，热烈鼓掌。刘希平上前紧紧握住张伯炎的双手，激动地摇晃着："张先生，有你们这样的爱国绅士支持，有全国四万万同胞的觉醒和抗争，中国不会亡，种族不会灭啊！"

刘希平领着学生们离开后，张恒春果然贴出告示，闭门罢市。左邻右舍的店铺也都跟着关门歇业。芜湖的罢工罢市形成的气候声势给地方执政当局造成了极大压力。

翌日，片警刘麻子领着县府的官员气势汹汹登门问罪，张伯炎客气地应酬，将他们引进厅堂坐下，先是上茶上点心，毕恭毕敬，然后则两手一摊，愁眉苦脸地说："做生意哪想关门歇业呀，我跟钱作对啊？当时那么多学生涌进店里，我要是硬顶，他们一怒之下把张恒春砸个稀巴烂，我找鬼去赔偿呀？抽捐纳税你们催得紧，危急时刻你们怎么不派兵来保护我们哩？"一番话说得县府官员哑口无言。县府的官员抓耳挠腮窘了半天，只好悻悻地说："你真会猪八戒倒打一耙！那好，以前的事不提了。现在学生都撤走了，你赶紧开门营业吧。""我们的歇业告示已经贴出去了，不能言而无信啊！张恒春立业百余年，从无撒谎欺诈之举。要重新开业也得等风头过去了才能考虑吧。"张伯炎在一旁和颜悦色软软地回了句。

绕来绕去谈不拢，双方不欢而散。学校闹得凶，读书人都站在了政府的对立面，革命党人也在到处搞爆炸、暗杀、罢工罢课罢市，政府不敢再扩大打击面，只好忍下一口气，准备渡过危机再说。县府官员和刘麻子都悻悻然离去。

面对全国一片沸腾的危险时局和革命党人的频频起义，几天后，四面楚歌的北洋政府不得不释放爱国学生，被迫妥协让步，拒绝在巴黎和约上签字，各地的罢工罢市罢课浪潮才逐渐平息。

这次停产歇业，张恒春损失不小，但张家并不后悔。

时隔不久，北洋政府的地方当局秋后算账，此次芜湖学潮的组织者刘希平等骨干分子上了秘密通缉的黑名单，一场秘捕行动撒开了大网。

月黑风高，秋虫唧啾，整个古城灯火阑珊，笼罩在寂静沉睡之中。

在夜幕的遮掩下，一个身穿灰布长袍，头戴毡帽，宽大的帽檐低低地压着眉眼的人急匆匆穿街过巷，来到张恒春药号的后门外，先是贴着墙角警觉地朝四处看了看，没发现跟踪和可疑人物，才敲响了门环。

值更的药房管事兼坐堂郎中滕如松刚刚躺下，忽听有人急切地敲门，以为来了急诊病人，便赶紧起床穿衣，点亮灯笼提在手里，一边应答着，一边小跑着去开门。门开一缝，那黑影就溜了进来，直接转身把门闩插上，滕如松一愣，眼睛眨巴着认不出人来，对方摘下头上的毡帽，笑着轻声说道："先生不认识我了？"借着灯笼昏黄的光亮，滕如松吃惊地发现，这个戴眼镜的人竟是市立第五中学的教务长刘希平。"哎呦，是刘先生！这么晚了……""我有急事要请张老板相助，烦劳您……""哦，好好，我这就去通报，您先在我屋里歇会儿……"滕如松将刘希平带进自己的小屋，返身离开。

过了半袋烟的工夫，衣衫不整，边走边扣纽子的张伯炎跟着滕如松来了，一见面，张伯炎就拱手作揖："来迟一步，请刘先生见谅。""深更半夜打扰张老板，实在惶愧不安。因为上次的五四爱国运动，现在军阀头子马鸣甲正在捉拿我，我想暂在贵府避避风头……""好好，只要刘先生信得过敝号，我会安排妥当的……"略一思忖，张伯炎转而对滕如松说："这样吧，先把刘先生安排在后院药库暂住，你物色一个可靠的伙计每天送饭伺候，等风声缓和一些后，我再想法子送刘先生出城。""老板放心，我这就照您的吩咐去做。"滕如松向张伯炎欠欠身，随后示意刘希平跟自己来。刘希平深深地向张伯炎鞠了一躬："谢谢，太谢谢了！"张伯炎连连摆手，示意其快去。刘希平跟在滕如松身后向药库走去。

来到库房，打开铁门，一股冲鼻子的混杂药材味夹带着浓厚的潮湿霉变气息扑面而来，令人作呕，平时从不接触百草的刘希平不禁往后连退了两步。滕如松看在眼里，抱歉地说："先生是儒雅人，让您委屈了……本药号也并非没有空屋安置客人，可只有这里最僻静，也最安全……""那当然那当然，你们都是为了我好，这里挺不错嘛……"刘希平走进库房，定下神来，脱去长袍，与滕如松一起收拾起来……

张伯炎对刘希平敬如上宾，一天三餐好生伺候。过了一段时日，局势有所松动，刘希平急着要到宁沪杭去联络革命党，张伯炎不仅拿出一笔银圆相赠，还花钱买通金马门一带的巡长冯大鼻子，做了一番巧妙安排。

这天清早，天麻麻亮，城门刚开，街上有人走动了。张家人让刘希平饱餐后，故意将他弄得蓬头垢面，换上旧衣烂衫，摘掉眼镜，再以破草帽遮颜，乔装打扮成车把式的模样，与一个机灵的伙计赶着驴车出了药号大院，七弯八绕地来到城门前。出城的人都在排队等待查验身份，站岗的士兵手里拿着一张印有照片的通缉令，在一一查看行人。

轮到刘希平上前时，巡长冯大鼻子忽然从一旁走了过来，高声招呼道："哎哟，这不是张恒春的伙计老姚嘛，这么早就要出城去呀……"刘希平赶紧掏出洋烟相敬，再敬给两个站岗的士兵，笑嘻嘻地说："到繁昌横山去收购一批药材，下晚就回来……""你们张恒春可是发了大财喽，哥们几个忙着站岗缉拿要犯，可是连早饭还没吃哩……"冯大鼻子一条腿抖抖的，故意朝两个士兵挤眉弄眼，意思是该敲的竹杠不敲白不敲。那两个士兵一见有油水可捞，心里都喜滋滋的，哪还顾得上仔细查验身份相貌。那个机灵的伙计则赶紧从荷包里掏出一摞铜板往冯大鼻子和两名士兵的手里各塞了几枚，点头哈腰地说："这点小钱，请各位老总吃顿早茶……以后还请多多关照！""好说好说！"得了意外之财的士兵满心欢喜，把手直挥道："请请请，两位老板走好……"那伙计一扬鞭子，赶着驴车就出了城。冯大鼻子则故意与两个士兵悄悄耳语道："以后碰见这样的小开，就是要敲他妈的一杠子……""哈哈哈哈……"两个站岗的士兵手里攥着铜板开怀大笑，一个劲地恭维着冯大鼻子有门道。

一出城门，那伙计就把驴车赶得飞快，载着刘希平远走高飞，流亡他乡。

刘希平逃走后，找到了革命党，改换姓名在南京白下区教书。次年，军阀马鸣甲倒台，刘希平这才返回芜湖，并特意到张恒春致谢。（1924 年 8 月 17 日，刘希平先生因积劳成疾，英年早逝，终年五十二岁。他的朋友、学生将其安葬在城外的赭山顶上，墓地成为芜湖著名的人文景点。）

民国二十年（1931）老三房张文彬之孙张裕卿继任张恒春药号掌门人，老二房张文玉之孙张筱泉参与主事。随后，张家又聘谢树德为经理，张恒春药号再现中兴气象。

张裕卿当上掌柜后不久，芜湖发生了轰动一时的"马票事件"。

这年秋收时节，趁着农业丰收，物价稳定，百业恢复，老百姓手头比较宽裕，中国实业银行安徽分行在芜湖发行融资债券，利息颇高，超出其他银行二到四个百分点，人们争相购买。因其票面印有精美的骏马图案，因此被坊间称为"马票"。

一开始，"马票"发行红红火火，街谈巷议，多家报纸、电台连续采访报道，追捧赞扬。中国实业银行安徽分行行长周龙塸，多次在大庭广众之下踌躇满志地放出豪言："本行要在芜湖大兴实业，报效国家，造福民众，称雄一方……"

然而，商场如战场，风云瞬息万变。或许是中国实业银行一票走红，引起了同行嫉妒，或许是周龙塸的慷慨豪言，让竞争对手感到了巨大压力，随后，有业界头面的人物暗地里放出话来："实业银行是只雏鸟，羽毛未丰，根底浅薄，他们玩的是空手套白狼的把戏，日后'马票'肯定大跌，甚至血本无归……"顿时，谣言四起，污水乱泼，"马票"发行冷落受阻。不明真相的客户，手持"马票"，纷纷涌向实业银行，强烈要求退票提现。

起初，周龙塇根本没当回事，非常不屑地说："这完全是谣言惑众，是商业对手在暗中捣鬼。退票提现不合契约，决无可能！"

这样一来，群众更恐慌了，争先恐后拿着"马票"赶到实业银行要求退票提现。实业银行门前排起了长龙，任凭银行员工百般解释劝说也无济于事。即使铁门强行关闭，人们也不离不散，拥挤、争吵，甚至打架闹事，连县警察厅都被惊动了，派出大批警察出面维持秩序。

面对这意想不到的突发事变，周龙塇傻眼了。中国实业银行安徽分行刚刚挂牌不久，有限资金都放贷投向了实业，哪有财力马上将纸钞兑现为真金白银？走投无路之际，他忽然想到了与之打过交道的本地商家大户——张恒春国药号。

于是，抱着死马当活马医的侥幸心态，周龙塇连夜来到张恒春求援。一见到当家人张裕卿，周龙塇就频频鞠躬作揖，带着颤音说明了情况，然后哀求道："张老板，请你救救急吧，如果挤兑风潮不止，那……那我只有跳江自尽了……"张裕卿和颜悦色地安慰道："莫急莫急，没有过不去的沟沟坎坎。请坐下喝杯茶，定定神再说。"其余在座的张家主事人张筱泉、张健卿、谢树德等也好言宽慰。

张裕卿临危不乱，处变不惊的超脱神态，使急火攻心的周龙塇受到感染，有所镇定。他在桌旁太师椅上坐下来，端起茶盏，没滋没味地啜了几口茶。

张裕卿开门见山说："周行长，你说实话，贵行现在的兑现能力到底如何？"周龙塇赶紧放下茶盏，愁眉苦脸地答道：

"在家里不说外话。我现在哪有能力兑现，贷款放出去，那是有期限的……"

张裕卿又问："你的贷款去向是哪里？"周龙塬神情一振，很有把握地说："我的贷款去向主要有铜官山开采、繁昌桃冲铁矿、明远电灯公司、大昌火柴厂、三江内河航运等。都是本地新兴实业，盈利情况看涨，只要能挺过这一关，我稳赚无赔！"

张裕卿微微颔首，思考片刻，又问："你想借款多少？"周龙塬连忙起身作揖："那当然韩信将兵，多多益善……如果兄长能借个二三十万块现大洋给小弟，我再想想别的办法，可一举平息风波。"

张裕卿沉默片刻，坦诚说道："敝号已实行股份制，资产归家族三房和员工股东共有。贵行所借款额巨大，我个人无权定夺。你容我们商议一下，再作答复如何？""当然当然！那我就在此恭候，诸位请便。"听话听音，周龙塬感到有了一线希望，心里轻松不少。张家人起身出门，换到别处商议。

周龙塬独坐在客厅喝茶、抽烟，时而起身在室内踱步。佣人提壶进来，给客人茶盏续水，退下。

等了好长时间，终于看到张裕卿领着张筱泉、张健卿、谢树德和账房管家等人回到屋里。

大家坐定，张裕卿沉稳地说："我们几个当家人商议定了，同意借现大洋二十万元给中国实业银行安徽分行……"话未说完，周龙塬兴奋得起身呼喊："大恩大德啊……我周某定当涌泉相报！"

"且慢高兴，"张裕卿轻声慢语说："如此巨款外借，主要是为了襄助贵行实业报国之举。同时，我们也是有条件的……"
"那是当然，利息多少，由你们定！"周龙塇浑身来了劲，话说得特别慷慨。

　　"利息的事好说，你按正常利率给就行。我们是开药号的，并不靠放贷谋生。"张裕卿看得淡泊通透，但加重语气说："这笔款子，借期一年，到时务必如数归还，否则会影响本号的资金周转。同意，那就当面起草契约，签字画押。""好好好，请拿文房四宝来！"周龙塇喜出望外，手舞足蹈，一扫心中的阴霾……

　　契约签订后，双方便商讨起下一步棋该如何走。

　　当天深夜，几位经过挑选的本店伙计闷声不响地从张恒春账房金库里提取了二十万银元，装在几只木箱里，外面包裹着草席、竹帘等遮挡物，两人抬一箱，避开大路，专走小巷，由实业银行的后门进入，抬到二楼行长办公室。神不知，鬼不觉。

　　有了张恒春国药号二十万银圆撑腰，周龙塇胆气陡增，镇定下来。面对资金缺口，他又去向另一位关系户——宁松泉求援。

　　宁松泉是皖南青阳人，祖上乃徽州茶商，儒风家传。他来芜湖商埠博弈年深日久，在长街独资开设承余钱庄、承丰裕绸布店、宝裕纱号等实业，资金雄厚，闷声发财，从不张扬。此人力戒浮躁奢靡，低调行事，但深明大义，素有实业报国志向。目睹"马票"横遭诋毁，又闻张恒春国药号已借给实业银行二十万大洋，他沉思良久，慷慨允诺："张恒春借给你二十万，我再借给你三十万，但你对外不能说。我既非与人家比阔，也非捞取名利，只为打抱不平，解实业银行之危……"

"嗨呀，您真是侠肝义胆，雪中送炭啊！"周龙塬喜出望外，鞠躬作揖，千恩万谢，心里的烦恼忧虑全都烟消云散……

接着，实业银行发布告示，揭露社会上别有用心的人妖言惑众，图谋不轨的真相。同时，底气十足地承诺：从公告发布之日起，所有已发行的"马票"均可在本银行自由兑换成银元，数额不限。

许多客户看了告示，起先半信半疑，马上回家取出"马票"，去实业银行提现。果然，走去就换，而且银行职员态度和蔼殷勤，有多少换多少，绝无二话。一天如此，两天如此，天天如此。

客户终于放下心来。没兑换的人，不想兑换了；已经兑换的人，又重新买了"马票"；一些原来对"马票"不知情、不感兴趣的人，也自愿掏腰包，买起了"马票"。高利息的诱惑，毕竟是难以招架的。

"马票"风波彻底化解。实业银行在芜湖站住了脚跟，赚得盆满钵盈。与张恒春国药号的关系，那就铁得不用说了。

第三十一章
跑 反 避 祸

二十世纪初至三十年代中期，张恒春药号达到鼎盛，在全国各地共开设分号十余家，如当涂薛津的"张涵春"、合肥的"春和义"、宣城的"裕康"、小丹阳的"恒春茂"、巢湖柘皋的"春和义"、芜湖西门的"张利生"、当涂东关的"恒春和"等，另有钱庄两家，在当涂护驾墩、江苏溧水购置田产两千五百余亩。在芜湖的房地产也是多得不得了，其河南（青弋江南岸）"恒德里巷"的房产均为张家所有。据估算，当时张家仅在芜湖的财产折合白银不下六十五万两之巨。

此时，张文金、张文玉、张文彬三兄弟皆已仙逝作古了。兄终弟及，依次"坐庄"数十年，这就是芜湖张恒春"老三房"的来历。

"老三房"之后，张恒春传至第三代掌门人——张敬之的手中。张敬之后是第四代传人张伯炎主事，接下来便是第五代张裕卿当家，大房嫡孙张健卿襄理店务。

1927 年至 1937 年夏,国际形势趋于缓和,国民党建都南京后,九州方圆大体也渐趋稳定,民族工商业趁势崛起,蓬勃发展,民生有所改善,国力稍见恢复,史称民国时期的"黄金十年"。

这段时期,也是张恒春药号的黄金十年。张家人赚得钵满盆盈。名医滕如松亦跟着发了财,他花大价钱在城南新市街买下一幢豪宅,除了在张恒春坐堂,还正式在芜湖老城区挂牌行医,牌匾和处方笺名均称为"金陵儒医滕如松","滕驼子"的名声越发如雷贯耳。

也就在这时候,张家特意将"张恒春药号"招牌更换为"张恒春国药号"新牌匾。虽只增添了一个字,其拳拳之心,昭示天下。

张裕卿偏重药坊秘技和内部管理,加上身体有疾,需要静养,故不堪烦忧,厌于交际,所以采购营销、八方应酬等对外往来,一般都由张健卿出头负责解决,等于是代掌柜。

张健卿为人正派,不赌、不嫖、不抽大烟,也不纳小妾。唯一的嗜好就是莳花养鱼。不仅在家里养鱼,他还将大鱼缸设在药号庭院里,以便随时观赏。

好日子,慢时光,福人也有祸来缠。

这天午后,张健卿只有六七岁的小女儿张启玲与小哥张启寅在鱼缸旁玩耍,张启玲站在小板凳上,又是观鱼又是抓鱼,玩得兴高采烈,不料探身过猛,重心失衡,整个人"扑通"一声栽入又粗又高的大缸里。小哥张启寅赶快来拽妹妹的脚,想把她拖出来,无奈力气太小,拖不动,急得他大哭大喊。正好有个店员路过，飞奔过来，把肚子里灌满了水、奄奄一息的张启玲从大缸里给捞了上来。听见哭喊声跑来的坐堂医生立马施行抢救，让孩子吐出积水，然后喂其服下本药号生产的"观音还魂丹"。

张健卿等家人闻讯赶来，吓得魂飞魄散。张启玲被抬回家后，气若游丝，躺在床上一动不动。其小脚母亲窦瑞蓉彻夜不眠，忙着熬药喂丹，烧香拜佛，还颠着小脚，亲自到街巷里为小女儿喊魂："小启玲哎——回家来哦……小启玲哎——妈妈在家等你哟……"一遍又一遍反复地喊，喊得喉咙嘶哑，泪流满面……

或许是药物起了作用，或许是母亲的虔诚感动了上苍，或许是张启玲的生命力顽强不该夭折，小小年龄的她在鬼门关里荡悠了一趟，终于摆脱死神，转危为安。

张健卿非常后怕，深深自责，派人将药堂庭院里的大鱼缸移走，再不养鱼了。（成年后，聪慧秀丽的张启玲嫁给了一个国民党军官。1949年春，她随丈夫逃到香港，后来到台湾高雄定居，耄耋之年还曾回大陆探亲。）

就在生意兴隆，财源茂盛的大好时光，万万想不到的是，战争灾难突然从天而降。

1937年7月7日，突然卢沟桥事变爆发，抗日战争全面展开。同年10月中下旬至12月初，日寇飞机数次轰炸芜湖，炸毁湾里机场、老火车站、太古码头、弋江大铁桥等重要目标及城内千余间民房店铺，大批无辜的百姓倒在血泊之中，芜湖城内谣言四起，人心惶惶，大户富商争相出逃。

张恒春药号的掌门人张裕卿在店员、亲眷的苦苦劝说哀求下，为保家人平安，躲避战乱，决定关门停业。张敬之次子张天煌自告奋勇带着员工赵天财等人留守芜湖总店。张裕卿与儿子张启开及几个侄儿护送三房部分老小，携带细软，随着大批难民涌出城门"跑反"。他们花大价钱雇了两辆马车，准备逃往江苏溧水县泗庄老家。

两辆载重马车在乡间土路上颠簸，妇孺老人坐在车上，青壮年男人及伙计随车步行，速度缓慢。突然，晴朗的天空中有两架涂着日本膏药标志的飞机呼啸飞来，在头顶盘旋，逃难队伍惊慌四散，哭爹叫娘。疯狂的日机俯冲扫射、投弹，几匹马及车夫被炸死的被炸死，逃散的逃散，几只箱子也被炸飞，衣物用品撒了一地。家眷老幼及伙计有三人被炸死，多人受伤，这样一来，大队人马按原计划长途跋涉回老家是不可能的了。

张健卿的夫人窦瑞蓉是大家闺秀，平时在家大门不出，二门不迈，养尊处优，肩不能挑，手不能提，更是走不了远路。她拼命挪动着小脚，与众人在乡间小路上艰难奔走了二十多里路，"三寸金莲"全都磨得皮开肉绽，鲜血淋漓，每迈一步都如针扎刀剐，疼痛钻心。加之又受飞机惊吓，她浑身瘫软，两腿麻木，实在是一步也走不动了，不得不哭着哀求丈夫道："你带人先走吧，我在后面慢慢捱，等你们找到了车马再回头来接我，省得拖累大家……""不行，太阳已经偏西了，哪能丢下你一个人……"张健卿执拗地说："要走一起走，要死一块死。"大儿子张启宇让女眷照顾好母亲，其余人原地休息等待，自己带着两个堂兄弟赶在前面打探寻找，希望能雇到驴、马之类的救救燃眉之急。

走出一片丘岗树林，忽然眼前开朗，他们看见了一条清亮宽阔的河流。向附近种田人一打听才知道，这条河叫姑溪河。张启宇大喜过望，心想，张家的发祥地护驾墩不就在姑溪河边吗？见河上有帆船来往，张启宇等赶紧扯起嗓子大声呼喊。终于，有船驶来，张启宇也不讨价还价，开口就说："这船我们包下了，这船我们包下了……"然后吩咐堂兄张启开赶快回头去接家人。

一行狼狈不堪的逃难者总算登上这条救命的木帆船，改道驶向附近的当涂护驾墩。

到达小镇护驾墩的张恒春分号歇息下来，伤者得到救治，饥肠辘辘、疲惫不堪的大伙儿吃上了热汤热饭，逃难的四十余人这才总算暂时松了一口气。接着就是料理亡者的后事，给伤者疗伤。

然而，在此只住了几天，张裕卿便觉得此处离南京、芜湖都很近，交通便利，过客频繁，绝非隐居避难久留之地。另外，护驾墩店面太小，进账有限，也容不下数十人长期居住生活。一天早饭后，家人商议了一下，认为还是分头避难好。张裕卿只得让张健卿、张伯炎和难以行走的窦瑞蓉及几个受伤的女眷、孩子等十多人留在此地养歇，张启宇协助照料，等情况好转后再伺机转移，自己则带领二十多人继续朝江苏溧水老家奔去。

张裕卿一行跋山涉水，风餐露宿，苦不堪言。虽然安顿下了部分体弱有病的孩子，但因为带了几个媳妇、孙子及吃奶的婴儿，赶路速度还是快不了多少。

这天中午，他们来到安徽与江苏接壤的地方"界口"附近，此处是荒无人烟的丘陵，羊肠小道两旁全是杂树茂密、茅草丛生的小山岗。这种地方历来是土匪藏身出没之地。为防止意外，在山口歇息时，张裕卿吩咐所有人要把随身携带的钱财收藏好，只放一点零钱在明处，危急时好应付。

二十多人扶老携幼，挑担的、拎箱的、背铺盖卷的、抱婴儿的，相互照应，小心翼翼，东张西望，沿着蜿蜒狭窄的小路在山沟里行进。"嚯——"的一声骤响，路边灌木丛中，两只大鸟冲天而起，扑棱棱扇着翅膀急速飞去，把原本就战战兢兢的众人吓得冷汗直冒，等明白过来是怎么回事，相视尴尬一笑，心还在咚咚直跳。

眼看就要走出荒山野谷了，大家暗自庆幸有惊无险，情绪平缓下来，有人还哼起了家乡小曲。

"站住，不许动！"一声喊犹如晴天霹雳，吓得众人浑身一颤，呆若木鸡。定神一看，只见路两边茂密的树丛中闪出七八个手持长短枪，衣着杂乱不整，蓬头垢面，凶神恶煞的人，他们拉开间距，呈扇形将张裕卿他们围在中心。不用问，一准是土匪。

果然，那额角有块疤痕的头目一说话，就亮明了身份："从老子地盘走，必须丢下买路钱！统统把钱交出来，哪个敢违抗，就一枪崩了他。"

张裕卿赶紧磕头求饶："老总，我们是逃难的，你高抬贵手放了我们吧……"其他人也都跟着跪地哀求，几个孩子吓得哇哇大哭。"放了你们，老子们喝西北风啊？看样子，你是个头吧！"疤子一脚将张裕卿踢翻在地，用驳壳枪直指他的脑门："快交钱！""是是是，我交，我交……"张裕卿从地上爬起来，在身上摸了半天，掏出几块银圆，颤抖着双手递过去。"就这么一点？哄三岁伢子啊！"疤子匪首咬牙切齿。"哦哦，他们身上可能还有一点……"张裕卿按照事先说好的话回应道。大家只好装作很不情愿的样子，从怀里或包袱里掏出三两枚钱币或零散的钞票放在土匪头子脚下。

"嘿嘿，这帮街上人还挺会演戏的噢。妈妈的，给老子搜！"疤子一声吼，其他的喽啰兵便扑上前去，踢倒担子，夺下他们的包袱、被卷、箱子等仔细搜查起来。有的土匪挨个搜身，查得很内行，箱子兜底掀，还敲敲有没有夹层；被褥抖开后捏棉花，一点一点往前将；连头上的帽子、脚下的鞋子也不放过，所有藏匿的钱钞、金银首饰、戒指、珠宝、玉器等都被搜了出来，堆在地上一大摊。

"哈哈哈哈……今天老子逮到了肥鳖！"土匪头子仰天大笑。"老总，你、你……你发发善心，留点盘缠下来吧，我们还有很远的路要赶啊……"张裕卿一见老底子全丢了，非常痛心，还试图挽回一点。可那吃人不吐骨头的家伙却两眼一瞪，把手中的驳壳枪一晃，恶狠狠地骂道："就你这个家伙最滑头，老子一枪崩了你！"话音未落，"砰——"的一声枪响，一颗子弹擦着张裕卿的耳边飞过，吓得他一下瘫倒在地，众人赶紧跪地磕头，苦苦求饶。

　　疤子匪首见斩获颇丰，发了大财，心里痛快，得意扬扬地说："好吧，看在佛祖的面子上，老子饶了你们，快滚！"

　　张裕卿与大伙垂头丧气地收拾起行李，正要上路，突然见到山路两旁的树林里闪出许多全副武装的军人，有人端着卡宾枪高喊："举起手来，缴枪不杀！"说时迟，那时快，百余人的队伍拉开散兵线已冲下两侧山坡，将土匪和行人统统包了"饺子"。有几个士兵冲上前，夺下土匪的枪。

　　张裕卿仔细一瞧，这些人是国军，个个都佩戴着军衔领章和青天白日帽徽，有的还负了伤，头上、胳膊上、腿上缠着脏兮兮带血的纱布绷带，军衣上血迹斑斑，布满焦煳的弹洞，浑身散发着战火硝烟味。他心里有了底，斗胆走上前去，向一位中年少校军官诉说道："长官，我们是从芜湖逃出来的难民，要回溧阳老家去。走到这山沟里，遇上这群土匪，把我们的钱财全都搜刮去了……"那个少校和蔼地说："老乡，我们是从南京保卫战撤下来的国军，碰巧路过此地。刚才的情况我都看到了……"他转身命令："土匪一律站在左边，难民一律站在右边。"

　　两拨人分别站好后，国军少校走到那群土匪面前冷眼扫视良久，突然厉声训斥道："日本鬼子都打进我们首都南京了，半个中国已经沦陷，可你们还在欺压掠夺老百姓，你们到底是人不是人！"土匪们又是害怕，又是惭愧，都垂下头去。"你们谁是头，说！"少校挥动手枪，义愤填膺。"他……他是头……"土匪们都怯怯地指着疤子，胆战心惊的疤子"扑通"往地上一跪，哭嚎着磕头。少校举起手枪，对准他的脑壳"砰——"就是一枪，匪首疤子头冒血浆，身子一歪，倒地抽搐而亡。

其他土匪吓得魂飞魄散，全都跪地求饶，哭喊连天："长官，饶了我吧，我家里还有老人伢子啊！""我是刚入伙的，一定改邪归正……""长官开恩啊，你就是我的再生父母……""你们还要当土匪，祸害百姓吗？"少校挥动着冒烟的手枪。"不当了不当了，再也不当土匪了……"众匪徒齐声高喊。"那好，我就姑且相信一次。如果你们继续作恶，必定会受到严惩。滚吧。"少校将手枪插进腰间的皮套，几个匪徒赶紧掉头就跑。

"这些东西都是你们的吧？"少校指着地上的钱物，对逃难的人说："各人拿各人的东西，拿完都走吧。"大伙都犹豫着，没敢动。"谢谢长官救了我们！兄弟们舍命抗日，劳苦功高。这些金银珠宝我们收回，剩下的大洋和钞票就慰劳国军吧。"张裕卿抱拳作揖，真诚地说："再走几十里，我们就到家了，日子好对付。把钱捐给抗日英雄，值得！"国军少校神情肃然，立正敬礼，却摆摆手说道："正当的军饷，自有政府拨给。打鬼子是军人的天职，我们不能以此为借口，掠夺老百姓养家糊口的血汗钱。你们快把钱物都拿起来吧！"张家人这才纷纷上前，各自拿起自己的东西。

正在这时，只见原本已经走了的两个土匪又远远地跑了回来，他俩走到少校面前，深深地鞠了一躬，其中的矮个子说："长官，我俩想跟你当兵……"那个瘦高个子说："反正老家也没有亲人了……当土匪确实伤天害理，不如吃粮当兵，打鬼子立功，奔一条正道……"

少校默默打量他们许久，终于点了点头，走上前分别拍拍两人的肩膀，温和地说："行，我收下你俩。好好干！"接着他转身命令："全体集合！"

原本四处站着的官兵迅速集中到山沟中间的平地上列队，大概有一个连的样子。少校讲了几条行军纪律和注意事项，然后下令："我们一定要尽快归队。向西南方继续搜索前进！"在威严的口令声中，队伍齐刷刷向右转，然后分两路纵队开拔，眨眼工夫就消失在山林拐弯处。

张裕卿与家眷伙计们如梦初醒，纷纷拿起地上的担子和行李，朝着目的地赶去。

一开始，大家都闷头走，谁也不出声。想想突遭横祸，却又逃出土匪魔掌，全部钱财失而复得，犹如一场大梦，又仿佛神灵在暗中保佑一般。人人脑海里就像在放电影，浮现着刚才亲眼看见的一幕幕惊险刺激的场面，心潮起伏，久久难平。接着，就暴发出欢声笑语，一路谈论不尽……

张裕卿先前在护驾墩时的预感很快便成为事实。就在他率领一帮人离开后不久，日军的十八师团扫荡当涂，护驾墩首当其冲。

那天正好是大年三十晚上，风传鬼子离镇上不远了，张健卿把家中院门房门插闩加杠关紧，然后灵机一动，把家中的十多个女眷藏在后堂佛坛高大的菩萨柜里，锁上柜门，外面再用木箱子、乱柴草、破破烂烂的东西遮挡起来。刚刚忙完，日本兵就砸开两道门，一窝蜂闯了进来，在屋里乱翻瞎找。有个鬼子疑心高大的菩萨柜里藏着什么，便搬动起佛坛前的杂物，就在这危险关头，领头的军曹突然命令士兵住手。原来，他是一名佛教徒，见到庄严神圣的佛像，他赶紧双手合十，虔诚地叩拜，然后下令士兵撤离。

日本人走远后，钻出柜子的女人们心犹颤悸，喜极而泣。全家男女老少纷纷在菩萨像前跪下，连连磕起了响头。从此，张家人越发信佛，满怀慈悲敬畏之心。

张裕卿的堂兄张天煌受命率领几个得力的家人和伙计留守芜湖总店。

1937 年 12 月 6 日晚，日本驻芜湖领事馆门窗紧闭，实行灯火管控，气氛异常诡秘，一伙鬼鬼祟祟的日本人正聚在内室昏暗的煤油罩子灯下开会密谋。

身材肥硕，梳着油光锃亮的"飞机头"，道貌岸然的日本驻芜领事谷藤，一手夹着半截纸烟，一手得意地挥动着手里的电报，狞笑着对日商正丸株式会社老板清泽加木及几个日本浪人说："傍晚刚刚接到电报，我大日本皇军即将攻占芜湖，为了震慑中国人，为我陆军部队扫清障碍，帝国空军定于今天夜里轰炸芜湖城。你们说说看，炸哪些地方最有价值？"

早就对张恒春等中国商家怀恨在心，欲报一箭之仇的清泽加木低头想了想，恨恨地说："湾里机场、火车站、太古码头、青弋江铁桥等重点目标均已被我炸毁，现在我们应该炸商业区，炸那些以前跟我们争市场抢财源，逼得我们走投无路的中国商家。这样可以征服他们的富贵阶层，看那些小小的草民还敢不敢抵抗！""吆西，清泽君高见！"谷藤赞赏地点点头。长着一脸横肉的浪人龟田寿迫不及待地说："要炸就先炸张恒春，那是芜湖最大的药号，资本最雄厚，影响也大大的……""哈依。另外那个满江春药堂也要炸，他和张恒春联手与我们作对，况且还生产了大批量的行军散、止血粉、咳喘丹等药品供他们的军队使用，必须严厉惩罚！"清泽加木火上浇油，他觉得报仇的时机终于到了。

谷藤领事恶狠狠地扔掉烟头，立即拍板，分别向龟田寿等四个浪人下达了行动命令。

冬夜，全城漆黑，寒风呼啸，街巷里空寂无人，连看门护院的狗也缩回了窝里不愿露头。

几名日本浪人各自身穿黑衣，并用黑布缠头蒙面，携带粗长的日式手电筒，像老鼠一样从巢穴里窜了出来，然后两人一组分头行动。他们爬树翻墙，偷偷攀到张恒春国药号和附近满江春药堂高高的屋脊上，分别放置了几把手电筒，将灯头朝天，然后推开按钮，顿时，几道雪亮的光柱直刺漆黑的夜空。贼头贼脑的日本浪人伏在屋顶四下窥视，见无人发觉，这才像鬼影子一样飘忽而去。

7日凌晨，天还没有亮，黑咕隆咚的夜空中突然传来由远及近的飞机轰鸣声，熟睡中的人们被响声惊醒，还没弄清是怎么回事，数架日寇轰炸机，搜寻到手电筒的光亮，随即扔下罪恶的炸弹。

张恒春国药号被燃烧弹击中，烈火熊熊，房倒屋塌。侥幸只受到轻伤的张天煌穿着内衣，趿着棉鞋，灰头土脸地从倒塌的屋里冲出来，大声呼叫留守人员和邻居们救火。尽管奋力扑救，张家的一半建筑还是被炸塌，库房全毁，仅存的价值六七万元的粗细药材被焚为灰烬。事后盘点，资金损失折合现钞八十多万元，元气大伤。尤其令人惋惜的是，当家人张裕卿锁藏在家中密室里的那把祖传紫砂壶，也在这次大轰炸中随着墙倒楼崩，玉石俱焚而无影无踪。

张氏族人聚在瓦砾废墟前发呆，懊悔不已，议论纷纷：

"祖传宝贝没了，这可怎么得了？"

"唉，哪个不心疼呢……我家这个宝贝少说已传了五代人了，想不到竟然毁在日本鬼子手里……"

"我到现在只是听说过那个宝贝，却连影子都没见过……那壶里到底装了什么东西哩？"

"哪晓得呢，听爷爷说，那壶是封嘴封盖的，打不开。但壶并不大，即使装满了金子，又能装多少？"

"是不是藏了什么秘方哦？"

"……这也有可能……但话说回来，我家老祖步入杏林，悬壶济世，就是为了治病救人，封藏秘方不用也说不过去啊……"

众人思来想去猜不出来，心中的憾恨疑窦难以言喻。

被人忽视的是，原本花园般的庭院中那几丛肥硕美艳、蓬勃挺拔、四季碧翠、历经数十年风霜雨雪而不衰的芭蕉也未能幸免，在这次大轰炸中惨遭毁灭，香消玉殒……

满江春药堂中弹数枚，石家多名亲属、店员当场被炸死，因火势凶猛，难以扑救，房屋全部焚毁，货物损失殆尽。死里逃生的少东家石筱山面对惨状傻了眼，承受不住如此沉重的打击，突然精神错乱，变成了疯子，整天披头散发，衣衫不整，大呼小叫、又哭又笑地穿街过巷，引来众人围观……从此，满江春药堂彻底败落，再也没有翻盘的机会。

天光大亮，烈火才被扑灭，望着劫后余烟，参与救火的人们及其围观的民众都很是疑惑，议论纷纷：为什么日本鬼子的飞机每次"下蛋"都炸得这么准？众人大眼瞪小眼，谁也无法给出答案。

直到日寇占领了芜湖，嘉奖有功的浪人间谍，有知情者私下道出原委，这才解开了谜底：每次日本飞机轰炸前，都有日本浪人、侨民或被他们收买的汉奸在地面放置手电筒，或点燃烟花、火把，铺设白布床单等引导物，所以，日机飞行员才像长了夜猫的眼，一炸一个准。

第三十二章
虎 穴 除 魔

抗日战争时期，混世魔王高立勋在芜湖城里可谓是家喻户晓、臭名昭著的铁杆汉奸。因其年少时与人打架斗殴，右腿受伤，痊愈后稍微有点瘸，但恶劣本性不改，残暴、狠毒、狡诈，故人送绰号"瘸狼"。那时，若有哪家的孩子撒娇使性哭闹不休，大人只要吓唬一声："不得了，瘸狼来了！"再犟的孩子也会立马闭嘴，乖乖听话。

瘸狼整日与一帮地痞流氓、狐朋狗友混在一起，偷窃扒拿，坑蒙拐骗，敲诈勒索，欺压穷人，为豪强劣绅捧场架势，干尽了缺德事。发迹后，高立勋开起了店铺，当上了老板，出入社交场合，俨然成了正人君子。他那同样奸刁油滑的侄子高荣升当时不知怎么居然捞到了官费名额，远渡东洋到日本留学，鬼混了几年，能讲一口不太流利的日语。

抗日战争全面爆发后，装备精良的日本侵略军从北方一直打到南方，宁波、上海、杭州等地相继沦陷，南京也危在旦夕。

　　1937 年 12 月初，日军出动轰炸机对芜湖城进行了几番狂轰滥炸，接着，日军第六师团为了包抄守卫南京的中国军队，星夜奔袭芜湖，窜犯至数十公里外的宣城一带。高立勋得到消息立刻派能讲日语的侄子高荣升和另一个汉奸前往邻县与日寇接触，并自告奋勇为其带路。那尖嘴猴腮的高荣升很善于献媚，加上会说日语，带路有功，颇受日本人赏识。

　　12 月 10 日，日军攻入芜湖后，大肆烧杀淫掳，无恶不作。高立勋拉上一帮流氓地痞，成立了所谓的"芜湖商绅自卫队"，替侵略者"维持秩序"，使日本人对其刮目相看，视为"亲善典范"，不久就正式委任高立勋为伪侦缉队队长。高荣升任日本皇军翻译官，穿上了皇军制服，腰挎"王八盒子"，耀武扬威。高家叔侄认贼作父，狼狈为奸，在芜湖横行霸道，不可一世。

　　高家叔侄因是土生土长，地盘熟、耳目多，关系网错综复杂，所以，芜湖沦陷后不久，他们就先后抓获了国军抗日谍报员和新四军侦察员多名，百般折磨后再拉到江边宝塔根下当众枪毙，白色恐怖笼罩全城。

　　1938 年开春，长江中下游地区流行疟疾和脑膜炎，皖南、江北地区因缺医少药，加之日寇封锁严密，疫情蔓延，危及中国军队的战斗力和老百姓的生命健康。驻江北新四军某部侦察连连长李小鱼和女军医林亚琴奉命化装成一对做生意的夫妻秘密潜入芜湖城与地下联络站接头，想采购一批奎宁、青霉素等急需的药品，送往游击区。

　　芜湖地下联络站负责人商秋野将此两人用化名在笆斗街一家不起眼的小客栈"弋江旅店"安顿下来，并很快就与留守张恒春国药号的临时当家人张天煌取得联系，请其予以协助。张天煌爱莫能助，如实诉说了自家被轰炸，早已关门歇业的窘境，再说张恒春是中药店，奎宁、青霉素等紧俏西药还真没有营销过，更没有存货。商秋野想想他说的也是实话，勉强不得，但还是恳切地说："那我们就到城里的其他几家药店去试试看，不过……您能否给我们弄几张假处方，现在日本鬼子控制得紧，没有处方，买不到西药啊！"张天煌略作思忖，点头答应道："抗日救国，匹夫有责。何况我们张家与日寇有着深仇大恨！处方我可以找人给你们开，但恐怕不能只开奎宁、青霉素这两种药，而要与其他药混在一起开，这才不容易暴露。只是这样一来，费用就要增加了……有两家西药房与我家关系不错，我可以暗中关照一下……"商秋野体谅地说："谢谢，谢谢！这是迫不得已嘛，药方该怎么开，你就怎么开，不要违背医学常理，让敌人抓住把柄。"

拿到处方后，我方紧锣密鼓地进行药品采购。

这天早晨，李小鱼头戴礼帽，身穿蓝色绸缎长袍，脚蹬一双圆口绒面千层底布鞋，一副城镇小老板的派头，大摇大摆地出了客栈。这副行头都是张天煌给提供的，他穿在身上真有点不大自在。身穿旗袍，脚蹬高跟皮鞋，脸上还化了淡妆的林亚琴相隔十来步，紧随其后，两人相互照应，不慌不忙，却又暗自戒备地朝着长街的一家大药房走去。

繁华狭窄的长街，店铺林立，人如潮涌，吆喝连天，市声嘈杂。此刻，李小鱼腰间藏掖的那把二十响驳壳枪正上着顶膛火，万一发生意外，出手极快的他刹那间就能拔出枪来，扳机一扣，"啪啪啪……"三五个敌人的脑袋立马就开花。当然，李连长不想遇到这样的麻烦，因为他与林军医重任在肩，部队和乡亲们还在等着他们送回药品呢。

虽说已是三月小阳春，桃红柳绿，大地回暖，天气有点乍热了，但这些日子风还挺劲，夹杂着迷眼的沙尘。李小鱼走至鼎泰酱园门口，正东张西望着，突然，一阵大风刮来，将他的绸缎长袍掀起，腰里别着的"二十响"瞬间暴露。这戏剧性的一幕不仅被身后的行人发现，而且恰巧给坐在街边小吃摊上吃早点的一个日本宪兵看见了，他先是一怔，目瞪口呆，刚要起身大喊，忽又意识到自己没带武器，如果鲁莽一喊，对方掏出枪来甩手就是一梭子，自己肯定完蛋。所以，他赶紧低下头，胡乱吃着面条，假装没看见。与此同时，李小鱼也发现了那个鬼子兵。目光相碰，李小鱼正准备掏枪，却见这家伙倒也识相，没有声张。身在敌巢，不便纠缠，李小鱼赶紧拔腿就跑。

走在后面的林亚琴为了打掩护，伸手抓住身边一个妇女的衣领，说她踩了自己的脚，与其大吵大闹，吸引众人目光。李小鱼刚刚跑出十几步，那个狡猾的日本宪兵回过神来，猛然起身，夺下一个伪警察的步枪，立刻气壮如牛，号叫着飞快地冲上前去。李小鱼一看情况不妙，近距离开枪又怕误伤行人，只好举起"二十响"，对着天空连开数枪。拥挤的长街顿时大乱，不明就里的行人惊慌失措，抱着脑袋像无头苍蝇一样乱闯乱撞，把那个日本宪兵堵得寸步难行，跳脚大骂。李小鱼趁机钻入一条偏巷，朝着下水门的方向奔去。

正在茶楼里喝早茶的高立勋忽听街上枪响，行人大乱，知道发生了意外，立刻拔出枪来，带着几个喽啰兵，朝着喊声响亮的西南方向追去。

下水门是芜湖老城的出口之一，日军在此设有哨卡，盘查过往行人。

快到下水门时，气喘吁吁、大汗淋漓的李小鱼正寻思着怎么混过关卡，忽见一个汉子挑着一担酒糟正向哨卡走去。李小鱼灵机一动，赶紧跑上前，向他急切耳语道："老乡，我是新四军，后面日本鬼子正在追我，快把担子借我用一下……"话未说完，他已将驳壳枪插进稀如泥浆的酒糟桶里，然后迅速脱下长袍，扔给那个壮汉，抢过担子挑在肩头，大步流星地朝前走去。

那个挑酒糟的汉子先是丈二和尚摸不着头脑，等他明白过来后，马上抱着长袍扭头就跑，生怕新四军与小鬼子交火自己吃枪子儿。再说，一担酒糟换来一件八成新的绸缎长袍也值得。

下水门哨卡的两个日本兵，见李小鱼闷头挑着担子快步走来，身上除了一条单裤，一件敞开襟的粗布短褂，也没什么好搜的。再看他那大汗淋漓、灰头土脸、皮黑肉糙的样子，活脱脱一个下等挑夫的模样，那一担污秽的酒糟更是臭气熏天，分外刺鼻子。于是，那个年纪稍大，满脸络腮胡子的日本兵便很不耐烦地把手直挥："快滚，快滚！"李小鱼假装害怕的样子，头一低，快步过关。

他刚到青弋江边，就听见身后人声嘈杂，估计是敌人追上来了，立即卸下担子，从桶内酒糟里摸出手枪，飞快跑下河堤，一头扎进碧波翻滚的江水里……

那个日本宪兵带着高立勋与一帮日伪军龇牙咧嘴地赶到下水门哨卡，东张西望没有搜寻到目标。领头的日本军曹问哨兵："刚才，有没有一个身子瘦瘦的，眼睛小小的，皮肤黑黑的，身穿蓝布长袍的'马虎子（新四军）'从这里过去？"那年长的络腮胡子兵略一思忖，不禁暗自一震，心想，糟糕，刚才那个挑酒糟的人不就是这般模样嘛！只是蓝布长袍没见他穿，八成是路上脱下扔掉了。但他害怕说出实情后会受到处罚，眼珠子一转，赶紧立正回答说："报告，没有发现马虎子，没有！""八嘎——"日本军曹气得脸都白了。

高立勋仍不死心，嘴里嘀咕着："这个丘八子，难道上天入地了不成？"他领着人搜寻到江边，又闯到停泊在岸边的民船上逐一搜查，甚至朝水面可疑处胡乱开枪射击，但都毫无收获，只得垂头丧气而回。

此时，李小鱼早已潜到一艘正向下游行驶的帆船尾部，附在船舵旁，安全过了宝塔根，消失在浩浩荡荡的扬子江……

李小鱼连长意外暴露，侥幸逃脱后，采购药品的重任就落在了林亚琴军医的肩上，好在有地下联络站和张恒春国药号的大力配合，林亚琴的心还是比较踏实的。因为当时日寇对治疗疟疾、创伤、脑膜炎等药品实行严格控制，患者凭医生处方每次只能买到一个疗程的药剂，违者立即逮捕。在我地下联络站的多方努力下，林亚琴拿着处方，隔三岔五，分头到长街、二街、南门湾等地的大小药店采购，总算凑到了一些药品。

这天，林亚琴揣着处方，又来到杏林药店购药，那个年轻的伙计刚刚拿出一盒奎宁，就见一个身穿黑绸褂，头戴太君帽，腰挎盒子枪，养着两撇八字胡的中年男人一瘸一颠地走进店里来，此人正是高立勋。店老板赶紧迎上前去作揖敬烟，"瘸狼"睬都不睬，径直走到柜台前，瞥了一眼林亚琴，眉头一皱，觉得似乎有点面熟，看见林亚琴买的药里有奎宁、青霉素，这才猛然想起，"咦，前天我在茂源药号，看见你也在买这种药嘛！"林亚琴暗自一惊，表面则镇定地回答："你认错人了吧……"说罢，付了钱，将几样药装进包里拎着就走。高立勋靠在柜台旁一条腿抖抖地阴笑，也没阻拦。

出了药店，机敏的林亚琴故意穿街走巷，七拐八绕，而且频频回头观察，直到认定没人跟踪才匆匆返回客栈。

谁知刚进客房，喘息稍定，倒出的一杯开水尚未进嘴，高立勋就带着一帮人闯了进来，二话没说，就把林亚琴捆了个结实，还用毛巾堵住她的嘴，拉到旁边屋里控制起来。然后悄然设伏。买药回来，不知变故的地下联络员洪强一进门就被逮了个正着。汉奸们在屋内搜出了不少违禁药品和好几张同样笔迹的药方。

在伪侦缉队队部，高立勋亲自分别审讯。无论洪强还是林亚琴都矢口否认，只承认自己是药材贩子。见林亚琴是个清秀文雅的弱女子，狡猾的"瘸狼"冷笑着扬起一沓药方说："这处方是什么人开的呀？只要你供出城里的同党，我不仅保证给你一条活路，还可以在弋矶山医院给你安排个职位……"可无论敌人怎样软硬兼施，百般拷打逼供，林亚琴都始终不松口。无可奈何的高立勋只好将他俩交给日本人邀功请赏。

日本鬼子又是一番更加残酷的严刑拷打，林亚琴依然宁死不屈。而在无休止的酷刑摧残下，奄奄一息的洪强终于意志崩溃，不仅交代了新四军驻芜湖联络站的秘密，还吐出了张恒春临时当家人张天煌是同伙。日本鬼子喜出望外，立刻同时派兵包围了隐藏在花街偏巷里的新四军驻芜湖联络站及残破的张恒春国药号。那天，联络站负责人商秋野正好出门办事不在家，只抓到了一个随从蒋俊才；另一队鬼子则把来不及逃走的张天煌给抓了起来。

在人证物证面前，饱受酷刑的蒋俊才和张天煌无法辩解，只好认命。而贪生怕死的叛徒洪强则受到奖赏，被安排在伪侦缉队里当副队长，与高立勋沆瀣一气。尽管张恒春药号的人倾其余财，四处打点，可凶恶的日本鬼子坚决不肯放人。

不久，日本鬼子将林亚琴、蒋俊才和张天煌从死牢里提出来，押到金马门菜市口，分别绑在木桩上，让几条狼狗疯狂扑咬，最后连肠子都给狼狗咬拽了下来，壮烈殉国。那血腥的场面惨不忍睹，老百姓无不心如刀绞，义愤填膺，暗自流泪。行凶的日本鬼子撤走后，张恒春留守的伙计们将三位烈士的遗体收殓入棺，埋在城郊的神山上。

高立勋犯下的罪行激怒了新四军官兵，他们发誓不惜代价，坚决除掉这条恶狼。

夏去秋来，接替商秋野位子的佟占先在芜湖重组地下联络站并送来情报，说高立勋近日要娶一房小妾，准备大操大办，可以趁机下手。新四军立刻再次派遣侦察连连长李小鱼，带领黄涛、马德良两名精干的神枪手，化装后秘密潜入芜湖城内，伺机动手。李小鱼三人，在地下联络站负责人佟占先的配合下，事先把高家大宅四周环境地形仔细侦察了几番，对其了然于胸，然后制订了一个周密而又大胆的行动方案。

8月28日早晨，高宅张灯结彩，鼓乐齐鸣，前来贺喜捧场的人络绎不绝，宾客盈门。一开始，那些站岗放哨的伪军还精神抖擞，快到中午时，太阳晒人，伪军腹中空空，心里又馋酒，便一个个无精打采，歇的歇，溜的溜，躲的躲了。他们心想，新四军、地下组织胆子再大，总不会主动跑进老虎嘴里来送死吧？

随着噼哩啪啦一阵爆竹炸响，只见两名身穿灰布长袍，店铺伙计打扮的男青年各举着一串长长的红鞭炮拐过街口，一路燃放着走过来。后面跟着一位衣着体面，老板模样的中年人，手里捧着用红缎喜帐包裹着的沉甸甸的礼盒，大摇大摆地来到高府门前。

门前迎宾的管家立刻让人放鞭炮回礼，那站岗的伪军像模像样地举手敬礼。"请问老板贵姓大名？"来客太多，管家哪能个个都认识，只好笑脸相问。"免贵姓朱，潮州米商朱万禄，略备薄礼，特来讨高队长一杯喜酒！"化装成朱老板的李小鱼，从容地掏出名帖递过去，管家双手接过名帖看过，让门口记账的人收下礼品，恭敬地弯腰摆手："请，朱老板等三位请到前屋大堂就座，马上就开席了。"李小鱼从怀里掏出几块大洋悄悄塞在他手里："初次见面，还望管家多多关照！"管家得钱暗喜，心想，还是米商大方、上路子！忙顺手将大洋揣进兜里，笑眯眯地趋前引路，而且是穿过前堂，直接将三个人带进了闹哄哄的后屋大堂。

李小鱼三人在靠近门边的一张空桌旁落座，定了定神，打眼一瞧，大厅里张灯结彩，摆了不下二十桌，人声嘈杂，乌烟瘴气。穿戴一新，得意扬扬的高立勋正与几名日本军官和高荣升、洪强等一帮汉奸头面人物坐在大堂首席谈笑风生。

"来客何人啊？"生性机警的"瘸狼"忽然看见三个陌生客人走进来，不声不响，斯斯文文地坐下了，便阴沉沉地随口问道。那引路的管家忙走过去递上名帖："老爷，来客是潮州米商朱老板……"趁他们说话的当口，李小鱼使了个眼色，黄涛、马德良会意，立即散开，一个奔前门，一个把后门。李小鱼趁人不注意，迅速撩开长袍，拔出二十响驳壳枪，对准十米开外的高立勋等人"啪啪啪……"就是一梭子子弹扫过去。黄涛、马德良几乎同时朝首席及穿军衣、带武器的人开枪，弹无虚发，高立勋与几名日本军官及高荣升、洪强等当即倒在血泊里，一命呜呼。

客厅里顿时鬼哭狼嚎，桌倒椅翻，乱作一团，没死的人吓得纷纷抱头趴在地上一动也不敢动。几个持枪的汉奸、伪军闻声从前院跑来，还未进门，就被黄涛一阵乱枪撂倒在地，接着，他连续扔出两颗手榴弹，在院内轰隆轰隆炸响，震得屋颤窗抖，烟雾弥漫。"都不许动，谁动打死谁！"趁着大乱，三人一边厉声警告，一边闪出大厅，奔向后院，飞身蹿上围墙，跳了出去，眨眼间消失在密如蛛网的古巷里……

日伪军立马全城戒严，疯狂大搜捕。闹腾了好几天，连个刺客的影子都没找到。

这次虎穴拔牙，除了当场击毙高立勋、高荣升叔侄俩和叛徒洪强，还打死打伤四名日本军官及七八个日伪士兵，而我神勇的侦察员只有一人受轻伤，全身而退。消息传出，芜湖城里民心大快，街坊邻居悄悄聚在一起议论纷纷，简直把新四军三个侦察员说成是天兵下凡，能掐会算，刀枪不入，神通广大。那些平时为虎作伥、气焰嚣张的汉奸们一个个都成了缩头乌龟，乖多了。就连骄横的日本鬼子也加强了戒备，不敢单独外出，轻举妄动……

留守芜湖的张天煌被日寇残害的消息传到张家人避难所在地当涂县护驾墩和江苏溧水县泗庄老家后，张氏族人万分震惊和悲哀，他们分别举行了传统的祭奠活动，把仇恨埋在心里。后又改派张敬之的大孙子张邦立回芜湖，接管张恒春国药号的一切事务。

第三十三章

与 狼 共 舞

　　中国的抗日战争艰苦卓绝，被日伪军占领的芜湖百业萧条，民不聊生，只有药材行业尚可维持，因为越是战乱年代，病号伤者越多，药材金贵，商家也就有利可图。

　　战事稍缓，为了增加税收，维持庞大的开支，稳住摇摇欲坠的非法统治，日伪政权放宽限制，给出优惠条件，开始强力恢复占领区内的各地市场。坚守芜湖老宅的张邦立、张子余等人见形势趋缓，便电告张裕卿、张筱泉、张健卿等张家主事人回芜湖复业。

　　1938 年初夏，张家几位主事人先期返回芜湖。大掌柜张裕卿一回到残垣断壁的家，就急慌慌问起祖传紫砂壶的事。当他听说祖传紫砂壶在大轰炸中灰飞烟灭后，他顿时一屁股坐在地上，连连用拳头捶打着自己的脑袋说："我该死，我该死……我对不起祖宗，我对不起张恒春啊……"

　　得知守店员工赵天财被炸身亡，他老婆带着几个幼小的孩子过日子很艰难，张裕卿与族人商量了一下，答应除安葬抚恤金外，另行出资，将她的几个孩子抚养到十八岁。

张家人为了生存，东挪西借，甚至典当祖业田产，攒了一笔资金，请来工匠重建被毁房屋，开始着手修葺停业已久的张恒春国药号。早已逃难，不知去向的张恒春管事谢树德闻讯由香港返回内地，全力协助张家后人重振张恒春。

翌年春，在掌门人张裕卿的操持下，停业日久、破烂不堪的张恒春国药号经过修葺，终于重新开业。

张家三房老老小小一大批家眷也分别从避难处当涂护驾墩和江苏溧水县泗庄陆续返回芜湖，张恒春依旧人丁兴旺，门庭热热闹闹。望眼欲穿的老伙计们纷纷归来，药号元气渐渐有所恢复。此时，年事已高，身体越发虚弱的张裕卿便卸下重担，把实权一应交给大房的张健卿，自己安心养病，乐得逍遥自在。

这天，皖南潜山县茯苓商宋茂篁急匆匆来到张恒春药号，找到当家人张健卿，一见面就连连作揖，带着哭腔愁眉苦脸地说："大老板，你搭把手救救我吧……""别急别急，有什么事，坐下慢慢谈。"张健卿客气地请他到后堂入坐，上茶，然后静听倾诉。

喝了几口茶，心情稍定，宋茂篁便打开话匣子："前些日子，我从潜山老家运来几百担茯苓，堆放在租来的城隍庙货场，本以为十天半月就可转销脱手，哪晓得市场行情突变，茯苓价格暴跌，原先预订的买家都不露面了……"他恨恨地一跺脚，重重叹了口气，继续说道："屋漏偏遇连阴雨。昨天老家来人报信，说家父病危，要我赶快回去见一面，安排后事……所以，我这几百担茯苓只好忍痛'倒包'了。大老板，按照现在市场的最低价，哪怕再砍一刀，你做做好事把我这批茯苓全收下，怎么样？"

张健卿抓耳挠腮，面露难色："这个嘛……茯苓现在确实不好销啊。如果量少，我宁肯吃亏也可收下。可这几百担的量，叫我怎么能一口吞下……""是是是，让你为难了……"宋茂篁忙起身又是鞠躬又是作揖，忽然，他横下一条心，泪眼汪汪地说："大老板，要不然，你高抬贵手把货先收下，能给我几个钱，你就给几个钱，我决无二话！"

"这个嘛……也不妥……"张健卿缓缓从太师椅上起身，在堂间转了两转，最后横下心来，决定帮他一把："这样吧，你这几百担茯苓我全收下，先按眼下市场价的八成付款，以后再看销售后的实际利润，多退少补，你看如何？""哎呀，恩人啊！"宋茂篁激动得往地上一跪，纳头便拜。"快起快起，折煞我也！"张健卿赶紧将他搀起，温言相慰……

来年初夏，市场上茯苓价格反弹。神通广大的谢树德将那几百担茯苓装船运到上海，竟意外地获利两三倍。张健卿没有隐瞒，而是信守诺言，补汇了一笔巨款给了潜山的宋茂篁，使得他不仅弥补了亏损，还大赚了一笔，真叫他喜出望外，感恩不尽。从此以后，他的茯苓哪里都不售，直运张恒春国药号，不计价格和货款。

在张家的复业过程中，管事谢树德功不可没。谢树德也是江苏溧水人，十六岁时即由乡党介绍，来到芜湖张恒春药号当学徒，因精明能干，颇受张家器重，后来长期从事采购推销业务，人脉很广。他凭着多年积累的人际关系和江湖路子，此前专程到上海、广州、香港等地借债融资，一举借款十万余元，基本解除了张家复业资金短缺的燃眉之急，被张家视为及时雨。

时隔不久，见多识广的谢树德管事出于好心，建议当家人张健卿把老字号改为股份公司，将传统的家族式管理改为先进的西洋股份制模式。张健卿也尝过败家子的苦头，深知家族式管理的弊病和漏洞，果断采纳其建议，并聘请谢树德为总经理。

谢树德虽然能干，极为机灵，人品也不错，但社会关系比较复杂，重人情世故，君子小人都交，与青帮头目及日伪汉奸混得也熟络。当时的日伪走狗，芜湖维持会会长任凤昌及青帮头目肖达山都托谢树德向张家说情，想投资入股。这显然是居心叵测，企图日后瓜分吞没张恒春药号的歹毒阴谋。心知肚明的张健卿当然不能答应，但又不便翻脸，只好敷衍说："老店刚刚复业，立足未稳，杂务缠身，外人入股的事等等再说，等等再说。"但谢树德已经开口，任凤昌、肖达山急猴猴地想掺和进来，怎样才能既不得罪这两个魔头，又可拒恶狼于店门之外呢？张健卿焦神劳思，寝食难安。

这天下午，汪伪芜湖县县长蔡羹舜陪同汪伪芜湖军粮采购委员会主任汪子东，忽然乘坐轿子来到张恒春国药号做客。明知是鬼进门，张健卿也不敢回避，硬着头皮，强作欢颜，恭敬地将两人请入后院内室叙谈。

上茶，寒暄，话归正题。

这个汪子东可不是凡角儿，他手里掌管着汪伪数十万军队的粮食采购大权，又极会操盘运作，粮商米贩船老板们见了他，就像小鬼见了阎罗王。他一声咳嗽，米市就震颤。芜湖民间有一句顺口溜："要想粮价松，扳倒汪子东。"由此可见其赫赫权势。

汪子东抽了两口洋烟，清清喉咙，开门见山地说："张老板，我想介绍一个人到贵店来混碗饭吃，不知能否赏个脸啊？""哎呀呀，汪主任折煞我也！"张健卿抱拳连连作揖，"如有吩咐，但说无妨。""是这样，"汪子东弹弹烟灰，笑嘻嘻地说："我有个远房亲戚，姓郭，叫郭来荫，洋学堂毕业，理财管账一把好手，想在你这里混个两年，操练操练。你看着安排吧，反正此事不会让你吃亏……""汪主任看得起小店，别说安排个把人，就是再多安排几个人我也欢迎啦！只是，只是……"张健卿抓耳挠腮，愁眉苦脸地说，"只是任凤昌、肖达山想强行入伙，将张恒春药号改成他们控制的股份公司，我怕是店都保不住喽！你们这时候安插人进来，能干得久吗？"

"岂有此理！"汪子东生气地将茶盏一掼，"哪个敢动张恒春，我叫他吃不了兜着走。什么入股不入股，不睬他们，你做你的生意……"但他随之又压低声音说："不过嘛，我也把话讲清楚了，郭来荫在贵号任职只是掩人耳目，实际上他是为我们做事的，你不仅要对此事保密，而且不能对他有任何的干涉和限制……"

张健卿头皮一麻，但又喜出望外。头皮麻，这是因为汪、蔡两人皆是汉奸，是为日本人效劳的，他不想跟他们啰唆，免得沾一身腥气；喜的是，他在绝境中找到了挡箭牌，总算暂时保住了祖业和家产。两害相权取其轻。所以，略一思忖，他装作很乐意的样子说："汪主任、蔡县长，那你们明天就请郭先生来敝号上任吧，我想让他掌管账房，二位意下如何？""嗯，好，那就这么定了吧。"蔡羹舜二郎腿直抖，愉快地用手指在桌子上弹击起来，"只要你真心跟我们合作，发财的日子在后头哩……"

为了显示靠山，造出声势，张健卿灵机一动，唤来经理谢树德，笑嘻嘻地吩咐说："你马上到同庆楼去订一桌燕窝席，晚上我请汪主任和蔡县长喝酒。另外，你把任凤昌和肖达山也请来。你不是讲他们想入股吗？我正在考虑此事呀！但现在蔡县长和汪主任不赞成帮会的人入股，还给我派来了总账房，我只好恭敬不如从命了。晚上请他们二位来陪陪长官，顺便把话讲清楚了，大家都是好朋友嘛……"

谢树德闻言，心领神会，他也在为引荐任凤昌、肖达山入股的事纠结着呢，心想：这下我可找到推辞的理由了，既不得罪人，又保住了自己的清白。他赶紧频频点头，爽快地说："是是是，老板，我马上去办，马上去办。"说罢，转身就走。剩下的三个人，你看看我，我瞧瞧你，都不约而同各怀心思地呵呵一笑。

晚上，灯红酒绿，装饰华丽，档次一流的同庆楼头号包间里，张裕卿、张筱泉、谢树德以及任凤昌和肖达山等人陆续到来，边喝茶边聊天，等候着主角。

踩着饭点，汪子东、蔡羹舜带着护驾随从终于露面了，众人立马起身，迎上前去欢迎。汪子东毫不客气地往上席一坐，摘下帽子递给副官，扫了一眼任凤昌和肖达山，话中有话地说："强龙压不住地头蛇，今晚要不是张老板盛情相邀，我还不敢来哩……"任凤昌和肖达山一听就听出了弦外之音，吓得赶紧连连躬身作揖。任凤昌低眉顺眼地讨好说："汪主任，您老是大人物，稍微跺跺脚，整个下江都直晃荡……小弟们如有什么做得不周全的地方，您老骂也行，打也行，可千万不能见外啊！"汪子东昂着头，并不搭理。张健卿忙打圆场说："请坐，各位请坐……老板，快上菜！""来喽——"酒店老板亲自伺候，带领跑堂的，把一道道精美大菜端上桌子。

开席之后，推杯换盏，气氛有所缓和。汪子东吃归吃，喝归喝，谁敬酒都来者不拒，却依然不开笑脸，还忽然冒出句没头没脑的话来："有些人，手伸得也太长了吧……张老板，我看你干脆关门算了，省得遭人欺负，我想讨杯酒喝也不敢上门了！"众人愕然，还是肖达山反应快，他终于弄清今晚这顿酒可不亚于鸿门宴啊，赶紧赔笑着说："汪主任，哪个不晓得张恒春有您老人家罩着，我们想帮衬还插不上手哩……"汪子东只顾吃菜，不理他。

坐在一旁的蔡羹舜则干脆把话挑明道："张恒春的股份制不搞了，今后谁也别搅和，更不许为难张老板。""是是是，不敢不敢……"肖达山、任凤昌脊梁上都冒出了冷汗，一个劲直点头。

张健卿、谢树德谦恭地起身向他俩敬酒，明知这是杯苦酒，可两个地头蛇还得装作高兴、豪爽的样子，一口给干了。可心里却恨恨地想：好你个姓张的，竟然拿汪子东、蔡羹舜来狐假虎威，玩儿金蝉脱壳。老子暂且咽下这口鸟气，等以后逮到机会，再找你算总账不迟……

过了两天，那个三十来岁，西装革履，油头粉面，胸前口袋揣着金链怀表的郭来荫来到张恒春国药号上任。但他三天打鱼，两天晒网，且很少管店里的事，除了偶尔在账房翻翻账本，在药坊里转悠转悠，就是成天在外交际、应酬，东遛西窜，也不知忙些什么。店员伙计及张家人都对这个花花公子侧目以视，非常反感，但又敢怒不敢言，无可奈何。

这天晚上，满嘴酒气直喷，走路摇摇晃晃的郭来荫不知从哪里带回一个年轻妖艳的女人，她秀发披肩，脸上涂脂抹粉，高耸的双乳在衣襟内微微颤动，旗袍衩几乎开到腰，一双雪白光滑的大腿时隐时现，饱满浑圆的臀部随着走动一扭一扭，十分性感，撩得年轻的伙计们耳热心跳，个个眼睛都看直了。谢树德见了闷笑不语，还像平常一样打着招呼。张健卿故意装作没看见，面无表情地只管在柜台旁清点着账本，心里却像打翻了五味瓶，酸咸苦辣涩什么味都有……

住店的那些年轻调皮的小伙计哪受得了这种诱惑刺激，纷纷穿衣起床跑到窗下偷听，甚至相互踩着肩膀趴上高高的窗台，偷窥这场好戏。

家在近旁，赋闲养病的张裕卿闻知此事，非常恼怒，如此乌七八糟的乱搞，岂不把张家当成了烟花场所？绯闻一旦传出去，成何体统？但他又不能不顾及郭来荫的特殊身份，只好强压怒火，披衣出门，绕过回廊，来到那扇窗下，生气而又捏着嗓子呵斥了一声，兴奋又惊慌的小伙计们立刻作鸟兽散，房里的动静也逐渐归于沉寂……

第二天早晨见面，张裕卿只字不提昨晚的事，但脸色则是怪怪的、僵僵的、冷冷的。郭来荫心里有数，他对张老板巧言恭维，说起生意上的事眉飞色舞，头头是道，终于又把他给哄笑了。

郭来荫虽是个浪荡货，张家人视之如瘟神，但奇怪的是，张家生产的中成药经他的手倒还真是销出去不少，尤其是"断血流""行军散""三七片"等军用药品，简直是供不应求，药坊里加班加点生产都赶不及，大量的现钞像流水一样哗哗淌进了张家，药号出现了近年来少有的兴旺和红火。于是，人们又不得不对郭来荫刮目相看，既是厌恶又是敬畏还夹带着几分疑惑。张健卿大肚能容，睁一眼闭一眼，放手让他去干。郭来荫更是如鱼得水，左右逢源，扛着张恒春这块招牌，把明里暗里的生意越做越大。他到账房支钱，从不写字据，张口一千，你不能给九百九。有管事的暗中报告给张健卿，可当家的只吩咐暗中记个账，其他的什么都不说。郭来荫花心难改，还经常把不三不四的女人带到他的房间里鬼混，大家习以为常，也就见怪不怪了。

接着，更加离奇的事发生了。

这天中午，郭来荫在城里的醉仙楼酒家请一帮来历不明的狐朋狗友吃饭，十几个人，要了个大包间，摆了桌大台面，还邀了几个烟花女子作陪。一伙人山珍海味，好酒好烟，胡吃海喝，肆意作乐，最后一结账，花费竟高达数百块钱。早已醉醺醺的郭来荫身上带的钱不够付账，却死要面子。这小子把手枪掏出来，往桌上一掼："拿……拿、拿去，就拿这玩玩……玩意儿结账。"他酒醉心明，知道只要一吓唬，酒家大多是不敢较真的。这一招，他屡试不爽。

果然，伙计吓了一跳，赶紧跑去报告掌柜的。

那掌柜的姓蔡，是伪县长蔡羹舜的老表，与日本人的关系也非同一般，哪在乎郭来荫这么个无官无衔的小沐浪子。当然，他也晓得郭来荫有些来头，不想正面与之冲撞。正好，与其交好的日本宪兵队长佐藤当时也在醉仙楼另一间包厢里吃饭，蔡掌柜便走进那间包厢，向他轻声耳语了一番。

佐藤一听火冒三丈，大叫一声："八嘎！"立刻起身，向手下人一招手，带头闯进郭来荫等人的包厢。佐藤铁青着脸，二话没说，拔出腰间的手枪，"咔嚓——"子弹上膛，将枪口对准郭来荫的脑门，恶狠狠地吼道："你的，良心大大的坏了！"郭来荫酒吓醒了，立刻跪地求饶道："太君饶命，太君饶命……"蔡掌柜怕闹出人命得罪其主子汪子东，赶紧上前劝解，反过来做好人说："太君，你饶他一次吧。不过就一顿饭钱……"郭来荫这才明白过来了，磕头如捣蒜地说："饭钱我给、我给……只是今天我……我没带现钱，你们把账单拿来，我在上面签个字，然后你们派、派伙计去张恒春……拿、拿钱，如果拿不到钱，再……再枪毙我也不……不、不迟……"佐藤其实知道郭来荫是汪子东的人，身份特殊，也不想把事情闹大，刚才这一手只不过是吓唬吓唬他，于是将手枪插回皮套，放缓语气说："大东亚共荣，治安顶顶的重要。快快签字，付账。""是是是，一定付，一定付账！"郭来荫接过伙计递过来的账单和钢笔，迅速在上面签了字，还给伙计说："劳驾跑、跑一趟张恒春，他们见账单就会付……付账……"好在张恒春药号离得并不远，伙计拿着账单就跑去了。

张恒春药号账房主事接过小伙计的账单，听说了此事的来龙去脉，气得嘴直呷，头直摇。他找到当家人张健卿，先说明原因，然后愤恨地说："老板，这笔账可不能报啊，如此没完没了，怎么收场？！我们张家又不开银行……"张健卿思忖片刻，叹了口气，无可奈何地说："给他报了吧，这个冤家我们得罪不起呀！"

讨账的伙计如数拿到了钱，回到醉仙楼告知，包厢里的郭来荫又神气起来了，他大言不惭地吹嘘道："哼，这点小……小钱，算什么呀，老子存在张恒春账、账上的钞票多……多得很哩……"刚才受了惊吓的那几个烟花女子此时已回过神来，一听这话，都纷纷跑过来献殷勤，围着花花公子敲背、按摩、抛媚眼儿，有个干脆一屁股坐在郭来荫的大腿上，搂着他的脖子撒娇发嗲……

酒店蔡老板又换了副弥勒佛笑脸，一个劲点头哈腰说："多有得罪，多有得罪……还望郭先生不计前嫌，今后多多光临……"此时佐藤已回自己包厢里去了，满腹怨气的郭来荫朝他白眼一翻，但再也不敢嚣张了，只是恨恨地咕哝了一句："蔡老板，你背背、背靠皇军，腰杆子硬……硬啊！"说罢，跟跄起身，一手搂着个女人，一条胳膊搭着个女人，摇摇晃晃领着一帮混世虫招摇而去。

第三十四章
龙 潭 潜 斗

1941 年 12 月底，一个月黑风高，细雨霏霏的夜晚，一艘载着便衣人员的小汽艇拖着一只堆满货物，上面盖着严严实实的帆布的驳船从芜湖港日军码头悄然出发，溯江而上，半夜时分拐进了繁昌与无为县交界处的黑沙洲芦苇湾狭窄的江面。

小汽艇在江中停机熄火后，随即用一盏探照灯，连续向沟通内河芦苇遮掩的河道口照射了三下。许久没有动静，汽艇上的探照灯又连续闪了三下。不一会儿，只见黑魆魆的河道口驶出两只吃水很深的帆船，缓缓靠上了汽艇和驳船。油头粉面的郭来荫钻出船舱，站在汽艇舷边挥手打招呼，汪子东接着也露面了，对面帆船上同时有一个身穿对襟大褂，脚蹬圆口布鞋，剃着三七开分头的中年男人领着个年轻的随员敏捷地跳上汽艇。

郭来荫双手抱拳作揖，满脸堆笑："蔡先生大驾光临，欢迎欢迎！"他转而毕恭毕敬地先将手冲汪子东一亮说："我来介绍一下，这位是皇协军芜湖军粮采购委员会主任汪子东先生。"

然后他又将手朝那位中年男人一摆："这位是国民政府皖南行署财经处副处长蔡飞先生。"汪、蔡握手寒暄，郭来荫躬身引路："请，请两位长官舱里品茶详谈。"

双方在后舱坐定，有便衣侍者用托盘将四盏新泡的绿茶摆上小桌后退去。

国字脸，剑眉秀目，鼻直口方，模样俊朗而又精明干练的蔡飞首先礼节性地说："我与郭老板已打过几回交道了，今天会晤汪主任，不胜荣幸。"接着，他话题一转，开门见山："你们缺少粮油棉麻农副产品，我们需要药品、钢铁、机器等，私下里互通有无，纯属个人交易，但决不涉及政治，更不能公开。这些原则问题我都已经跟郭先生谈过了，今天再次重申……"蔡飞停顿下来，向对方投以探询的目光。

汪子东无奈地苦笑，随即用手指敲了敲桌面道："好说，好说……但你们的货必须确保质量，不能掺假。我想交个长远的朋友，而不是做一锤子买卖……"蔡飞呵呵一笑，"买卖人就讲究个货真价实嘛！目前，我们紧缺的物资是药品和食盐。其中西药盘尼西林和张恒春药号生产的断血流、行军散和三七片等多多益善。""粮食、棉花、油料及山货等也是我方大量需要的，交易额还可扩大，总是零敲碎打的有什么意思……"汪子东清了清嗓子，眼珠一转，忽然压低声音说："只干不说，闷声发大财我也赞成。但为了应付日后的审查，确保长期交易，我建议双方以私人名义，签订一份贸易协定，可以秘而不宣嘛……""不，任何性质的秘密协定都不能签！"蔡飞果断地打断他的话，"我虽任职于国民政府，却是以私人身份来与你们做生意的，纯属个人行为，只字片纸不留，仅凭口头信誉。这一点是必须明确的，也是双方交易的基础。你我双方当场交货验货，一手交一手，不存在疑虑嘛！"

汪子东阴沉的小眼凝视了对方好一阵子，只得皮笑肉不笑地说："蔡先生不仅是呱呱叫的生意人，还不愧为搞政治的高手啊！"端起瓷杯轻轻吮了两口茶，思忖片刻，他改口说："那……我们就先做做看。书面协议的事，以后再说吧……""对嘛，只要交易顺手，能赚到钞票就成。搞那些文字游戏、虚头巴脑的东西完全没必要……"蔡飞应声搭腔。汪子东愣怔无语，只是嘴角微微扯了扯，浮起一丝隐隐的苦笑。

商谈过后，双方开始查验、交换货物。此船的货倒腾到彼船，颇费了一番工夫。然后双方各自起锚，背道而驰。

小雨虽然停歇了，但风很紧，冷飕飕的，迎面刮来令人浑身打战起鸡皮疙瘩。漆黑的江面上伸手不见五指，刚刚还很忙乱的黑沙洲芦苇湾又恢复了往常的平静和寂寥，鸟过无痕，云过无影，好像什么事也没发生过。

日军汽艇开足马力，朝着芜湖方向行驶，汪子东站在艇尾，一边默默地抽烟，一边皱着眉头若有所思。

郭来荫忽然钻出舱来，走到他身边点头哈腰地说："主任，外面风冷，还是进舱吧……"汪子东弹了弹烟灰，自言自语地说："那个蔡飞不简单呐！他披的是国民政府的外衣，实际上身份诡谲得很啊……八面玲珑，偷吃肥食，闷声不响，随时都可全身而退，里外都是功臣。而我们呢？帮日本人做事，背负汉奸的骂名，将来恐怕是凶多吉少哟！""是是是，主任深谋远虑。我们……是否也该……"郭来荫正要掏心吐肺，汪子东却冷硬地打断他，"不，我们已经踏上不归之路，想回头已来不及了！听天由命吧！……其实，我想与他们签个协定，是想抓点有利于自己的东西在手里，脚踩两只船，将来也好随机应变……可那个姓蔡的简直比泥鳅还滑，他不想沾我们的腥气啊！"他轻轻叹了口气，声调无奈而又懊丧。

郭来荫愕然，但他转而又心存侥幸地说："依我看……日本很强大，不会说垮就垮吧。前不久，他们偷袭珍珠港，几乎一举全歼了美国的太平洋舰队，他们的陆军也横扫整个东南亚，势头正旺着哩……""就怕否极泰来，盛极而衰啊！"汪子东吐出一口烟，眼望着江上漆黑的夜色，面无表情地说："日本偷袭珍珠港，从战术上看确实是赢了；但从战略上看或许是埋下了祸根。因为他们彻底激怒了美国，那可是个称雄世界的一流强国，毁灭性的报复将会接踵而至呀！"这番颇有见地的话，像一根锐利的棘刺猛然扎进了郭来荫的心脏，令其顿感窒息，神思恍惚，彻身寒透，一双畏葸迷茫的眼睛望着沉沉夜色直发呆……

在物资贫乏，生存艰难的特殊情形下，敌对双方都有利可牟的贸易一旦开了头，当然就没有轻易中止的道理。

某日，在芦苇湾交货，应约而来一副商家打扮的蔡飞又登上汽艇，钻进舱内进行密谈。他直截了当地向汪子东提出："因为我军扩编壮大，武器不够用。我们就用粮食直接换你们的枪炮子弹吧……如果粮食不行，那就用黄金、银圆直接购买也中。""这个嘛……"汪子东把头皮直抓,"军火恐怕不太好弄,日本人控制得极严,连我们皇协军的枪炮子弹都是定额配发,集中保管的……"他眼珠子转了几转,也没把话封死,"这样吧,回去后我先到日本人那里探探口风,如果有可能的话,我是乐于帮忙的。不过嘛,干这种事可是脑袋别在裤腰带上……"精明的蔡飞一听就辨出了弦外之音,慷慨地说:"汪主任放心,我们不会亏待你的,'黄鱼''圆宝'都给你准备好了,就看你想不想要!""嘿嘿,哈哈哈哈……"汪子东快活地笑了起来:"这年头,什么都是假的,只有黄金白银才是真的。今朝有酒今朝醉,莫使金樽空对月哦!"但他随即把话头一转,压低声音,带有几分讨好、乞求的口吻说:"蔡处长,我干这事冒着极大的风险,若哪天日本人突然翻脸了,我必然是替死鬼。虽说人为财死,鸟为食亡,但我毕竟也是一个中国人,我这也是曲线救国的一种表现呀!希望蔡处长今后能为兄弟在国民政府和新四军方面美言美言,做个人证,给我留条后路吧……"

"呵呵呵……汪主任真是深谋远虑,狡兔三窟啊!"蔡飞也同样压低声音耳语道:"如果我真这么做了,你就不怕传扬开来,日本人要找你算账吗?""这、这这……这不过是私下交易而已嘛,你是聪明人,就看着办吧……"汪子东面笑心恨,抓耳挠腮,好像浑身爬满了虱子,很不自在。蔡飞怕他反复无常,影响贸易,只好给予安抚,挺认真地说:"只要你表现好,该做的我当然会做。如果你能把枪炮子弹搞过来,那就更好说话了,这是立大功!""好,好好,我一定尽力,一定尽力……"汪子东的神情略有振作,但同时半是自嘲半是拿捏地叮嘱道:"蔡处长，这些私房话切勿外泄，否则，我想曲线救国也就没有门路了……""嘿嘿，多虑了，多虑了。如果连这点诚信都没有，那还怎么做生意嘛。放心，我会守口如瓶的……"蔡飞给他吃了颗定心丸，汪子东这才暗舒一口气。

回到芜湖后，汪子东在家歇了几天，深思熟虑，把可能产生的后果以及应对措施都想周全了，这才在夜晚携带厚礼悄然来到日本少将楠木村的家里拜访。楠木村是日军驻芜湖最高司令官——日军第六师团中将师团长谷寿夫的得力干将，半个中国通，他甚至在日军侵华最高司令部里也有人脉，说话是颇有分量的。

此刻，楠木村身穿和服，正坐在榻榻米上饮清酒，旁边的留声机里播放着凄丽柔婉的日本歌曲《樱花祭》，他对毕恭毕敬行军礼的来人微微点了点头，算是招呼了。汪子东将手中的礼品交给恭迎在门边，身穿和服，梳着日式发髻，频频鞠躬的楠木村夫人，然后脱鞋走上榻榻米。

"你的，来得正好。陪我喝两杯吧。"楠木村招手，示意夫人添加杯碗筷子，夫人立马碎步小跑着送来了。汪子东早已吃饱喝足了，但他怕若是谢绝，楠木村不高兴，只好装作受宠若惊的样子赶紧坐在楠木村的对面，端起了酒杯。

"你这时候来，一定是有事啊。"楠木村一边饮酒，一边乜斜了对方一眼。

汪子东谄媚地笑道："我来主要是想把跟敌方做买卖的事向将军汇报一下……"他饮下一杯酒，接着就简要叙述起了易货情况。

楠木村似听非听，只顾喝酒，不时轻轻点头。等汪子东说完，停下来恭候训示，他才用筷子指了指对方说："你的，一定要明白，无论与国民党还是与其他势力做交易，经济是其次，政治是其上。至于怎么做生意，我的不管……"

"是是是是，"汪子东原本是万分小心的，生怕稍有差池，落个暗通国共，背叛皇军的罪名，那可就脑袋搬家了。所以，他转弯抹角、吞吞吐吐把蔡飞想买枪支弹药的意图说了出来。谁知楠木村并没责备，只是轻描淡写地说："这个嘛……在迫不得已的情况下，是可以适当考虑的，但军火交易量不可大……现在不像战争初期了，皇军的枪炮子弹也消耗很大呀……尽量跟他们交换生活物资。汪，你大胆地干……"汪子东喜出望外，但他又怕狡猾的楠木村是在诱骗、考验自己，随即装作忧心忡忡的样子问："将军，一旦开了口子，难道您就不怕他们拿到枪炮子弹后，反过来打我们吗？"

楠木村稍显愣怔，但他很快就摇头笑道："不——不不不……国民党的根本敌人不是我们，而是貌合神离的对手！你想过吗，每次都是我们去扫荡，去找他们打，而他们只是被动应战，东躲西藏，偶尔打打小规模的伏击战、游击战，最多也不过是打有限的运动战，而且是打得赢就打，打不赢就跑。汪，你的知道这是为什么吗？"楠木村故意卖关子。

汪子东心里有数，但他却装作懵懂无知的样子，谦卑地说："在下愚钝，请将军赐教！"

"哈哈哈……汪，你的，只懂买卖，不懂政治。他们见我们就跑，并非完全是怕我大日本皇军，而是为了保存实力，将来好跟对手争天下。"楠木村得意地用筷子敲击着菜碟。

"哦——是这么个理啊！"汪子东仿佛醍醐灌顶，眼睛一眨不眨，崇拜似地把头点得像鸡啄米。

"要以枪支弹药为诱饵，促使他们内斗，让其两败俱伤，我大日本帝国才好坐收渔翁之利。哈哈哈哈……"楠木村仰面一阵大笑，但随即把脸一沉，"粮食、棉花、油料统统的不能少，而且，我们的要价，应该有所抬高——这样的话，我们的政治意图就更加隐而不露……"

"是是是，要价的抬高，政治隐蔽的不露！将军，您不仅是一位优秀的军事家，还是大大的政治家！"汪子东竖起大拇指，赶紧附和奉承，心里乐开了花。"呵呵呵……"楠木村矜持地笑了笑，举起酒杯道："你的，也不简单呐！来，喝酒！"

"承蒙抬举，承蒙抬举。我敬将军，干杯！"汪子东双手捧杯，先干为敬。

放下杯子，吃了口菜压压酒劲，想到自己正在进行的秘密贸易与楠木村一再强调的政治话题，汪子东忍不住问道："将军，现在的中国，除了大日本皇军和汪主席的南京政府，还有国民党和共产党这两股势力。您认为我们真正的对手到底是国民党呢，还是共产党呢？"

楠木村仰面饮下一杯清酒，不假思索地说："眼下主要的对手，当然是蒋介石的国民党。只有他们才有这个实力和整合力与我大日本帝国对抗，他们无时无刻不在妄想借助欧美之力，准备反攻，收复失地……何况他们还占据着半壁河山。共产党嘛，目前力量弱小，不敢与我正面交锋，他们要保存实力，图谋长远……"

"这么说来，共产党不足为惧……"没等汪子东说完，楠木村就举着手中的筷子连连摇晃着否定道："我大日本皇军威震八方，剑锋所指，摧枯拉朽，何惧之有？……不过嘛……也别小觑中共，这股势力目前正养精蓄锐，悄然壮大，将来很可能会翻转乾坤……你的，与他们打交道，一定要有政治头脑，要有战略眼光……"

"是是是，多谢将军指点。我现在暗暗与他们做交易，哪一方都不得罪，只要能保障皇军、皇协军的粮油棉等物资供应就是上策……"汪子东自以为得意地眉开眼笑。

"不，这并非我们根本的目的。我们最盼望，也最需要的就是让国共双方打起来，他们打得越激烈、越持久、越全面，我大日本皇军就越安全，占领区就越稳固。这就是我支持你与国共双方做交易，甚至提供枪炮子弹给他们的奥妙之所在啊！嘿嘿嘿……"老奸巨猾的楠木村禁不住一阵阴笑。

"高见，真是高见！……"汪子东兴奋得一拍大腿，又举杯敬酒，甜言蜜语地给楠木村灌起了迷魂汤……

于是，在汪子东的积极操持下，通过郭来荫出面张罗，日伪方面用钢铁、药品、食盐和少量的枪支弹药，换来了国民党方面大批的粮食、油料、棉花和农副产品，汪子东因此也暗中大发了一笔横财。那蔡飞办事的确精明，每次给好处费，他都是直接暗中分别塞给汪子东和郭来荫，神不知、鬼不觉，连汪、郭两人都瞒得严严实实，互不知底。汪子东独吃肥食，十分满意也非常放心。

第三十五章
夹 缝 求 存

　　郭来荫的行动是隐匿的，局外人谁也摸不清他的底细。可张健卿是个人精，虽然表面上放手由他去做，但并非毫不设防，因为郭来荫毕竟是汪子东的人，他们都在替日本人办事，不能总是被这帮卖国贼牵着鼻子转。

　　世上哪有不透风的墙？时间一久，早已留有一个心眼的张健卿从账单存根、货物资金走向和运输车船的种种迹象上分析判断，张家的中成药，特别是军用药品大都流向了日军和汪伪军队，也有一部分流向了皖南、江北我抗日游击区。这一发现令张健卿暗吃一惊，惶恐不安。皖南、江北基本是国军、新四军的地盘，药到了他们手里是好事，日本人要是晓得了，反正有汪子东、郭来荫挡着。但为日本人制药，这可是卖国罪呀！不仅国法难容，而且世代与倭寇有着深仇大恨的张恒春国药号和自己的良心也不允许啊！

　　刚刚粉碎了任凤昌和肖达山企图入股以便吞并张恒春的阴

谋，又无可奈何地上了日伪汉奸的贼船。这不等于前门赶走了恶狼，后门又引来了饿虎吗？张裕卿、张健卿忧心忡忡，整天闷闷不乐。

1942 年深秋的一天夜晚，张健卿在库房里取了支高丽老山参揣在怀里，然后独自一人悄悄出门，来到老城集益里二十号，轻轻叩响了门扉。

这幢鱼鳞瓦、马头墙、雕花门窗，陈旧僻静，墙角地砖布满茵茵苔藓的徽派老建筑，颇有些神秘色彩。门外挂着"江苏省驻芜民船同业公会"的招牌，主人是江苏富商杨大炎，但其对外业务好像都是模模糊糊的，来往进出的人也大都神龙不见头尾。近年来，连日本少将楠木村、伪县长蔡羹舜、汪精卫的亲信汪子东等头面人物都频频来此做客拜访，一般老百姓和陌生商家却是无缘接近，敬而远之。

其实，这里是国共两党在敌占区从事物资采购和贸易运输的秘密地点。它的主人杨大炎与国军四十二师、四十五师、新四军的关系都非常好，他既做民间生意，又暗地里为中方服务，甚至有时候还为日伪办点事，身份比较模糊神秘，让人捉摸不透。

张健卿因生意上的关系与杨大炎也是老朋友，对他的根底多少有点心领神会，他今晚来此悄然拜访，是想探探国民党、共产党双方的意图，如果双方都不满，他就立马终止与汪伪的交往，再多的钞票他也不想赚了。

杨大炎见张健卿夜晚独自来访，很是诧异，忙热情地将他请入客厅，上茶上点心。

张健卿先从怀里掏出那支老山参，恭恭敬敬地放在桌上，"六百年高丽野山参，聊供兄长进补……"

"老朋友来往，还带什么东西嘛。"杨大炎仰面嘿嘿一笑，"请坐，请坐。"

张健卿作揖，在右侧太师椅上坐下，闲聊了几句，这才转换话题，吞吞吐吐、满腹憋屈地说明来意，然后披肝沥胆地说："杨老板，你不是外人，所以我才敢跟你讲真话。我们张恒春几代都受日本人的残害，可谓是国恨家仇，不共戴天。我们怎么会助纣为虐，当无耻的汉奸呢？你可千万别相信外面的流言蜚语啊！"杨大炎闻言后沉默片刻，脸色平静地说："你做你的生意，怕什么嘛！""事关大是大非、身家性命和家族声誉，岂能不惧？杨兄，你我朋友多年，万请你给我点拨点拨，此类生意做得做不得？另外，那个郭来荫到底是个什么角色，他好像既帮日伪，又通国军，还交老四（新四军）啊！"张健卿神情迷惘，言词急迫，内心的忧虑和疑惧全都写在脸上。

杨大炎收起笑脸，点着一支洋烟吸了两口，思忖着说："国军、新四军那边我都有朋友，张恒春的中成药特别是军用药品各方都很急需。你的药号身陷敌占区，日伪要强买药品你也没有法子，何况他们还安插了个钉子在你那里，有关交易都是他一手操办的，你无法掌控嘛！对此，国共双方应该是能够理解的。至于那个郭来荫嘛，当然是汪伪方面的人。现在他们孤守城市，粮食紧缺，而我方控制着广大农村，粮源农副产品丰裕，他们不得不用一些我方紧缺的物资，比如钢铁呀、食盐呀、药品呀，甚至武器弹药与我方交换粮油、棉花、山货等农副产品。郭来荫大概就是专干此事的。他们在你家设点，主要是为了掩人耳目，以期进退自如。"他长长地吐出一口烟雾。

"哎呀，那个郭来荫啊……"张健卿连连把头直摇："吃喝嫖赌，五毒俱全，尽捅娄子，简直就是混世魔王，把我们张恒春的脸都丢尽喽！他在销售上尽走些歪门邪路，这也非常危险。要不是汪子东、蔡羹舜强压着我，我早就打发他滚蛋喽……"

杨大炎摆摆手，侧身凑近，压低声音说："你心里有数就行了，小不忍则乱大谋。对郭既要利用，又要防备。这个人两面三刀，圆滑机巧，有奶便是娘，是根本靠不住的。今后，你明里继续与日伪敷衍周旋，但暗中还是要与国军和老四方面加强联系……"张健卿猛地一拍大腿，急不可待地说："我当然想多与自家人联系，可找不着门路呀！""别急别急，只要你有这个心，事情来了自然会找你。不过嘛……你平时要多留个心眼，搞清楚他们的物资去向和运输节点……"杨大炎意味深长地微微一笑，然后叮嘱道："隔墙有耳，祸从口出。我刚才跟你讲的这些话，在哪里说，在哪里了，万勿泄露半句！""是是是，健卿虽然不才，却是明事的人，我绝不会出卖朋友，拿自家性命和药号前途开玩笑……"张健卿满口应承。

一番长谈，张健卿心里有了底，卸掉思想包袱的他出门时不禁神情焕发，浑身轻松，随嘴哼起了梨簧小曲。

走在巷子里，正逢附近戏园散场，有熟人认出了张健卿，半是恭维半是套近乎地说："张老板好兴致，才从戏园子出来吧……""呃……对对，才散戏，才散戏……"张健卿只好顺嘴敷衍。

　　秋雨淅沥，黄昏降临，天色暗淡下来，街上行人渐少。快要关门打烊的时候，一个身穿蓑衣，头戴斗笠的汉子闪进了张恒春药号，轻声跟柜上的伙计说："我是张家老表，要找大掌柜。"伙计连连点头："请稍等，我这就去传话。"说罢，转身去了后院。过了一会儿，张健卿露面，却并不认识此人，颇感诧异。来人则伸出四根手指晃了晃，说："我是杨大炎的同乡。""哦——远房本家，稀客稀客！"张健卿这才恍然大悟，忙将他引入后屋关门密谈。

　　"张老板，我是新四军侦察员贺晓明，上级派我来了解一下日伪的动向，顺便买一些药品回去……"客人摘下斗笠，解开蓑衣放在墙边地上，坐下笑着说道。张健卿一边给他沏茶，一边回答说："最近日伪活动频繁，急着采办物资，好像又要进山扫荡了……对了，郭来荫前两天还采买了大批止血粉、行军散等药物，正准备外运……"张健卿压低声音说。"你晓得他们这次要将货送到哪里吗？"贺晓明问。"我悄悄看了他的发货单，是江北巢县、含山。"张健卿答。"那一定是走水路！"贺晓明机灵地眨眨眼睛。"是的，由长江过裕溪口，经裕溪河，入巢湖为最近的水路。"张健卿连连点头……

　　两人密谈了许久后，贺晓明匆匆吃罢晚饭，趁着夜色，背着张健卿早已为他备好的药品悄然返回。

　　翌日清晨，郭来荫果然将那批军用药品装船，自己带人押解，沿长江朝下游裕溪口方向驶去。

　　过了几天，郭来荫头缠血糊糊的纱布绷带，一瘸一拐地回来了，见人就哭丧着脸发泄道："他妈的，老子最近怎么如此背运，送一次货，就遇到一次新四军，真是脑袋别在裤腰带上玩命啊……"众人听罢，无不心里闷笑，感到解恨又解气。张健卿则一脸关切地说："哎哟，那你可要当点心，那新四军可不是好惹的，他们还敢杀进城来单独'点卯'哩！"一句话说得郭来荫心惊肉跳，白眼珠直翻。转过身去，张健卿偷着乐，暗自骂道："打死你这个卖国贼，早死早好，少造孽！"

过了一阵子，日军的两辆卡车又在芜繁公路上遇袭，几名押运兵当场毙命，车上的军需物资损失殆尽。郭来荫越发坐卧不安，疑神疑鬼。他鬼鬼祟祟地跟平时还能搭几句话的张子余说："子余兄，你帮我分析分析，我们连连遭遇伏击，时间、地点都被对方掐得那么准，会不会是有内线在向新四军提供情报……""嗯——，很有可能！"张子余把头直点。"那你认为，这阴险的内线可能藏在什么地方哩？"郭来荫狡诈地探问。张子余故意装作一本正经的样子说："我心里有数，可是不敢说啊！""你说你说，你赶快说，我一定替你保密。说对了，重重有赏……"郭来荫焦急地催促。张子余四下望了望，压低嗓音，神秘兮兮地说："我认为，内线很可能就藏在你的身边。""你这不是废话嘛！"郭来荫生气地梗着脖子说："我身边的人多呢，难道都是敌方内线？"张子余则不慌不忙地说："不是你身边的人，能知道你的秘密呀？你的那些狐朋狗友一个个都可靠吗？你平时做的缺德事，得罪的人还少啊？"张子余连珠炮似的三个反问，弄得郭来荫一愣一愣地，张口结舌……

　　张家后代的为人一如祖上，"虔诚虽无人见，存心自有天知"的祖训也丝毫不曾淡忘，只是在抗日期间，张家对日本鬼子和汪伪政权好像软弱了一些，许多不明真相的爱国人士对此很是不满和疑惑。

　　可局外人哪里知道，张家后代虽表面上与日本鬼子、汉奸有些来往，但这只是在明修栈道，暗度陈仓。其实，张明禄、张文玉、张光源、张天煌等张家几代人被日本人残杀，与日寇有着不共戴天之仇的他们很隐蔽地分别与抗日的国军、新四军建立了秘密联系，经常冒着极大的危险将一批批紧缺物资想方设法运往皖南山区和江北抗日游击区，甚至冒着极大的风险，在家中直接掩护过国军、新四军的情报人员。

　　1943 年夏，国民党中统驻芜湖情报站（对外招牌是"雨耕山摄影图片社"）忽然遭到日伪特务的盯梢，情况十分危急。情报站站长祖耀庭赶紧将电台藏在粪车里，神不知鬼不觉地转送到张恒春国药号，请求早有交往的张家提供帮助。

　　此时，张裕卿因身体有病，早已将实权交给堂兄、大房的张健卿掌管。祖耀庭颇为自信地说："虽然张恒春药号地处长街闹市区，人多眼杂，但近灯者盲，最危险的地方，往往就是最安全的地方。"深明大义的张健卿没有推辞，一口答应情报站在自家秘密设点。但办事精明的谢树德总经理则忧虑地提醒道："张恒春药号人来人往，熟人老友对我们的房屋结构几乎了如指掌，尤其是郭来荫这小子鬼精鬼精，他长年住店，药号里的拐拐角角他都摸得清清楚楚，人员进出也很难躲开他的视线，容易大意失荆州。不妥，不妥……"他在房内转了几圈，毅然决然地拿定主意："这样吧，电台干脆安置到我家里去。我家住在江边狮子山，那里比较偏僻，登门者少，不易引人注意，进退都比较方便。"祖耀庭当然求之不得，以张恒春药号总经理这块招牌作掩护，那是再好不过了。

祖耀庭随同谢树德来到长江边的狮子山勘察地形及宅院。

谢家宅院坐落在教会办的圣雅阁学校附近，狮子山南麓，独门独院，门前有口不规则的椭圆形池塘，水草丰美，杨柳轻拂，蛙聒蝉鸣。砖墙院内，有几棵粗壮高大的老槐树，枝繁叶茂，荫如伞盖。站在屋前，可眺望近在眼前，波光粼粼，百舸争流的大江。屋后有片青葱的菜畦，一条蜿蜒狭窄的土路通向江边的芦苇滩，另一条小路连接山下的居民棚户区，环境很是僻静幽雅，且进退自如。祖耀庭甚感满意。

于是，祖耀庭就将情报站电台隐蔽在谢树德家后宅阁楼上。谢树德还专门为祖耀庭配备了自家院门的钥匙，腾出合适房间让他单独居住，以便随时发报收报。为防止绑在大槐树枝头的天线被人察觉，祖耀庭特意在树下种植了藤萝、荆棘、爬山虎等攀缘带刺植物，不仅让藤条枝叶等将天线严密缠绕掩盖起来，使人在树下根本辨认不清；而且让人无法爬树，近距离窥破其隐秘（这部国民党中统电台在谢家潜伏工作多年，一直到日本投降都没有暴露）。

有一天傍晚，祖耀庭正在后院小阁楼上收发电报，突然，院门前的大黄狗"汪汪"地叫起来，一个日本军曹带着几个士兵闯进院子，说是全城戒严大搜查，无论何人都要查验良民证。谢树德的妻子徐氏非常精明，她见大黄狗叫得凶，二话不说，顺手抄起扫帚，大声叱骂着："一来生人你就叫，一来生人你就叫……再不听话，就把你抓起来，关进笼子里……"满院子追逐打狗，变相给祖耀庭报信。接着，她将几个日军请进前堂客厅，好烟好茶好点心地殷勤招待，同时让家里人都拿出自己的良民证交给鬼子当场查验。在这惊险的片刻工夫，一向敏感谨慎的祖耀庭听见动静，发现苗头不对，迅速将发报机藏进橱柜后面的夹墙，匆匆下楼从后门溜了出去。

日本军曹和几个士兵慢了半拍，他们来到后院小阁楼东翻西找，什么也没搜到。在后院那棵绑有天线的老槐树下，日本军曹还站立了片刻，甚至抬头往树上瞧了瞧，但并未发现什么异常。日本军曹拉开院子后门，朝外张望了一番，也没发现什么可疑的情况。本来就是盲目行事，又被徐氏的热情、恭顺、配合打消戒备的日军折腾了一会儿便撤出院子，到别处搜查去了。

翌年春夏之交，日寇即将倾巢出动开赴繁昌县扫荡，新四军为了打乱敌人的作战部署，派出行动小组混进芜湖城，在内线的配合下，瞅准机会，一举将铁杆汉奸伪保安团团长潘克勤击毙在大花园的澡堂子里。枪声一响，全城大乱，日本鬼子及伪军紧急出动，宣布戒严，到处搜查新四军，见到可疑人员立即逮捕或当场开枪杀戮。混乱中，新四军侦察参谋陆正华逃至长街背面的一条小巷中，恰巧与躲避枪弹的张启宇撞了个满怀。因陆正华以前曾去张恒春办过事，张启宇认识，他二话没说，一把抓住陆正华的手腕，带其钻进一户民宅，然后穿堂过屋，七弯八绕，翻墙进入自家的药材库，迅速将陆正华藏进一口暗窖中，再在上面胡乱堆满草药，躲过了日伪军的几次严密搜查。陆正华足足在张家藏了一个多月，等形势稍微缓和一些后，张健卿、张启宇才将其乔装打扮，安全送出城。

八年抗日，战乱连绵，泥沙俱下，鱼龙混杂。张恒春国药号在日伪占领区强撑硬挺，白皮红瓤，巧妙周旋，疲于应酬。一会儿国军方面来人了，一会儿中共地下党来求援，一会儿日伪头目登门索取发号施令，一会儿民间游击队夜闯店宅，一会儿青洪帮、大刀会甚至地痞流氓都来敲诈勒索、打秋风……张恒春药号谁也不敢得罪，只能当八级泥瓦匠，怎么糊得光，就怎么糊。

不得不敷衍的，只能敷衍着。但张恒春药号对国军、新四军和民间抗日游击武装是真诚支持的，除了钱财物方面的暗中帮衬，还做出了许多爱国义举，有关各方都心知肚明。

张恒春国药号在夹缝中艰难生存下来，其复杂内幕一般外人岂能知晓？就连奸刁狡猾的郭来荫都被蒙在鼓里。

第三十六章
蒙 冤 忍 辱

　　1945 年 8 月 15 日，日本战败宣布无条件投降，芜湖光复。

　　那些日子，老百姓真是扬眉吐气，昂首挺胸，到处都是欢声笑语，锣鼓喧天，凯歌嘹亮。

　　张恒春国药号不惜花费重金，组织了两支欢庆队伍：一支舞狮队，一支舞龙队，不分白天黑夜，走街串巷，狂欢劲舞。狮为四对雄狮，龙为金银双龙。狮龙所至，人山人海，鞭炮炸得纸屑遍地，足足堆了几寸厚，硝烟弥漫，到处飘散着略带焦煳味的芳香。

　　欢乐高潮过去，为了收拢人心，镇住局面，树立权威，国民党军警在城中迅速清查、逮捕、判决各色汉奸和亲日分子。那些日子，街头不时有抓捕犯人的警车鸣笛呼啸驶过。枪毙罪魁、游街示众已上演过好几回了，每次都人潮汹涌，声势浩大，全城轰动。汪子东、蔡羹舜、郭来荫等罪大恶极的铁杆汉奸先后分别在外地被抓获，均被国民政府判处死刑，执行枪决，倒也大快人心。（任凤昌、肖达山等慌忙潜逃，虽暂时躲过一劫，但后来都陆续被共产党抓获镇压。）

秋末冬初，天气转冷，西风萧瑟，落叶飘零，天空低低地压着一坨坨厚重的铅云。街上人头攒动，吆喝四起，各家店铺买卖正赶在节点上。突然，一批荷枪实弹的宪兵包围了正在营业中的张恒春国药号，并把全体伙计员工连同后宅里的张家老老小小全都赶到了院子里。领头的宪兵中尉厉声喊道："哪个是张春雨、张邦宁？站出来，跟我们走一趟！"

当家人张健卿赶紧上前连连拱手作揖道："长官长官，且慢抓人……张家可曾犯了哪条王法……""可曾犯了哪条王法？说得轻巧！"宪兵中尉不屑地瞥了他一眼，冷冷地说："现在有人检举揭发，你们张恒春的张春雨、张邦宁在日伪占领时期有通敌行为……""天啊——"张健卿没等他说完就痛心疾首地大声喊冤："我们张恒春世代与倭寇有仇，我家的张天煌就是因为掩护国军、新四军，为抗日效力，而被日本鬼子的狼狗活活咬死的……这、这这这……这都是有目共睹的呀……"

宪兵中尉略微一愣，他是外地人，确实不了解情况。站在他旁边土生土长的警察小头目则是知情的，他从口袋里掏出"拘捕令"，朝众人扬了扬，圆滑地说道："你们张家的事，本地人确实有所了解。但桥归桥，路归路。现在有人举报了，政府不能不查呀。有话到局里去说清楚嘛，我们不会冤枉好人的。"

听他这么一说，张春雨、张邦立主动从人群里走出来。张春雨坦荡地说："不做亏心事，不怕鬼敲门。张恒春人到底是抗日的，还是卖国的，一查就清楚了。行，我哥俩跟你们走。""哎——这才叫明事理嘛！都是本地乡亲，低头不见抬头见，何必把脸皮撕破呢！"警察小头目皮笑肉不笑地抱拳朝众人拱拱手："我们也是奉命行事，身不由己。多有得罪，多有得罪……"宪兵中尉的态度也有所放缓，把双臂往后一背，说："那就先委屈二位了。来人，把嫌犯绑起来带走。"几个宪兵冲上前来，拿着麻绳就绑人。警察小头目连忙做好人说："绑轻点绑轻点，意思到了就行……""二位长官，我把人交给你们了，请多多关照、多多关照……"张健卿又是鞠躬又是作揖，老泪潸然而下。"好说好说，老掌柜你放心，啊……"警察小头目将脑袋一歪，领人离去。

眼睁睁看着亲人被抓走，张春雨、张邦宁的妻儿老小忍不住失声痛哭，呼天叫地，还有白发苍苍的长辈当场晕厥过去……张家的其他眷属以及伙计们也都伤心落泪，愤愤不平……

张健卿仰天含泪挥拳喊道："天理何在，天理何在啊！我就是倾家荡产，也要雪耻洗冤……"

不知是什么仇家或奸人的密报，张恒春国药号两名与日伪有过接触的管事张春雨、张邦宁竟然被以通敌卖国的罪名强行逮捕，锒铛入狱。芜湖工商界、新闻界、慈善界头面人物得知消息后，立即联手营救，派人与国民党县党部、县政府交涉，据理力争。

长期掩护国民党中统局驻芜湖情报站工作的张恒春国药号经理谢树德，带领伙计们和众多的百姓连续到国民党县政府请愿，要求放人。此时，原国民党中统局芜湖站站长祖耀庭已升任芜湖县副县长，他早已在办公楼的玻璃窗内将近日楼下的请愿活动看得一清二楚，心里不禁五味翻腾，暗滋同情，但又不好主动抛头露面，以防引火烧身。

慑于民众声势越来越大，谢树德等几名代表获准上楼面见县长陈情。

在二楼会客厅甫一照面，谢树德二话没说，往县长谷琪瑰面前一跪，声泪俱下地说："谷县长，头顶三尺有神明啊！抗战期间，党国的情报站长年住在我家从事谍报工作，他们是最了解张恒春人的。如果张春雨、张邦宁真是通敌卖国的汉奸，党国的人怎么会始终平安无事？我方的其他谍报人员、伤病员、侦察员、采购员等，来来往往，又怎么会平安无事？……"

谷琪瑰一怔，抓耳挠腮地支吾道："这个嘛……当年的情况……我不太了解……"他转而对坐在旁边的祖耀庭说："祖副县长，你对本地的情况熟，还是你来解释吧。""是，县长。"祖耀庭恭敬地点头致意，然后起身，上前拉起谢树德，温言相告道："我是了解张恒春的……可现在有人举报，说张恒春曾经卖给日伪军队大量药品……"

"哎呀，祖县长，各位长官，那是日伪强迫的，他们就派人住在张家守着、看着、操控着……"谢树德掏心吐肺地说："常言道：好死不如赖活着。留得青山在，不怕没柴烧。人在曹营心在汉。当时在日占区，老百姓也得求生存，过日子啊！你让那些商家、老板、职员，平头百姓都摸着良心讲一讲，谁没有卖过东西给日本人？谁没有给日伪方面做过事、干过活、应付过差事？谁没有埋藏着仇恨，表面上顺从，暗地里使绊子，朝思暮想盼着国军打过来，光复失地，报仇雪恨啊……"这声情并茂的话语几乎打动了在场的每一个人，县长谷琪瑰面露尴尬，连声干咳，忙端起茶杯喝茶，竭力掩饰着。

祖耀庭的心也是肉长的，他半是疚愧半是同情地拉着谢树德的手连连摇晃着说："是是是，我晓得、我晓得……我们一定秉公处置，绝不会冤枉无辜的……请谢经理带人先回去，让谷县长再考虑考虑，也给我们一点甄别时间……"他好言相慰，反复劝解。谢树德思忖片刻，又与同伴沟通商议了一下，这才表态说："那我们就先回去，等候消息。如果你们不放人，仅凭诬陷不实之词，就加害张恒春，那草民只好越级到省府，到南京总统府去喊冤申诉了……""别说气话、别说气话……要相信政府，相信谷县长嘛……"祖耀庭耐心劝慰，客客气气把谢树德等人送下楼，一直送到大门口，满脸的谦和，没耍丝毫的官腔。

送走请愿的张恒春人，祖耀庭回到办公楼，在走廊里碰上谷县长，谷县长特意交代说："张恒春的事你比较熟，干脆就由你来牵头处理吧，我还有更紧急的公务要办。""是。我会根据事实，秉公处理的。"祖耀庭连连点头。

祖耀庭走进自己的办公室，关上门，顿感清静许多。他坐下来，点着一支香烟，默默吸了几口，情不自禁地回想起自己过去在张恒春和谢家的帮助掩护下，每每化险为夷，遇难呈祥的情景，越发愧疚难安……

查阅案情卷宗，约谈举报者，派人走访调查取证，除了在胁迫蒙蔽下经郭来荫的手，确实卖了一些药品给日伪方面外，张恒春人清清白白，并无通敌卖国的行为。于是，祖耀庭向上峰阐明事实，求情担保。身份诡谲，神通广大的杨大炎得知情况后，也亲自打电话给谷县长，从中竭力斡旋。

在事实面前，县长谷琪瑰既不好强加罪名，草菅人命；也不愿抹下属和关系户的面子，独自当恶人；但也不想就这么随随便便把抓到手的活鱼给放了。他挠着头皮说："说张恒春通敌，恐怕确实有点冤枉。但他们卖了大量的药品给日伪军，这也是板上钉钉的事实啊！虽说事出有因，情有可原，死罪可免，刑罚可饶，但适当地罚罚款，以示惩处，昭告百姓，总是应该的吧？再说，这社会舆论、这方方面面的搅和……也得要花些精力和应酬来摆平呀……"

听话听声，锣鼓听音。一闻此言，祖耀庭立马心领神会，他赶紧解释说："战乱频仍，国难家祸，张恒春已是风雨飘摇，勉力支撑。在本县，这是纳税捐款最多的商家，等于是个聚宝盆。若是把它逼得关门破产了，对党国也非常不利。我看还是宽大为怀，放水养鱼为好……"说到这里，祖耀庭机警地走过去关上房门，然后回到谷县长身边，靠近他的耳朵，放低声音说："张恒春历来是讲信义、顾大局的，办案应酬所需费用我看不是什么大问题。这事由我去说……"

"嘿嘿嘿……"谷琪瑰仰面一笑，乜斜了祖耀庭一眼："这事我只是随便一说……张恒春老底子笃厚，瘦死的骆驼比马大，不榨白不榨。弄几个办案经费给兄弟们花花，小菜一碟。但吃相要斯文，更不能张扬，必须是周瑜打黄盖——一个愿打，一个愿挨。""那是那是，天知地知，你知我知张家掌柜知，其他人一概回避……"祖耀庭干练地回答。

"嗯嗯，好好好，那你就去办吧。"谷琪瑰笑眯眯地伸手在祖耀庭的肩头拍了两拍，话里有话地说："我晓得你抗战期间曾受过张家的掩护和帮助，急着想报恩，但也别太心慈手软，一屁股坐到他们那边去喽——""耀庭向来公私分明，党国利益至上。那我走了。"祖耀庭恭敬告辞，表面上和颜悦色，心里却暗骂道：猪鼻子里插大葱——装象！既要当婊子，又想树牌坊……

当天晚上，祖耀庭趁着夜色，悄然来到张恒春药号，会晤当家人张健卿。

上茶后，旁人退去，只剩主客二人，祖耀庭委婉地说："众所周知，张恒春世代与倭寇有仇。抗战期间，你们也有许多爱国义举，这是有目共睹，无法抹杀的。但是，当时身陷敌占区，在逼迫之下，你们不得不卖给日伪药品，尤其是军用药品，这就成了把柄啊！人言可畏，舆论嘈杂。谷县长说了，死罪可赦，刑罚可饶，但罚款不可免……"

张健卿一怔，随即就把头直摇："哎呀呀……如果我们被罚了款，那不就等于变相承认张恒春通敌了吗？"

"就是啊！"祖耀庭接过话头，放低声音说："我倒有个建议，不知掌柜的以为然否？"

"请说请说，祖县长有何高见？"张健卿探身追问。

"我的意思是，宁可吃暗亏，不受明罚，更不戴汉奸的帽子……也就是说，花钱把谷县长的嘴给堵上，让他把罚款免了，这样张恒春的声誉才能保得住……"祖耀庭话未说完，张健卿就把嘴直咂："这……恐怕也不行吧……那还不是要花钱吗？再说窗户纸一旦捅破，反而里外不是人，照样要背汉奸的黑锅。"

"两害相权取其轻。现在只能变通处理，花钱消灾买安了。只要拢住了谷县长，他是不会自掀老底的。但若是得罪了谷县长，他不但不同意放人，还会加重罚款，节外生枝，那就更加后患无穷了……"祖耀庭坦言相劝："张恒春虽说抗日有功，但毕竟也有把柄捏在冤家手里。功是功，过是过。这事可大可小，可方可圆，可轻可重，就看掌权者怎么操弄了……"

张健卿目瞪口呆，沉默许久，深深地叹了口气，只好哀哀地问："那……那你说，要拿多少数才能摆平？"

"这个嘛……太少了是难以敷衍的……我估计，没有几条'黄鱼'恐怕不行。"祖耀庭苦笑着劝导，"钱是身外之物，人命才是最要紧的，声誉也万万不可糟蹋。你就当打麻将输了吧……"

张健卿摇头叹息，犹豫片刻，缓缓从太师椅上起身，来回踱了两趟，然后礼貌地对祖耀庭说："请祖县长稍等，我到账房去看看，马上就回。""请便请便。如果实在有困难，那就缓缓再说吧，我给你先挡着……"祖耀庭起身相送。

过了大约有两支烟工夫，张健卿匆匆回到客堂，他手里拿着个红绸布包裹，上前径直递给祖耀庭，眼噙泪花说："祖县长，抗战刚刚消停，生意一直勉强维持，我只好挖老底子了……这点意思，你就拿去帮我打点打点吧。但此事你绝对要守口如瓶。要不然，张恒春几代人的清白就全都毁了……"

"我以人格担保，绝不会走漏半点风声。"祖耀庭伸手接过沉甸甸的布包，打开一看，是八根金条，忙取出两根放在桌上："只要六根即可，够他全家人大半辈子吃喝花销了……你们做生意很不容易，留点老本吧……""这两根是谢你的……不成敬意，不成敬意……"张健卿拿起桌上那两根金条塞给祖耀庭。

"不不不，我可不能趁机索取不义之财！"祖耀庭的人性尚未完全泯灭："并非我标榜清廉……时逢乱世，战祸迭起，谁不想弄点钱财防身保家哩……可我、可我曾受恩于张恒春，怎么能、怎么能忘恩负义……这件事我夹在其中，实在是没办法……"

"敬请笑纳，敬请笑纳……你是诚心帮我们的，理应酬谢……"张健卿硬把两根金条往他手里塞。

祖耀庭面对金条，其实心里也乱了方寸，只不过做人底线尚存，人性尚未完全泯灭，不好意思拿罢了。张健卿看在眼里，心知肚明，一再硬塞，但对方的良知还是战胜了贪欲，略微踌躇一下，还是毅然把两根金条放在桌上说："使不得，千万使不得……我已清贫半世，只求老来心安无愧……"张健卿一看对方涨红的脸，内疚的神色，不像是作假，只好缩回手，语无伦次地咕哝着："这这这……哎呀……那就对不住你了……。"

翌日早晨上班，待县政府大楼里安定下来，祖耀庭瞅准机会，踅进谷县长办公室，私下里把六条"黄鱼"塞给他。谷琪瑰起先故作一本正经推辞："你这是干什么嘛？这筹来的办案经费，我个人怎么能独吞……""哪里哪里，谷县长一贯是清正廉洁的。"祖耀庭走过去，将六根金条迅即塞进他那半敞开的办公桌抽屉里，然后推拢上，附耳轻声说道："这笔办案费理应由县长支配。不用签字，不用入账，我也绝不会泄密……""哎呀，这这这……你真难为我了……好吧，那我就先保管着……"谷琪瑰摇头晃脑，一脸不情愿的样子，半推半就地收下了六条"黄鱼"。他斜视了对方一眼，心里话，你小子捞得恐怕也不比我少吧！人心隔肚皮，谁也猜不透。这年头，只有搞到真金白银才能腰杆子硬。于是，他按捺下心头的欢喜，话锋一转，顾左右而言他。

临出门前，祖耀庭探问道："县长，那抓来的两个张恒春人什么时候放哩？""这还用问我嘛？"谷琪瑰往高背椅上轻松一靠，以少有的亲密口吻说："耀庭兄是专案负责人，你想什么时候放，就什么时候放。""谢谢县长信任。"祖耀庭恭敬退去，急忙回到自己办公室，立即给警察局打电话，要他们马上放人……

经过明里暗里、正门后门多方努力，国民党芜湖县政府终于厘清案情，将蒙冤的张恒春人释放……

民国三十五年（1946）张裕卿病逝，大房张文金之孙张健卿正式接任张恒春国药号掌门人。他废止资方代理人制度，自任经理，两位堂侄张筱泉、张子余襄理店务，勉强维持着生存。

第三十七章
柳 暗 花 明

前门赶走了狼，后门又进了虎。日本投降，国民党占领失地，贪官污吏巧取豪夺，老百姓的日子依然不好过，物价连涨，货币贬值，商家生意冷清，举步维艰。

这天早上，掌门人张健卿正愁眉苦脸地在后堂书房里踱步，思考着怎样扭转颓势，打开局面。忽然，三房协理老号的堂侄张子余一边急匆匆进门，一边手里扬着一张纸喊着："伯父，电报电报，加急电报！""哪来的电报呀？"起初，张健卿并不在意，依然慢悠悠地踱着步，在想自己的心思。"上海来的，咸瓜弄申庄老板……"张子余递上电报。

张健卿接过一看，顿时精神一振。原来，这是张恒春药号设在上海外滩附近咸瓜弄申庄药行老板发来的急电："近来南洋感冒病疫流行，急需桔梗、板蓝根、咳喘丹等，申庄库房正好有大量存货，特请示能否将这批药材火速销往南洋。"张健卿将电报连看两遍，大喜，脱口说道："天助我也，天助我也！"

　　张子余也很兴奋，但又小心提醒道："南洋远隔万里，人生地不熟，还是谨慎为妙啊！"张健卿微微一怔，转念思考了一下，但还是果敢地说："这次我就赌一把，不惜血本，坚决把南洋的路子撬开……"继而压低声音说："你是家里人，不妨给你透露实情。现在老底子枯了，我们是泥做的骆驼、雪堆的大象，外表好看，内瓤子空啊！再不进账，就要关门倒板子喽！""是是是……情况是很严重……"张子余连连点头。

　　张健卿说："我早就想开辟香港和南洋市场，苦于没有机会，这次运气降临，岂能失之交臂。贤侄，你年富力强，脑子灵光，人也稳重，我派你带上两个人，即刻动身去上海办理此事，如何？""自家事务，理当尽力……"张子余说："吃喝玩乐的公子哥我可不要，要带就带能干事的。上海、香港，那可是花花世界，到了那里，纸醉金迷，不听使唤，那可就误大事了。""那是那是……依你看，带谁去比较合适呢？"张健卿显然是在下放权力，让他选将了。

　　张子余略一沉吟，坦诚地说："伯父，大房的张启鼎和二房的张泰平（启国）挺不错，他俩一个会算账，一个懂法律诉讼，而且都没有什么坏毛病……""嗯，你小子有眼力，跟我想到一块儿去了。那你们就收拾收拾，尽快动身。"张健卿用力拍拍堂侄的肩膀："这次你是领头的，遇事要冷静，多动动脑筋……"张子余频频点头，刚走出房门，又转身说："伯父，我还是先去邮电局，给上海申庄老板回封电报吧，以免他们久等误判，把存货廉价抛出去……""那当然。你去，你快去。"张健卿送走张子余，顿时感觉如释重负，浑身轻松了许多，随口哼起了小曲儿。

张子余、张启鼎、张泰平三人抵达上海已是深秋时节，在咸瓜弄申庄药行的全力配合下，他们打通关节，将几百担桔梗、板蓝根、咳喘丹等中成药打包装上英商太古公司"永生号"海轮，一行人同船押货到了香港。安营扎寨后，他们立刻挂上"张恒春香港分号"的招牌，联系国际海运邮轮，将药物发往新加坡、菲律宾、马来西亚等南洋地区。

眨眼一晃，年关到了。

以前每到年关，张恒春药号都要早早地预支一笔钱给员工们打年货，安顿妻儿老小，准备热热闹闹地过个团圆年。可这年的年关，账房里却迟迟支不出钱来，连电费、燃料费都欠着账。药铺里的高档补品根本卖不动，制药作坊里的成品药积压如山，不得不停工歇业。上海、杭州、武汉等地的供货商都纷纷派人上门催债，天天一大帮，仅吃喝招待就是很大的一笔开销。有的讨账人员还蹬鼻子上脸，嫌酒菜不好，吵吵闹闹，搞得很不像话。药号上上下下，冷冷冰冰，毫无生气，弥漫着一股颓丧恓惶的低迷气氛。有老员工暗自叹息说："我在张恒春干了几十年，像这样的情形还是头一次碰到！好日子怕是保不住喽……"

尽管上头欠着大户的货款，但下面也有众多店铺拖着张家的债。腊月送灶以后，张健卿决心加大催款讨债力度，派出店员二十多人，兵分六路去各地"收账"。因店里欠账太多，如不能悉数收回，不仅欠大户的债务无法偿还，店员的工钱难以支付，而且来年的药材、原料也无法采购，生意将更加陷入恶性循环的困境。

　　每年腊月二十三左右，张家都要在大酒店摆下几十桌"喜庆酒"犒劳讨账人员、全体员工和家族眷属。可面对眼前困难的窘境，窦瑞蓉便打算将今年的"喜庆酒"给免了。但张健卿左思右想没同意，他说："每年年关摆喜庆酒是祖上传下来的惯例，轻易免不得。越是在困难的当口，越是要提振士气，稳定人心。再说，免掉一餐酒，也省不了多少钱，就算打麻将给输了呗……"夫人窦瑞蓉听后，觉得言之有理，也就随他去了。

　　国共内战全面爆发，物价飞涨，民不聊生，百业萧条。这年腊月二十六已过去了，出外讨账的人还有三路人马不见踪影。直到除夕前两天，三路讨账的人才陆续发回电报，说是除夕当天返回。

　　除夕下午，全店二百多号员工及张氏家人齐聚酒楼，一直苦苦等到晚上八九点钟，人人饿得饥肠辘辘，出外讨账剩余的三路人马才陆续回来两路，远去蚌埠的那一路人就是迟迟不归。酒家在催、管家在催，几乎人人在催，但坐在首席桌旁头发花白，劳神焦思，已逾耳顺之年，同样肚子饿得咕咕叫的张健卿却不许开席。

　　屋外寒风呼啸，大雪纷飞；室内人心浮躁，焦灼难熬。直到将近晚上十点钟，突然有人跑来报告，说去蚌埠讨账的人刚刚下船，从码头回来了！闻听此言，等待已久，又饿又冷又焦急的全体员工及家人呼啦一下站起身，欢声雷动。

　　张健卿激动地亲自迎出门外，心疼地替领头的周师傅掸去头顶和肩上的雪花，眼含热泪说："辛苦辛苦，你们太辛苦了！"周师傅伸出冻僵的双手，连连作揖，然后将身上背着的冻得铁硬的帆布钱包解下来递过去，面露愧色地说："三爷，真对不起，蚌埠那边总共欠我们十五万七千元，我们只讨回来十一万五千元，还差四万二千元，那边的店家日子过得也艰难，再说又正当年关，我不好逼人太甚……""你已经尽力了！周师傅，你们这帮本门学徒出身的老人，从来都是任劳任怨、兢兢业业，无愧我张恒春的台柱子！快，快请入席，大家盼你们真是盼得望眼欲穿啊！"张健卿拉着周师傅和他徒弟的手并肩步入大堂，在众人热烈的掌声中将他们安排在首席座位上。

"讨账的功臣终于到家了。周师傅他们带回了十多万元，大家的工钱及过年费，饭后就发！现在请酒家上菜，开席！"张健卿话音未落，大厅内欢声四起，掌声如潮。

热菜上桌之后，员工及家人纷纷动箸狼吞虎咽地吃起来，而张健卿却悄悄退至后堂僻静处独自潸然泪下。尾随而来的王礼卿经理温言劝慰道："三爷，请放宽心，店里的欠账讨回来不少，明年生意会好起来的。"张健卿掏出手帕拭去泪水，轻轻叹了口气说："眼下时局动荡，百业凋敝，恐怕以后的生意越来越难做喽！祖上创业艰难，如今的这份家业来之不易，我真怕张恒春这块金字招牌砸在我手里哟！"

王礼卿微微颔首，犹豫了片刻，还是委婉地报告说："三爷，今天是大年除夕，本不该提懊恼事。但按照我们张恒春的规矩，当年的事当年清，不能拖过年……""有什么事就直说，别婆婆妈妈的。"张健卿一动不动地凝视着窗外，他晓得肯定是有什么龌龊事发生了。"是是。现在已经查清，采办张德才有几笔假账，共计一万七千多元。另外，他进的那几批细货中，羚羊角、犀牛黄、人参、燕窝、冬虫夏草等也多有水货……"还没等王礼卿说完，张健卿即断然呵斥道："那还有什么好讲的？照老规矩办！""可、可、可是……张德才是张家的亲戚呀！"王礼卿愁眉苦脸哼叽着。"笑话！"张健卿勃然大怒，"亲戚还能不补台反而拆台吗？越是亲戚越不能吃里扒外，中饱私囊！不要多话了，你马上给我把他的红纸条写来。"

一听此言，王礼卿心领神会。因为张恒春职工的工钱不是按月定数发给的，一般是随用随支，月月在各人账户上滚存下来，年底一把结算。而这样的结算单都是白纸黑字，一清二楚。所以，一旦职工接到算总账的红纸单，就是店方解雇你的意思。在张恒春，员工只要不犯大错误，一般不会收到这样的红纸条。

张健卿铁青着脸回到笑语喧哗、杯盏叮当、气氛热烈的大厅，他站立在首席桌旁，先是咳嗽了两声，然后打了个手势，众人见当家人有话要讲，纷纷停下了吃喝，转身将目光投来，闹哄哄的现场顿时安静下来。

"老少员工们，张家的亲属们，我首先要报告大家一件喜事：张子余、张启鼎、张泰平他们发来电报，说已把我们存在上海的一批桔梗、药物，成功地推销到香港、南洋，用不了多久，货款就会被带回来。张恒春垮不了！"张健卿用力猛挥手臂。

全场寂静无声，随即掌声雷动，众人纵情欢呼，许多人跺脚、敲桌子、抛帽子，大厅内一片欢腾……有个青年员工一跳站在椅子上，声如洪钟地振臂高呼："张恒春垮——不——了！"

全场齐声响应："张恒春垮不了！张恒春垮不了！张恒春垮不了……"声若炸雷，震撼屋宇，气势磅礴。

张健卿频频摆手，费了好大的劲才使大家安静下来。他眼噙泪花接着说："有了这股子士气，张恒春肯定垮不了！……大年三十晚上就图个吉利、喜庆，可为了张恒春的生存发展，我不得不讲几句难听的话！"张健卿一提长袍下摆，端然坐下，威严地一拍桌子说道："张家祖上创下这份家业容易吗？尤其是近几年，战乱不休，世象万变，张恒春在夹缝中求生存，处境已相当危艰。但是，居然还有本家的亲戚，吃里扒外，弄虚作假，贪污受贿，这不是雪上加霜，要搞垮张恒春吗？！这样的家鬼，我张恒春不能容！"张健卿转身从王礼卿经理的手中接过红纸账单，不怒自威地说："张德才，请你来拿红纸条。张恒春对不起你！"

刚刚还在喝酒划拳、谈笑风生的张德才闻听此言，犹如五雷轰顶，手中的筷子顿时滑落在地，一双眼睛瞪得差点没眼珠迸出来。怔愣片刻，他反应过来，缓缓起身，头昏眼花，两腿发飘地走到张健卿的桌前，突然双膝一软，"扑通"一声跪下，声音沙哑而颤抖地说："大、大大大、大伯父……侄、侄侄侄儿……对不起您老……我没脸在张恒春干下去了……"他重重地在地上磕了三个响头，泪流满面，爬起来就往外面跑。王礼卿经理赶紧拿起红纸条追上去："唉唉唉，账单、账单……"

张健卿则追着侄儿的背影送去一句发人深省的话："人有羞愧之心，当有发恨之日！"

众人深感震惊，各自都在心里寻思、检查着自己是否做过什么亏心事，大厅里静若止水，鸦雀无声。张健卿则起身笑脸相慰道："此乃家丑，与在座的诸位无关。请大家尽兴地喝酒、吃饭。"

饭后发钱，员工们排队领取，会计一边噼里啪啦地敲打算盘，一边口齿清楚地报账，出纳则恭敬地将应发的钱交到每一个人的手里。与此同时，站在旁边的张健卿躬身作揖："辛苦辛苦，多谢多谢！"员工则赶紧回礼，十分感动，心中暗自思忖：当老板也很不容易哦！这年头，能拿全工钱还另加过年费吃开欢酒，真是难得。手里的饭碗金贵，只有好好干活才对得起良心！

这年除夕的"讨账酒"吃得那叫个有滋味。当时在场的每一个男女老少都刻骨铭心，日后提起，仍是津津乐道，感慨唏嘘，回味无穷……

张恒春的桔梗、板蓝根、咳喘丹等药物销到南洋后，很快就被抢购一空，治愈了大批患者。

押运货物随船一同下南洋的张子余、张启鼎、张泰平等人拿到货款后，终于松了一口气。在等船回国的间隙，三个人腰包鼓鼓、兴高采烈地在新加坡的药材市场上闲逛，发现这里的海马、珊瑚、鹿茸、犀牛黄、庵摩勒、猴枣、燕窝、玛瑙、槟榔、西洋参等特产名贵药材格外多而且价格低廉，令人眼亮心馋。张启鼎随嘴说了句："这些药材比我们那可便宜多了，贩运回去就能发财啊！"张泰平接话说："嗯，是的，带钱回去还不如带货回去。"张子余觉得有理，但他有些不放心地说："货款刚刚到手，还没焐热。万一有个闪失，那纰漏就大了……"张启鼎、张泰平也有所顾忌，默不作声。心想，你是领头的，干与不干，随你的便。

三人回到旅馆，张子余的脑海里还在翻腾着刚才在药材市场上看到的情形，一正一反两种想法在心里激烈交锋。

傍晚，在餐厅吃饭时，一直沉默寡言，心事重重的张子余突然把筷子往桌上一拍，说了声："干！""干什么？"张启鼎、张泰平一齐端着碗发蒙。张子余说："我们带货回去。机不可失，时不再来。""利润大，风险也大呀……"一开始提议的张启鼎反而犹豫起来。张泰平也有所顾忌地说："那……我们先发封电报回去，请示一下吧……""不要节外生枝了，出了纰漏我来担！"张子余一旦认准的事，态度很坚定。张启鼎、张泰平精神一振，异口同声地表示："有福同享，有难同担！"

于是，几个人立马分头采购，联系轮船，招人搬运，办理海关手续等。在返回大陆时，他们随船顺带从南洋运回大批价廉物美的海马、珊瑚、鹿茸、犀牛黄、燕窝、猴枣、槟榔等名贵药材，途经香港转运至内地上海、广州、福州等大城市销售，获利颇丰。

张恒春国药号久旱逢甘霖，柳暗花明，又一次起死回生。

第三十八章
老 店 涅 槃

　　1948 年 11 月 6 日至 1949 年 1 月 10 日，淮海战役以国民党惨败而宣告结束，共产党的百万雄师乘胜挺进，饮马长江，直逼南京，只待一声号令就飞跃天堑，挥师南下。

　　中共芜湖地下组织，接到华东野战军敌工部指示，要求迅速摸清国民党驻芜部队的兵力部署和武器装备情况，尤其是要掌握敌二十军新组建的炮兵团的举动，并适时对其团长赵威开展策反工作，从内部瓦解敌人。于是，张恒春国药号当家人张健卿的孙女张美琳就进入了地下党负责人周达的视线。据了解，现在圣雅阁中学当教师的张美琳是我党外围组织的人，多次参加学潮，思想进步，比较可靠。她与国民党二十军炮兵团团部参谋李开来的妻子杜晓红是中学同学，一直来往密切，通过这层关系也许能接近赵威。

　　周达在抗战时期就潜伏在芜湖与日伪较量，是张家的老朋友。所以，当他抱着试试看的心理悄悄来到张恒春药号，与张健卿、张美琳秘密谈起策反一事时，思想开通，早已看清时局的祖孙俩很是爽快，没提任何要求就一口应承下来。

杜晓红出身平民，在中学时就比较同情革命者，虽然后来嫁了个国民党小军官，但那也是生活所迫。随着战局的日渐明朗，她更是对国民党灰心丧气，牢骚满腹，想着找退路。所以，当闺蜜张美琳试探着摸底，隐约说出那层意思后，心直口快的杜晓红竟然一下捅破窗户纸说："不要兜圈子了，累不累？说，你想让我干什么。"张美琳只好把策反的事含蓄说了出来："晓红，现在国民党兵败如山倒，跟着他们跑，只有死路一条。如果你能说服你丈夫反戈一击，弃暗投明的话，我可以帮你们找找人，蹚蹚路子……""哟，我们的张大小姐什么时候加入中共地下党了？"杜晓红的眼睛狡黠地眨了眨，张美琳心一颤，脸刷地一下红了，忙解释说："没有没有，我不是中共地下党……"但对方却"扑哧"一笑："好了好了，别紧张嘛！反正国民党也快山穷水尽了，识时务者为俊杰……""晓红，我也是为你好，这可不是开玩笑……"张美琳心里还是不踏实。"这是可以开玩笑的事吗？告诉你，我和我丈夫早就看清形势，想改弦更张了，可是苦于没有门路。正好，你来救我们了……"杜晓红话未说完，张美琳就与她搂抱在一起。

坐落在陶塘边靠近烟雨墩的聚仙楼茶馆是家老字号，场子不太大，但幽雅清爽，有小包间，谈话方便。张美琳早早就订了包间，与周达按照约定的时间在此等候特邀的客人。午后时分，杜晓红如约而至，她今天换了一件墨绿色丝绒旗袍，外套雪白的毛呢风衣，波浪式发型，小巧的红高跟皮鞋，腕上挂着一个女士化妆包，显得年轻而俏丽，让人见了眼睛一亮。

茶水上桌，小吃点心摆定，跑堂的退出，关上包厢门。

"我来介绍一下，这位是周老板，这位是杜晓红。"张美琳介绍后，双方握手，分别坐下。

彼此寒暄，张美琳随口说道："晓红真是美人胚子，穿什么都好看。"杜晓红莞尔一笑："好看不能当饭吃，马上就要变天了，不知道命运是如何安排的……""命运掌握在自己手中。"周达接过话头说："只要你们脱离国民党，为人民做事情，就一定会有光明的前途。"

杜晓红微微颔首，默然沉思，随之伸出纤纤玉手，拈起青花瓷碟里的瓜子嗑着，说："脱离国民党没问题，可我们人微职低，能做些什么呢……""你们夫妇俩可以为我们搞情报，最好能策反炮兵团长赵威。"周达干脆把话挑明。张美琳也嗑起瓜子，催促道："形势越来越吃紧，所剩时间不多了，必须当机立断。"杜晓红捧盏品茗，大脑快速转动，思考良久方说："我丈夫李开来只是个中尉参谋，接触不到重要机密……据我观察，赵威虽然也看透了，对国民党失去信心，也想留条后路，但他性格比较复杂，容易摇摆反复。再说，他兵权有限。这个炮兵团的装备是上面刚刚配置，拨给二十军的，军长杨干才把它当作宝贝疙瘩，直接插手炮兵团的事，掣肘太多……策反的事得慢慢来，先试探试探他，如果有隙可乘，再做思想工作。你们需要的东西，如果能搞到，我自然会尽全力。国民党大势已去，我迫切希望早日结束战乱，过上太平日子。"

周达点头说："好，那你们夫妇俩就先摸摸赵威的底再说。如果有情报，你就去张恒春找张美琳接头，特殊情况，也可以直接打电话找我……"3587"是我家门口的公用电话，白天一般都有人接，请人喊一声就行了，但这个号码不到万不得已你不能用。如有急事就事先约定，再到聚仙楼来碰头。"

杜晓红想要纸笔，将这个电话号码记下来放进手提包里，周达阻止说："这个号码你只能记在心里……"杜晓红只好又默念了几遍"3587"，把号码记住。张美琳提醒说："如果我不在张恒春药号家里，那你就到圣雅阁学校去找。"杜晓红点头答应。

冬天悄然隐退，桃花吐艳，树枝绽出嫩绿的新芽，田野里的早油菜已露出点点黄蕊，清风拂过，芳香扑鼻。然而，由于国共北平和谈彻底破裂，大战在即，长江两岸战云密布，兵力调动频繁。国民党早已封江，往日舟楫穿梭、汽笛欢鸣的黄金水道如今死气沉沉，不见一片帆影，唯有国民党的炮艇整日在江上靠南岸一侧游弋巡逻，为如同惊弓之鸟的自家陆军撑腰壮胆。

周达频频接到上级指示：要不惜一切代价，搜集敌方情报，加快策反工作，从内部把敌人搞乱。听了张美琳的摸底汇报后，周达觉得赵威犹豫彷徨，策反不能操之过急，但通过杜晓红搞到些情报还是有把握的。好在自己已通过另一条线，正在做芜湖保安团团长徐大成的策反工作，徐大成已初步决定战场起义，具体细节还有待落实。

在周达的催促下，张美琳打破常规，频繁接触杜晓红，让她加紧行动。

　　这天下午，张美琳正在学校办公室批改作业，杜晓红忽然打来电话，约她马上见面。张美琳估计将有情报到手，兴奋地立刻骑脚踏车赶往聚仙楼。

　　杜晓红早已等候在包厢，她从手提包里掏出几份秘密文件，说："这是李开来今天上午刚拿到手的，你看后我马上还要还回去。"张美琳急忙翻开文件，匆匆浏览一遍，发现这几份文件多是些一般的军事部署，价值不太大。不过有一份文件谈到了杨干才二十军几个师团长的调整情况和后勤补给方面的事，比较重要。张美琳迅速做了择要记录后，将文件还给杜晓红，高兴地说："现在你们夫妇俩干得很好，老周很满意。赵威那里，你们还要多做工作，如果他能迷途知返，战场起义，那你们就立了大功……"杜晓红点头答应说："今天晚上，我再请赵团长的太太打麻将，看看能否套到点情报……"说罢，她收好文件匆匆离去。

　　当晚，杜晓红在家摆开麻将桌，邀请几位军官太太来打牌，其中就有赵威的太太王淑群。几圈玩下来，杜晓红故意暗中放水，巧递勾搭牌，使开局不利的王淑群连和了两次，反输为赢，乐得眉开眼笑。

　　杜晓红边打牌，边闲聊道："好长时间没见赵团长与民同乐了，哪天把他一道请来玩玩，我亲自下厨烧几个拿手好菜，请团座品尝品尝……""他现在哪有时间玩哟——"王淑群摇头苦笑："炮兵团新补充的那几十门美国榴弹炮是杨军长的宝贝疙瘩，指望着用它们防守长江哩，老赵带着弟兄们日夜操练，天天泡在训练场上！""这么多大炮往哪摆啊？扎堆成片的，要是共军一顿炮弹打过来，那可城门失火，殃及池鱼呀……"杜晓红故作惊慌状。"他们当然有他们的应对……大小赭山之间放一个营，神山口放一个营……"王淑群忽然发现说漏了嘴，立马刹住，扭头嗔怪道："这些事可不是我们这些家属应该操心的……打牌就打牌，别操心操到八姨妈家去了……""那是那是，只是心里急嘛……唉，老蒋的嫡系部队都抢先逃到台湾和东南沿海去了，把我们这些原本爹不疼、娘不爱的杂牌军放在长江沿线挡枪子，只怕是凶多吉少哦！"杜晓红柳眉微蹙，重重地叹口气。王淑群嘴巴撇了撇，想说什么但又咽了回去。

另一个军官太太接口道："哼，谁没长着两条腿，到时候一看情况不妙，我们不也能脚板抹油，一溜了之吗？"一句调侃话说得大家忍俊不禁，"扑哧"一笑，连王淑群都跟着乐起来，但她随即故意绷住脸，以严肃的口吻说："仗还没打，就想着逃跑，当心杨军长把你们统统抓起来枪毙……""哈哈哈哈……"几个军官太太哄然大笑。

见此情景，杜晓红心知肚明，别看她们谈笑风生，故作镇定，其实内心极其空虚害怕，都有自己的小九九，战事一开，肯定分崩离析。看来，策反工作是要抓紧进行了。

过了些天，杜晓红直接来到张恒春国药号找张美琳，说经过她和丈夫反复做工作，赵威对起义的事已有些动心，但他想请中共地下党负责人来家里面谈一下。张美琳立刻向周达报告，周达考虑再三，答应去见赵威，但地点不在赵家，而是在赭山广济寺的禅房里，那里僻静，不惹人注目，再说该寺的住持智通方丈是中共地下党的朋友，估计要安全些。意见通过杜晓红传递过去，患得患失的赵威明显不大高兴，但他前思后想还是勉强答应了。

云淡风轻，阳春三月午后的太阳暖暖的、柔柔的、爽爽的，晒在身上令人筋骨酥软，陶然欲醉。

空旷秀丽的赭山鸟鸣幽谷，桃杏绽放，破落衰颓的广济寺里香客寥寥无几，一位年迈的老僧手捻佛珠，站在庙门前朝山下眺望。周达和张美琳刚上山，赵威一身便服带着李开来也坐着黄包车来了。双方拜见过智通方丈，在禅房密室坐定，茶水果品上桌后，其他人退去，关上房门。智通方丈亲自坐在院门前照应。

寒暄过后，切入正题。周达代表中共芜湖地下党组织，谈了策应机械化炮兵团起义的具体计划，并向他宣传了共产党对起义的国民党官兵的政策。李开来全神贯注地听着，赵威起先好像也挺认真，但谈到起义的细节安排和具体时间时，他思维混乱，语气含糊，似乎并无切实准备。谈话间，赵威一会儿抓耳挠腮，一会儿悄悄瞥一眼手表，神情举止流露出一丝不易觉察的焦躁。对此，周达有所疑虑，心里像十五个吊桶打水——七上八下。好在李开来神情自若，倒还正常，这又让周达稍感宽慰。

忽然，院子里似乎有异常响动，但很快又归于沉寂。机警老辣的周达顿时心里一揪，感觉情况不妙，他下意识地看了张美琳一眼，提醒她注意，同时不动声色，礼貌地起身说了句："我去上一下茅厕，马上就回。"赵威一愣，忙说："那我们一同去吧。"周达拉开房门正要出去，突然，从墙壁两侧闪出两名便衣特务，将黑洞洞的枪口对准了周达和张美琳。李开来大惊失色，赵威假装糊涂："这……这是怎么回事？"周达临危不惧，哈哈一笑，沉着地说："我们和赵团长谈谈买卖上的事嘛，何必搞得这么紧张？"趁两个特务愣神的当口，他突然飞起一脚踢倒一个特务，同时一记勾拳猛击另一个特务的下巴将其打懵，拔腿就朝寺外跑去。李开来动作慢了半拍，刚刚掏出手枪就被行伍出身的赵威一脚踢飞，没等他回过神来，赵威的枪口已顶住了他的胸口。张美琳也想跑，但刚撒腿就被一个特务抓住，将双手反铐起来。

周达顺着甬道刚跑到中殿，就见几个特务持枪围了上来，他一枪撂倒一个特务，一闪身钻进一扇偏门，拼命朝山林跑去，本想捉活口的国民党特务怕他逃脱，举枪齐射，他身中数弹，倒在血泊之中……

张美琳、李开来被特务五花大绑押出广济寺。一路走，张美琳一路怒斥赵威："国民党就要垮台了，你死心塌地与人民为敌，是没有好下场的……"赵威冷笑道："自古忠臣不事二主。老子甘愿杀身成仁，报效党国……"李开来则面如死灰，一声不吭，心里懊丧至极。特务将他们塞进停在寺外的中吉普，押往城里。

一开始，张美琳与李开来夫妇被关押在国民党二十军军法处的临时牢房里，特务又是百般利诱，又是严刑拷打，逼他们招供叛变。本来就意志薄弱，立场不坚定的李开来、杜晓红夫妇很快就竹筒倒豆子，什么都交代了，包括那个神秘的电话号码"3587"。但经查，这只是普通的公用电话号码，任何人都可以使用，特务们虽然顺藤摸瓜找到了周达的家，但周达已死，他无辜的遗孀和幼小的孩子一点价值也没有。张美琳则一口咬定自己与周达只是一般朋友，没有组织关系，介绍他与李开来认识，参与策反工作，完全是行善积德做好事，纯粹是自觉自愿的，一切都是与周达单线联系，绝不认识第二个地下党。其实，她是知道中共芜湖地下党联络站地址——安丰里六十二号的，只是死活不肯说。当时战事吃紧，国民党二十军没有工夫为鸡毛蒜皮的小事耗费精力，就把张美琳及李开来夫妇转交给芜湖县保安团审查，关进了公署路的县监狱。

张家人撒出大把真金白银四处活动，展开救援。张健卿亲自出马，求爹爹拜奶奶，企图将孙女张美琳保释出狱，但都没有成功，只是将此案拖延下来，暂时免死。

1949 年 4 月 22 日夜，中国人民解放军从繁昌县荻港突破长江天堑，登陆南岸，驻防芜湖的桂系杨干才的二十军抵挡不住，弃城而逃，仓皇撤退，在湾沚附近被解放军围歼。军长杨干才自杀，炮团团长赵威被击毙，二十军彻底覆灭。因保安团团长徐大成率部起义，所以，关押在县监狱里的共产党员和进步人士一个没杀，都侥幸保住了性命。

4 月 23 日，解放军八十八师二六二团率先冲到芜湖城南门抵达中山桥。该桥乃钢筋混凝土结构，异常坚固，桥面封堵着土石高垒，无法通过。解放军立即改道从附近的老浮桥跨过青弋江，进入国民党军撤退一空的城区。

头戴五角星软帽、脚蹬圆口布鞋、身着土布军服，颜色以黄、灰色居多且深浅不一，武器装备也混杂配置良莠不齐——有三八大盖、美式卡宾枪、汉阳造、中正式步枪、歪把子轻机枪、马克沁重机枪等不一而足的人民解放军野战部队警惕地搜索前进，迅速抢占重要机关、广播电台、报馆、邮局、电厂、车站、码头及其他一切要害部位，均未遇到抵抗。

一夜无事。

24日早晨8时，解放军八十八师正式举行入城式。成千上万劳苦群众、大专院校及中小学师生、社会各界人士，高举横幅标语，手挥三角纸旗，敲锣打鼓，高呼口号，夹道欢迎。二六二团各营分成四路纵队，全副武装打头阵，迈着整齐铿锵的步伐，精神抖擞行进在大街上。一时万人空巷，场面沸腾。

张恒春药号当家人张健卿、张筱泉、张子余亲自带领员工及家属们组织了"秧歌队""高跷队"等，涌上街头，与各界群众一起载歌载舞，纵情欢呼，向人民军队致敬。张恒春国药号重金聘请的"狮子队""龙灯队"更是狮腾龙跃，大显身手，走到哪里，舞到哪里，哪里就响起一阵阵欢呼声、鼓掌声、鞭炮声、锣鼓声，把欢乐的气氛推向高潮……

人民解放军解放芜湖，张美琳重获自由。经党组织审查批准，正式加入中国共产党，回到圣雅阁中学教书。李开来、杜晓红夫妇也被当作弃暗投明者释放了。

一个崭新的时代拉开序幕。

军管会接管芜湖时，张氏子孙人丁兴旺，成员二百余人，其中以大房人丁较多，有一百余人；二房、三房亦各有数十人。张恒春国药号照常营业，店堂药坊一切运作按部就班，井然有序，寻常恬淡的日子逝水般悠然滑过。

春花秋月，光阴轮回，历尽磨难的嘉庆百年老字号张恒春，凤凰涅槃，重整旗鼓，再次准备踏上征程……

尾　声

　　享誉大江南北，当年在全国中医药界"四分天下占其一"的老字号张恒春，从清代中叶嘉庆年间一直到二十世纪四十年代末，持续经营一百五十余年，饱经风雨沧桑而不衰，在商界堪称奇迹。

　　芜湖张恒春国药号原本是张家独资店，自从第一代传人张明禄（鸣鹿）过世后，家产为其子三房共有，当家人兄终弟及，轮番坐庄。民国年间，这家百年老店在当地较早实行了股份制，张家领头，多方参股，合资经营，但张家是最大的股东，是灵魂，是台柱子，是主心骨。

　　百年老字号张恒春在芜湖的兴衰沉浮，跌宕起伏，可歌可泣，发人深省。它是芜湖本土民族工商业一面飘扬了二百多年的鲜艳旗帜，是一方观照古今的历史明镜，也是博大精深的徽商文化不可分割的组成部分，更是不可多得的人文遗产和宝贵的精神财富。值得华夏子孙后代挖掘研究，传承借鉴，发扬光大，千秋赓续。

张恒春中医药文化代表性传承人七代谱系

创始人： 张宏泰

第一代： 张明禄（鸣鹿）

第二代： 张文金（经营年限 1850—1877）　张文玉　　张文彬

　　　　　张文玉（经营年限 1877—1890）　张文彬　　张敬之

　　　　　张文彬（经营年限 1890—1908）　张敬之　　张天和

第三代： 张敬之（经营年限 1908—1919）　张天和　　张裕卿

第四代： 张伯炎（经营年限 1919—1931）　张裕卿　　张健卿

第五代： 张裕卿（经营年限 1931—1938）　张健卿　　张筱泉

　　　　　张健卿（经营年限 1938—1970）　张筱泉　　张子余

第六代： 张筱泉　　张子余　　张泰簏　　张泰壎

第七代： 王伟杰　　安徽省非物质文化遗产"张恒春中医药文化"

　　　　　代表性传承人

后　记
徽商典范　桑梓荣光

　　张恒春国药号是民族工商业一面鲜艳的旗帜。在芜湖，在安徽，乃至在全中国，都是一个极为罕见的不朽传奇。

　　这家萌生于清代嘉庆年间，兴盛于晚清民初，式微于二十世纪中叶，起死回生于新旧世纪交替之际，前前后后挣扎、拼搏、辉煌、沉沦、复兴，绵延持续了二百余年，直至今朝仍馨香弥漫，招牌闪亮，名气响当当的百年老字号已成为徽商的成功典范、桑梓民众口耳相传的荣耀与自豪、中华民族世代传承的一份人文遗产和一方纯净的精神家园。

　　张恒春的创始人张宏泰、张明禄（鸣鹿）父子是江苏溧水人，但从张明禄开始，其子孙后代大都是在安徽芜湖这方肥沃青葱、钟灵毓秀的土地上生存、繁衍、开拓的。纵观张恒春国药号二百多年的创业发展史，其中有一百五十多年是在芜湖生发演绎的，所以说张恒春的故乡在芜湖，一点也不为过。

　　作为一个同样外籍客居芜湖，却在这片土地上生活了大半辈子的老芜湖人，我早就想写一部关于张恒春国药号肇始发轫，跌宕起伏，走红式微、再崛起辉煌全过程的文学作品，以飨读者，镜鉴商贾，启迪后世。

遗憾的是，自己对医药是外行，手头资料太少，许多故事皆是道听途说，且早已碎片化、模糊化、真伪渗透化了。由于历次运动，特别是"文化大革命"，张恒春药号的许多档案资料、原始物件、房产器具、文书典籍等真凭实据多已被焚烧拆毁，散轶流失，其后人也各奔东西，改行隐居，甚至远走海外，难以寻觅采访了。加之我所在的新闻单位工作繁杂，编务缠身，虽心中意愿强烈，却久久未能动笔触及这块神秘而又丰饶的处女地。只是准备工作未曾放弃，笔者一方面忙中偷闲广泛收集资料，寻访有关知情人；另一方面多读书，读杂书，尤其是有针对性地浏览一些医药书，了解一些中草药知识，包括民间百草偏方。

大约在二十一世纪初的时候，我写了一篇近万字的短篇小说《张恒春国药号》，发表在本地的《大江晚报》副刊上。虽因报纸版面所限，不得不忍痛割爱，删去一部分，但仍然占了满满整块版面。刊发后，读者反响还不错，电话接了不少，还有读者将当天《大江晚报》收藏起来。但我自己心里有数，这只是蜻蜓点水，隔靴搔痒，浅尝辄止，远未达到满意的程度。只想以此为起点、为基石、为轮廓，写一部有关张恒春药号百年兴衰沉浮史的更有深度、更有广度、更有厚度，也更有温度的长篇小说。

过了两年，《张恒春国药号》被我改写成七万余字的中篇小说，但脱手之后，搁置一段时间，回头再看，我仍然觉得比较粗糙疏浅，内容单薄，言不尽意，未能了结心中的夙愿，还想再作寻觅采访，深度挖掘，精雕细镂。但这需要沉淀、休整、积累和充电，再说另一部书稿又正在创作中，一耽搁便拖了下来。

此事因为忙碌、懒散和各种干扰，原本还要拖下去的。然而，年过半百，直奔花甲以后，光阴催促，时不我待，一种欲写不能、欲罢不舍的强烈写作冲动在苦苦纠缠折磨着我，使我不敢懈怠、不敢抛弃、不敢将有限的生命美好的夕阳消耗荒废于庸碌喧嚣的世俗红尘之中。

于是，我下定决心重起炉灶。可刚刚写了个开头，就感到笔头枯涩迟钝，灵感隐退，文思凝固，生活的积淀是如此浅薄。二百多年前的历史烟消云散，渐离渐远，虚无缥缈，当代人极其陌生，难以溯源寻根，要想原汁原味写好它谈何容易？必须下真功夫，费大力气，拼大血本！

该放下时只好暂且放下，稍作休整，竭力反刍。同时，多方收集素材，汲取营养，采访知情人，哪怕是一星半点的鸿爪片鳞也不放过。可有的史料过于专业、枯燥、僵硬、零碎，很难激发灵感，滋润文笔。譬如，有文友热忱地给我送来一大沓借自城建档案馆涉及张恒春的档案资料，我先是大喜，可细细一看，却发觉多是一些账目、契据、配方、营销记录等，纯粹是古董文物，几乎没有什么文学创作参考价值。即便如此，也只得咬紧牙关写下去。当然，不是胡编乱造，而是虚实相生，逻辑推理，在尊重历史的前提下，尽可能扩展细节，演绎故事，提炼精华。就这样写写停停，停停写写，数年过去，在我即将退休的时候，长篇小说《张恒春》才初步杀青。

散文、诗歌、杂文、小说，我样样都写，书已出了好几本，最长的小说篇幅五十余万字，但没有哪一部作品比这一部二十五万字的《张恒春》来得艰辛、难产、迟缓、磨人。真可谓：

字字滴血，句句劳心，页页浸透辛酸，章章消耗元气。甚至在最困厄的时候，我几度都想放弃了。但冷静下来，沉淀一段时日，创作冲动隐隐在胸中翻腾，我还是鼓起勇气，重新扬帆启航。

先贤大师们的经历，永远是我前行的动力。

众所周知，曹雪芹写《红楼梦》曾贫困潦倒至"蓬牖茅椽，绳床瓦灶"的地步，但就是在此逆境中，他"披阅十载，增删五次"，最后才打造出不朽精品。吴敬梓写《儒林外史》，从中年延宕到晚年，旷日持久，不断修改、补充、完善。他家徒四壁，饥寒交迫，冬天常沿着南京古城墙跑步，戏谑为"暖足"，但写作并未终止。俄罗斯大文豪列夫·托尔斯泰的传世名著《复活》亦写了十年之久，他时常卡壳、停顿、搁置许久"写不出来"，小说的篇幅也是逐步扩展，由中篇而长篇，最终才圆满定稿的……

正是在这种百折不挠，勇往直前精神的鞭策鼓舞下，我才没有泄气，一路咬紧牙关，跌跌撞撞，披荆斩棘，抵达黎明的彼岸。

通过这次创作苦旅，我更加领悟了这样一个浅显而又深邃的哲理："慢工出细活""久磨出精品""功夫不负有心人"。那种吹嘘几个月甚至几十天就能创作出大部头畅销书的人，不是骗子，就是疯子，要不就是在胡编滥造地制造文字垃圾。

有朋友看过我的书稿后，予以点赞的同时又疑惑地问我："你写的这部书真假成分到底是多少？"我调侃而坦率地回答："半真半假。"其实，这么说是有一定道理的。说"半真"，这是因为小说的主脉络、大事件、有关领衔角色、风土人情、历史背景、时代变迁、家族沉浮等，这些都是真实的；说"半假"，这是因为书中具体的细节、精彩的情节、众多的人物、曲折离奇的故事、必要的烘托陪衬渲染发挥等，则是虚构的。写小说嘛，毕竟不是会议记录，更不是广播电视现场直播。全真，则作茧自缚，死水一潭；全假，则失去根基，站不住脚。只有虚实糅合，真假掺杂，其分寸拿捏得当，才能生动传神，夺人眼球，挠人心脾。当然，即使是那"一半虚构"，也不能失去艺术真实，否则便是无源之水，无本之木，读者对此是难认同、不买账的。

现在，《张恒春》书稿即将出版发行，品质究竟如何，得分多少，这就要让广大读者朋友和行家里手来评说鉴定了。

在创作构思时，我有意将古埠芜湖的一些风土人情、市井百态、街巷俚语、景观特色、奇闻轶事、风云人物等移植融于书中，以增强其地方特色和民风民俗，使之烟火味浓郁，也更接地气。因为我深知：越是有地方性，就越是有民族性，也就越是有世界性。同时，我将时代背景与家族兴衰紧密联系起来，这样既增强了作品的真实性、厚重感，又衬托了人物形象，使之互为映照，相得益彰。

为了塑造张宏泰、张明禄、张文金、张文玉、张文彬、张敬之、张伯炎、张裕卿、张健卿等张氏家族几代主要当家人的典型艺术形象，我饱蘸心血，精雕细刻其个性特征、迥异脸谱、经商才智、嗜好脾性，注重打造其儒商品质和民族大义，使每个角色血肉丰满，真实可信，格调高古，内涵得以升华。尤其对张明禄（鸣鹿）着墨最浓，因为他既是张恒春国药号真正的创始人，也是这家二百余年老字号永不消散的魂。他身上闪耀着徽商风靡千秋的灿然风采，也展现出中华民族世代相承的优良传统。他影响、教化、哺育的不仅仅是青出于蓝而胜于蓝的张恒春人，更是一代又一代商界精英，吴楚子弟。

正因为久经磨砺，潜心雕镂，孕育分娩艰难，书才有分量，才耐得住咀嚼，才经得起时间的淘洗，我才格外感到踏实与欢欣，也才更加珍惜之、敬重之、呵护之，把它看作我生命不可分割的一部分。

由于我学识浅陋，水平有限，加上疏忽大意，挂一漏万，尤其是对中医药专业孤陋寡闻，纯属门外汉，书中难免存在这样那样的缺憾和不妥之处，敬请方家读者批评指正，包容谅宥。

花甲晚年，拙著得以荣幸问世，仰赖安徽张恒春药业股份有限公司董事长、安徽省非物质文化遗产"张恒春中医药文化"代表性传承人王伟杰先生提供补阙资料，接受采访，点拨指导，并给予慷慨资助。深情厚谊，永萦心怀。承蒙安徽省文联副主席、安徽省作家协会原主席、著名作家许辉老师在百忙之中审阅书稿，拨冗提笔，撰写了一篇精美的序文，令拙著增光添彩。承蒙书画摄影家、文友杨良美先生设计典雅封面，承蒙本市文化贤达龚英柏先生牵线搭桥，鼎力推荐。承蒙北京人文在线文化传媒编辑谢秋慧女士，中国广播影视出版社责任编辑任逸超老师慧眼识珠，多方关照，不吝赐教……我借此机会谨致以深深的敬意和感谢！

在此书漫长而又艰辛的写作过程中，我多次采访张恒春第六代、第七代传承人，部分张氏家族老人及老员工、老街坊、老知情者等；参考了大量史料典籍，其中包括《芜湖县志》《芜湖市志》《安徽文史·芜湖卷》《芜湖工业百年》《本草纲目》《金匮要略》《神农本草经》《黄帝内经》《药治通读补遗》《张恒春国药文史研究》《张恒春老字号》《中医药张恒春》以及芜湖市档案馆资料和芜湖市城建档案馆资料等，林林总总，难以一一列举，特一并向所有热心人士、专家学者、友情单位表达真挚的感谢！

晚霞满天，任重道远。为了无愧于伟大的时代，无愧于桑梓养育之恩，只要苍天赐时，健康许可，手中的笔还要继续写下去。

小河东流
2022 年 3 月 18 日改定于芜湖月河星城陋居